Staread
星文文化

U0529960

永夜

YONG YE

修订珍藏版

下

桩桩 著

四川人民出版社

图书在版编目（CIP）数据

永夜/桩桩著. —成都：四川人民出版社，
2021.11
　ISBN 978-7-220-12427-3

　Ⅰ.①永… Ⅱ.①桩… Ⅲ.①长篇小说–中国–当代
Ⅳ.① I247.5

　中国版本图书馆 CIP 数据核字 (2021) 第 191171 号

YONGYE
永夜（上、下）
桩桩 著

出 版 人	黄立新
出 品 人	柯 伟
监　　制	郭 健
责任编辑	魏宏欢
特约编辑	齐 月
封面设计	80雾·小贾
内文设计	李琳璐
责任校对	林 泉
责任印制	周 奇
出版发行	四川人民出版社（成都槐树街 2 号）
网　　址	http://www.scpph.com
E-mail	scrmcbs@sina.com
新浪微博	@ 四川人民出版社
微信公众号	四川人民出版社
发行部业务电话	（028）86259624　86259453
防盗版举报电话	（028）86259624
照　　排	天津星文文化传播有限公司
印　　刷	北京盛通印刷股份有限公司
成品尺寸	166mm×235mm
印　　张	36.5
字　　数	680 千
版　　次	2021 年 11 月第 1 版
印　　次	2021 年 11 月第 1 次印刷
书　　号	ISBN 978-7-220-12427-3
定　　价	79.80 元（全二册）

■版权所有·侵权必究
本书若出现印装质量问题，请与我社发行部联系调换
电话：（028）86259453

第三十章

牡丹院的小麻子

杨花如絮，仿佛一场轻雪纷纷扬扬。

安国京都沉浸在漫天的温柔之中，连最幽深的巷子里那棵歪脖子树也满枝头绽放着阳光的绿意，勃发出盎然生机。

暮春四月的清晨，牡丹院的老鸨打着哈欠出了房门。

院子里安安静静，一夜笙歌后，所有人都在睡觉。

妓院青楼的白天，本就是寻常人的黑夜。

墨玉今天也起得很早，竟没唤醒院子里的小厮，亲自动手泡了壶茶，坐在棋盘前独自下棋。

突然一道白影掠过，挡住了他的视线。

"李执事。"墨玉迅速收回心思，轻唤了声。

李言年掀袍坐在他面前，看到那壶茶便想起了永夜。一个多月了，永夜下落不明。当初的计划是将他扣在陈国，让端王投鼠忌器，只要端王保持中立，太子李天瑞便能顺利登基。毕竟占了太子的名分，李天佑想要登基除非造反。

端王手中握有京畿六卫，如今皇上病重，连宫中的羽林卫也交由端王掌管。这些兵只听端王一人调遣，李天佑若无端王支持，仅凭佑亲王府的三百亲兵，如何能与拥有一千五百人的东宫左右卫率抗衡？

然而，永夜却失踪了！

李言年心里说不出的忧虑。裕嘉帝除了端王不见任何人，紫禁城戒备森严，不准任何人出入。虽然太子行动如常，也没有颁诏书废太子，但他还是担心。

游离谷与陈王交易的条件是裕嘉帝驾崩，陈国便发兵攻打散玉关。游离谷得到操控安国的权力，陈国能得到包括散玉关在内的五座城池。为保大局，端王肯定会发兵散玉关，一心攘外。

等陈军退去，京都之事也该尘埃落定了。

计划如此，唯一的变数却是永夜。

这个世界上，能牵制端王李谷的只有端王妃和永夜。只有把这两个人握在手中，端王才不会把京畿六卫和羽林卫交给李天佑。

想到此处，李言年眼中腾起怒火。他想不明白为何谷主要派程蝶衣与青衣人去陈国，如果换了别人，永夜能跑掉？如今连那二人都叛逃了，亏得自己飞鸽传书，将李永夜的真实身份告知山谷。

李言年眼前又浮现永夜的笑脸，她居然瞒过了他的眼睛。他不由自主地想起了李二，跟了他整整二十年的李二也不告而别。

当年永夜问他为何不杀掉李二时，他居然还回答杀了忠心之人，再无人敢对他效忠。这世上，还有什么人是他能相信的呢？一张美丽的脸又浮上心头。他冷冷一笑，女人，谁知道她的心思？诚如揽翠，端王派她在自己身边卧底，还不是一样背叛了端王？

"李执事！"墨玉见李言年不说话，狠狠地盯着棋盘的模样，禁不住轻皱了下眉。

李言年被他一言惊醒。李天祥远在秦河，罗将军才传来信息说军中一切如常。以裕嘉帝的情况，三皇子是赶不回京都的。唯今之计，只有杀了端王和李天佑，让李天瑞登上皇位。陈军就算入了散玉关，安国也不是不能抵抗。

"公子，谷主有何安排？"李言年望着墨玉静如止水的面庞问道。

墨玉的双眸温润如玉："游离谷已决定退出安国皇位之争。"

李言年呆住。

"谷主说了，你家的事情，游离谷不再插手。念在你多年忠心耿耿，鹰羽、虹衣和日光会在新皇登基前帮你。"

"为什么？"没有游离谷的支持，此仗胜算太小，裕嘉帝一纸诏书便可废了太子。李言年头上已沁出汗，谋划十来年，游离谷居然在这紧要关头要退出。

"难道，你要让游离谷为了你一己之私，全部葬送进去吗？"墨玉目光蓦然变得冰冷。"连李永夜是男是女都分不清楚，还想通过控制她掌握端王的权势？李言年，你多年前就犯下大错！"

老鸨望着空荡荡的院子又打了个哈欠去了厨房。

这是牡丹院唯一十二个时辰都有人做工的地方。无论什么时候，只要有客人来，牡丹院都能提供最上等的茶、最美味的小吃、最精致的菜品。这是牡丹院的规矩。

才转过回廊一角，见厨房的院子里盛糯米粉团的竹箕支开晒着，打杂的小厮小麻子人却躺在竹箕下睡觉。老鸨便叉着腰骂道："老娘一大早就忙，臭小子你居然敢睡大觉？"挽了袖子便要去打小麻子。

那小麻子身形单薄，一张脸满布黄褐色麻点。听到老鸨骂声，眼睛猛地睁开，机灵地从竹箕下爬出来，赔着笑脸躲在竹箕后道："陈师傅让小的看好这箕糯米粉子，怕鸟啄了吃了、蚂蚁爬了。妈妈辛苦，小的再也不敢了！"

说着赶紧端了凳子给老鸨坐，顺便把厨房里蒸好的点心、备好的茶水一一端过来。

见小麻子机灵，老鸨鼻子里哼了一声，嗅着食物的香气觉得饿了，不客气地一阵大嚼，瞧得小麻子直吞口水。

老鸨的目光从不远处墨玉公子的院落飘过，站起身来吩咐道："昨晚炖了一晚的鸡汤好了便给墨玉公子送去。"

"小的记住了。"

老鸨瞧了眼厨房，见里外就小麻子一个人，脸上又堆开了花："好好干，有前途！"

小麻子低头哈腰把她送走，眼中露出笑意。有前途？以自己的相貌与年纪是做不得红牌倌人的，当个龟公管事也算好前途？想了想，小麻子走进厨房盛了鸡汤装了食盒，拎着走向墨玉公子的小院。

快到院门之时，脚尖一点，竟使出了极高的轻功，像一片风吹起的杨絮飘上了墨玉院外的一棵樱花树。

小麻子笑了，墨玉公子未时之后笑脸迎客，未时之前却未必在补眠。

院子里墨玉公子正与一人对弈。

雪白的长袍锦衣，高贵的神情，虽到中年仍不失潇洒，不是李言年是谁？

难怪墨玉公子的院子会选在牡丹院最偏远的地方。这里与外面仅一墙之隔，来人不必从大门进出。

永夜从山谷回到京都，便寻了个机会易容进了牡丹院，成了厨房打杂的小厮小麻子。

牡丹院没有变化，游离谷就没有行动。

她不止一次地在树上观察墨玉，终于遇到墨玉早起迎接访客，这客人还是她的师父李言年。

"不出十日……"

话语声随风飘来。十日？是指十日之内还是十日之后？青衣师父说的鹰羽、虹衣与日光又潜伏在何处？李言年又会做什么呢？种种疑问在脑中盘旋。永夜抬头眯缝着眼望天，阳光透过绿叶轻洒下来，这样舒服的春天转眼就要过去了。

"谁？"

永夜一惊,拎着食盒飘落在院门口,手正抚上门环欲敲,墨玉公子拉开了门。

"公子,给你炖的鸡汤。"永夜憨厚地笑着,递过了食盒。

墨玉脸上依然带着温柔的笑容,眼神中却充满狐疑:"一大早就嗅到了鸡汤的香味,有劳了。"说着接过了食盒。

永夜很正常地转身,脑后风声袭来,她不闪不避。

墨玉的手掌快碰到她的脑袋时又收了回来,目送着永夜悠然走回厨房,这才拎起食盒回到院子:"是送鸡汤的小厮。李执事,要不要喝一碗?"

李言年站起身摇了摇头:"多谢公子指点。"

"唉,你去吧。事情已经到了这个地步,谷里能为你做的也就这些了,听天由命吧。"

李言年黯然离开,那抹背影像水池里泡涨的花瓣,苍白没有生气。墨玉倒了碗鸡汤,吹了吹慢慢喝下,闭目想了想,放下汤碗起身出了院子。

永夜回到厨房院子的竹箕前,懒懒地挥动手中扇子,扇开飘落在竹箕上的杨絮。

墨玉出现在院子门口时看到的就是小麻子半眯着眼、打着哈欠似乎疲倦得想瞌睡的模样。他放轻脚步走近,猛地一掌击下。

永夜突然低头,细心拈起糯米粉子上沾着的一点儿杨絮扔掉,墨玉这一掌落了空,也松了力道,拍在她背上。

"啊!"永夜似吓了一跳,回头看见墨玉公子赶紧行礼,"公子什么时候来的?是还要鸡汤吗?"

墨玉瞧着她,微微一笑:"是啊,汤味道不错,想再喝一碗。"

永夜放下扇子,往厨房走,边走边说:"公子何必亲自来?唤人告诉小的一声便是。"

她熟练地从炉上锅中盛了汤装好,拎着食盒却没有递过去,殷勤地说:"小的给公子拎过去吧。"

墨玉也没拒绝,微笑道:"有劳了。"

"公子客气,小麻子长得丑,入不了各院公子的眼,只能待在厨房打杂。能为公子做事,是小麻子的福气。"永夜唠唠叨叨地提着食盒走在前面,背心空门大露,竟一点儿也不担心。

墨玉望着小麻子,不知为何心中有种很奇怪的感觉,又说不上来是什么。

到了院子门口,墨玉接过食盒温和地笑了笑:"回去吧。"

永夜殷勤地说道:"公子有什么事吩咐一声就好。"行了一礼离开。

墨玉望着小麻子的背影出了会儿神,摇头觉得是自己多心了。难道自己的感觉出了问题？小麻子不是偷窥之人？如果是，就绝不会后背空门大露没有防备。

他瞧了瞧院子，在这里待了七年，明日一过，就要离开了，竟有些不舍。一个从长街上浴着夕阳走来的紫色身影在脑中浮现，心头那丝嫉恨怎么也掩饰不了。"李永夜！"他喃喃念着这个名字，目中骤现炽热，"等我抓到你，我一样让你站着等、让你执酒侍候、让你学会忍耐！"

夜渐深，集花坊灯火通明。永夜值了白天，晚间有两个时辰空闲。对于打杂的小厮而言，这两个时辰是补眠的最佳时间。

她与同一个班的小厮胖子疲倦地回到屋里倒头就睡。没过多会儿，大胖的鼾声响彻云霄，永夜鼻息绵长。她平稳地控制着呼吸，眼睛却悄悄睁开了。她瞟了眼熟睡的胖子，正想轻手蹑脚下床，突然感觉有人向这里走来，永夜马上闭上眼装睡。

门被轻轻推开，来人站在房门口没有出声。

片刻后胖子的鼾声突然停了，他出声说了句："睡着了。"胖子的鼾声又继续响起，仿佛他刚才说的是梦话。

墨玉拉上房门转身离去，永夜惊出一身冷汗。她怎么就没发现胖子是在装睡？暗自庆幸自己运气不是一般的好，青衣师父常年训练的呼吸大法不是一般的有效。

她闭上眼想，真的是步步惊心。

端王府书房中，李天佑深夜独自前来。

裕嘉帝全靠药物支撑着身体，谁也不知道他会在什么时候撒手西去。然而，裕嘉帝却还是没有下旨行动。

"皇叔，东宫左右卫率这些日子衣不解甲，东宫官员进出往来频繁，这一切都证实他们动手迫在眉睫。"

端王目中忧色更重，却展颜一笑："东宫越是如此，证明他们心中越是没底。秦河没有消息，羽林卫早已加强禁宫守卫，他们已经感觉到危险。"

天佑深呼吸，也笑了："一切都在父皇与皇叔的掌控中，天佑太年轻急躁了。"

"没有秦河罗将军的大军，东宫只是颗死棋子。"端王淡淡地说道。

"天祥才十八岁……"李天佑的担心不是没有道理，三皇子天祥赴秦河边关，能否对付得了常驻秦河的皇后长兄罗将军，谁也不知道。

端王却道："你父皇深谋远虑，非本王所能及，他既然做出如此安排，想来天祥会有万全之策。如今到了此等紧要关头，秦河无消息就是最好的消息。"

"我不明白，父皇为何不下旨……"

"人心都是肉长的，你父皇也在等，不到最后一刻，他是不会下旨的。"端王的神情中带了丝忧伤，情不自禁地想起了永夜。自开宝寺一别，永夜再无消息传来，说不担心是假的。他轻轻叹了口气。

天佑见端王神色，忍不住也问道："永夜还无消息？她是不是……"

"没消息就是最好的消息。"

"皇叔，我……天佑定不负永夜！"天佑突然冒出这句话来。

端王一愣，笑了笑说："你把她当亲妹妹看，我自是欢喜！"

李天佑沉默了片刻，道："皇叔不喜欢天佑？"

端王笑道："三位皇子中，皇上最中意你。天佑天资聪颖，学富五车，在士子中素有才名，本王焉会不喜？"他负手走到书案前，拿出一份名册与地图递与天佑，"本王会镇守禁内，京都之事就交付于你了。"

天佑见端王顾左右而言他，也沉住气没有再追问下去，笑了笑："京都已是外松内紧，明日天佑会去牡丹院查探。天佑告辞。"

端王望着他离开的背影忧心忡忡，喃喃道："不回来有不回来的好处。"

又一天过去了，永夜伸了个懒腰，大声喊道："胖子，你去担水我烧火！"

胖子憨憨地担了水桶在院内水井处汲水，永夜望着他的背影冷笑，真想走过去一脚将他踹入井中。

这里没几个简单的人，自己居然就混了进来。她摸了摸脸，牡丹院开在京都天子脚下，自己那位狡猾的老爹不安插点儿人手在里面是不可能的。饶是如此，依然被盯得这么紧。离开开宝寺已有很多天没往王府传过讯息了，父王会很着急。

她坐在灶台下往炉膛里塞柴，一条黄色的小土狗温驯地趴在她脚边睡觉。胖子担了水开始切菜。

永夜一直以为胖子只是个非常不错的墩子手，现在换了种眼光看他，菜刀闪过，丝是丝，片是片，刀法不是一般的好。

胖子见永夜撑着下巴看他，得意一笑："要当大厨，首先要练刀功。羡慕吧？"

"陈师傅说过些日子我可以切点儿土豆块了。"

胖子呵呵笑了，扔了块肉片给黄狗，见它从地上一跃而起，精神百倍地围着自己打转，笑得脸上的肉一颠一颠的。

永夜也跟着笑。

黄狗转悠了会儿见没吃的，又趴在地上睡了。

"笨笨，吃饱就犯食困！"永夜见黄狗睡着，踢了它一下。

黄狗动也不动，连头也趴在了地上。

午时末，厨房里飘起饭菜香味，永夜嗅着就想起了月魄的手艺。她像被针扎了似的跳了起来，开始机械地洗菜、削皮、递盘子……

牡丹院各房各院的公子、姑娘陆续起身前来厨房拎走了食盒。厨房再次变得安静，炉膛里的柴火偶尔发出"噼啪"声。

她知道再过两个时辰，这里又将是一片忙碌。牡丹院一天的风情将在夜色中徐徐展现。

大厨陈师傅在申时准时出现在厨房，几声令下，厨房像开动的机器有条不紊地转动。永夜此时的职责是帮着送饭菜拎食盒。

看似轻松，却一路都是小跑。牡丹院来的客人多，粗使丫头和小厮都怕送慢了挨骂。

永夜给琴院的琴师们送了饭菜喘着气回来，大厨陈师傅的声音已经响彻云霄："小麻子你这个狗东西，死哪儿去了？"

"陈师傅！"永夜喘着气跳进门，"才从琴院回来。"

"前院雪芳斋有客人，赶紧着把菜送过去！"陈师傅狠狠地给了她一个爆栗。

永夜口中呼痛，却麻利地接了食盒飞快地向前院跑去。

她站在雪芳斋外，把食盒递给外面的丫头，指指里面轻声问道："陈师傅压箱底的菜式都做了，是谁这么大面子？"

"佑亲王。"丫头低声答道，掀起帘子赶紧上菜。

帘子掀起的瞬间永夜往里面看了一眼，正对上李天佑的目光。

她缩回头等丫头上完菜拎回食盒，镇定地想李天佑肯定认不出她来。

帘子一掀，丫头出来推搡了一下她，低声道："王爷唤你进去！"

永夜又想起离开安国时李天佑的举动，身上的鸡皮疙瘩颗颗爆响，无奈地低着头进去："小的给王爷请安。"

李天佑夹了筷陈师傅压箱底的菜正吃得满口留香，瞟了眼褐色皮肤满脸麻子的永夜有些发怔，片刻才温言问道："陈师傅还在厨房忙活？"

"是，王爷。"

李天佑起身笑道："本王喜欢吃这道菜，这就让陈师傅做给本王瞧瞧。前面带路吧。"

堂堂佑亲王要去牡丹院的厨房看师傅做菜？丫头和永夜显然不知道该如何回答。李天佑已走出雪芳斋，对丫头说："你不必跟着去了，走吧。"

永夜强自镇定，领了李天佑往后院去了。丫头赶紧跑去唤老鸨。

迈进后院的瞬间，李天佑的声音已似贴在永夜耳边在说话："小夜，你快把人急疯了知不知道？这等下作地方别再待了，嗯？"

永夜惊诧地扬起脸笑道："王爷是在和小麻子说话吗？小麻子喜欢牡丹院的厨房，以后学到一成陈师傅的手艺就去开家小铺子过活，攒点儿银子娶媳妇。陈师傅说小麻子很聪明，过些日子可以上墩子练刀功……"

她连声说话，声音喜滋滋的，似看到了一个肥头大耳的麻子大厨，仿佛小铺子已经开张了似的。说了一长串，李天佑居然没了反应，眼看快到厨房。永夜紧走几步说："王爷，厨房到了，小麻子去喊陈师傅。"

话音才落，李天佑已一把扯过她，把她抵在廊柱上，什么话也没说，手指挑着她的衣领往下滑。

"王爷……你不仅好男风，还喜欢麻子？"永夜猛地一缩脖子，汗毛直竖，手抵住李天佑的胸说话开始结巴，这倒不是装的，是被他吓出来的。

李天佑迅速捉住她的手扣在头顶，缓缓地说："本王不信回回看走眼！"

永夜大急，不露武功难道让李天佑白占便宜？她长叹，就这样让李天佑识破身份？见他的手已顺着脖子要滑入衣襟时，她一闭眼变了声音道："李天佑你再不放开我，我一辈子不理你！"

"呵呵，我就知道，你总会承认的。"李天佑松开手，却将永夜圈在胳膊弯里，微笑道，"小夜，为什么不回家？我真没想到你不仅回来了，还藏在牡丹院里，谁给你易的容？我差点儿不敢相信是你。"

永夜扭开头："你还不是认出来了？"

李天佑呵呵笑了："我认得出你的眼睛，谁见过一个小厮探头探脑的时候还有一双这么亮的眼睛？"

"没时间和你闲扯。你盯好墨玉公子，听他跟李言年说，十日之内京都会有事发生，就这些。"墨玉也会认出来吗？永夜皱紧了眉，心中忧虑。

李天佑也听到不远处走廊传来脚步声，放了永夜见她一溜烟儿进了厨房。老鸨的声音伴着浓浓的胭脂味道传来："哎呀，王爷，厨房那种地方王爷怎去得？"

李天佑摇了摇扇子道："本王也在想这个问题。不去也没关系，陈师傅明儿就来王府帮厨吧！"

牡丹院闻名，除了公子与姑娘面相生得好，还有一绝便是陈师傅的菜。不少客人来牡丹院不见得一定是看上了某位公子或姑娘，也有冲陈师傅的菜，顺便再叫上公子、姑娘陪陪酒。陈师傅若是一走，生意至少损三成。老鸨当下赔了笑脸道："王爷，你看这院子里实在离不了陈师傅，要不，明日我便让他去教府上厨子做菜？"

李天佑扇子一收，冷了脸："本王向来说一不二，陈师傅明日不到王府，牡丹院就不用开门了。"

老鸨平时见惯了李天佑温和，没想到他翻脸会如此之快，只得赔了笑脸称是。

李天佑想起永夜的话，便有心去探探墨玉，正犹豫着什么时候去时，便瞧到永夜和一个丫头打扮的人提了两个食盒往墨玉院子去了。

"翠香，公子唤我何事？"永夜路上随口问道。

翠香笑了笑，低声说："我今晚要去那边……向公子告了假，所以公子唤你去伺候。"

永夜恍然大悟，集花坊青楼云集，总有小厮与丫头相互钟情的。翠香的相好便是怡红院的马三。她看翠香脸都红了，便笑着接过了翠香手中的食盒。

也许翠香真的是去和情人幽会，也许，墨玉公子白天的试探还不够，游离谷的人，宁错杀也不肯放过。永夜望着墨玉的院子不屑地想，墨玉笃定他能杀了她？

想起那日在山上墨玉对她恨之入骨的模样，永夜叹气。都一个地方出来的，墨玉怕是不忿待遇不公，自己当了侯爷，他却进了青楼。宁得罪君子，勿得罪小人，尤其是报复心强的小人。墨玉显然是后者。

"公子，小麻子来了。"永夜心中戒备，面带笑容叩开了墨玉公子的院门。

墨玉院中点了数十只灯笼，院中洒下一片朦胧光影。墨玉一身月白长衫站在树下，永夜有些恍惚，心底里那丝思念又泛了起来。

她垂下眼帘，把食盒中的菜一一拿出来摆好，恭声道："公子，还需要什么？"

墨玉回头，眸光在她身上转了几转，淡笑道："今夜无客，月夜独酌也是雅事。替我斟酒吧。"

"是，公子。"永夜提起酒壶，心里的疑惑越来越重。

月夜，灯影，花树疏斜。

晚风吹下落花如雨。

远处传来的笑声似有似无，更衬着院子宁静异常。

这样的美景，男人宁肯独醉也不会让个不相干且丑陋的下人相陪。

永夜想起自己为了给月魄要解药折腾牡丹院和墨玉的情景，心里冷笑，侍立在一旁不动声色。

墨玉饮酒的姿势很优美，青瓷酒杯拿在手中如在把玩一枝花。三杯下去，他侧过头来看永夜，竟抬头冲她一笑。那笑容娇媚无比，目光迷离，声音不似从嘴里发出，倒更像是从胸口、从心底里发出来的，带着丝颤音喊了她一声："星魂……"

永夜一惊，眼前墨玉的脸骤然换成了月魄的。眼前的灯光更为朦胧，仿佛身处梦境之中，而一道白色身影似向自己俯下身来，带着温暖平和的气息，让她情不自禁闭上了眼睛。

墨玉轻笑着抚上她的脸："你不知道这迷魂灯的威力自然是躲不过的。"看了她的脸半响，倒了点儿药粉在酒中，用帕子沾着在她脸上一擦，得意地瞧着黄褐色的肌肤褪去颜色，"装得真像，连同屋住的胖子也被瞒了过去，哼！"

片刻后，一张精致的脸出现在他面前，不带丝毫病态，像最纯净的籽玉散发着润泽的光。从眉眼到嘴，无不完美，灯光之下更添丽色。墨玉看了片刻，目中嫉恨越来越重，咬牙切齿道："就因为这张脸吗？"说着一把抱起永夜往房中行去。

"公子！佑亲王来了！"门外老鸨的声音响起。

墨玉看了看永夜，将她放在床上，心里暗恨李天佑来得真不是时候，随手关门出了房间，迅速换掉了两盏销魂灯内的蜡烛。

等他急急迎到院门，一身蓝衫的李天佑清雅俊秀，神色间却有些不耐："怎么，墨玉公子不欢迎本王？"

"怎么会呢？王爷难得来看墨玉，本以为今晚会独自饮酒赏月，没想到……"墨玉低下头，一脸轻愁。

李天佑勾起他的下巴瞧了瞧，温和地说："今晚陈师傅施展独门手艺，做了招牌菜，本王一人品尝不是滋味，想与墨玉一起赏月共饮。"

老鸨一旁谄媚笑道："王爷是真心疼公子，公子可不要辜负了王爷一番心意。"

墨玉睁大眼，睫毛一颤竟挂上了一滴泪水，感激地看着李天佑，竟不知道该说什么好了。

当朝大皇子——佑亲王来他的院子，此事一传出，他自是身价暴涨。十九岁的人了，靠着王爷的青睐还能红下去，墨玉除了感激涕零就只能乖乖坐在桌前任由李天佑夹了菜喂他。

陈师傅用心做的招牌菜入口即化，满口余芳，墨玉却不觉得美味。他心里记挂着房中的永夜，又不得不应付李天佑，堆了满脸的笑容轻声谢过。

李天佑一笑，手抚上墨玉的脸低声道："本王一直想来瞧瞧墨玉公子，又恐朝中人多口杂，眼下皇上病了，我这个做儿子的少不得想张罗些美食尽点儿孝道，这才有机会与公子共饮，墨玉不要辜负了本王才是。"

"王爷……"墨玉声音带了点儿颤音，显是感动异常，说话间已垂下头去，片刻后才轻声道，"原来王爷对墨玉如此情重……"

李天佑瞟着墨玉，心道，若不知他底细，这番表情足以瞒过自己了。

他见墨玉唤了永夜伺候，在外磨蹭良久却不见人出来，心里终是放心不下。借机来到墨玉院子，院子里居然只有墨玉一人。李天佑眼睛瞟向房门，突然一把抱起墨玉："听说墨玉公子在牡丹院挂了头牌，自然有出色之处，跟了本王如何？"

墨玉大惊，便想要挣扎。李天佑抱着他，手已点在他腰间，墨玉瞬间全身无力，脸涨得通红："王爷要为墨玉赎身？"

"这是自然！"

"那请王爷为墨玉赎身之后再……再……"他心中大急，想起永夜在房中，李天佑怎么会如此厉害！说要就要，一时之间竟急得瞠目结舌。

李天佑抱着他眼看就要进入房内，房门突然打开，黄褐色满脸小麻子的永夜出现在门口，一手拎着衣带，埋头打着哈欠嬉笑道："公子怎的不唤醒小的？没想到公子床上功夫这般了得，嘿嘿。"

李天佑与墨玉当场石化。

永夜这才觉得不对，抬头张大了嘴看着亲昵的两人，突然掩面大哭起来："公子说的话原来都是哄小麻子的……"说完冲出了院子。

李天佑苦笑着放开墨玉，摇头道："墨玉公子口味也与众不同，原来喜欢麻皮小子。"

墨玉气得脸红一阵白一阵，又不知道永夜何时醒的，又何时易的容，偏生又不敢辩驳，杵在房门口心里恨不得将永夜剐了。

李天佑望着墨玉叹了口气，又补了一句："墨玉公子既然已有心上人，赎身之事当本王放屁，臭过就算了。"他摇着头负手离开，走出院门嘴角再也忍不住抽搐，举拳咳嗽了两声，望着厨房方向摇头，"小夜，你太调皮了。"

随即一凛，看情形墨玉是将永夜制住了，她不会武功，如何脱逃的？李天佑皱了皱眉，眼神霎时如刀锋般凌厉，想了想，竟笑了。

而此时墨玉正气得浑身发颤，李天佑一番讥讽让他对永夜恨意更深，一拳狠狠击在门上。他大步走到桌前，端起酒一口饮下，转身就要去找永夜。

"我倒的酒你也敢喝？墨玉公子怎的这般不小心哪！"永夜的声音带着笑意出现。

话音才落，墨玉力气尽失，身体一软瘫倒在椅子上，目中怒火腾腾，早失了温润之色："你没有中迷魂灯！"

永夜大摇大摆进来，摸摸自己的脸笑道："傻了是吧？这易容术我每天都在用，你眨巴两下眼我就弄好了，就怕有人帮我洗了去。不将我身上的玩意儿全搜走，你居然放心？迷魂灯嘛，就院子里这些？挺有情趣。唉，本来还想见识一番墨玉公子的床上功夫，没想到来了个煞风景的。"

她盯着墨玉，伸手扭了把他的脸，啧啧赞叹墨玉肌肤嫩滑："瞪着我干什么？我好歹也算保了你的清白。告诉我，十日之内京都会如何？"

墨玉冷哼一声，不理她，突又问道："你怎么会破了迷魂灯？"

永夜笑了:"回魂师父屋子里白天黑夜都点着这样的灯,也不怕耗灯油。你说,我怎么可能会被迷倒?你白天试探我,晚上叫我独自来伺候,是个傻子也知道你图谋不轨。"她声音一冷,"你最不该的,就是穿这身月白衣衫。想学月魄,你永远也学不来的。"

"你既然现身,谷里还会捉不到你?"

"李言年没教过你?要想保住秘密,就只能一个不留!"永夜见墨玉不说,袖刀一挥便要下手。

院子里的一盏灯突然破了,飘出一阵淡淡的雾气。

永夜只吸得一口便知不妙,脚尖一点,人如流星般迅速退走。

黑暗中出现几道人影,将同时迷晕的墨玉抬起离开。有两人则紧追永夜而去,看身法竟也是一流高手。

那种眩晕感越来越重,竟是永夜不懂的迷药。她踉跄着出了牡丹院,见路边有小厮牵着客人骑来的马,她顾不得许多,翻身骑上一匹拍马就跑。

永夜看到牵马的小厮惊慌失措的脸,看到无数人从身后追来。那些人喊了什么她通通听不见,脑袋发出阵阵嗡鸣,心想,这回栽了。

她只有一个信念,绝不能落入游离谷手中,双手死命地抱着马脖子。马长嘶一声冲出了集花坊。

永夜朝着端王府的方向跑去,只坚持了片刻便在马上摇摇欲坠。

风声掠起,一道人影跃上马背,稳稳地搂住了她。永夜没有力气回头,惨然一笑就晕了过去。

第三十一章

宫斗

鼻端似嗅到一丝香气，烧烤的香气夹在花香中，说不出的诱人。

睫毛一动，耳边一个熟悉的声音温和地说："醒了？"

永夜打了个哈欠，脑中迅速回想起昨晚的事。她中了迷药，冲出牡丹院，抢了马，然后不行了……那么是他救了她？他会杀了她吗？

她慢慢睁开眼，想起身上的飞刀。只轻轻动了动，便感觉刀还在。

暗器自然是暗中的武器，不论是藏在身上还是攻击敌人，永远都处于暗处，不让人发觉，永夜的暗器也是如此。如果你搜她的身，除非把她剥光了，否则你永远不会知道她的飞刀藏在什么地方。

只要风扬兮看不到她的刀，他就不会知道她是刺客星魂。她现在出刀有把握杀他吗？永夜打着哈欠判断着形势和差距。

林中生了堆火，上面架着一只兔子。风扬兮专注地烤着兔子，头也没抬："你是牡丹院的小厮，怎么突然疯了似的去抢马？"

永夜一呆，他没认出自己？想起脸上的易容不用药粉是洗不掉的。人要衣装，佛靠金装，穿了小厮的衣服，与一身华服的永安侯从身形上看也会有区别，永夜不安的心慢慢平静。她想，以风扬兮大侠的名声，他不会搜她的身。

她松了口气，飞刀从掌中消失。永夜低下头哑了嗓子道："我只是个打杂的，只求糊口，不打算卖身……"

她似难过地说不下去，有时候说半句话比说完了好。集花坊是什么地方，牡丹院又是什么地方！抢了马跑出来，还中了迷药。永夜想，这省下的话可以让风扬兮联想到足够香艳的画面。

风扬兮很同情地看了她一眼，将兔子撕成两半，把大的递给了她。

永夜也没客气，接过兔子大口吃了起来。

他为什么会出现在集花坊，还这么巧救了自己？永夜边吃兔子边想。

吃过兔子，风扬兮扔过来一个荷包："有点儿碎银子。"

永夜接过荷包，心思一转，哽咽着说："多谢大侠救命之恩，小麻子无以为报，愿跟随大侠，为大侠做牛做马……"

风扬兮笑道："路见不平，拔刀相助，是我侠义之辈的本分，你言重了。拿了这些碎银早日回家吧。"

"大侠义薄云天，救了小麻子，还赠送银两，小麻子……没有家了，愿跟随大侠行侠仗义，请大侠收留。"永夜顺嘴一溜话吐出了口，说什么也要跟着风扬兮。

永夜想，反正她现在没地方去，游离谷已经知道她的身份，就算她回端王府，游离谷也会找上门来的，不如跟了风扬兮，他武功高强，游离谷的人找上门来也不会有好果子吃。更何况，风扬兮从陈国回到安国，多半是想找星魂报仇吧，灯下黑最安全。

永夜泪眼婆娑，哭得一把鼻涕一把泪。

风扬兮看着她，似乎有点儿应付不来她的眼泪，摊摊手为难地说："我是江湖浪子，四海为家，跟着我会吃苦。"

"不怕！小麻子出身穷苦人家，当下人当习惯了。大侠，马还在，我给你牵马！"永夜跳到马前拉住缰绳讨好地回望风扬兮。

"这马是别人的，自当送还回去。"风扬兮微笑着看着她，一身黑衣依然落拓，那双眼睛闪动着正义的光芒。

送回去？回集花坊？永夜马上拉下脸："我不敢回去。"

风扬兮大步走到她身边，严肃地说："错了不怕，改了便好。把马还了，我就收你做我的下人。走吧。"

永夜突然有点儿后悔跟着他，听了风扬兮的话，她想翻白眼。

"对了，我叫风扬兮！你叫什么？"

"叫我小麻子就好了，生下来我爹娘就叫我小麻子，没有别的名字。"

"你多大了，小麻子？"

"十八。"

"跟着我始终不是办法。将来你还要成家立业娶妻生子，不比我浪迹江湖之人。"

永夜叹了口气，摇了摇头："谁肯嫁一个又丑又穷的小麻子？风大侠不必替我担忧。"

风扬兮停了下来，认真地看着永夜道："你看我长得如何？"

永夜仔细地打量他，他没有李天瑞深刻俊美的五官，也没有李天佑清秀的外表，更没有月魄英俊的脸。遮了一半脸的大胡子说不出的邋遢，唯有浓眉下一双眼睛锐利蛊惑。要说他帅，不如说他邋遢。

风扬兮叹了口气，一本正经地说："你不用自卑，其实你不过是皮肤黑了点儿，脸上麻子多了点儿，只要心是善良的，好姑娘都会争着嫁给你，说不定还有名门千金看上你呢。前些日子巷口钉马掌的李瘸子还娶了个十八岁的大姑娘呢。"

永夜想起集花坊背后那个钉马掌的老瘸子，黄牙还掉了几颗，说话直漏风。他娶了个十八岁的大姑娘？永夜顿时有种想把兔肉吐出来的冲动。

她使劲点头，感激地看着风扬兮道："能跟着风大侠，实在是小麻子的福气。小麻子明白了，风大侠虽然脸脏了点儿、胡子邋遢了点儿，但是心地好，就连墨玉公子都不及风大侠好看。"

风扬兮尴尬地咳了两声，这是什么比喻，将他和牡丹院的头牌墨玉公子相提并论？他转开脸说道："集花坊到了，你去还马吧！"

"我怕啊，那种地方小麻子再也不想去了！"

"没关系，有我在，不会有事。你堂堂正正地还马，怕什么？"

永夜干笑两声，心里犯了嘀咕，怎么觉得风扬兮是在整她呢？她慢吞吞地牵了马走进集花坊。

身上还穿着牡丹院小厮的衣服，集花坊里的人瞧疯子似的看着她，都知道昨晚这个小厮发疯抢马的事情，不由得叹息。跑了还回来，不死也会被剥层皮。

走到牡丹院旁，无人理睬她。永夜回头，风扬兮站在不远处用眼神鼓励她。她叹了口气，大声喊道："这是谁的马？快来领了回去！小麻子昨晚酒喝多了把马骑走了，今日前来送还！"

她的声音很大，相信集花坊人人都能听见。可是站了会儿，竟没有人出来认领。永夜大步走到牡丹院门口把缰绳往守门小厮手中一放，大声说："有丢了马的，来此认领！小麻子多有得罪了。"说完大踏步便要离开。

才走得几步，听到身后一声怒吼："小麻子！你卖身契还在老娘手上，你往哪儿跑？给我回来！"

卖身契？自己何时签过卖身契？永夜惊诧地回头，牡丹院老鸨叉着腰站在门口横眉竖眼瞪着她。

"妈妈，我不要这个月的工钱了，我好像没有签过卖身契吧？"

"这是什么？白纸黑字还按了手印！安国律写得清清楚楚、明明白白，老娘花二两银子买了你，你居然敢跑？给我抓回来！"老鸨的声音比永夜大十倍，肥手一挥，牡丹院冲出五六个护院将永夜围了起来。

永夜心想，游离谷出的馊主意虽烂了点儿却很有效，眼下可不是讲理的时候。她又不能当风扬兮的面露武功，只好扯开了喉咙放声大喊："风大侠救命啊！我没有签卖身契！抢人啦，救命啊！"

"小麻子，我在这里！"

永夜被两个护院捉着手臂，拼命扭了头去看："风大侠救命！"

"哎呀！这位不是名震江湖的风大侠吗？你看看，白纸黑字写得明明白白，小麻子自愿以二两银子卖身给我牡丹院，风大侠一定要主持公道啊！"老鸨把卖身契送到风扬兮面前。

他瞧了瞧，叹了口气道："小麻子，你既然签了卖身契，我如何敢带你走？帮你赎身我又没有银子！"

"风大侠，你就算有银子也要问问老身愿不愿意！他签的可是死契！"

永夜望着他俩一唱一和，心直往下沉。风扬兮难道认出她来了？她在他面前一直装病弱，最怕他知道自己是刺客星魂。想起在陈国从背后刺他的一刀，无论如何不敢当着风扬兮的面使出功夫来。若他认出她来了，她就只好想办法逃了。永夜并不惧抓着她的两个护院，她在想怎么在风扬兮面前逃脱，或者，进了牡丹院，等风扬兮走了再逃，会更轻松一些。

风扬兮慢慢走到她身边，叹道："你拿了别人的银子，卖了身，怎么可以出尔反尔、不守承诺？亏我还想帮你做个好人。"

永夜眼珠一转，哭丧着脸道："对不住，风大侠。小麻子虽然长得丑了点儿，却实在不愿意待在牡丹院里，这才骗了你。"

风扬兮摇摇头，满脸难过："我真心帮你，你居然欺骗风某！"

永夜低下头满面羞愧，只盼着风扬兮快点儿滚，滚得越远越好。她越来越相信风扬兮是那种满嘴仁义道德、肚子里全是坏水的伪君子了。谁知风扬兮话锋一转："风某最恨欺骗我，陷风某于不义的小人！"她听到风声骤起，没等她甩开护院的手，风扬兮的掌已重重击在永夜后颈，将她打晕了过去。

风扬兮冷冷地看着她哼了声，对老鸨一抱拳："这种人千万别再放出来害人了！风某告辞！"

老鸨连声对风扬兮道谢，使了个眼色，几名护院赶紧架起永夜拖进了牡丹院。老鸨目送风扬兮离开这才拎起裙子急急走进院子。

片刻后，牡丹院飞出了一羽白鸽。

风扬兮盯着那只鸽子，耸了耸肩，喃喃道："小麻子，把你卖给牡丹院其实也不见得是坏事。"

风扬兮跟着那只白鸽一路往北追去，他一定要查出游离谷在安国的窝点。牡丹院是摆在明处的，游离谷在安国一定另有秘密据点。听说墨玉公子病了，不见客，风扬兮想，墨玉一定离开了牡丹院，今天冲出牡丹院的护院也是寻常壮汉，牡丹院显然已成摆设。

小麻子既然重要，就暂时还不会有危险。风扬兮眯缝着眼跟着白鸽，想回头再去救她出来。他不知道，白鸽放出的同时，牡丹院后门有三辆马车离开。

白鸽终于飞进了一座茶楼，停在一个胖子手中。

风扬兮愣住。

胖子惊喜地叫道："小白，你居然回来了！"

旁边一群提着鸽笼的人围着他笑道："王员外三日前丢了它，茶饭不思，没想到居然回来了。"

风扬兮没有再听下去，他觉得自己犯了个大错。当他赶回牡丹院时，已是一片慌乱。

他扭住一个抱着包袱要离开的护院问道："这里怎么了？"

那护院认出是他，惶惶然道："妈妈说牡丹院不开了，让我们瞧着院里有什么值钱的自己拿。"

"她人呢？"

"走了，一个时辰前就走了。"

风扬兮望着三道车辙印心跳加速，觉得仿佛丢失了最重要的东西。

李天佑与端王兵分三路顺着车辙追踪至城外后，发现了三辆被丢弃的马车。

端王定定地望着马车肃然下令："关城门，京都戒严。"

天佑望着端王正想说什么，端王瞟了他一眼道："皇上的意思，牡丹院一旦有变我们就动。"

京都的空气骤然紧张。

骁骑、熊渠、豹骑、羽林、射声、次飞六卫迅速掌控了京都四门，京都在一片鸡飞狗跳之后安静得可怕，空寂的长街上只听到一队队士兵往来巡视的脚步声与门缝内孩子偶尔传出的啼哭声。

三千羽林卫封住了各处宫室。一切不过瞬息间就完成了。

敲锣沿街传令的士兵口中吼道："奉端王令，尚营业者杀！擅出门者杀！窝藏奸细者杀！"

有个东宫的太监仗着皇后与太子的宠信，自告奋勇出宫探听消息，脚步才跨出宫门，就被羽箭穿了喉。

而东宫左右卫率只到齐了一半，硬着头皮关闭了宫门，护着太子。

身披甲胄的李天瑞根本没有想到事情会在瞬间变化。不论是从端王府还是从佑亲

第三十一章

王府传来的消息并没有半点儿异常，端王李谷为何会突然下这样的命令，而病重的裕嘉帝还在龙翔宫好好地活着。

"李谷是要造反吗？"李天瑞牙缝里蹦出一句话后，抽出了雪亮的宝剑，阴沉着脸对东宫左右卫率道，"李谷自恃功高权重、父皇信任，竟然抽调禁军封锁宫禁。他居心叵测，竟想趁父皇病重逼宫。与其在此束手待毙，不如冲出东宫以清君侧。"

东宫左右卫率自然以太子马首是瞻，然而没有想到的是，当他们拥着太子缓缓打开宫门正想质问禁军之时，宫门口竟一字排开了十门攻城弩。

李天瑞倒吸一口凉气，这阵势摆明了就是要置他于死地。

羽林卫统领姓张，张丞相内侄，世家出身，温和地笑了笑，对李天瑞道："太子少安毋躁。端王世子永安侯刚回京都就被绑架，王爷舐犊情深，行为未免有些过激。太子在东宫稍歇，约束好东宫侍卫。王爷自会亲自前来给太子一个交代。"张统领硬着头皮把这番话说完，心里长叹，若是端王不好好给一个交代，他就是杀头抄家的谋逆大罪。

这话说得也未免太过张狂。李天瑞冷笑一声："难道皇上、皇后与孤都及不过一个永安侯？皇叔是不把皇上放在眼里了？！"

他说得没错，这番话就算裕嘉帝听了也会气得从床上跳起来。

但是端王是张丞相的女婿，他等同于是端王的人。端王在军中素有威望，而张丞相似乎也默许，京都戒严，京畿六卫不仅封锁街道、控制城门，更多的是围住了百官府邸。听说有几名言官冲出府要往午门请皇上定夺此事，当街被砍了头。

李天瑞并不知情，梗着脖子吼道："孤不信文武百官也由得皇叔胡来！他儿子丢了，居然敢动羽林卫逼宫，他是要造反！"

张统领没有接嘴，抱拳一礼道："末将奉令，无论何人，敢出宫门者，杀！"

"皇后娘娘出宫门也杀吗？"李天瑞一语问过，脸上阴狠之气毕现。

东宫左右卫率及羽林卫都有些糊涂。无论何人？难道也包括皇上？

"老臣参见太子殿下。"一个温和的声音响起，张丞相身着绯色官袍与几名大臣出现在东宫门口，"老臣奉旨安抚殿下。皇上口谕，事出突然，情有可原，请太子约束东宫侍卫，不得与羽林卫冲突。钦此。"

李天瑞愕然抬头，见来的几名大臣正是朝中重臣，平素出了名的清廉，并不插手他与李天佑争权夺势的事，心中微微放心，却又对竟然动用攻城弩封宫门极为不爽。这么短时间就调集攻城弩，不能不说端王是早有准备。他耐着性子问张丞相："老大人，究竟出了何事？"

"游离谷勾结陈国企图在皇上病重时行刺，不得已才封了宫中各处所。端王正亲率禁军搜查，估计用不了多时就会来东宫。为免刺客逃脱，请旨实行坚壁清野。"

李天瑞吐了口气，游离谷吗？难道他们已展开行动？他细想又觉得不对，计划似乎并不是行刺，难道事有变化，才不得已使出行刺这一招？宫门已被封死，李天瑞沉默一会儿，笑道："如此孤就放心了，有劳老大人走这一遭。不知父皇病情如何？天瑞今日还未前往请安。"

"皇上坐镇龙翔殿，太子放心。"张丞相拱了拱手与几名大臣联袂离开。

李天瑞看了看东宫门口的攻城弩，下令关闭宫门。

酉时，龙翔宫中。

重重帷幔后隐隐传来轻咳之声。

裕嘉帝半靠着床，颧骨高耸，脸色灰败。

端王跪在床前担忧地看着他。

黄色绫帕展开，咳出的鲜血触目惊心。

裕嘉帝望着烛火出神，偌大的宫殿中只有端王与贴身内侍王福在。他的儿子呢？天祥远在秦川，天佑在宫外巡视，没有一个嫔妃在身边。他希望什么呢？儿孙满堂让他不必孤单离开吗？本是意料之中的事情，他还是忍不住问了声："天祥的亲事定下来了？"

"是，今年十月迎娶安家四小姐。"

"十月……"裕嘉帝叹了口气，他等不到那一天了，"通知礼部改期，务必在百日内完婚，等过了热孝，要等三年。"

"是。"端王听到这一句，鼻子忍不住一酸。

"天佑，更需如此。国不可无后，百日之内他必须立后，不然就要等三年后了。"

端王听了有些吃惊："天佑……"他不知道佑亲王与何人定了亲事，心中惴惴不安起来。

裕嘉帝没有回答，却看出了端王的不安，温言问道："永夜还无消息？"

"皇上保重身体，永夜没消息就是好消息。"端王想起开宝寺那场刺杀，永夜从陈国回来却不能回家，伏在暗中刺探游离谷的消息，如今人也落在敌人手中，他心里异常难受，却不想让裕嘉帝担心，低头温言答道。

"多久了？"

"她无事。"

裕嘉帝喘着气，从枕边拿出写好的圣旨："就今晚吧，不能再拖了。他们敢对你下手，显然是等不及了。朕……也等不及了。"

端王接过轻声道:"皇上放心,都安排好了。"他正要走,又迟疑了下,望着裕嘉帝消瘦的脸开口道:"皇兄,臣弟想为永夜讨道旨意。"

裕嘉帝有些奇怪地看着他,似乎觉得端王不应该开这个口。

"永夜性子倔强,臣只有她一个。"端王回道。他心想,皇上还不知道永夜在游离谷学了身本事,若是知道,怕是会厌恶她的。想起游离谷,再想起裕嘉帝说起天佑婚事要在百日热孝内完成,便想趁机讨道圣旨防身也好。

裕嘉帝叹了口气:"我知道,你一直不想卷进朝堂政事,你难道不相信天佑?"

"有总比没有的好。"

"呵呵,你啊……"裕嘉帝轻咳了声答应,"好,我知道你心疼她,生怕她与天佑顶撞。天佑告诉我他很喜欢她,你不用太过担忧。"

"可将来他会是皇帝!"

裕嘉帝怔了怔,咳了两声笑道:"是啊,做皇帝的身边人总是怕的,不然怎么会有'伴君如伴虎'一说?诚如你我兄弟友爱如斯,你却还是避免着被扯进皇权之争。二弟,皇位是我坐了,我却很羡慕你。当年你说你志在美人不在江山,放弃了皇位。你说,我是否也该给天佑一个选择的机会呢?他是皇帝,他也会有自己喜欢的人。"

他没有称朕,而是用寻常的语气问端王,这让端王心里浮起一丝温柔,隐约回到年少时兄弟相亲的日子。

端王一愣,沉默良久道:"永夜不喜欢他。"

"当年……王妃又喜欢你吗?还不是耍赖强要来的?好意思说!"裕嘉帝似又回到了当年兄弟二人狼狈为奸向张丞相逼婚的时候,咳了几声,脸上浮起红晕。

"皇兄!"端王直直地跪在裕嘉帝面前,这一声像极了从前想娶王妃时的恳求。端王垂着头轻声道,"我很早以前就为永夜定了门亲事。"

裕嘉帝惊得一愣,心中多少有些不快。看端王神色便知是真,叹了口气道:"难道真比天佑好?"

"皇兄!"端王膝行上前,靠着裕嘉帝轻声话语。

裕嘉帝听了怔然,良久叹息一声:"难为你了,能想出这等两全其美的办法。可是,永夜又喜欢他吗?如果永夜喜欢上天佑呢?我看哪,儿女的事情你不要操心了,你为永夜,我何尝不是为天佑?我会给你道圣旨,让天佑不得勉强她好吗?不过你给他一个机会,诚如当年我给你一个机会!"

兄弟二人此时已不是皇帝与臣子的身份,而是一个为女儿、一个为儿子的父亲。

"多谢皇兄。"端王知道这已经是裕嘉帝最后的让步。

裕嘉帝似乎放了心,摆了摆手。

端王谢了恩，拿着两道圣旨出去，又回头，对裕嘉帝磕了三个头，行了大礼。起身时见裕嘉帝含笑望着他轻叹，这才噙着泪走出龙翔宫。他知道，这一次，是他最后一次见裕嘉帝了。

　　风声传来，裕嘉帝侧耳听了听。

　　龙翔宫中，九龙鎏金盘烛突然结出一个大灯花，爆了。

　　裕嘉帝沉思的情绪被突来的声响打断。他抬起头问道："皇后就寝了吗？"

　　近侍王公公束手静立："应该没有。"

　　裕嘉帝坐起身道："替朕更衣，去凤宫。"

　　近侍王公公一愣，正要劝阻，裕嘉帝已下了床。他赶紧招来内侍伺候他更衣，见腰身又宽了些，心里不由得有些发酸，忍不住说道："外面下雨了，皇上，要不，明日……"

　　裕嘉帝望着殿外，明日？他叹了口气，一口气顶到今天，他怕他再不去就没有机会了。

　　"走吧！"

　　皇帝的突然来临，让皇后有些手足无措。

　　宫外羽林卫封了宫门，风雨大作，她已觉得心中极度不安。看到裕嘉帝过来，不知是悲是喜，缓缓跪下行礼，长长的裙裾像凤尾在殿中撒开，身姿一如平时，美丽优雅。

　　裕嘉帝没有搀扶她，坐在榻上看着皇后。他的目光充满了回忆。

　　在很多年前，他也是喜欢过她的。她的骄傲、她的美丽、她的活泼，如今这具美丽的躯体为何就不能引起他的兴趣与宠爱？裕嘉帝轻叹一声："起来吧！"

　　这一声皇后等了许久，直等到心里那根弦"噌"地断掉。她抬起头来，已满面泪痕："不必了，皇上想说什么直说无妨。"

　　"皇后一如既往的倔强……"手指轻敲着矮榻，裕嘉帝和蔼的神色一成不变，不以为忤，也不以为喜。

　　他沉吟片刻缓缓地说："朕活不久了，服了药强撑着，如今已是强弩之末油尽灯枯，皇后可知？"

　　皇后浑身一颤："皇上身体尚健，怎么会……有此一说？"

　　裕嘉帝起身走到皇后身前，淡笑道："皇后真的不知？"

　　皇后默然。他就要死了，她怎么会不知道呢？两个月前，裕嘉帝下了早朝呕血，这半月来也不知端王使了什么法子，让他精神如常。皇后默想，御医与回魂都说裕嘉帝得了痨病，只要呕血不止，就再也救不回来。这一个月来，她不知看了多少回裕嘉

第三十一章

帝呕出的鲜血，看着他日渐消瘦，黄色的皮肤泛起不正常的潮红，她想，没有多久了，一切都会结束。

那角明黄就停在皇后面前，下摆绣的海浪翻涌，金龙戏水活灵活现，皇后微垂着眼眸看着那条龙张牙舞爪似向她扑过来，胸口被压着闷得难受，嘴里缓缓吐出：“皇上受于天命……定会万寿无疆！”

"哈哈！"裕嘉帝大笑，笑声引得皇后抬头，看到那张瘦骨嶙峋的脸上竟有了年轻时的张扬，心神一颤，又垂下头去。

裕嘉帝收了笑声，蹲下身子抬起了皇后的下巴淡淡地说："皇后所想，怕是巴不得朕早点儿死了才好吧？"

他明显感觉皇后在后缩，手却并未放松，一字一句地说道："永夜被擒，皇弟不敢动，天佑无援，朕死，太子继位。皇后想的可是这个？"

"皇上莫要乱说，臣妾……怎么会这样想？"

"皇后以为游离谷接受了你那单委托，就可以高枕无忧了吗？太子……东宫已被包围，皇弟持了朕的圣旨去了。"

裕嘉帝的声音与他的脸色一样虚弱，皇后听在耳里，眼中却如同看到鬼魅。她猛地挣脱裕嘉帝的掌控，踉跄着站起，指着裕嘉帝骂道："他也是你的儿子，为何你就如此狠心？对天瑞何其不公！"

"不公？"裕嘉帝一步步接近皇后，瞬间全身又有了力量，病痛似已离他远去。等了多年终于等到今日，他目中终于露出恨意，"我真的对他不公平？对他心狠？他是朕的儿子？李妃怀有身孕后朕只来过凤宫一次，那一次就有了天瑞？你欺朕酒醉后真的什么都不知道？他身上有哪点儿像朕？皇后嫡子，笑话！天佑心思藏得深，天祥表面大大咧咧的，也不是省油的灯，但是，他们唯独没有太子的阴狠残暴！"

皇后惊恐地后退，裙裾绊住了脚，"咚"的一声摔倒在地，金簪滑落，散了如瀑长发，美丽的脸上充满了绝望与悲苦："是，他不是你的儿子。可那又是为什么？我不好吗？我父兄长守秦川，为你拒挡了齐国的兵马，我十四岁嫁入太子府与你大婚。为什么，你还要有李氏、张氏？"

"这就是你背叛朕的原因？"裕嘉帝大怒。他的脸上显出一种异样的血红，咳了一声，鲜血已喷溅在黄袍上。

"我是皇后啊，却眼瞧着李氏先有身孕，你让我颜面何存？我瞧着李氏脸上的光彩，瞧着你看她的目光，我也很想有个孩子！那一年，是秋天吧，皇上？还记得那年秋天去赏菊吗？我远远地瞧见你携了李氏的手，为她摘了朵黄菊，我只能离开……我走得多远你都不知道，我离开了多长时间你也不知道！哈哈！"皇后突然大笑起来，

"你万万想不到安国皇帝出游，侍卫禁军重重保护，居然会有人出现在花丛中，搂了你的皇后！"

皇后面露悲伤，那张美丽的脸却有了另一重光华。她喃喃自语："他就这样在花间出现，静静地瞧着我，我也静静地瞧着他……他走的时候对我说，若是有什么事，可以找游离谷。我有了他的儿子，我是个母亲，我必然要帮天瑞登上太子位，做天子。"

"你做梦！"裕嘉帝怒吼，身体剧烈地颤抖，"你身为一国之母，居然和一个不认识的男人苟且！"

皇后坐在地上，轻抚过长发，痴痴笑道："可是，皇上，你却为别人养儿子养了二十二年，是什么让你这般隐忍？是我罗家的兵马，还是你妄图吞并天下的心？我不认识的男人，难道你不认识吗？你真的不认识他？他难道不是你李家的人，与你流着同样的血？！难道，圣祖的儿子就只有你和端王吗？"

裕嘉帝气得手足发颤，却冷笑出声："当年圣祖的孽要让我们兄弟二人背负，让我隐忍二十二年！实话告诉你，那个人就在端王府，做一个下人、一个奴才！同样的血未必有同样的高贵！"

他的话让皇后尖叫出声："不！他……他怎么会做一个下人？你……你们欺人太甚！"

尖锐的声音，像箭一般刺破凤宫的上空，星月夜转眼被捅破，化成一道闪电，瞬间电闪雷鸣。

凤宫内四顾无人，空空荡荡，那些金缕锦帛在猛烈摇摆的烛火中晃动着洪水猛兽般的影子，向皇后逼了过来，让她不住地喘气，想要多呼吸一口新鲜的空气。

她害怕地闭上眼，山菊烂漫处，那个白衫少年一脸清华之气又站在了她面前，目光淡然地瞧着她。她讶异地回头，身边竟没有一个侍从，这才想起是自己吩咐了不让人跟随打扰。

他没有逼迫她，轻轻牵了她的手，那一瞬间她不知道是想报复还是折服在他丰神俊朗的气度下。

那么高贵的人，居然做了一个下人、一个奴才！

"我不信！"皇后咬碎银牙迸出满口血腥。

"朕没动他，他以为朕不知道，以为不知道当年还留了这么个余孽！自他投奔进端王府，二弟就觉得他不对劲。他的容貌，他以为无人知晓他母亲的模样。那贱婢的画像还是朕和二弟亲手放入父皇棺中，连太后都不曾知晓！"裕嘉帝激动起来，手颤抖着指着皇后，只觉往事如潮涌上心头。他不得不喘几口气，额头血管已跳得突突

第三十一章

作响。

"为什么？他不是你们的兄弟？你们就这样，就这样让他在端王府做个下人？"

没想过吗？裕嘉帝和端王曾经想过给他一个功名，让他一生富贵，如果不是发现他与游离谷有勾结的话。

"他闯入花园不过是想刺杀朕，因为他的阴狠，他改变了计划……他恨朕，觉得羞辱朕比杀了朕还痛快！朕放过他，是为了他身后的游离谷。朕就想看看，他妄想依靠的游离谷能不能颠覆朕的江山！朕装作视而不见让他在端王府中好好待着，朕甚至让他的儿子做太子。你们以为，这样就能顺理成章地夺了朕的皇位？"

他居高临下睥睨着皇后，看着她的脸仿佛瞬间变老。他颤抖着身躯，轻蔑一笑："天祥赴秦河已久，为的就是接替你的兄长，京都太师府与归附东宫的官员府邸已被重重围困，你父亲全族一个也跑不了。我本来还想再等下去，等到八月陈国长公主出嫁。永夜娶公主的时候，会是你们杀皇弟发动宫变的最好时机吧？可惜我撑不到那天了，永夜没有消息，我不能让皇弟左右为难。我死之前，必须要把这件事情结束了！"

裕嘉帝的声音如同外面的雷声，轰隆隆炸毁了皇后所有的抵抗。黄袍上的五爪金龙向她扑来。二十二年的梦想，被龙爪撕碎成齑粉。

皇后眼中最后一丝希冀消散，脸色呈现出灰败之气。

"你，原来什么都知道！什么都在你算计之中，你……你表面贤明温和，实际竟如此歹毒！你若恨我，你杀了我，我也无怨，你为何……为何要这样把天瑞捧上云端再一脚踏入地狱？你瞒了所有的人二十二年，就等着今天？"

嘶声吼叫中，她看到的是裕嘉帝满脸悦色，瘦削暗黄的脸颊竟染上一层兴奋满足的红晕。一颗心渐渐下沉，她猛地跳起来想要冲出宫去。

啪！一记耳光重重地将她打飞在地。皇后两眼发黑，咳嗽着趴在地上。

"是，我就等着今天，等着看你们离皇位一步步走得更近，就如同当年的他一样，以为借着圣祖宠爱可以进宫甚至可以坐上龙椅！近在咫尺，触手可及，却眼睁睁地丢掉！他如此，他的儿子也如此！"

一口热血喷出。二十二年，裕嘉帝终于一吐为快，那种直抒胸臆的酣畅淋漓，仿佛一身闷汗之后痛痛快快地洗了个澡。他抹了抹嘴边的血迹，看着皇后恶毒地说道："李妃不及你漂亮，张妃不及你聪慧，就算掖庭新册封的林宝林、陈美人也远不及你高贵端庄，她们连你一半也及不上，可是，朕就是喜欢她们，对你毫无兴趣。"

裕嘉帝终年不破的和蔼荡然无存。

皇后捂紧了耳朵，她万万没有想到，李天瑞的身世在二十二年前就已经不是秘密了，她与那人的事情也不再是秘密。一瞬间，什么都没了。她想起游离谷，低声笑了起来:"若是游离谷这般好对付,就不是天下闻名的游离谷了。"

"安国、陈国与齐国,集三国之力还灭不了游离谷?实话告诉你,三国的皇帝已经签下约书首度联手,目的就是要灭了游离谷,而引他们入局的便是你。"裕嘉帝长叹,一个天下闻名的刺客组织,可以公然在三国都城开牡丹院接受任务。没有一个帝王能允许这种情况存在。

皇后一愣,似乎不明白裕嘉帝的意思。

"你还不明白吗?游离谷纵横天下,始终找不到突破口,而你与他,包括李天瑞,就是一个绝佳的诱饵。游离谷贪图能间接掌握我安国的权势,怎么会不上钩呢?我们只等游离谷的精英进了京都再冲进这紫禁城!"

闪电划破夜空,皇后瞬间明白。她和他想借着游离谷的势力夺了安国的皇位,裕嘉帝驾崩,天瑞继位,再杀了端王,游离谷能得到一个傀儡皇帝,之后再掉头对付游离谷便是。为了这个计划,游离谷耗费了十来年的人力物力,然而对三国皇帝而言,巴不得游离谷投更多的本钱进去,投得越多,亏得越惨。

"就算端王死,李天佑也有外援的,是吗?"皇后怔怔地望着裕嘉帝问道。

"你才明白?皇弟只不过是吸引他们注意的目标。朕忍耐这么多年,会一点儿准备都没有?"

裕嘉帝的话像殿外的惊雷打散了皇后所有的希望。

那道明黄再次来到她身前蹲下,腰间垂下八宝荷包,上面绣着鸳鸯戏水。皇后突然想到,他说过端王已奉了圣旨去东宫,像抓着救命稻草似的死命地拽着裕嘉帝的衣袍:"皇上……求你,看在天瑞什么都不知情的分上,饶了他性命!你带着荷包……我当年绣给你的荷包!你恨我,别恨天瑞……求你了,皇上!"往昔恩爱浮现心头,他还佩戴着她送的荷包,皇后泪眼蒙眬。

轻拭去她的泪,裕嘉帝手掌摊开,掌心一枚朱红色的药丸滴溜溜打转:"很难受是吗?服了它就不难受了。"

皇后颤抖着手拿起药丸,目光却看着裕嘉帝苦苦哀求:"饶天瑞一命,我爹年事已高,皇上!"

裕嘉帝恢复了和蔼的面容,轻叹口气,点了点头。

皇后一闭眼,吞下了药丸。

雷声雨声不绝,凤殿阴暗晦气。

裕嘉帝瞧着皇后没有痛苦地断了呼吸,这才小心地抱起她坐在榻上,心内蓦然酸楚,手轻抚过她的面容道:"我只是恨你的心为何要交给了他?若是你心里有我,天瑞当了太子又何妨?"目中竟泛出泪来。

皇后似睡着了一般，裕嘉帝抱着她，眼前仿佛又看到年少时她冲他露出美丽的笑容，她温顺地躺在他怀里，裕嘉帝竟有种无法形容的满足。他少年便成天子，是他贪心不足，被李妃的温柔、张妃的直爽所迷惑，可是他心里从来没有不爱她。直到她怀了那人的孩子，他才感觉到痛，一种被遗弃的痛。

裕嘉帝想起端王与王妃，一时间竟有种迷茫。这二十二年来，他完全可以杀了天瑞，他是真的想报复还是怕她伤心？低头望着怀里的皇后，他觉得异常疲惫。这一切不能重来，也无力挽回。只有此刻，抱着她才感觉她是真正属于自己。

烛火被风吹得飘摇，裕嘉帝心思恍惚，一生就这么过去了。良久后叹了口气，是非功过由人评说，都与他无关了。

他唤来王公公，轻声吩咐道："朕病重不起，皇后忧思过度猝亡，与朕同葬！太子……"自己与皇后的恩怨已尽，难道要让天瑞与天佑之间再发生一次同样的悲剧？他没有说下去，回想皇后临死前的恳求，他只能再叹口气，都是命，已非他能掌控。

王公公跪下磕头，老泪纵横，良久抬起头来，只见裕嘉帝面露微笑，搂着皇后去了。

东宫足足被围了五个时辰。

李天瑞烦躁不安。

"殿下，趁着夜深，翻墙杀出去吧！"东宫一个谋士忧虑地进言。

李天瑞摇了摇头，一脸茫然。杀出去又如何？他该往哪儿走？白白将皇宫皇位让给李天佑？父皇从小不喜欢他，可是母后还在宫中，他怎么能离开？

"太子宫门接旨！"悠长的声音穿过雨夜穿过宫门声声传来。

"殿下，小心戒备！"

李天瑞站起身，阴郁地看了眼周围。君要臣死，臣就不得不死吗？

"嘱左右卫率准备，趁宣旨时，杀出去！"说完这句，有一种痛带着愤恨深深地刺了他一下，像毛茬的木刺扎进肉里，不触及不觉得，一抚上去就痛得心惊。他是正宫嫡子啊，他就这么不如李妃那个贱人生的儿子？

对于宫中内侍女官们来说，太子平时动不动就杖责宫人至死，惧他比敬他更重。然而他终究是太子，而且此时分明还是个被算计了的太子，纵然他平时再残暴，此时众人目光中流露的更多的还是一种深切的同情。

也许太子被废，东宫所有人都会一起陪葬。也许，太子杀了出去，见到皇上，处置了端王，他还是紫禁城的主人。东宫左右卫率中各种复杂的心思都有。生死关头，没有人愿意死。更多的人想着只要拼死一战，没准儿能博个将来与皇上荣辱与共的功劳，享一世富贵，当下齐心答道："愿与殿下共存亡！"

　　端王披了油衣站在伞下。这世上没有真正的"公平"二字。你不是皇上血脉，你只能死。若你不死，难道二十二年后再来一次夺位的阴谋？

　　他永远记得裕嘉帝听说皇后怀孕时的神情，脸色雪白，双目赤红似要杀人。可惜这一切没有办法和天瑞说。皇兄去了，往事便只能烂在他一个人肚子里。

　　李天瑞的身形渐渐出现在眼前，和那人多么相像。长得酷似皇后的脸，却带着那人的神情。那人也是自己同父异母的兄弟，他时常在府中遇着，脸上不动声色，心里却不住叹息。那人只不过是圣祖出宫一游的意外，他不可能有皇族的封号，不能进宗庙，便选了这样一种方式争夺皇位吗？

　　一次酒后，裕嘉帝曾拉着他的手说："千万不要再娶别的女子。"

　　他应下。

　　裕嘉帝落泪："我本可以让他当个富贵王爷！"

　　他无语。

　　从那人投向游离谷，与皇后苟且之后，他已经是安国的逆贼。

　　"皇叔！孤等你很久了。"

　　天瑞的话让端王再次审视他。三位皇子都很优秀，天瑞阴毒了点儿，天佑又何尝是省油的灯？他想起永夜，便是李家的女儿，也是心思深沉之人。天瑞并不比天佑差太多，他甚至比直肠直性的天祥更适合当一个帝王。

　　端王温和地笑了，可惜，他不是皇兄的血脉，而是一个时刻想着争夺皇位，不惜与外贼勾结的逆贼的儿子。

　　"接旨吧！"端王缓缓展开圣旨。

　　在羽林卫跪下的瞬间，东宫墙头左右卫率羽箭齐飞，前面的羽林卫呼啦倒了一地。呼喊声中，东宫士兵挥刀冲了出来。

　　宫门处顿时混乱起来，喊杀声震天。

　　端王只笑了笑，退后了些，挥了挥手。

　　盾牌结成牢不可破的墙堵住了攻势。攻城弩带着巨大的冲击力发射出凌厉无比的箭。冲在前面的人仿佛不是被箭射中，而是被巨石冲击，弹在高大的宫门上，撞出"咚、咚"的声响。

　　李天瑞接连击开两支羽箭，长剑几欲脱手，被士兵护着退了回去。临去前回头的那一眼瞪视着端王，无限悲苦。

　　端王摇了摇头，同情地看着太子。他如何比得过自己？多年军中生涯，他已布下天罗地网，只等着游离谷的人杀进宫来，一并除掉。

"太子勾结游离谷谋逆篡位，废太子位，赐死！钦此！"这道圣旨甚至连数落太子罪行的话都没有，简短扼要。

张统领站在端王身边喝道："东宫左右卫率放下武器，饶尔等不知之罪，若再反抗，与太子连坐！"

谋逆已经是最重的罪之一了，足以诛九族。

不少东宫侍卫稍一迟疑，便丢下了手中武器。只有部分死士忠心护着太子往宫内撤退。

"殿下，换了奴才衣裳，逃吧！"

李天瑞看着贴身小太监，心里一酸。就这样一句话，父子之情没有了，太子之位没有了，从云端直下地狱。谋逆，这是最重的罪之一，他的父皇让他背了，他甚至可以想象他美丽的母亲会有什么下场。安国律，谋逆者处凌迟，诛九族。这样的罪名，却只是让他死而已。自己还该拜谢皇上恩德，给了他一个痛快吗？

俊美的脸上布上重重悲哀。母后是勾结了游离谷，可是他是太子。他防着大皇兄又有什么错？他从来没有想要弑父登基！最终却得了一个这样的结果。何其不公！

"快抵挡不住了。殿下，留得青山在，不怕……"

"住口！孤是堂堂安国太子。孤倒要看看，李天佑与李谷勾结害死父皇、母后，杀弟夺位，史书会怎么写！孤不走！"李天瑞怒吼。

"你必须走。"一个陌生的声音在殿内响起。

所有人回头，一个修长的身影出现在后殿门口。他一步步向太子走来，那身影有点儿陌生又有点儿熟悉。

"你是何人？"

"你不想死得不明不白，你就必须跟我走。我是游离谷派来救你的人。"来人话语中带了一分阴毒。

随着话声，前面冲杀声又近了些。

"里面的人听着，你们已经被包围了！放下武器投降！"

来人吸了口气，长声喝道："李谷，你不想要你的女儿了吗？"

端王愣了愣，对永夜，他心里始终有一份做父亲的歉疚，她最终还是落在他的手上了。一瞬间，永夜美丽的脸、机灵的神情仿佛就在眼前。他早知道会有这么一天，他也早做出了决定。

然而话到嘴边却是这样难以说出口。他和他一样的难。他要他的儿子死，他也不会让他的女儿活。

端王的脸有些抽搐，在火光照耀下显得狰狞。他想起自己曾对永夜说的话："天下没有什么事是绝对掌握在自己手里的。"如今他就不能掌握自己的心。

"王爷……"张统领小声地喊了他一声。永夜是张丞相唯一的外孙，端王唯一的子嗣，如何能有失？

端王突然放声大笑："李言年，你终于来宫里了！你杀了永夜吧！就当这么些年我从来没有找回过她！"竟不给任何机会，果断下令放箭火攻。

李言年听着，脸上露出佩服之色，回头看了看李天瑞，冷声道："随我冲出去！"

"孤不走！"

啪！一记耳光扇在他脸上，李言年恨道："你若想为你母后报仇，若想夺回属于你的皇位，你就非走不可！"

李天瑞被他扇得呆了。这么多年，裕嘉帝再不喜欢他，也从没扇过他耳光。他倒吸一口凉气："你敢打孤？！"

"这个世界上，老子打儿子没什么不敢！"李言年说完，拎起被他一句话惊呆了的李天瑞往后殿急冲。

才出得殿门，迎面又是一蓬箭雨，一群羽林卫。

宫墙上突然闪出三名黑衣人，与李言年一起护着李天瑞往外冲杀。

羽林军的箭被他们击开，硬生生撕开一个缺口。眼看就要出宫墙，两道凌厉的剑光闪过，蓦然隔开了李言年与李天瑞。

"李天佑！你这个杀弟夺位的逆贼！"天瑞认出其中一人正是天佑，顾不得李言年，胸中所有的怨气骤然爆发，冲着天佑冲了过去。

老子打儿子？那声音宛如天雷在他耳边轰鸣。他不要接受这个事实。他的父皇在龙翔殿中养病，他的母后在凤宫，这里是他的家。李天瑞宁死于此。

羽林卫趁机冲上，眼看与李天瑞的距离越来越远，李言年恨得直跺脚，他怎么会有这么一个冲动的儿子，自寻死路！

风扬兮的剑光袭来，一名刺客迎上一剑，虎口一热剑几欲脱手。另一名刺客补刺一剑，却被风扬兮挥开的剑光所伤，踉跄着后退。

"走！"一人扔下迷烟，虽然在大雨中转眼被冲散，但三人仍趁机护着李言年冲出了宫外。

风扬兮回头看了眼疯魔般犹作困兽斗的太子，长笑一声："王爷，风某走了！"脚尖一点，再不管皇宫的事，追踪李言年与三名刺客而去。

若想找到她，这是唯一的线索。

第三十二章
石屋斗智

三名游离谷的刺客中，一人中了一箭，一人胸口被风扬兮划破一剑，鹰羽受伤最轻。京都虽然戒严，以他们四人的功力找到偏僻的城墙越墙而出却也不是很难的事。

出了京都，鹰羽沉声道："谷主有令，从现在起，李执事不再是游离谷之人。盼你好自为之。"

"谷主没杀我已经是破例了。"李言年的神情很淡，淡而冷，像此时的雨雾一般飘过。

"谷主说，尊夫人痴情于你，将来会有子嗣。希望你放弃执念，好好过下半辈子。"看不清他的神情，想想二十多年的复仇计划就这样完了，鹰羽眼中掠过一丝同情，黯然地低下了头。

李言年的目光仍望向天边那团黯淡的红色，那是东宫起火的地方。黑暗中那色彩显得格外诡异，像是地狱。是的，那地方是地狱，而火却在自己心里烧着，谁说要下了地狱才能经受炼狱的火炙？李言年漠然地叹了口气："也罢，各有各的路要走。若知今日李谷会突然发难，也许昨天，我们就该下手除去裕嘉帝。是非成败转头空，世事难以预料，成王败寇不过一线之隔。"

三人默默地看着他，都在感叹世事难料。当年高高在上的李言年如今已被游离谷所弃，而他们自己也由一个个孩子成长为一流的刺客。

当年浑身发抖站在李言年面前的情景仿佛就在昨天，三人黯然无语。

鹰羽勉强笑了笑道："执事，谷主吩咐带星魂回去！"

她有这么重要？李言年疑惑地看了他们一眼，不动声色道："星魂在夷山之中，谷主还拿她有用？"

"这不是你该问的。"鹰羽答得很简单。他只是奉令行事，别的他也不清楚。

李言年什么话也没说，往夷山行去。

黑骏骏的山林寂静异常，经过溪涧时李言年停了下来："他二人受了伤，喝点儿水歇会儿再走吧。天亮就到了。"

刺客三人坐了下来，鹰羽见他俩脸上已露疲态，便取了水囊准备去溪边打水。

就在这一瞬间，李言年手一抖，手中已挥出迷烟，夹杂着点点寒光往三人而去。

事出突然，谁也没想到他竟敢下手，那两名刺客本就受了伤，瞬间被击中要害。只有鹰羽，本能地往后一翻，背上已中了几枚暗器。他并不与李言年缠斗，翻身跃入溪涧，转眼不见了身影。

烟雾过后，李言年看着二人的尸体冷笑。游离谷敢弃他，他必报此仇。他咬牙切齿地想，若不是游离谷临时退出，端王李谷就算临时起意发动宫变，也不会让他措手不及，让皇后与太子连反应的时间也没有。

"游离谷，你负我！"策划了这么多年，等到今天，却是不堪一击的下场。他连自己的儿子都没来得及多瞧几眼。

两行泪从李言年脸上滑落。

雨早已变得绵长，不知不觉浸湿了衣袍，寒意从肌肤直渗进骨子里，却让心头之火越燃越烈。李言年仰天长笑。

只得片刻，笑声骤停，他用脚踢了踢尸体，冷笑道："安国不会放过游离谷。想抽身，不可能！"

杀得一人少一人，游离谷刺客虽多，要培养一个却甚是不易。李言年的暗器有毒，他并不担心鹰羽能活多久。就算游离谷知道是他杀的又如何？他们找不到他。安国始终会对付他们，端王李谷绝不会善罢甘休。

他阴狠地想着，自己连儿子都顾不上了，还有什么好顾忌的？他需要时间喘息，需要时间想，他该拿李永夜怎么办？

永夜躺在床上动弹不得，脸色平静地望着窗外。

山中的夜她再熟悉不过，再过一会儿，天边将会有微蓝的晨曦，山谷会慢慢被太阳照亮。也许，死在这里也是件好事。记得她幼时清醒时，第一次看到的就是山谷的景致。

从哪里来回哪里去，生死轮回，不过如此。

屋里飘出粥的香气，她仿佛又看到月魄在厨房忙碌的影子。十天，多么短暂，又多么幸福。她有些后悔，应该再多留几天的。如果不是看到月魄眼中的情感越来越浓，浓得让她有些惊慌失措，如果不是每晚都会毫无戒备地熟睡，她或许真会留下来。

"你醒了，少爷？"揽翠双目微红，似哭过一场。

"哭什么呢？我还没死呢。"永夜淡淡地说道。

她被李言年带到这里时，看到了揽翠躲闪的眼神。

对揽翠的出现,她并不奇怪。在陈国,美人先生就说过,端王唯一犯下的错就是太相信女人。

可是,倚红与林都尉却没有出卖她。她知道他们要么是落在了陈国手中,要么就是遭遇了意外。否则,她回到安国这么长时间,那二人没理由还没回来。

揽翠跪在她面前不敢看她。

"怎么找到这么个山清水秀的地方?"

揽翠小声说:"相公很多年前找到的,他觉得这里隐蔽,便早建了屋舍。我是三天前来的。"

三天前?

"端王府的人没发现你走丢了?"

揽翠眼中掠过一丝羞愧,低声道:"王爷不知道我……"

是啊,父王以为是自己捡来的散玉关战后的孤儿,养在王府带大了她,所以才会放心将她安插在李言年身边。这天底下真的没有什么都能算计到的事情。

永夜淡淡地吩咐道:"把枕头给我垫高点儿,躺着看窗外,脖子都酸了。"

揽翠没有动,低着头小声说:"相公……他说不能靠近你,你说什么都要等他回来。他没回来之前,你说什么……都不能听。"

"他若回不来了呢?难道不让我喝水吃饭、拉屎撒尿?"永夜厉声吼道,"亏我父王救了你养大你,居然养了个连狗都不如的东西!养条狗也知忠心护主,你的良心让什么吃了?!王府待你如何?虽名为侍女,却养尊处优当成小姐看待。揽翠,你竟这样对你家主子!"

揽翠被她一吼,习惯性地站起来便要伸手扶她,手才伸出又缩了回去,头埋得更低,声音已哽咽起来:"少爷,哦,小姐……对不住!相公去京都了,一天便回来。"

她连看一眼永夜的勇气都没有,掩面冲出了房门。

永夜禁不住苦笑。一个对男人死心塌地的女人!任她温柔还是斥责,都不敢越雷池一步。女人是利器,用之得当无往不利,反之害人害己。若不是父王笃定揽翠忠心,怎么会让她提前跑了?就算跟着她,也能找到自己。

若是还能动一动就好了。她不仅中了软骨散,连衣服都被从里到外换了一身。不用想,肯定是她昏迷的时候揽翠做的。

永夜此时一点儿也不恨风扬兮。虽然她被他打晕,才会中了软骨散而落入李言年手中。她不是也在他背后给了他一刀吗?两不相欠,永夜这样想着,觉得自己恩怨分明。

做刺客永夜还有最后一招。青衣师父和她的最后一招都是阴招,永夜眼下的最后一招是藏在发间的钢丝。那根钢丝柔软粗细与发丝无异，却坚韧无比，若用内功，会像针或尖刀一样锋利。

李言年找了副镣铐锁住了她的脚，链子的另一头锁在墙上。他笑着说："你想挣脱除非把这面墙炸了。"但他还是不放心，临走前又给她下了软骨散。

永夜不得不佩服李言年。她是他教出来的，没有暗器，动弹不得，被拴在墙上，她想跑的确不容易。

激走了揽翠，她深吸一口气，闭目调动内力。四肢似乎已经不属于她，她只剩下头颈的知觉。她知道《天脉内经》唯一的好处就是让她恢复得比常人更快。

也许，她能早一点儿化解软骨散的药力，只要能动一动就好。

永夜凭着自己的理解认为，让人无力的药都有一个特点，就是麻痹人的身体，让手脚失去知觉。如果她一直刺激自己保持痛觉，她就能破除软骨散。

李言年不会一直留在谷中，他必然会再出去打探消息。这就是她的机会。

李言年出现在夷山下的山谷木屋时天边已泛出微蓝的晨曦。

隐藏在山谷深处丛林背后的木屋修了很多年，不走近很难被人发现。多年苦心经营，浓密的藤蔓将它重重包裹，这幢屋子从远处看已和山林混在了一起。

里面光线充足，每一件家具不仅精致而且名贵。

酒杯也绝不是竹筒木碗，而是上好的瓷。他喜欢的酒还是青州红。

李言年是个喜欢享受的人，少时吃的苦与皇子的身份让他决定一生不再吃苦。

这里绝无人迹，李言年把这里变成了他的宫殿，备下的物资足够让他在这里待上一两年。

他万万没有想到，隔了一个山头的山谷里，有人曾经也修了一间竹屋。如果让永夜选择，她会说那间简陋的竹屋才是她的天堂。

推开门，揽翠迎了上去："相公，你回来啦！"

他疲倦地坐了下来，揽翠迅速拧了条滚烫的帕子递给他。

滚烫的热气驱走了倦意，李言年往永夜待的房间看了一眼，站起身走了进去。

永夜躺在床上一动不动。他低下头眯着眼仔细辨认走之前留下的记号，小心拈起了一根发丝。永夜如果动了一点儿，这根发丝的位置就会有变化。他很满意揽翠的听话，没有移动过永夜，也很满意软骨散的药力。

永夜平静地看着他，再一次心惊。若是刚才揽翠帮她垫下枕头，李言年就会发现异样。他不仅狠毒，而且心思缜密。

李言年坐在床边说道："你父王很厉害，我以为他会在发起攻势前有异动。没想到，他根本没有什么提前准备的迹象，只下了道令，京都就变天了。"

"他若不是这么厉害，你们也不会处心积虑想杀了他。"

李言年摇了摇头："我对杀他并不急迫，但是游离谷一心想置他于死地却是真的。我只是想让一个替代品潜入府中，慢慢取代他的地位。毕竟杀了他，还会有别的权臣冒出来。能兵不血刃将他的权势收归己有才是最高明的计划。"

"没想到看走了眼是吗？还不如杀了他更好。"永夜笑得很悠闲。

"相公，你要不要喝点儿粥？"揽翠在门口端了碗粥问道。

李言年起身接过粥，温言道："守了她一夜，你先去睡会儿，这里有我。"

他的体贴让揽翠心里甜滋滋的，她乖巧地点了点头，目光匆匆从永夜身上掠过，走了两步又回头："少……小姐想把枕头垫高一点儿，我……我没……"

"知道了，去睡吧。"

不可否认，李言年若不是露出阴狠的一面，他还是个相当有风度、有魅力的男人。岁月纵然在他脸上刻下痕迹，但他依然是名美男子。

永夜看着他，突然叹道："其实你的风采不输我父王。当初在谷中看到你时，我就想，你一定是大家出身的贵公子，没想到你只是王府的一名执事。"

李言年抬起永夜的身体，让她半靠着墙，端起粥碗喂她吃。他的动作很小心也很细心，每一勺都不多不少，正好一口。

"我和你父王像吗？"

"长得不像，有些地方又有点儿像。"热粥入腹，饥饿感油然而生。永夜这才想起已经一天一夜没吃过东西了，不禁又恨起风扬兮来，浑蛋，都是他害的！

李言年只喂了她三勺便停住。他笑了笑说："不给你吃东西先让你饿，让你吃两口就不再喂你更会增加你的痛苦。李成和李谷报复在我身上的，我会一一还给他们。他杀了我的儿子，我也会杀了你，只不过，我不会让你死得太快。"

永夜呆了呆，杀了他的儿子？李言年的儿子？心思瞬转脱口而出道："李天瑞？！"

所有的事情都合拢了，只缺了为什么游离谷还要让月魄进佑亲王府，为什么一早告诉自己相帮的是李天佑。

李言年看出她的心思，淡然一笑："知己知彼，百战百胜。让你和月魄靠近李天佑只不过是想知道他的动向罢了。天瑞败了，无论武功、心计，他都不是李天佑的对手。他们不会放过他，不会……让几十年前的事情再发生一遍。永夜，你该唤我一声叔叔。"

曾经丰神俊朗的面容掠过一丝黯然与仇恨。李言年站起身，阳光已淡淡洒在窗前。

鸟鸣婉转，花香扑鼻而来，他望着窗外的树林终于说起了往事。

"很老套的故事——圣祖出游爱上了我的母亲。李成与李谷的母亲，即当年的皇后心生嫉妒，在圣祖派人来接走我母亲前制造了一起意外。我母亲逃过一劫，生下了我。我自然在学得武功后想要认祖归宗再报仇。可是圣祖死了，李成继承了皇位。"

他回转身看着永夜："是你会如何？"

永夜想了想道："我不知道。每个人的经历和遭遇都不同。"

李言年笑了："当初你说出'牡丹花下死，做鬼也风流'的时候，我就知道你与别人不同。你那时的思想，并不像个孩子，更不像个女孩子。"

"也许是游离谷训练的结果，是从小当成男孩子养的结果。"永夜轻描淡写地说道。

"原本我可以进宫，也许就像李天佑一样，因为母亲受宠而成为圣祖中意的继承人。当我学成武艺后，圣祖已经死了。我甚至不知道他长什么样，他也不知道我的存在。每当看着紫禁城我就恨，也许，我并不是一个流落在外的连家也没有的浪子，我会是九五之尊，享尽荣华富贵。你说，我如何不想报仇？"

永夜已想明白一切，笑道："可是师父你真狠哪，你找不到杀皇上的机会，却瞄上了皇后。她很美丽，也很寂寞，宫里的嫔妃可能都一样。女人争风吃醋，总不会好过的。"

淡淡的阳光照进来，李言年的脸上丁点儿悲伤都没有："那是个疯狂的女人。我给她看了唯一能证实我身份的印鉴，她委身于我就不觉得委屈了，反而勾画出一个美妙的梦境。你要知道，有时候女人是特别爱做梦的。从那次遇到她之后，我连一面也没再见过她，而她对我却念念不忘。我当不了皇帝，我儿子当也行，我只要报仇。更何况，天瑞当了皇帝，安国的权力会稳落在我手中。"

"师父，你就没想过皇上与我父王知道你的存在？"

"他们当然知道，我并不是头回进宫行刺。走在皇宫，像走在自家花园里。"李言年叹了口气。对裕嘉帝和端王他实在很服气。他们知晓他的存在，却不知道他是何人，更不知他躲在端王府当了个下人。

他心中一凛，不对！在东宫他用永夜威胁端王，当时端王说的是："你终于来宫里了！"李谷不仅知道他是游离谷的人，也知道他的身份。李言年瞬间被挫败了。那兄弟二人知道得更多，比他想象的还要多。他们是如何知道的？李言年心中又涌起了一个疑团。

永夜叹息："师父，你真是个人才，你居然忍了二十几年。"

"我没教过你吗？在别院三天不让你吃饭，让你体会吃了吐、吐了再吃的滋味就是告诉你，在你斗不过我的时候，你就只能忍。"

"不仅忍，还要狠是吗？别人是发动战争抢皇位，师父你玩的这招叫釜底抽薪！大臣连反对都说不出理由，理直气壮地就抢了权。只可惜你遇到了我父王，不过，我倒一直觉得，皇上比我父王还奸诈！"

"你不知道的是，你的父王与皇上比我还能忍。我现在才明白，原来他们一直盯着我，他们早知道了我的身份。"

"不会是皇后说的。"永夜断言，这天大的秘密皇后是不会也不敢泄露的。

"是我自己。"李言年瞬间就想明白了。永夜看他会觉得熟悉，觉得他气度高贵。一个执事，何来这样的气质？然而，他们为什么会猜到他的真实身份？难道当年母亲有了他，皇后也知道了？

李言年叹了口气："看来我漏算的还不止这些，还有李二。如果不是他，你如何能安然在游离谷当白痴还能活着？若不是他送你进谷，我也注意不到你。本意是想从你母亲一族中找到一个相像的，没想到你长得和王府里的世子一模一样。当时我就用眼神询问了李二，他摇了摇头告诉我，你来历清白，是个孤儿，我才放心。"

李二，她的影子叔！她不想让李言年知道得太多。永夜几乎是带着惊诧的语气问道："李二？不是那个对你忠心耿耿的老驼背吗？他和我又有什么关系？"

"他不告而别，我才怀疑他另有身份。他能将你送来游离谷，借我们的手送你回端王府，也许他才是真正掳走你的人，也许他在破坏我们的计划。天下之大，他就这样消失了，再也不会见面了。也许，他是李成的人，发现了我的秘密。"李言年想起李二，挫败感更深。

如果输在端王和裕嘉帝手中，他心甘，他早就知道他们是强敌。可是李二，跟随了他多年，他竟然毫无察觉。

他笑了笑："当年你挑拨离间时，我还说不能杀对自己忠心之人。看来，对自己忠心之人，也是不能心软的。"

"师父才死了儿子，就能这么平静，筹划了几十年的计划失败了，还能安然自若，永夜很佩服。"

李言年走到床前，伸手抚上她的脸，啧啧称赞："你有不亚于王妃的美丽。"

永夜心里紧张起来，眼睛却不敢移开半分。若论起来，她和李言年两人都是狠辣之辈，对视之时眼神只要一动，就输了。

"知道为什么我能这样平静吗？"李言年勾着她的下巴，手指轻轻抚过，声音无限温柔，"你快十八岁了，若是抱着我的孩子出现在端王府，你说，你父王会如何？"

"师父真是好手段，这样一来，不管他是杀了我，杀了孩子，还是杀了你，端王府都是颜面尽失。此事最好弄得人尽皆知，大街小巷传遍，让我父王羞对世人，成为全天下的笑柄。不过，李家的人就没人是好应付的。父王有他狠毒的一面，自杀不像是他的行为。你何不再染指了我母亲？端王最爱最宝贝的王妃，妻女受辱，我估计他想不自杀都会痛苦一辈子。男人嘛，女儿受辱会恨，老婆被侮辱了，脸才没处放。"永夜笑着一板一眼地帮李言年分析，黑亮的眸子竟透出一层兴奋，直直地与李言年对视。

见捏得她下巴一疼，李言年松开了手，盯着永夜道："一个大闺女说这等污秽之事脸都不红！你比我想象得还要可怕！"

永夜正要松口气，李言年又俯下身来一字字道："你以为这样我会放过你？"

永夜看着他，突然一笑："说实话，我很期待……叔叔你风流倜傥，想必这方面也是高手。永夜一定会好好配合，抵死不从的事我是不会做的。"

李言年听着听着就觉得自己在永夜眼中仿佛成了牡丹院的公子。他站直了，冷冷道："你哪像个大家千金？李谷怎么会有你这样的女儿！"

瞧着他眼中的挫败感，永夜笑得更开心了："师父忘了，游离谷是培养刺客的地方，可没听说过还培养大家千金。有，也是送去牡丹院做姑娘罢了。"

李言年终于拂袖而去。

永夜感觉后颈有汗流下，她望着窗外灿烂的阳光，与李言年这一席话就像说了很久似的，而阳光不过才跳过山巅。她问自己，若是真被李言年侮辱了会如何？嘴边隐隐浮起一抹苦笑，总不能真的自杀吧？

"不是让你去睡吗？怎么起来了？"她不动声色地看着揽翠进来。

"相公……他睡了，奔波了一晚，睡了。"揽翠低着头，一串泪珠滚落衣襟，显然她听到了两人的对话，再也睡不着了。

永夜笑了笑："娶到你是他的福气，有时候女人单纯一点儿好。像我这样的，娶了我都不敢睡我身边，生怕睡熟了脑袋会没了。他不会伤害你的，当然也说不准，他也没什么做不出来的。"

揽翠的手抓紧了衣襟。

永夜望着阳光笑道："你去睡吧，有师父在，我跑不了。"

疑心在女人心里像春天的野草，播下一颗种子，会长成一片草原。也许会干枯死在心里，也许是她的希望。

一天之后软骨散的药力便没有了，永夜坐起身。她一直在想是用发中钢丝取了李言年的性命还是另作他用。只有一根钢丝，除非一招得手，否则她就再没有机会。永夜没有动。

李言年冷冷地告诉她:"这链子是纯钢铸的,锁孔用铅封死了,你不用想着有任何能逃跑的可能。"

窗外的阳光每天有两个时辰能照在床上。阳光出来的时候永夜会挪过去晒着,她在黑暗里待得太久,舍不得错过晒太阳的机会。她想,也许以后都晒不到太阳了。

"师父,在你眼皮底下,我能逃走吗?你对自己越来越没有信心了,是吧?"

永夜回眸的瞬间,所有的阳光都集中在她脸上。李言年上前一步一耳光扇了过去,她飞了出去重重地撞在墙上,蓦然爆发出一阵大笑:"师父你就是这样,最看不惯别人不尊敬你,最恨别人伤了你的骄傲。你终于忍不住动手的冲动了吗?"

李言年拎起她,咬牙切齿地说:"我还没想好怎么对付你,等我想好了,你就等着吧!"

"师父原来还下不了这个决心哪!"永夜大笑,"不过碰我之前最好先把揽翠解决了,免得她瞧着伤心难过!"

"你以为我会受你挑拨?"

"师父若是相信永夜一回,也不会让李二跑掉不是?"

她一句话戳中了李言年的心事,领口一松,人倒在床上。李言年一把扯开了她的衣襟,露出雪白的胸膛。

"相公!"揽翠伤心欲绝的声音从门口传来。

李言年瞧着永夜面不改色的脸,缓缓站直身:"谁叫你进来的?"

"不让她瞧着也行!"永夜火上浇了瓢油,看到揽翠泪眼蒙眬又带着恶心的表情笑了。

李言年起身往外走,经过揽翠身边时冷冷说道:"没有第二次。"

第三十三章
被他卖了又被他救了

在这里已经待了五天，永夜有点儿撑不下去了。她觉得每天只喝几口稀粥吊着命，李言年再离开时不用对她下软骨散她也无力了。

她分外想念影子叔，他从房顶扔下来的肉真香啊。从前有危险的时候，影子叔都会出现在她身边。可是现在影子叔走了，她只能靠自己。

揽翠看她的目光很复杂，却不敢走近半步。李言年说只能每天给永夜半碗稀粥。她煮的粥就真的稀得可以照见人影，每次放下粥掉头就走，一句话也没有。

永夜喝着半碗稀粥苦笑，女人要是嫉恨一个人，手段会比男人还残忍。

第六天，李言年进了房间，对永夜又下了软骨散，他冷冷地说道："我觉得我离开的时候，你还是多睡睡比较好。"

永夜的手紧握成拳，钢丝刺入指甲缝中，痛得她几乎忍不住跳起来。

这种痛与软骨散分庭抗礼，手很痛，却还有力。她没有说话，怕一说话，带出的颤音会出卖她。

"我要去京都看一看。你最好希望我带回点儿好消息。"

李言年的脚步声消失了，永夜透过窗户看到他往山谷外走去。她慢慢吐气，软骨散毕竟霸道，她的手颤抖着慢慢松开，还能动。

永夜毫不犹豫地用钢丝刺激着身体最敏感的神经，一点点恢复知觉。

"揽翠！"

"什么事？"揽翠的声音冰冷。

"怎么今天还没给我端粥来？"

"相公说，他只去一天，小姐一天不吃也没什么。何况，不过半碗稀粥而已。"

这是从小维护她、照顾她的揽翠？永夜听了叹气，眸中一片苍茫的冰凉。

揽翠只是一个深爱自己丈夫、害怕别人抢走丈夫的可怜女子。永夜这样告诉自己，免得自己出手杀了她。

揽翠抬起头，目光扫过她脚上的镣铐，轻声说："其实我一直想和相公过这样的生活。平和安宁，不理会外面的事情。也许，我们不在山谷中住也能去一个小地方安静地生活。小姐，你不要怪我，洗去你脸上易容的时候，看着你那张脸我就在想，天下没有比你更能让男人变心的女子了。"说着滴下泪来。

"父王令你潜伏在他身边，是怎么说的？"永夜的心又沉了沉。

"王爷说，如果相公发现了小姐的身份，就杀了他。我盼望他一生都不要发现，可是，小姐去陈国的时候，他见王妃做了很多年轻女子的漂亮衣裳，他就怀疑……我下不了手，他看出来也没有杀我，他对我很好的。"

永夜笑了笑："我不怪你，你就把我父王给你的毒用在我身上好了。"

"小姐……你死了，也总比被他侮辱的好。"揽翠脸色发白，咬着唇下了决心。

"呵呵，你说得真对，多谢你了。"永夜又叹了口气，"让我再煮一次茶吧，你把毒下到茶水里就好。"

揽翠看看永夜动弹不得的模样，不知道她怎么煮茶。

永夜悠然道："你把炉子和茶海搬进来，我教你怎么煮。师父也喜欢煮茶的，你学会了以后没事就可以煮茶给他喝。山谷清幽，正适合品茗对弈。这是神仙也求不来的日子。"

永夜煮茶的优雅早就深深刻进了揽翠心底。在她心中，李言年同样喜欢这些雅趣，若能学会永夜的茶艺，煮茶给相公喝，他会很开心，揽翠笑了。

不多时，炉子、茶海都已摆好。

永夜闻到了山泉的味道，说道："看来在山中教你煮茶正好。记住，茶之一道，三分茶，七分水。水尤以泉水为上，井水中，河水次。你以后最好取泉水煮。"

"记得小姐当年扫梅花雪煮茶……"

梅花雪？永夜又想起了美人先生和青衣师父。他们对她总还是网开了一面。以青衣师父对她的了解，他知道她肯定不可能吞了软骨丸的，师父还是对她好的。永夜心里又有了一丝温暖，也许只需一丝温暖就能支撑她更坚强地活下去。

"梅花雪是雅趣，这山里下雪的时候，你与师父携手去收集青松上的雪，也是一样的。你我主仆一场，日后若是在这屋子外种了梅花，不要忘了收些梅花雪煮壶茶给我。"永夜的声音淡淡地在揽翠脑中勾出一幅美景，而这样的美景却是一定要杀了永夜才行。揽翠黯然，可是如果不杀她……她一激灵，想起李言年的报复计划。她低下了头，没有了永夜，相公或许没有轻举妄动的想法，或许，这山中神仙般的日子能长点儿，再长点儿。

茶在两人不同的心思下冲泡开来，香气随着水雾袅袅升起。永夜笑道："做得不错，你一直心灵手巧，日后就看你如何慢慢摸索总结了。把茶给我吧，我死了之后，记得告诉我父王和母亲一声，免得他们挂念。"

"为什么你这么平静？"揽翠的疑心又起。

永夜目光似看向她，又似看向窗外极远的地方，淡笑道："难不成真让我抱着孩子去羞辱我父王、气死我母亲吗？"

揽翠一咬牙从怀中拿了只玉瓶，将毒液滴在茶水中："王爷说，这毒无色无味，不会有半点儿痛苦。"

"真是不错，好毒。"

揽翠的手有几分抖，见永夜躺在床上虽然苍白憔悴却美丽无双的脸，心里挣扎良久，终于倒了杯毒茶靠近了她。

永夜见她一步步走近，长叹一声，拼尽全力突然跳起一掌击在揽翠后颈动脉上。手一伸接住了茶杯，笑道："多谢你煮茶了，不然如何能开这镣铐？"

绑好揽翠，她用布包了镣铐免得烫伤自己，掩住了口鼻将灌铅的锁孔凑近炉火上烤。永夜扯出钢丝小心地捅着锁孔。铅遇热慢慢熔化，费了她足足两个时辰。

揽翠醒了看着永夜的动作惊骇莫名，身体被永夜绑了个结实动弹不得，霎时眼泪便涌了出来，后悔与恨意在她眸中翻腾。她失声尖叫道："你不是存心教我煮茶！"

永夜开了镣铐，动了动脚，锁了几天还真不习惯。她冲揽翠一笑，顺手将镣铐锁在揽翠脚上："不懂了吧？铅遇热能熔，我用钢丝将熔化的铅吸附着引出……再开锁。没有你送来烧水的炉子，我是开不了锁的。你别瞪着我，咱俩谁该恨谁哪！念在你侍候我多年的情分上，我不杀你。"

"你跑不掉的！他会抓到你！"揽翠眼中满是重重的悔意，后悔不该受永夜诱惑。想起永夜跑了的后果，想起李言年，她悔恨得大叫。

"我不怕，抓到了大不了一死。"永夜耸耸肩，自己被困了这么久，就算揽翠伤心绝望，她不也一样？只不过，她没有流露出来罢了。

关上房门，还能听到揽翠气极吼出的恶毒话。永夜叹了口气，懒得理会。

她的腿发软，手也发颤，饿了这么多天还能敲晕揽翠弄开锁真是奇迹。李言年去京都来回会折腾一天，时间还够。永夜走到厨房，找出食物深吸一口气，开始吃。饿得久了的人是不能吃太多东西的，所以永夜吃得极斯文。

风扬兮一脚踹开门，冲进屋子时，看到的就是这样的情景：一脸憔悴的永夜坐在桌边，头发散乱，脸上似有被掌掴过的痕迹，手颤抖着，却无比优雅地喝着汤。

他默默地看了她一会儿，心一抽一抽地疼。良久才舒了口气，六天的疲倦一扫而空。他走过去坐了下来，毫不客气地也开始吃。

永夜以为是李言年突然回来，吓得拽紧了汤勺想当成暗器扔出去，心仿佛在空中失重地颠了几颠才找回知觉。她狠狠地盯着风扬兮,没被李言年折磨死,也会被他折腾死了。

风扬兮吃得极快,他很懂得如何迅速补回体力。

永夜瞧着风扬兮的吃相,奇怪地问道:"我被关了六天,饿了六天,你难道也六天没吃东西?"

风扬兮白了她一眼:"我六天没睡了,这里的山谷都被我找遍了。"

"那你睡觉吧,跟我抢什么吃的?"本来应该感动一番,然而永夜记起自己饿了六天,差点儿被李言年害了都是拜他所赐,顿时沉下了脸。

"你在,我怎么敢睡?"风扬兮胡子疯长,更显邋遢,眼中泛起红丝,看起来已疲倦至极。

永夜苦笑,他终于知道她是星魂了,怕睡着的时候她再给他一刀?她喝了一勺汤,再吃了块肉,她的飞刀暗器全被搜走了。一根钢丝尚不敢对李言年出手,对风扬兮更无把握,想着才逃过一劫,马上又落在风扬兮手中,自己真的是要死在这里了吗?她这时非常后悔,后悔没在陈国再给风扬兮一刀,杀了他。

"李言年随时会回来,你没功夫打不过他,我怎么敢睡?吃点儿东西赶紧离开这里。"

永夜一呆,他不知道自己会功夫,还是不知道自己是星魂?她低下头继续喝汤,一颗心怦怦乱跳。

手突然被握住,风扬兮握着她冰凉的手叹息:"瞧你的手都还在发抖,我喂你。"端起碗真的要喂她。

永夜勉强笑道:"有些虚弱,喝汤没问题。"一半是没有体力,一半是被你吓的,永夜暗骂。一勺汤已送到永夜嘴边,她无奈地咽下。

"你怎么知道小麻子是我?"

风扬兮笑笑:"很少有我看不破的易容。"

"你当时就知道了?"

"是我的错,本想靠你找到游离谷在安国的隐秘据点,没想到连累你受苦。"风扬兮诚恳地望着她。

"我要不缠着你、不想跟着你呢?拿了你的荷包走人,你怎么办?"

风扬兮笑了笑:"打晕了送回去呗。"

永夜气结,脸一板:"找到游离谷的据点没有?"

风扬兮叹了口气:"上当了。"

永夜的脸色瞬间变得极难看,若不是她利用暗器害风扬兮在前,她绝对会跳起来指着他的鼻子大骂他是头猪。

"我若是死了呢？你也不想想后果？！"

"你死不了，你还有用，他舍不得杀你！"

"我被他整残了呢？"永夜把汤勺扔进了盆里。

风扬兮想也不想就回答："我养你！"

永夜一呆，什么意思？

风扬兮答出这一句似乎极不好意思，赶紧转开话题："隔壁那个女人是谁？李言年的老婆？"

揽翠吼得累了，哭得累了，只传来隐隐的抽泣声。永夜今天第二次后悔，她应该杀了她，免得她说出自己是星魂。

"李言年的老婆，我从前的侍女。她开门进来，我用凳子敲晕了她。"永夜顺溜地撒着谎。风扬兮若是去推那道门，她就会用钢丝在他身后杀了他，然后退后几步拿厨房里的菜刀。

一个手无寸铁、饿了六天的人是绝对不可能挣开镣铐的。风扬兮只要瞟一眼嵌在石墙里的镣铐就会知道她在撒谎。

风扬兮居然没有再问，也没有推开门去瞧，专心致志地喂她喝完一碗汤。

"咱们走吧。"风扬兮把剑递给她，"帮我拿着。"一俯身抱起了她，目光从她领口瞟过，没有言语。

永夜抬头看去，正对上风扬兮的笑容。他安然自若地说道："不用担心，就算六天不睡，李言年也绝不是我的对手。"

她抱着剑，心里在犹豫该不该杀了风扬兮，免得看到他就提心吊胆，在听到风扬兮这句话后马上就放弃了。李言年都不是他的对手，自己体力还没恢复，现在动手岂不是送上门挨他宰？

屋外的阳光充足。永夜眯了眯眼，脸贴在风扬兮胸口听到他心脏有力的跳动声。她叹了口气，他还是来救她了，此时对他下手也实在有些说不过去。不杀他也没坏处，有他在，她不用担心李言年。永夜闭上眼放松自己，竟睡了过去。

风扬兮大步往山谷外走，低头瞟了永夜几眼，她睡得像只小猫，他目中露出一种奇怪的神情，笑容慢慢涌现。

一觉睡醒，眼前的景致让她疑在梦里，永夜脱口而出："月魄！"

门口走来的是黑色的身影，风扬兮倚在门口似笑非笑："侯爷与游离谷那小子感情不浅哪。"

"我做梦了，梦到他被佑亲王一巴掌打死了。好歹当年去谷里求医，他陪了我半年，总是不忍。"永夜撒谎连眼都不眨。

她坐在竹床上，头发凌乱，瞪大了一双无辜的眼睛，衣衫凌乱，露出一截纤细如玉的脖子，仿佛真的还沉浸在梦里。

"听佑亲王说，他已经被放了。"风扬兮淡淡地说了句，转身就走，"洗把脸来吃饭。"

永夜不知为何见到风扬兮就心虚，见他离开，恨恨地捶了下竹床。要是自己武功够强，还怕他？她哼了声。

脸浸在溪水中时，她又想到离开月魄的那个晚上，心里抽痛。她抬起头甩开脸上的水。知道安国内乱已定，月魄不用再担心她，蔷薇还在他的齐国老家，月魄应该回齐国去了吧？不知道他是否在齐国开了那间平安医馆？

胡乱擦了把脸，站起身，永夜突然呆了。水中映出的她哪里像个男人？衣衫被揽翠换了，中衣衣领不再是她量身定做的封住咽喉的那种。束胸也没了，露出的脖子压根儿就是个女人。见鬼！想起风扬兮答她那句"我养你"，永夜气急败坏地把头发绾好，大步向厨房走去。

"你什么意思？"

风扬兮很享受自己熬的鱼汤，奶白色的汤，鱼肉几乎全融进了汤里，汤面还漂着几片绿色的香菜。这里的调料很齐全，让他怀疑从前住在竹屋的人是个喜欢烹饪的高手。

听到永夜气鼓鼓的问话，风扬兮吞了一大口汤，慢条斯理地反问道："你想问我什么？"

问什么？问他为什么知道自己是女的却不揭穿？永夜张了张嘴，话到嘴边又改了："这么香的东西，你不等着我来就自己先喝，你什么意思？"

说着动手舀了汤吹了吹就喝了一口。

"说也奇怪，我进厨房的时候这里收拾得干干净净，主人却留下一张字条压在桌上，写着：此生再不做羹汤。"风扬兮摇摇头，掏出一张纸看。

那口鱼汤顿时变了味道，卡在永夜喉间。她努力咽下，装着无事猜测道："没准儿主人是做鱼汤喝被鱼刺卡了喉咙，不愿再受苦。"

"你放心喝好了，我把刺都剔掉了。"风扬兮见永夜似很难过地喝了一口，便放下碗好心地提醒道。

永夜不动声色大口喝完鱼汤，环顾四周问道："这竹屋是你找我的时候发现的？"

"嗯，收拾得很干净。我没动主人的东西。吃完我们就出谷，走的时候给主人留点儿银子好了。"

永夜瞟过插在竹筒里已经干枯的野花，和月魄在这里生活了十天的情景仿佛是刚刚发生的事，那种温馨像股暖流在她心间流淌，让她留恋不已。

终究还是要离开的，永夜在心里叹息，淡淡地问道："去哪儿？"

"当然是回京都。难不成留在这里与李言年打一架？"

永夜皱了皱眉："这里离李言年的木屋有多远？"

"怎么，你想收拾了他再回去？"

"留着总是祸害，安国好不容易平定，不能再让他折腾了。"

"他杀了游离谷两名刺客，游离谷自然会找他算账，不需要你动手。如今李言年已走投无路，况且，他何尝不是一个可怜人？"风扬兮喝完鱼汤，起身收拾。

"怪事，风大侠不是一向以杀尽游离谷的人为己任的吗？怎么转性了？"

风扬兮洗碗刷锅慢条斯理地说："我要对付游离谷，不是说就一定要杀光游离谷的人。"

"那个你念念不忘的叫星魂的刺客呢？"永夜小心地问道。

风扬兮头也没回地笑道："你和月公子在回魂处认识，不会也连带认识了刺客星魂吧？星魂怕也是被操纵不得已当刺客的可怜人，听说背叛了游离谷，应该也是游离谷的敌人。我何苦与一个小喽啰认真？灭了游离谷主事的人才是正事。"

真的假的？永夜差点儿问出王老爹因星魂而死，他也不计较？她忍了忍，告诫自己风扬兮的话不可信。当年他不是说不会依附权贵，如今还不是一样帮李天佑做事？他明明认出小麻子是自己，明明可以告知自己然后再设计查游离谷的据点，却转手把自己打晕送进了牡丹院？

永夜闭了嘴。

她望着风扬兮忙碌的背影又想起月魄来，每回吃完饭自己偷懒耍赖都是月魄洗碗。他是恨那晚的汤吗？永夜心里叹息。月魄留下字条是给自己看的，他却没想到自己不是因为想他而回到这里。第一个看到他字条的人是风扬兮。

永夜瞟到风扬兮随手放在桌上的字条，心突然跳得急了，想看，又不敢当着风扬兮的面看。她抓起一块抹布笑道："你洗碗我擦桌子倒也公平。"

擦着擦着随手就想取了那张字条，眼前一花，风扬兮已拿起字条放进怀里："整理好了还是原样给主人放回桌上吧，别弄脏了。"

永夜笑道："这是自然。"

她擦完桌子把抹布洗了放回原处，大步走出了厨房，恨得牙痒。

阳光照在草地上分外温暖。永夜躺了下去，不忘摘两片树叶遮住眼睛。鸟语花香，如果是月魄在她身边该有多好。

"走吧，永夜。我看你体力也恢复得差不多了。"

永夜眯着眼想，我不在你面前露功夫，出谷还不知道走到什么时候呢。身体一轻，风扬兮又抱起她来："让你自己走，还不知道出谷要走到什么时候去了！"

"风大侠，慢是慢了点儿，但是，不方便！"永夜的心思被他看穿很不痛快。

风扬兮呵呵笑了："永夜是觉得自己是姑娘家的缘故吗？"

永夜愣住。

"看永夜行事可不像个姑娘家扭捏，难道要深一脚浅一脚走上几十里山路才舒服？"风扬兮眼中飘过戏谑的笑容。

而永夜真的像姑娘一样羞红了脸，准确地说是气红了脸，并且闭上了眼睛再不肯说话。

如果你明明可以用轻功将对方甩了，偏偏还要装出一副弱不禁风的模样，你也会气红了脸闭上眼睛装死的。

他托着她毫不费劲，一个时辰就出了谷下了山。

他的怀抱没有月魄亲切，却让她安心。永夜一路装睡，把风扬兮当成一匹马，她觉得这样的形容很贴切。

出了山谷风扬兮打了个呼哨，林中奔出一匹黑马。他揽了永夜上马道："我答应过你，一定会护你平安回到京都。"

这句话又让永夜想起他在陈国保护她的情景，自始至终风扬兮绝口不提陈国驿馆发生的事，而自己在陈国不仅利用他，还在背后给了他一刀，心里难免有些内疚。但是一想到风扬兮七八年前就四处扬言要杀了她，心里又平衡了。

她小心地试探着他："风大侠乃信人也，实是我辈学习的典范。那晚陈宫宴罢我就溜走了，后来听说驿馆大火，还好走得早。"

风扬兮胳膊一用力，永夜重重地撞进了他怀里，正要生气，风扬兮淡淡的声音飘在永夜头顶："回想那晚真紧张。还好，你宴罢就走了，如果你还在驿馆中，我实在不敢想象你被火烧死的样子。"

"哦？你去过驿馆了？"

"你想我会不去吗？"

永夜看着前方，满不在乎地说："风大侠就算去了，凭你高强的武功，也定会无恙。"

"我不仅去了，还受了伤，差一点儿……就没命了。"

"呀！这么危险？是易冲天干的？"

风扬兮意味深长地说："自我出道以来，还没吃过这么大的亏，不找他报仇岂不损了我的名头？"

"说得对，易冲天太卑鄙了，一定要报仇！"永夜尴尬地笑了笑，随声应和，却生生打了个寒战，打死也不敢说自己当时不仅在驿馆，还甩了他一飞刀，更不敢再问他是如何逃脱的。

"三国通缉我这个要犯，永夜回去，帮风某销了海捕文书，风某就感激不尽了。"风扬兮话锋一转，扯到了因为永夜而受三国通缉的事情上。

永夜干笑："永夜连累风大侠，实在惭愧。回京都后定当还风大侠清白。"

"如此就好。风某还想再进京都城，可不想当过街老鼠。"

他的声音淡得像耳边掠过的风，永夜低下头不再说话。

京都城门越来越近，永夜的思绪飘荡开来。李天佑继位的消息不用多久就会传到齐国，想到可以借接蔷薇之机与月魄在一起，她的心又飞扬起来，不禁露出笑容。

"想到什么高兴事了？"

"蔷薇不用嫁太子了，我去接她回来。"永夜脱口而出。

风扬兮朗声大笑："原来蔷薇郡主真的是混在车队里出了安国。不过，你这么殷勤地去接郡主，是想娶她吗？"

永夜愣住。她几乎忘了这一层，只想到去接蔷薇能见到月魄，想到蔷薇自小的痴心又有些头疼，她自欺欺人的念叨："蔷薇一定会理解的。"

风扬兮似漫不经心地又道："说不定那位月公子也在齐国呢。"

"我怎么知道？你不是说佑亲王放了他吗？"永夜打死不认。

风扬兮闭上了嘴，扬手一鞭狠狠抽下，马长嘶飞奔。永夜抖了下，觉得那鞭像是朝自己挥下似的。

不多时，二人已到京都城门。

"风某不进京都城了，侯爷保重。"

风扬兮突然改了称呼让永夜有些不习惯。她大方地拱手："一路多仗风大侠保护，永夜感激不尽。望风大侠平安，侠名威扬天下。"

黑马长嘶，风扬兮打马而去，风里飘来他的笑声："后会有期！"

永夜擦了把脸上的汗，望着城门久久出神。高大的城墙在阳光下巍然耸立，从此，世界上再没有星魂这个人物了。她再不用害怕游离谷，不用再为他们杀人。

永夜很愉快，当一个正常人真的很愉快。

她却忘了，一个正常的十七八岁的大姑娘是要嫁人的。如果是嫁一个自己不喜欢的人，也不会愉快。

第三十四章

永安郡主

"你是何人？为何站在城门口？"守城门的士兵们看到永夜傻傻地望着城门楼笑，呼啦一下围了过来。

永夜心情相当好，笑嘻嘻地说："我是端王府的人。"

落魄的衣衫、凌乱的发丝也掩不了她的气度。城门士兵不敢造次，听到她说是端王府的人吓了一跳，赶紧遣人去通报。

不到半个时辰，城内响起马蹄声，一队士兵护着辆八匹马拉的轿车从城内直冲出来。

永夜安静地站在城门口，轿车还没停稳，端王妃梨花带雨的脸已出现在她眼前。她暗骂了声"好狡猾的狐狸"，怕自己找他算账，便把母亲先推出来顶着，她的心却在看到王妃期盼的眼神时蓦然柔软。

"永夜！"王妃几乎是跳下马车，几步上前将永夜紧紧抱进了怀里，哭得几欲晕厥。

城门众军士这才知道，眼前这个少年正是失踪月余的永安侯，哗啦啦跪倒一片，贺喜声不断。

跟着王妃的侍从赶紧派发赏钱，城内外一片欢腾。

永夜半抱半拥将王妃哄上马车，这才感叹，世界上最不容易对付的就是女人的眼泪，尤其是自己在意的女人。

马车启动前，她却唤来侍卫低声交代了几句，这才满意地窝回王妃的怀里。

裕嘉帝驾崩，新皇登基不过六七日。按安国习俗，国孝是七七四十九日，全国上下禁歌舞饮酒。

京都城一片萧然。

龙翔殿外搭起了长长的百官孝棚。张丞相年事已高，与先皇情谊深重，闻丧哭泣，以致才两日便不得不请假在家养病。

李天佑继位，改年号为佑庆。平时隐忍的势头一并发了出来，仗着年轻精力旺盛，亲领百官事务，在六部协助下忙得日夜不休，却也井井有条。加上先皇遗旨与端王、张丞相的威望，中宫与东宫内侍指认，太子伏诛，大臣和言官们都心生敬意，认可了这次皇权更迭。

礼部尚书陈子敬为人忠厚、心思细致，平时除了与各国使臣周旋，礼部的事务倒也清闲。先帝薨，礼部顿时成了最忙的部门。

才安排妥当为先帝哭灵守灵的事务，又得为四十九日后新皇登基大典做准备。最初几日忙乱才过，就又接到各国使臣将来京都贺新皇登基的呈报。陈子敬盘算着时日，各国使臣就算到京都也是一月之后，来贺的人虽不少，倒也可以缓缓。岂料才舒口气，端王和钦天监李大人走进了礼部的棚子。

陈尚书额头大颗的汗直冒，听端王说完才讷讷道："三殿下的亲事下官是知晓的，礼部也早做了准备，百日内迎娶三皇妃赶一赶也不是不行。只是，百日内要让皇上也……我礼部实在忙不过来了，王爷！"他忍不住又擦了把汗。

谁忙得过来？端王没好气地坐了下来。先帝薨，立新皇，京都卫戍，抄查太子党，捉拿游离谷余孽，缉捕李言年……他心痛得一抽，这七日来他就没敢去想永夜。他只认定一条，李言年不会轻易杀了她，会用永夜勒索最大的利益。自己忙得连王府都没回，找不到李言年，他只能等着他上门。想起先皇遗愿，端王硬生生止住对永夜的想念，淡然一笑："国无后不宁。难道要让新帝三年后再立后？"

钦天监李大人叹了口气，道："昨儿张丞相与三皇叔公也是这意思。国无后不宁，百日热孝内皇上必须立后。下官算来新皇四九登基大典与立后同时进行为佳。"

"王爷与李大人说得极是！可是……"陈尚书掰着指头算了半天，脸急得发红，"皇上还未定娶哪家小姐啊！皇上立后六礼不可废，纳采、问名、纳吉、纳征四礼未成，百日内……王爷，您让下官为难至极！"

李大人一怔，看向端王。

端王苦笑，不论是先帝还是初登皇位的佑庆帝都对未来的新后讳莫如深。回想先帝过世那晚说的话，端王恨不得赶紧为李天佑操办了婚事。他呷了口茶皱眉："太妃与太皇太后似乎以皇上的意思为准，本王去问问吧。陈大人，你这里赶紧先行筹备着。三殿下今日应该到京都了，等他哭灵之后再议三皇妃之事。以大局为重。"

陈大人听了一怔，见端王人已瘦了一圈，委实不好再哭难处，深深一揖送走了端王。

才出礼部的灵棚，端王妃已派人捎信来说永夜平安回家。端王一惊一喜，喜的是永夜平安，惊的却是李言年不知所终。

见他脸上阴晴不定，侍卫赶紧又道："在山谷中擒到揽翠，皇上下令押进天牢。"

第三十四章

新任的皇帝这么快就掌握住了宫外的动静？天佑果然是个人才。端王笑了，想了想吩咐王府三百亲兵守住了王府，另传信给京都新任府尹王大人全城戒严，加紧搜捕李言年。

办完这一切，他看着不远处的御书房叹气。连太妃与太皇太后都不知道新后会立谁，却异口同声以皇上的意思为准，看来先帝过世前是有交代的了。

本朝同族同宗不禁通婚，然而他并不想让永夜为后。没有人比他更清楚自己这个女儿的身份和经历了。

游离谷长大，一身功夫，还是那个让京都闻之色变的……他摇了摇头，游离谷在最后关头撤走了在京都所有的明哨暗卡，几乎没有影响到皇位的更迭。一条大鱼明明已经游进了网，却在你收网的刹那躲了开去。

京都牡丹院已经查封，李言年、回魂、墨玉公子的画像已经在安国全境发下海捕照影，重金悬赏。看似游离谷在京都已无立足之地，端王心里清楚这些根本未动摇游离谷的根本。

据陈国与齐国探子回报，陈都泽雅和齐国圣京的牡丹院也在一夜之间人去楼空。一仗下来，连游离谷的老窝都不知道在什么地方。神秘的游离谷谷主与谷中的刺客们仿佛水融进了海里，消失了。

端王不得不佩服游离谷的主事之人。游离谷延续了几十年的嚣张，公然开设牡丹院收银子接任务，如今也敏感地察觉到各国帝王容不得它的存在，果断地转明为暗，最大可能地保全了力量。

一旦永夜进宫为后，游离谷便会借机跳出来要挟，他们会大肆宣扬永夜的过往，文武百官可不会管她是什么身份，那些言官更会抓着这个机会死谏到底。于理于法永夜都站不住脚，他与佑庆帝谁也保不住她。

永夜可以一死证明清白，哪怕是假死。然而，端王并不想看到永夜从此隐姓埋名。嫁过皇帝的女人，就算她浪迹天涯也不可能再嫁他人。改了身份再进宫，难道要她为妃看新后的脸色？端王一早想过这些，裕嘉帝临终时再如何想为天佑争取一次机会，他也断然不肯。

初登基的佑庆帝显露出来的本事还是超出了他的意料。新皇喜欢永夜，他一早就看出来了，端王有些不安，想着自己为永夜讨到的旨意，又稍稍放了心。

思虑间他已走到御书房外，门口内侍赶紧进去通报。

端王理了理衣袍，脸上浮起笑容，掀袍迈了进去："臣见过皇上。"

没等他跪下行礼，天佑已扶住了他，笑道："皇叔请起。赐座！"

端王谢过，坐在锦凳上开口道："三殿下今日应该到京都了，他离京之时尚未开衙建府，是住宫里，还是在外另觅府邸？若是宫外也好提前为三殿下准备下榻之处。"

李天佑笑道："自然还是住宫里。三弟在外多年，张太妃对他甚是想念。住他原来的地方，朕已吩咐内侍打扫侍候了。"

"如此甚好。还有一事，先帝过世前嘱托，三殿下与安家四小姐的亲事要赶百日热孝，否则就要耽搁三年，这事张太妃也知晓。"端王笑容可掬，暗暗观察着天佑，心里盘算该如何说立后之事。

明黄龙袍给天佑清秀的面容添了几分威严，腰间仍束了一条白色孝带。端王突然觉得天佑实在像极了先帝，看上去同样温和的面目，心思同样深沉。短短几日，他已完全适应，并散发出一位帝王该有的气度，举手投足间再不是从前对他恭敬有加的侄子。

天佑负手而立，端王第一次有局促不安的感觉，生怕天佑开口求娶永夜。

一刻的沉默仿佛是很长一段时间，端王忍不住想要告退溜走之时，天佑轻叹了口气："三弟娶妃需在百日之内，国也不可无后，钦天监李大人如何说？"

"四九之后皇上登基大典与立后大典宜同时举行，只是礼部陈大人还在着急新后的人选。"

天佑回头，目光与端王碰了个正着，不待端王躲闪，他神色已黯然，轻声说："听说永夜已平安回府了是吗？"

端王心里咯噔一下有点儿慌神，却又不好不答，只得硬了头皮道："才听府中来人说起，平安回来了。"

天佑沉默了会儿道："父皇早为朕定下一门亲事，一直瞒着皇叔。除了皇叔，朕本来没有任何势力与废太子抵抗。然为防万一，父皇希望我联姻以固势均力。"

端王小心地问道："是玉袖公主还是齐国的络羽公主？"

"皇叔猜得不错，正是齐国的络羽公主。"天佑回头微微一笑，"我与三弟同时娶齐人，父皇想的是联齐抗陈，也许将来打破天下三分后，再与齐争雄。"

端王一听，心下了然。天佑娶了齐国公主自然是与齐联盟，而安家是天下第一首富，三皇子天祥娶安家四小姐却是防着将来与齐翻脸后，拉拢安家，给齐国致命一击。

"皇叔明白了？其实我出宫之后暗中助我的力量便来自齐国。风扬兮风大侠乃是齐国第一高手的弟子。他师父欠了齐王一个人情，所以他这些年一直在助我。不然，以他的性格和侠名，是不会和官府中人打交道的。"

端王恍然大悟，听到立齐公主为后，一颗心这才悠悠落到实处，脸上笑容更深："先帝深谋远虑，实非臣等能及。"

第三十四章

目光透过窗棂，天佑的微笑略带着一丝苦意。多年前出宫开衙立府后，裕嘉帝私下告诉他一切安排。他一直未娶妃，等的就是登基之后再立齐公主为后，若娶公主的消息提前传开会打草惊蛇。然而，为什么要他遇到永夜，还让他知道她是女子？天佑闭上眼，永夜无双的美丽又浮现在眼前。

"皇上，永夜已经快十八了，她既然回来……"

天佑沉默了下开口："改封为永安郡主，只说身体不好，算命的说必须一直当成男儿养到十八岁才行。"

端王大喜，永夜的身份迎刃而解，深揖一礼谢过，笑道："络羽公主会随齐使臣来京都？"

天佑点点头："队伍已经出发了，太子燕亲送公主与安四小姐出嫁。"

端王松了口气，揖手道："臣这就告知礼部早做安排。"

望着端王的背影，天佑眼中有丝黯然。他如何不明白端王的心意——他不愿自己娶永夜。

李天佑淡然地笑了，他已是皇帝，还能有他得不到的女人？娶络羽为后是两国事先说好的，可没说他这辈子只能娶络羽一人，更何况，永夜会武，他已猜到她就是刺客星魂，皇叔怕是没有想到这一层吧！

如果皇叔不允，他只能出此下策，以永夜的性命相要挟。

永夜改封为郡主，她换上女装会什么样呢？天佑心思笃定之后又有点儿急不可耐地想去端王府瞧瞧，回头望了望案头堆积的奏折，暗暗告诫自己东宫余孽还没完全铲除，李言还没落网，百官正注视着他的一举一动。安国新皇佑庆帝孝期出宫私会佳人，史官会记下这一笔。天佑摇头叹息，再次回到书案前埋头批阅奏折。

处理完宫中事务天色已晚，端王想起永夜，又想起王妃，在宫门落匙之前心情愉快地出宫回府，然而一到内院却吃了个闭门羹。

永夜想起端王不告诉她出使陈国的真相，窝了气缠着王妃同睡。王妃自然满口应允，赶了端王去睡书房。

端王无奈，只得独自在书房睡下，不到两个时辰又进宫去，连王妃和永夜的面也没见着。

没想到这样的情况竟持续了两天，若不是怕破门而入动静太大，内院侍从看了笑话，端王早一脚踹开房门了。自从在开宝寺知道是永夜出手救了王妃，她却不回家只传信说暗中打探游离谷的消息，他就想这丫头没准儿知道了什么。

端王心里有些发虚，转念一想，自己是她老子，解释几句就行了，谁知永夜霸了王妃就是不开门。他无奈地想，二十年前受老婆的气，现在受女儿的气，威名全毁在这两个女人手上了。和女儿争老婆，这叫什么事儿啊！

王妃瞧出端倪细细问永夜，她初始不说，后来王妃一句："你父王这些日子忙得脚不沾地，人都瘦了一圈，何苦让他回家还去睡书房？"

永夜知道是自己别扭，却怎的也咽不下这口气，被王妃逼得急了便说："他瞒着我让我去送死，我差点儿就回不来了！"

端王妃惊得脸色惨白，抓了永夜的手接连摇晃："不会的，永夜，你父王心里疼你，他怎么会让你去送死？"

憋了很长时间的泪终于被端王妃哄了出来，永夜一五一十把出使陈国遇到的事竹筒倒豆子般说了出来，听得端王妃胆战心惊，恨得咬牙切齿。

两人说话间听到外面通传王爷回府，端王妃正在气头上拉了永夜出门，永夜与端王便在月色的庭院里碰了个正着。

"永夜！"

端王眼中露出惊喜，才走前两步，王妃一把将永夜扯在身后，怒吼道："原来你为了你李家连自己女儿都不顾了！"

端王目光一瞟，内院侍从瞬间走了个干干净净。他笑着上前一把搂住王妃，柔声哄道："别听那小兔崽子胡言乱语。"

"易冲天火烧烟雨楼，豹骑死光了，倚红和林都尉至今下落不明，我要不是见机逃得快，早被他杀了！你真当是风扬兮干的？"永夜"哼"了声。

端王被戳穿后仍然面不改色，眸光一转就想转开话题："终于舍得回来了？见你母亲中毒还晓得躲在旁边看热闹！"

永夜不理，拉着王妃撒娇："他就瞒着我，让我去，让陈国以为可以擒了我为人质。我差一点儿就回不来了！"

王妃瞪了王爷一眼："要是永夜有个三长两短，我……"声音又哽咽了。

永夜一听坏了，她一哭，这个老奸诈一哄不就完了？

端王哪肯放过这机会？搂了王妃哄道："不会的，她那么精，怎么可能有事？你看，永夜不是好好的吗？唉，今天可累死我了，守一天灵还处理那么多事，腰都直不起来了。"头一偏竟靠在了王妃身上。

端王歪着头与永夜互相瞪着，王妃受了王爷的重量，前一刻还想哭，这会儿又心疼起来："皇上那么能干，凡事你撑着干吗？"

"总不能让皇上追着礼部问成亲的事筹办得如何了吧？我这个当叔叔的，要给两个侄子成亲，怎么可能清闲？"

永夜也被吸引了，问道："谁要成亲？"

第三十四章

"先皇遗命,皇子在百日热孝期内成亲。一位是三殿下威武将军娶齐国安家四小姐,一位当然是当今皇上了。"端王直嚷事多头痛,成功地半靠半拉着王妃进了寝殿。门一关,永夜还呆地站在院子里。

她突然打了个寒战,她和李天佑可是堂兄妹,难不成……永夜跑到寝殿外敲门:"父王,你说清楚,李天佑要娶谁?"

她直着嗓子这么一喊,又把端王逼出来了。他望着永夜笑道:"叫皇上,不能直呼名字,不然会治罪的。"

永夜叹了口气:"好。告诉我,皇上要娶谁?"

端王打了个哈欠:"你还生我的气不?"

"一码归一码,你先说!"

"其实呢,也是你走了之后,父王才知道陈国勾结游离谷想擒你为人质的。那会儿先皇是病着,却还没到病入膏肓的时候,我有瞒你的必要吗?"端王笑眯眯地解释。

永夜"嗯"了声,眼巴巴地望着他,只想知道李天佑会娶谁。

端王捏了捏永夜的脸,疼爱地说:"回来就好,都瘦了,回去歇息吧。忙过这个月,父王再与你细说。"竟又把永夜关在了门外。

永夜叹了口气,望着紧闭的房门疑惑,应该不会与自己有关吧?她回到莞玉院,茵儿见她回来,眼泪一下子就出来了。

"别哭,会找到倚红的。"

"小姐!"茵儿哭得更大声。

永夜愣了愣,不敢置信地问:"你叫我什么?"

"王爷和王妃吩咐,以后不准再叫少爷,只能叫小姐!"

永夜的头突然疼了,顾不得别的,又冲到内院拍门:"开门!开门!"

端王仅着中衣气急败坏地开了门:"小兔崽子,又有何事?"

永夜一猫腰进了房,脱鞋脱外袍,一股脑儿钻进了王妃的被窝:"娘,我要和你睡。"闭上眼真睡了。

端王哭笑不得,投降道:"齐国络羽公主。"

永夜哈哈大笑:"先皇英明,原来给李……皇上找了这么个靠山!"

"永夜,事情已了,你必须恢复女儿身。皇上改封你为永安郡主了。"

王妃也笑,多年的心愿终于达成,她抚着永夜的长发哄道:"娘准备了很多漂亮的衣服和首饰,明日你慢慢瞧。"

永夜放宽了心,终于不用再与李天佑有纠缠,竟觉得前所未有的满足,这么多年的算计突然全没了,一股倦意袭上来,"嗯"了声就睡了。

王妃抬头看端王仅着中衣呆呆地站在房中，轻笑一声，挪出位置道："今晚咱们一家三口就这样睡吧。"

端王脸上浮现温柔的笑意，上了床，又细细瞧了几眼永夜，这才吹灭蜡烛睡了。

粉红菱格纹襦裙、明蓝色忍冬小襦、朱雀金绣纹饰襦衫、青绿折枝散花纹绫绸裙、五彩对襟窄袖小衫、高腰石榴长裙……窄袖、大袖、上襦、下裳及腰连身裙等各式衣裳捧在侍女手中。永夜打着哈欠被王妃拉到了厅堂中，她瞟了眼，有点儿发愣。也是王府内院厅堂够大，准确地说是院子够大，永夜赏花似的跟着王妃的脚步从侍女身前走过。

"永夜，这件好，衬你的肤色，不只白，还白得水灵！"

"这件呢？襦衣腰紧致，一收裙腰更显婀娜！"

"喜欢这件吗？你最爱的紫色！这条紫色大摆曳地花裙配上白色大袖衫别提多舒服了！"

王妃这么些年最高兴的日子就数今天了，调了三十名侍女捧了衣裳拿给永夜瞧。

"娘，别忙活了。我想去天牢瞧瞧揽翠！"永夜笑了笑，走了一圈，她看完了，该做点儿正事了。

"永夜！"王妃嗔怒，眼皮一颤，已蓄满了泪，"我，好不容易等到今天！"

永夜叹了口气，走到一名侍女身前，用两只手指头勾起一块薄薄的绢衣瞧了瞧。

这些花花绿绿的衣裳几乎全是最轻软的布料。永夜嫌弃地想，这穿在身上专门勾引男人用的？

她回头瞟了眼王妃。

王妃马上气鼓鼓地道："你父王说了，宫里的事忙完才行，李言年没有擒住之前，是不许你再走出王府半步的。"

"那我不出去了。"永夜很合作，"我回莞玉院去了！"

"不行！你必须把男装换了！"王妃坚持。

永夜无奈："我习惯穿男装了。"

"你就换一次，只让我瞧瞧？就我瞧瞧，你们都出去！"王妃眼巴巴地看着永夜。她还从来没见过永夜穿女装的模样呢。

永夜突然想起了月魄，他说，在她换了女装后，能不能第一个让他瞧到？心里不知为何就有了酸酸楚楚的感觉，沉默地不动了。

"永夜？"王妃见势不妙，小心地唤了她一声。

抬起头，永夜挤出笑容来："听说皇上已改封我为永安郡主，我不用再顶着世子的头衔。我不太习惯女装，以后再换吧。"

王妃叹了口气，揽住她。身份恢复了，不换装就不换吧，将来总有一日会换的。王妃想到永夜从此是郡主，忍不住又开心起来："我下厨为你做好吃的去！"

永夜淡淡地看了看满屋子的衣裳、首饰，从现在起她就是郡主了，不再是世子，不再是永安侯，更不是刺客星魂。雕梁画栋的房间，锦衣玉食，心里为什么总是空落落的？

入夏，院子里绿意盎然。永夜躺在软榻上无所事事。

"小姐，你想不想换换衣服玩？"茵儿小声地问道。虽然郡主一直男装示人，但是她想郡主肯定也会喜欢那些漂亮衣裳的。

想，但她更想让月魄第一个瞧见。永夜记起月魄的话，想起山中十日，眼中光芒闪动。她嘲笑地想，怎么会找不到事情做？"这么好玩"的事情都被自己遇上了，眼下不还有个李言年还在虎视眈眈？

李言年斗不过父王，也斗不过李天佑。除非他隐姓埋名不现身，否则只有被擒身死的份儿。

永夜以前还想着李天佑不会杀太子，软禁了事。没想到，李天佑毫不留情、干净利落地斩草除根。她想起第一次见到李天瑞的时候，就摇头叹息。那时候的天瑞嚣张阴险，他怕是最冤的一个人了。

成王败寇，只能怨他的命。

他是真的喜欢蔷薇，恐怕天瑞生命中最看重的一个人就是她了。

眼下李言年会藏在京都何处呢？永夜寻思良久，见茵儿一直侍立在身边，便笑道："去府里冰窖将我冬天藏的那罐子梅花雪拿来，我想煮茶。"

支开茵儿，永夜起身也出了莞玉院。

王府西侧巷子住着王府已成家的杂役侍卫，李言年与揽翠的院子便在这里。如今每隔十余步便有士兵守卫，查验了腰牌才会放行。

永夜负手走进巷子，一侍卫抱拳行礼："郡主，小人奉命看守此巷，王爷有令，一旦李贼现身，若他反抗便杀之。"

永夜点点头，吩咐道："不用跟着我，我想去他的院子里坐会儿。"

院门紧闭，院内那棵大槐树已枝叶繁茂，绿叶间串串白花洁白入骨，芳香沁人。永夜揭了门上封条，推开木门走了进去。

树下立了张方桌，她以前来蹭饭的时候绝没有想过这地方适合李言年。他永远保持着高贵的风姿，很难让人把他和一个在普通院子里吃家常饭的人联想在一起。

院子四四方方，正中主屋，左右厢房，这处院子是王府较好的院落。廊顶的藻井花饰还是五年前揽翠初嫁时重新粉饰过的，看上去还有五六成新。

永夜走进主屋，炕上浮着浅浅一层灰土，屋子被士兵翻得乱七八糟。窗户纸上还贴着精致的窗花。剪窗花是揽翠的绝活，从前莞玉院里的窗花也是她剪的。永夜从前很惊奇地看着一张红纸不用画花样，揽翠随手折了便剪，展开后栩栩如生。永夜叹气，她真把这里当成自己的家了。

一个对自己的家、对自己丈夫忠心的女人，她无论如何也恨不起来。

她退出主屋，走进李二的房间。怎么也没想到一直护着她的人是李二，他走之后李言年才恍然大悟李二的不简单。

永夜想起这十来年的情分，眼中有些湿润。也许这一生她都再也见不到他了，她更无从知晓李二的真名是什么、他想报什么恩，才委屈自己当了李言年二十年的下人。

一切都成往事。

永夜瞥到角落里还有个酒坛，拂去灰尘抱起来拍开泥封一嗅，是上好的青州红，居然没被抄走？

她笑了笑，抱着酒，又找出两只青花瓷碗走到槐树下。

酒色深红如玫瑰，倒进青花瓷碗中像美人脸上浮起的娇羞。

空旷的院子里，槐花如玉，酒飘香。

永夜端起一碗，轻声笑道："师父既然在，徒弟敬师父一杯。"

李言年从树上落在永夜身前，银白色的衣袍，举止从容不迫。然而，仔细看，衣袍已有皱褶，眼中已有血丝。

"星魂不愧是星魂，功夫早已青出于蓝。你怎么知道我会在这里？"

永夜一碗饮尽，酒入喉间，醇厚弥香："京都全城搜捕师父，永夜想了很久，这里反倒是最安全的。师父也熟悉这里的地形，抄过家之后，封了院门，无人会再进来。师父请坐，酒中无毒。"

"我知道，这是你从李二房中找出的，我本打算今晚喝。"

永夜缓缓倒酒："师父为何不饮？永夜记得，这是师父最爱的酒，专程从陈国青州快马送来的。"

李言年掀袍坐下，看了看酒，摇了摇头："李二房中找出的酒，不等于你没下过毒。对你，我还是不放心。"

"呵呵，师父已无当年自信。记得当年在谷中雪地上仰望师父，给永夜的压力何止一点儿。师父当年要杀我，如摁死一只蚂蚁。"

"'千里之堤，溃于蚁穴'，你是我这计划中最大的漏洞。"淡淡的话中却带上了切骨的恨意。

永夜忍不住，扬起明朗的笑脸，道："师父此言差矣！知道佑庆帝立的新后是何人吗？齐国络羽公主！"

李言年大震。他一直以为若不是星魂，游离谷不会弃他；若不是星魂，他必已掌握住了端王软肋。

"齐国络羽……"他反复念了几遍，心头雪亮。

李天佑多年未娶，原来等的就是今天。他背后真正撑腰的势力不是端王李谷，而是强大的齐国。他总算明白裕嘉帝的苦心筹谋了。游离谷临时撤出，定也是知晓了这个消息，不想赔上更多的人马。李言年意兴阑珊，他伸手端起酒碗，惨笑道："我服了。我竟然真的没有取胜的把握。难怪墨玉公子当时道，若败了，速离安国，再等时机才是上策。"

"师父心中有恨，怕是做不到了。"永夜暗暗称奇，墨玉公子能说这话显然在游离谷中地位不低，她眼珠一转笑道，"没想到墨玉公子还能有如此见地。"

"他……"李言年欲言又止，一口饮尽，望定了永夜道，"事已至此，师父也无话可说。此酒饮尽，你出招吧！看看是我死于你的暗器，还是你再次被我擒为人质。"

永夜摇了摇头："此刻外面全是兵，一动武，我用轻功逃开就是，师父擒不住我。师徒一场，永夜想求个公平。再说，揽翠还在天牢，师父不想救她？"

揽翠温柔的模样浮了上来，李言年眉间不动，对着这样的徒弟，不能有半分松懈。他笑了："我眼睁睁看着天瑞宁死也不愿随我离开，连我的儿子都不愿认我为父，这世上还有什么亲情可言？你觉得我会为一个低贱的侍女闯天牢送死？"

永夜针锋相对："她是侍女丫头，又何尝不是你的妻子？她可以为你而死，师父却是无情无心。"

"你只要大呼一声，便可以捉住我，为什么不？"想起这些年揽翠的好，李言年心里一抽，原来他只配娶一个下贱侍女！那股愤恨让他几欲拍案而起。

永夜有些同情地看着他，是非对错，盘根错节。李言年要报杀母之仇，恨先帝与父王夺了他的富贵，让他从一位皇子成为篡国逆贼。永夜觉得自己的心真的很软，她端起酒碗说道："师父请速离京都，十日后，我会亲送揽翠至城郊十里亭。师父有十天的时间考虑，是继续报仇还是归隐江湖？若师父还想报仇，十日后咱们师徒斗一场，死在徒弟手中师父也可以瞑目了。饮尽此酒，星魂与师父两不相欠，再无师徒情分。"

她一口饮尽，站起身淡淡地道："这是揽翠的心愿，一个女人所求不多……无论如何，我会再给她一次机会。"说罢头也不回地离开。

李言年瞳孔猛然收缩，被永夜气势逼得有说不出的气恼。想想此生，长叹一声，喃喃道："罢了！"一口酒喝完，飘然离开。

第三十五章
李言年的泪

紫禁城东掖巷是内侍居所和浣衣局所在地。走进这里，生活的气息扑面而来，几乎感觉不到皇宫的严肃和庄严。如果不是远处高大的红色宫墙提醒着这里也是皇宫内院，倒像是一个普通的百姓居住区。

御膳房的内侍陈三拎着朱漆食盒匆匆走进了东掖巷。陈三入宫八年，为人机灵懂事，早已熟悉并掌握了宫内生存的技巧，脸上永远挂着谦卑的笑容。他对各宫主子的口味了如指掌，谈不上特别势利，只要有吩咐，一概尽心办好了奉上，混了个好人缘。

佑庆帝初登基，便指定了他负责这差事。陈三不免想，过不了多久，他就会升成御膳房的主事了，脸上的笑容越发灿烂起来。

"陈公公，这些天怎么总是你在送饭啊？什么人这么大的福气？"遇到一个多嘴的内侍带着谄媚的笑巴结地问道。

陈三轻咳了声，忍不住心头得意，却板了脸道："多嘴！"

问话的人恰巧是他的小同乡，陈三左右张望见四周无人便低声道："听说身份贵重着呢，不然怎么会有资格吃御膳房的东西。"

小同乡好奇得不行："送了三天了，早中晚一顿不差，还从没听说谁有这等待遇！"

陈三叹了口气："可不是！听说与废太子有关……"眼角余光瞟到有人从浣衣局出来，赶紧又道："不是你我该管的事，别多嘴说出去了，可是要掉脑袋的。"

小同乡缩了缩脖子，看着陈三拎了食盒走进巷子尽头的院落，生生打了个寒战，怀着满肚子疑问溜了。

这处院落围墙高大，灰青色大块方砖显出肃杀之气。

陈三来到黑漆大门处验了腰牌，查了食盒，看着禁军每样菜夹来吃了，这才点头哈腰地走了进去。

每次来这里，他心里都有种莫名的害怕。

进了大门是一处宽大的四方院子，主殿之内又连接着一个天井，同样的灰砖砌就的三排房舍围在一起，不见一棵树、一根草。

陈三在前院殿上见了天牢主事，再次验了腰牌，查了食盒，才跟着狱卒走进后院天字房。两丈多高的墙上开了一尺见方的窗，这是唯一的光源。陈三走进去，初夏的味道瞬间便被隔绝，一股清冷潮湿的气息扑面而来。

他一进这里，就巴不得早点儿离开。几步走到天字七号房前，隔了栅栏将食盒放下，飞快地拿出饭菜，眼睛却瞟到昨晚的饭菜还摆放在原处。他抬头瞟了眼角落里蜷缩的人，也不敢说话，只顾拾掇好了，摇着头跟着狱卒离开，心里嘀咕，御膳房的饭菜，不是各宫有品阶的主子还吃不到呢，真是身在福中不知福。

揽翠痴痴地望着窗户，自从进了这里，她就没了胃口。

不知过了多久，脚步声在幽深的甬道内响起。她没有动，仍望着窗户出神。

来人停住，凝视她片刻才出声："你怪我吗？"

揽翠一愣，从角落里移过脸，跪了下去："王爷，揽翠对不起你。"

"你怪我吗？"端王柔声又问了一遍。

揽翠一愣，她有什么资格怪他？明明是她背叛了王爷，不仅出卖了小姐还差点儿要杀了她。

"如果不是我，你本来可以嫁个普通人，过普通而幸福的日子。我忘了，他原本也是极有魅力的男子。"端王叹息，目光扫过地上未动的饭菜，"皇上对你还好，天牢中少有人能享受到御膳房的饭菜。"

"是好吗？不过是为了用我来引相公上钩，皇上和王爷都恨不得杀了他才好！"揽翠讥讽地说道。

"为了他，你什么事都愿意做，对吗？我来看你，只是想了解一下我犯了多大的错误！"端王没有生气，当年他从散玉关救了她，带回王府养育成人，却又利用了她，两不相欠，"你就算不吃饿死，我们也一样能抓到他，你不死或许还能有再见到他的机会。"

揽翠抬起头，泪水奔泻而出："别骗我了，我知道我会死，只不过看怎么个死法罢了。不过，我就算死了，也不会帮你们捉到他！"

"永夜说，她会送你去见李言年。"端王扔下这句话就往外走。他相信听到这句话，揽翠求死之心多少会淡一点儿。

永夜站在天井里，打量着安国的天牢。

"这事，恐怕只能去求皇上。他吩咐御膳房一日三餐做好饭菜送来。我想，皇上在等你去求他。"端王眼中有一丝隐忧。

要捉李言年，揽翠不是个很好的诱饵。他了解李言年，揽翠在他心中不见得有多重要。

"如果他们就此隐居，也少些杀戮。毕竟李言年……揽翠也侍候了我多年。"永夜没有进天牢见揽翠，她记得在山谷中揽翠很恨她。她已经不是幼时一心照顾她的揽翠了，可是揽翠的义无反顾让永夜情不自禁想起了月魄。

"我去求他，他不是等了很久了吗？"

"你喜欢他吗？"端王终于问出他一直担心的问题。虽然他反对永夜进宫，但是永夜万一喜欢上天佑了呢？

永夜扑哧笑了："父王，我更喜欢你。"

端王一愣，板起脸道："没大没小！"眼里却分明露出一股得意与笑意。

永夜在御书房外等了足足半个时辰，王公公出来为难地回她："郡主请回，皇上正忙着批奏折，此时没空。"

"多谢公公。请公公转告皇上，永夜明日再来。"她笑了笑，转身就走，心里暗骂，李天佑，你端皇帝架子想让我低头？我又不是非救揽翠不可！

天佑硬下心不见永夜，人走了却又心神不宁。他本决定晾她三日，让她知道现在他已是一国之君，这会儿心里又有些后悔。想到永夜的性子，若什么事都依着她，将来还不翻天？又静下心来批阅奏折。

接连三日，永夜笑容可掬地来，又笑容可掬地离开。想起与李言年之约只有五日了，心里未免还是有些着急。

回到府中不久，王公公不顾老迈后脚跟进了端王府。

端王夫妇笑脸相迎，王公公笑嘻嘻地把佑庆帝的口谕送到，瞟了眼朱漆红盘内的衣裳首饰拱拱手便离开了。

自始至终，永夜冷着脸没吭声。

"永夜，你总是要换了女装的，皇上下了口谕，换了去见他又如何？"王妃劝道。

永夜哼了声："就不想穿给他看！"

端王气定神闲地呷了口茶，道："在府里你也不想换，想穿给谁看哪？"

永夜的脸唰地红了，想起从前答应过端王不再与月魄在一起，心里不免难受，怒道："父王你难道想让我进宫为妃？哼！"

"什么？"端王听到最后一个字愣了愣脱口问道。

"极不满的意思！别说你想让我嫁给李……他！"

端王呵呵笑了："你想嫁谁？"

"不想嫁他，就一定要找个其他人嫁？"

"你迟早要嫁的。否则，圣旨一来，如何是好？"

永夜呆了呆，是啊，李天佑是皇帝，不从就是抗旨。

端王漫不经心地说："你不换女装，皇上也怪不了你的，你求父王啊！只要你换了女装给父王瞧瞧，马上帮你解决这个难题！"

永夜瞟眼看去，端王与王妃都眼巴巴地望着她，如果她没看错的话，王妃的舌头还伸出来舔了舔唇。这么想看？为什么？一个是袍子，一个是裙子，能有这么大区别？可是，她还是想着月魄说过的话。"不换。不帮我算了，我明日就这样去见李……皇帝！违了他的口谕也是违旨，如果父王不怕被我连累的话，不帮我解决这个难题也行啊！"

端王夫妇同时叹气："叫你换个女装怎么就这么难？将来你还要嫁人，总不能穿着男装去嫁吧！"

"那是将来的事，我说的是明天的事。"永夜笑道，"我知道父王一定有办法，我不着急。"

端王苦笑，把底牌先漏给她实在不是件明智的事情。他想，总不会她一世都不换吧？

天佑再次听到王公公通传，兴奋地站起来，又按捺住激动坐下。

永夜终于走进了御书房，瞟了眼穿着龙袍的天佑，见他沉着脸坐在椅子上道貌岸然地看奏折，便行了礼跪在地上等那声"平身"。

金蝉冠束发，缠枝绣花紫绸袍，腰束白玉带。天佑看着，心里的火腾地就上去了，她连他的口谕都不理会？

"朕记得昨日让王福送去的是浅紫大袖衫、深紫长裙外加一条白色的披帛，郡主依然男装打扮，置朕于何地？"

永夜抬起头笑眯眯地从怀中拿出先皇圣旨展开："'准李永夜抗旨三次。钦此！'这是先帝赐永夜的圣旨。皇上，永夜抗旨一次，不愿女装示人。"

李天佑倒吸一口凉气，被堵得无话可说。见永夜笑意盈盈，肤色晶莹，眉目如画，又是一愣，他心思转动极快，抗旨还有两次，随便下两道令，废了这三次不就成了？脸上漾出了笑容，他走过去，一把搭住永夜的手扶了她起来，手却不再放开。他定定地瞧了永夜道："原来你从前的病容也是假的。小夜，你的肤色真好。"

永夜一挣，李天佑反而握得更紧，盯着她道："你可以用功夫的，看你能打得过朕不？"见永夜愣住，便笑了，"小夜，我喜欢这名字，比星魂好听多了。"

他怎么知道？永夜眨了眨眼，装不懂。

"曾经有个刺客夜入朕的书房，还炸毁了它。朕如今想着都心疼，你说，朕若是捉到了那个刺客会怎么办呢？"

永夜用力甩开他的手，板着脸道："皇上无凭无据，何苦诬陷永夜？"

李天佑望了她半晌，叹了口气道："朕很想你，小夜。你忘了我曾经说过的话吗？"

"皇上，永夜是想求你放揽翠一条生路，毕竟她侍候了我多年。"永夜听他喊她小夜就头大如斗，毫不理会还转开话题。

永夜板着脸站着，就算是不高兴，那眉宇间带出的神气也让李天佑心动。他略皱了下眉道："为何你与朕如此生分？记得你去陈国前可不是这样！"

"放不放就是皇上一句话，永夜对揽翠也算尽心了。"永夜极不耐烦，再被李天佑盯下去，她有想揍人的冲动。

李天佑怔住，嘴边渐渐浮起冷笑："求人也没你这样求法，换了别人做皇帝，早把你推出去砍了。"

"随你，永夜告退！"永夜施了一礼准备走人。

李天佑气急喝道："站住！"

永夜已后悔不该来求李天佑，一见他就控制不住火气。可现在他是皇帝，这样顶撞他也太不务实了。永夜眼珠一转，低下头转了身，再抬头，眼里已有泪影："皇上要娶齐国络羽公主为后了，你……你让我……"

原来是吃醋，李天佑转怒为喜，一时间竟讷讷地不知该如何回答，伸手便想抱她。永夜一扭身避过，似怨似怒地瞪着他，直看得李天佑心里发酸，立永夜为贵妃的话在嘴边打了几个转又不敢说出来。

永夜一跺脚，扭身冲出了御书房，只留下李天佑怅然出神。

他并不是不知道她的脾气，自小受宠，骄傲至极。如今要她屈于络羽之下，她如何肯？就算她肯，端王岂愿？李天佑觉得头大。然而，因为永夜断了与齐国的盟约，却是万万不行的。进退两难时，天佑不免想到揽翠，便唤了王公公下旨将揽翠送进端王府去。

"讨你欢心还不成吗？"他喃喃说道，脑中突然闪过了什么，眉又紧紧皱在了一起。

十里亭外，永夜骑着马，侍卫抬着轿子如约而至。

永夜挥手让侍卫离开，一骑一轿在空旷的官道旁等了良久，她才出声喊道："师父，你可以出来了。"

轿帘猛地掀开，揽翠提了个小包袱走了出来，望向林中的目光已显焦灼。

片刻之后，李言年才于林中现出身形。他盯着永夜道："我以为你会设伏杀我。"

"若能放下仇恨，与揽翠一起安度余生岂不是更好？"

"相公……"

李言年沉默了会儿，道："揽翠，你嫁我这几年对我很好，然而，我一生都摆脱不了这'仇恨'二字。你走吧，找个安静的小地方，找个老实人再嫁吧。"

永夜骑在马上恍如看戏。

揽翠的泪一下子涌出，拼命地摇头："我跟着你。"

李言年淡淡地笑了："跟着我很无趣……你走吧。"

揽翠朝李言年走近几步，李言年眼神一厉："站住！你不过是个被我利用的侍女，如今你已毫无价值，滚！"

揽翠手一松，包袱掉在了地上，嘴唇哆嗦了下，眼睛却眨也不眨地望着李言年。

永夜的眸子里染上一层淡淡的忧伤："揽翠，那年冬天，我初进王府时听说你要嫁给他，我就很难过。因为从那时起，我就想杀了他。如今，我放了你，给你一次机会。你看，他终究是不会与你隐居安度余生的。这样的人，值得你背叛救了你的恩人？"

揽翠脸色苍白，望着李言年一字字地说："他是我相公。"

李言年脸如寒霜，突然跃起一掌掴在揽翠脸上，冷冷说道："你也配？！"

苍白的脸上渐渐浮起红痕，揽翠眼中的泪终于忍不住滴落下来。她拾起包袱后退了几步，仍是不走，只呆呆地望着李言年。

永夜放声大笑："傻子，爱上一个不爱你的人对女子而言最为残忍。揽翠，你何苦要吊死在一棵树上？"

李言年再不看她，长剑一出指向永夜："若不是你有埋伏，就是你太傻，傻得敢遣走侍卫单独留下。若再被我擒住，你永无逃走的机会！"

永夜朗声大笑："李言年，我是那种会置自己于危险之中的人吗？你以为，我真胜不过你？出招吧！"

李言年长剑一抖如灵蛇出动。

永夜足尖一点，人已从马上跃起，飞刀出手，却袭向揽翠。

李言年瞳孔猛地收缩，回招已然来不及，身体斜掠，用背挡住了那一刀。

他背后一痛，眼前的揽翠已泪如泉涌，突然伸手抱住了他。李言年浑身僵硬，缓缓回头望向永夜："你出师了。"

永夜微笑："早在木屋永夜便知道，师父你还是在意她的，明知她是我父王伏在你身边的棋子，你没有杀她还留着她，这就够了。我的刀要不了你的命，你们走吧。"

她心里蓦然有种快乐，这种快乐是发现了再邪恶的人也会有情感，宽恕是最好的武器。李言年何尝不是个苦命人？所有的曾经永夜宁愿是个噩梦，被太阳一晒就没了。她拉转马头返身回城。

身后传来李言年不甘地问："为什么你不恨我？"

永夜大笑道："相逢一笑泯恩仇！师父保重！"

"相逢一笑泯恩仇……"李言年整个人瞬间变得空了。从小的仇恨、多年的隐忍、游离谷的背弃，一夕之间通通化成了泡影。

他失魂落魄地站着，她居然不恨他，居然放过他。他腿一软，单膝跪地，两行泪从眼中溢出。为什么他是圣祖的儿子，为什么他要背负这么大的仇恨？

一双温柔的手移到他的后背，飞刀并未用太大的劲道，一寸长的飞刀只进入后背半分："你忍住啊，马上就不疼了。"

揽翠的声音像初夏掠过的清风，温暖而又舒适。

李言年有点儿茫然地看着她。她的容颜温婉可人，眼中盈满心疼与喜悦，似得回了她的宝贝。他想起了幼时母亲的手、母亲的眼神，就是这样温柔。

揽翠轻轻一拔，刀就出来了，手迅速捂住了伤口，哽咽道："对不起，害你受伤。郡主把她的护甲给我了……"

李言年转过身，半分的刀口算不得什么。他拭去揽翠的泪，默然地望着永夜远去的背影，心里充满了感激，良久后长叹一声："我认输，有女如此，就算是端王坐了皇位，也比我强。没有端王的默许，她也做不得这个主。"

揽翠大喜，泪盈于睫，把头深深埋进了李言年怀里："我将来会有你的孩子，郡主说，一家人平安就是福，我很想他将来有个教他读书习字的好父亲。"

李言年轻抚着她的长发，他想起多年前揭开盖头揽翠水灵娇羞的脸，这个世界上唯一不会弃他的只有她了。李言年的心瞬间涌出一种温暖："我们离开这里……"

风中突然传来一阵弦响，李言年揽住揽翠扭身避开，长剑挥开箭羽，心里大恨："李永夜，你好毒的心肠！"

"不……"揽翠惊叫出声。

林中羽箭如雨落下。李言年护着揽翠躲闪不及，腿上又中一箭，他挣扎着推开揽翠："走！"

远处传来一阵蹄响，李言年瞥见，目中又起希望，大喝一声："快走！去永夜那儿！她不会杀我们！"

他拼命地挡着飞来的箭，用手推开了揽翠。

揽翠却一个转身扑在他身后，大喊着："我穿了护甲……"箭射在她身上，发出

"噗噗"的声响。穿不透护甲却震伤了她的内腑，鲜血从揽翠口中喷出，溅了李言年一身。

眼前的世界变了颜色，李言年觉得自己耳中只有阵阵嗡鸣声。蹄声传来，永夜去而复返。他用尽力气抱起揽翠向永夜掷去。只要揽翠能在永夜身边，她必不会杀她……李言年微微一笑。

他站着没动，望着揽翠跌跌撞撞地从地上爬起，永夜离她越来越近。

他的脸因为剧痛而扭曲，却目不转睛地看着前方。

突然一支羽箭从林中射出，他扬剑去挡，长剑无力地脱手。揽翠回望着他，踉跄着奔来……一支长箭划过带出犀利的风声，他眼睁睁瞧着箭羽轻飘飘地没入了揽翠胸口，她连哼也没哼一声就扑倒在地。

心里传来钻心的疼痛，世界上最痛苦的事莫过于得到再失去。李言年张了张嘴，他听不到自己喊了什么。他怔怔地站着，锐利的箭带着揽翠的温柔、揽翠的体贴一支支扎进他的身体，每一次都带来剧烈的撞击与撕裂的剧痛。他站着，直到所有的痛楚都离他远去，直到不远处揽翠的身影渐渐模糊，然后消失。

永夜愕然抬起头，看到李言年瞪大眼睛站着，满身插满箭，双目流泪，竟是血一般的红。她读出他一张一合的嘴形无声地说出"揽翠"二字，心一下子被揉得酸痛。

她跳下马走到揽翠身边，一探之下，早没了气息。永夜站起身，板着脸望着树林，心中杀意已起。揽翠的包袱里有金银盘缠，而端王的出关手令永夜却是放在身上，回来送手令居然就看到了这一幕。

她那骄傲的师父，终于爱上了他觉得低贱的侍女揽翠，转眼爱人就死在眼前。

他们明明可以放下仇恨好好过活！佛也说回头是岸，他们的岸呢？他们没有！永夜气得手足发颤。是谁下的令？

林中缓缓走出一队侍卫，穿的正是禁军服饰。他们仔细确认李言年已死，这才走了过来，对永夜抱拳道："郡主，末将奉皇上之令斩杀逆贼。"

他们也是无辜的，他们只是奉令行事。永夜一遍遍告诉自己，努力压下心里翻腾的怒意与血腥的杀气，淡淡地说道："辛苦各位了。不知他二人尸首如何处置？"

"城头曝尸三日！"

"葬了他二人。"永夜一字字说道。成王败寇，赶尽杀绝尚能理解，眼下人死矣，还曝什么尸？！李天佑，你比你老子还狠！

羽林卫为难地看着永夜："这是皇上下的令。"

"我自会向皇上解释。"胸口那股戾气几欲喷发，永夜脸色非常不好看。

羽林卫依然很为难，永夜缓缓亮出袖刀指向羽林卫："我说过，我会向皇上解释。"

不要逼我动手，我现在心情很不好！"

"遵郡主令。"见永夜脸色发青，羽林卫吓了一跳，得罪她等于得罪端王，得罪端王有什么后果？羽林卫互相传递了下眼色，纷纷点头同意。反正汇报上去，也有端王和郡主顶着，当下便抬了二人，在林中挖坑埋了。

永夜望着坟头新土发了会儿呆，幸福与死亡原来只有一线之隔，这个世界的人命真不值钱。她转身上马，客气地说："多谢各位大哥，有空来端王府，永夜定有重谢。此事由永夜一人承担，各位不必焦虑。"

"多谢郡主。"羽林卫抹了把汗，松了口气，当下回宫复命。

回到王府，端王关切地问道："人送走了？"

永夜似笑非笑地望着他："父王，他们都死了，皇上没后顾之忧了。不过，我有麻烦了，永夜又违了皇上的旨意，没有将李言年和揽翠城头曝尸，而是将他二人葬了。怎么办？"

端王愣了愣叹道："葬了也好，我去解释。毕竟也是……微不足道的人物，先帝七七未过，曝尸有伤圣德。"

"对啦，皇上极想让你女儿进宫为妃。你当国丈其实也不错！"

端王的脸色蓦然变了："胡说什么！"

永夜手一摊："你不愿意，我也不愿意，想个法子，嗯？"

"现在不会这么急，怎么也要四九登基大典之后。"

"总之我是不会嫁他的。还有，我今天大受刺激，病了！别让我再跪再接旨！"永夜说完回莞玉院去了。

端王无奈地看着她，心道，怎么生出这么个麻烦至极又霸道至极的女儿？

第三十六章
与太子定了亲

国丧终于过去，京都城的宵禁取消，城门大开。京都城又恢复了生气。

百姓像蛰伏的蝉，熬过了令人惶然的宵禁期，在茶楼酒肆中又开始闹腾起来，虽不敢妄议朝政，但又想听新鲜神秘不会掉脑袋的话题。这时候，圣旨恰到好处地下达，将端王世子永安侯改封为永安郡主一事传了出来。

一时间，各种版本的秘闻新鲜出炉。因端王的威望和永安侯的貌美，此消息又迅速地传遍天下。

才过这阵风头，齐太子燕又亲送络羽公主到达京都，被奉为安国上宾。

三皇子为安国特使前去迎接。听说安四小姐也随公主车队同时到达，在登基封后大典之后，三皇子天祥也将迎娶安家四小姐。

于是话题就转到了新后与新三皇妃身上。对天下四美女又议论了一番，少不得对失踪的蔷薇郡主嗟叹怜悯。

登基大典在三日之后，与封后典礼同时进行。

端王忙得夜不归宿，礼部官员忙得脚不沾地，百官忙得陀螺似的转。

唯有永夜一直称病在府。反正她称病已不是头回，连改郡主的旨意都称是体弱多病需要当成儿子来养，养到十八岁才能躲过生死劫。这个理由无人怀疑，唯有佑庆帝巴巴地每日都嘱身边近侍捧了各种补品赏赐去端王府，可东西端王府是收了，传旨的近侍却一次也没见着永夜。近侍是从佑亲王府里出来的，对皇帝的心思能揣摩几分，也不敢惹永夜，每天只如实把情形对佑庆帝禀了，倒也乐得清闲。

永夜每日在府中和王妃研究美食，过得甚是逍遥。

"天下四美，三美归于安国。蔷薇郡主究竟在哪里呢？听说静安侯夫人已经病了。前些日子，听你父王道静安侯与府中几位公子进宫请皇上废了蔷薇与天瑞的婚约，皇上允了。不知道蔷薇听到消息是否会自己回来！"端王妃一边揉面一边感叹。

给她打下手的永夜慢慢停住了手上搅拌馅料的动作。蔷薇，为什么还不回来？永夜眼里沉淀着忧色。

第三十六章

一个多月了,李天瑞谋逆,李天佑继位,她被改封为郡主,这样的大事早就传开了。月魄没有半点儿消息传来,他在做什么呢?也没有蔷薇的任何消息,她是伤心错爱上自己才不想回来的吗?

永夜猜不出个中缘由,放下手中活计蔫蔫地说了声:"我回莞玉院了,想睡会儿。"

"王妃!郡主!宫里……又来了。"

永夜哀叹一声,对王妃眨了眨眼道:"说我病了,在床上躺着呢。"

王妃也叹气,收拾整理了一下去前厅接旨。

还有三日便是登基大典,李天佑又想玩什么花样?永夜无奈地躺在床上装病,只等王妃回了宫里的人来通传消息。

没过多久,院子外有人声传来,是王妃高喊了一声:"永夜,皇上来了!"

永夜真的头痛起来,眼一闭,转身面向墙装睡。

门推开,天佑径自走了进来,望着床上躺着的永夜冷冷一笑:"朕亲自来瞧你了,还敢装病?"

永夜心想,装了这么久,不继续装下去不就摆明一直在欺君了吗?

"别装了,欺朕是三岁孩子?"李天佑站在床前冷声说道。

明知她是在装病,他忍了。你装病我就送药送补品,谁知近侍回回都说见不到她人。还有三日便是登基大典,络羽公主也会被册封为皇后。天佑日日想着永夜那天从宫里气跑的情形,再也坐不住,这才带了近侍出宫看她。

永夜脑中数转,听李天佑揭破她在装病,转身"哼"了声:"三日后要举行登基封后大典,皇上怎么有空出宫?有空也该去瞧瞧公主才是。我可记得我父王这些日子忙得连我娘都难见他一面。"

她含酸出声,李天佑的怒气瞬间被她哄没了。他微笑地瞧着永夜倚在床上的慵懒痞样,放柔了声音道:"再忙,我也只想见你。小夜,别气,等大典一过……"

不等他说完,永夜从床上一跃而起,随手将枕头扔了过去,眉一竖怒道:"络羽公主温柔美丽,娇怯怯的一个美人儿哪!永夜该恭喜皇上将娶得好皇后才是!"

"小夜!"李天佑把枕头放在一边,走到她身边定定地看着她,见永夜眼中泛出泪光便叹了口气,"我知道你不高兴,我也不怪你顶撞我,她做她的皇后,我喜欢的人是你。"

"你当我是傻子这么好哄?李天佑你死了这条心吧!我绝不屈居于她,绝不入宫!"她笃定李天佑断不可能毁约不娶络羽,故意拿话激他,给自己立了个伤心失意的形象。

"小夜，你讲不讲理？这亲事是父皇一早定下的，那时，我并不知道你是女儿身。难得公主等我两年，齐国一直予我支持，我岂能擅毁婚约？难道要让齐国举兵来犯，挑起战火吗？"李天佑也有几分怒了。他屈尊降贵跑来看她，在她面前没有半分皇帝架子，已是这样低三下四哄她，她怎么就不知轻重！

永夜猛地一扭头，重重一跺脚直着嗓子吼道："我不管，我就是不进宫！我凭什么以后见了她要对她行大礼？难道你娶了她就从此不进凤宫？从此不会再娶陈国的、宋国的和别的乱七八糟对你皇位有帮助的女子？"

李天佑被她撒娇的样子吓了一跳，永夜几时在他面前露出过这般小女儿的姿态？永夜拈酸吃醋，他却忍不住露出笑容，伸手便去拉她。永夜一掌劈来，力道不轻不重，李天佑只当她在搔痒，正待再哄，永夜掌力一推，顺势将他推出门外反插了门。

李天佑猝不及防，踉跄着后退一步，见房门紧闭，忍不住失笑。皇帝这般被关在门外，传了出去岂不让天下人笑掉大牙？他认定永夜心里有他，数日的相思苦恼早抛到九霄云外，轻叩房门柔声道："小夜，别闹了。你知道我心里有你。"

屋内传来永夜捶床摔东西的声响，她哭闹道："你是骗子，你走！我不要见你！"喊完自己顺手摸了摸胳膊，鸡皮小粒子已密密地起了一层，脸埋进被子里笑得浑身抽搐。

李天佑被她关在门外，不好发火又不知道该怎么哄她，隔了窗户见她似乎哭得身体起伏不平，想撞门进去又怕永夜怒，又不好意思抬高声音唤她，一时竟拿永夜毫无办法。

若是永夜冷着脸拒他，他自有手段对付，可永夜半撒娇半恼怒的样子却让他手足无措，呆呆地在门外站了半个时辰才长叹而去。

永夜心情愉快地想，男人最怕女人这一招，哄也没用，骂了他，他也只能受着。

"永夜！"王妃急冲进来，刚才被宫中近侍拦在院外，却分明听到永夜又哭又闹，吓得脸色惨白。

永夜回过头扑哧笑了出来："走了？"

王妃一呆，被她没事人似的神情又吓了一跳："你怎么敢这样骗皇上？他恼了可怎的是好？"

"男人贱性！若是好脸对他，给他三分颜色他就敢开染坊！放心，他只会得意至极地离开，哪会生气？"永夜说完又想笑。

这时，茵儿又匆忙进来回道："齐国太子殿下送了好多礼物来，他请郡主去赴宴！"

王妃眼睛一亮，拉着永夜道："走，瞧瞧去。"

来到前院，永夜张大了嘴。太子燕送的礼物从正堂大厅摆到了院子里，大红洒金的礼单足足写了四十八页。永夜不由自主地想，太子燕未免太大方了，不过是在陈国皇宫里喝酒聊了会儿天，居然送这么大的礼。

"永夜啊，我看太子殿下对你很不错呢。"王妃扫了眼礼单，眉飞色舞。

永夜笑着解释道："出使陈国时与太子燕结识，聊得还算开心，陈宫宴上他是我唯一想搭理的人。原来齐国太子私房钱这么多！怕是送妹妹来安国，想讨好下父王多加照顾吧。"

"能与永夜谈得来，人品想来不错。永夜觉得齐国太子殿下长得如何？"王妃笑眯眯地问永夜。

"小白脸一个！"

"脸很白，弱不禁风似的。人倒是很随和，嗯……没什么架子，还谈得来。"永夜回想太子燕的样子，对王妃描述道。

王妃眉蹙了下问道："这样啊？那你喜欢什么样的，像大侠风扬兮，还是那位……月公子？"

永夜脸一板："怎么现在一听我和哪个男人走得近就觉得不正常了？巴不得把我嫁出去你们好省心？看烦我了？"

王妃吓得一哆嗦，小心赔了笑脸道："你还穿男装去？"

永夜翻了个白眼，如今她若是换女装去见客，端王和王妃定会马上打听是谁家小子，然后请媒人登门造访！她又叹气，想起昔日与父王的约定，父王眼中的谁家小子就是不包括月魄。

"自然是男装！"

王妃笑道："去吧，听说顾雅园的菜不错。你与太子殿下聊得开心就多玩会儿。"

顾雅园位于京都城东水井巷。三层重檐屋宇，楼上可观秦河夜色。

顾雅园的鱼就养在水榭外的河水中。

一弯明月当空，江面波光粼粼，河上隐约传来的箫声如泣如诉。

永夜早到，背负双手望着河面出神。

她琢磨着与太子燕搞好关系，大典之后太子燕返齐，她就跟了同去。在齐国有太子燕撑腰，想必不会遇上什么麻烦，同时避开李天佑的纠缠，她也想接回蔷薇那丫头。

是担心蔷薇，还是月魄？永夜想起那日风扬兮的问话，她抿嘴一笑，她也很想知道，有时候人总是不明白自己的心，也许见到时她就知道了。

"郡主久候了！"太子燕的声音像晚风一般温柔。

永夜满脸堆笑地回头，笑容一僵，已化为惊诧。

风扬兮一身黑衣抱剑立在太子燕身旁，鹰隼般锐利的眼神里露出似笑非笑的神情，似在笑又见面了，又似在嘲讽永夜明明改封了郡主还穿男装。

"风……大侠！"永夜委实没有想到风扬兮会跟在太子燕身后，像他的侍卫保镖。

"郡主安好。"风扬兮简短回礼。

"此番入安，燕体弱，皇妹与安四小姐的安全又不容有失，故请风大侠护送。"太子燕笑着解释。

永夜迅速想到在陈国驿馆算计风扬兮时，他伤重遁水而逃，原来是躲到了太子燕处。

太子燕进了雅间，风扬兮却沉默地退出站在门口，倒真像是尽职尽责的侍卫。

端王世子永安侯原是因为身体虚弱一直当成男儿养，佑庆帝下旨恢复永夜郡主身份。太子燕满以为会看到一个云髻高耸的曼妙美人，没想到瞧见的永夜依然金冠扣顶，紫袍长衫，举手投足间不见半分妩媚和扭捏，一时之间竟不知该说什么好。

"咳！"永夜轻咳惊醒了太子燕。太子燕叹道："原来永夜不是侯爷是郡主，燕有眼无珠！"

"殿下莫怪永夜隐瞒之罪便好！"永夜坐了主位，目光所及，太子燕着一身浅黄色的衫子，玉簪束发，脸色还是那么苍白，瘦得像根竹子。在陈国他穿了朝服多少显出几分太子的尊贵，今日换成便服，若不知其身份，只觉是一名贵气十足的公子，举手投足间没有王者之气。

永夜叹了口气，这是齐国想与安国联盟的原因吗？因为太子燕的羸弱，所以与安国联姻求得势力的均衡？永夜想着，嘴里却说着别的："京都顾雅园的鱼是秦河特产无鳞细鱼，别的菜品也极有特色。殿下此番来京都，永夜少不得做东。"

太子燕微笑着瞧着永夜，隐隐有些兴奋。他意味深长地说道："永夜，我也不唤你郡主，你也不必叫我殿下。我叫慕容燕，你我用不着那些俗套。"

永夜挑挑眉，呵呵笑了。太子燕也不像他看上去的那么柔弱，居然还很洒脱。她大方地点点头，等菜上齐，便一一为太子燕介绍。

两人倒真有一见如故的感觉，从菜品说到吃喝玩乐，相谈甚欢。永夜瞟着门口立得笔直的风扬兮，轻声说道："殿下好本事，能请到风大侠做保镖！"

太子燕回头瞟了眼风扬兮，也压低了声音道："我在陈国救了他一命，他才肯帮忙的。这一路上与我形影不离。"

果然风扬兮在陈国是被太子燕救了。永夜笑了笑，招呼太子燕吃东西。两人在陈国本已谈得来，永夜有心结纳，将一些趣事也拣了些与太子燕说。两人从初月新升聊到月上中天，太子燕已起惺惺相惜之意。他本就不胜酒力，喝得高兴了也喝得醉了。

他望着永夜叹道："若非贵国皇帝陛下下旨改封你为郡主，我绝不肯信永夜是如此奇女子！"他摇晃着站起身来道："走，你一定要去见见我的皇妹！"

风扬兮闪身而入，不动声色地扶住太子燕道："风某送殿下回去。"

太子燕靠在他身上，睨视着永夜直笑："永夜与我去见皇妹！"

"殿下醉了，请早回驿馆歇息，明日永夜一定前去拜访！"

风扬兮送太子燕上马车，骑上马瞟着永夜，突然低下头来轻声道："太子似乎很喜欢郡主！"

永夜盯着他也轻声道："永夜也很仰慕太子殿下的博学多才。"

"如此甚好。"

什么意思？永夜狐疑地看着风扬兮。

他低声说道："郡主回府就知道了。"说罢哈哈大笑，护着太子燕的车轿回驿馆。

永夜眉头微皱，风扬兮想要提醒她什么事？

"永夜？"一个陌生又带着几分疑惑的声音在喊她。

永夜回头，看到一个头戴玉冠、身穿绯色宽袍的少年，眉宇间英气毕露，廊上一站，气宇轩昂。

"我是天祥，怎么，认不出来了？"新被封为武成王的天祥含笑凝视着她，心中也暗自心惊。自从知道永夜是女不是男后，往事纷纷涌上心头。几年不见，她原来出落得如此风采逼人。

永夜回过神来赶紧行礼，见天祥身后又款款行来两位少女。

一位与太子燕长得极像，巴掌大的小脸，尖尖的下巴，不胜凉风的羞怯，令人一见之下怜意顿生，穿了套浅黄色的襦裙，亭亭玉立。

另一位虽着长裙，却是红衣窄袖，嘴角微扬，说不出的灵活俏皮。

永夜挑眉笑道："永夜见过公主、安四小姐！"

络羽公主有些讶异永夜认出她们的身份，长睫一动，目光偷瞟过来。安四小姐则盯着永夜目不转睛。

永夜便笑了，两位美人一位娴静一位活泼，其实很适合皇上与三殿下。她有些佩服先帝的眼光，就算是利用，也很为儿子考虑。

李天佑心思深沉，正需要一位温柔体贴的皇后。而三殿下嘛，听说带兵如神，他与自己同岁，却远赴秦川夺了罗皇后兄长的军权，显然是位厉害角色。带兵之人有个直性子的相伴也是好事。

"永夜对二位一直仰慕,今日得见芳容实乃永夜之福。"

"你真是女的?"安四小姐脱口而出。

天祥有些尴尬,瞟向安四小姐的目光中多了几分宠溺。他轻咳了一声道:"原来燕殿下今晚约的人是永夜。"

安四小姐吵着要吃京都美食,太子燕却道另外有约。四小姐怕被人撞见与天祥两人私会不好意思,便把络羽拉了出来,没想到几人竟然在顾雅园相遇。

"今日已晚,明日永夜去驿馆拜访公主与四小姐。三殿下,永夜不胜酒力,就此告辞!"永夜一直想着风扬兮的话有些不安,急着回府,拱手便走。

她前脚离开,络羽便叹道:"世间竟有这般女子,有男儿的气度、女儿的美貌,难怪……"

"难怪什么?"天祥随口问道。

"听说永安郡主与王妃极其相似,难怪端王要把她当成男儿养,舍不得让人求了去!"四小姐一嘟嘴接口道,来安国多日,听得最多的就是这位由侯爷改封郡主的传闻,她对永夜平添了几分好奇,知道她曾与陈国谈判让陈国赔金送银还差点儿赔了公主,后来又出使陈国,心里极羡慕永夜的男儿气概。

络羽轻叹口气:"天下四美比之永安郡主的风采又算得了什么?怪不得皇兄他念念不忘……三殿下,络羽有些倦了,早回驿馆可好?"

天祥心中却想起皇兄说起永夜时眼神中的倾慕,还有宫中近侍每天往端王府中跑的事情。他望着络羽娇柔的模样暗自叹息,大哥怕是早知道永夜是女的,所以才与二哥作对,一直维护着她。

"是天祥的不是,还有三日会举行封后大典,带公主流连这些地方原是天祥思虑不周,公主恕罪。"天祥微笑着施了一礼,不关他的事,他也管不了。

络羽轻飘飘地走在廊间,细声细气地说:"出来很好啊,三日后进了宫,再也不能这样出宫游玩了。小四,你日后要多进宫陪我才是。"

安四小姐望着络羽不知为何心生怜惜,快步上前携了她的手道:"我在安国就只有公主一个好朋友,当然会常去看你了。"

永夜回到府中时,端王与王妃端坐在堂前等着她。王妃使劲对永夜眨眼,永夜愣了愣,不知何意。

她已有四五分醉意,抬头看了看月亮恍然大悟,笑嘻嘻地道:"父王和母亲打算对坐赏月到天明?"

"坐下!"端王板着脸喝道。

永夜一怔，王妃已拉过她到身侧，嗔怪地看着王爷："你吼她干吗？永夜生得美，皇上喜欢，关她什么事？"

永夜的酒一下子惊醒了，迷惑地问道："发生什么事了？"

"皇上犹豫不决，今日征求本王意见，想改立络羽为贵妃，求娶你为后，你说今天发生什么事了？"端王想起御书房那一幕就气得不行，"红颜祸水！你若为后，马上就会面临安齐大战，陈国也会趁乱打劫！我一定要把你嫁出去！"

"长得漂亮又不是我的错！"

"你误导皇上，还不是你的错？！"端王怒吼，"实话告诉你，我早防着这一天。我早在多年前就已经把你许给齐国太子了！今天太子殿下已经将聘礼送到王府了！"

王妃心虚地侧过脸不敢看永夜，干笑一声道："永夜与太子殿下相谈甚欢，聊到明月西落……"

谁？谁？永夜眨巴了下眼睛。今晚才与太子燕聊得开心，一顿饭后就告诉她要嫁的人是他？聊得开心不等于她会喜欢上他这种窝囊的男人！还说太子燕送礼是为了他妹妹，现下这礼品居然是聘礼！

这就是风扬兮说的，回府便知的事情？

永夜摇摇晃晃站起来，笑嘻嘻地团团一揖："父王、母亲，永夜不打扰你们看月亮了，永夜酒喝多了，先行告退。"

"站住！"端王冷冷看着她，"不管你愿不愿意，我早已与齐王换过庚帖，聘礼也收了，只等着定日子成亲！"

永夜身体一僵，回过头看着端王道："父王还真把我卖了个好价钱！是想让齐国支持李天佑吗？人家自个儿已做了齐国女婿啦！不过，我老早就告诉过父王，得找个我不能轻易送他去黄泉的。慕容燕，好像弱了点儿吧？"

端王板着脸道："这是为你着想，找个弱点儿的，他的权就是你的权，他的银子就是你的银子。你有权有钱，他还管不了你，多舒服！"

王妃扑哧笑出声来，又有些担心地看着永夜道："你父王是想着若是你进了宫，游离谷……"

永夜恍然大悟，她望着月亮出了会儿神。若与皇上成亲，父王会不好办，李天佑也不好办，可若是与齐国太子定亲，出了安国，好像他们都好办了。永夜耸耸肩道："没问题，嫁慕容燕也比李……强，他一靠近，我就汗毛直竖。嫁妆不用准备太丰厚了，反正他将来当了皇帝，皇后还能少了吃穿？"

王妃疑惑地看着她，小心地问道："你真不反对？"

永夜绽出笑容："这么好的条件我为什么要反对？何况，我和太子殿下聊得开心！"

端王微笑："齐国也不止他一个皇子，能当上太子的人，也差不到哪儿去。永夜别怪父王没提醒你，不要小瞧了任何人。"

"这是当然，他口风真紧，早上送聘礼晚上约吃饭却只字不提婚事，着实也不简单。"她突然全身轻松，头也不回地走了。剩下端王夫妇面面相觑，原以为永夜会反对，会大闹一场，没想到会是这样。

"我有点儿舍不得……"王妃叹了口气道。

端王笑逐颜开地道："有什么舍不得的？想她，我们就搬女婿那儿住去。小住三五年，长住一辈子，难不成将来齐国的国丈还能少了吃穿？"

第三十七章

出嫁出走

三天平平安安地过了。

登基大典、封后大典一完，第二日太子燕便告辞回国。临行之前又来了端王府一趟，风扬兮果然恪尽职守，与他形影不离，极尽保护之职。

端王也进宫将永夜的亲事回禀了佑庆帝。

听到五年前永夜便许给了齐国太子，佑庆帝半晌没有吭声，良久才问道："她愿意吗？"

端王沉声道："她不愿意也得愿意，就如同皇上立后一般情形。"

就这一句话，佑庆帝便无语。

当晚佑庆帝悄悄出了宫，翻墙进了莞玉院。

月光下永夜正在抚琴，一曲琴音忧伤凄美，天佑听得痴了。

"皇上，你不能这样出宫的。"永夜破例穿了袭月白宽袍，鲛绡的布料在月光下像团白雾笼罩在她身上，似要仙化而去。

自己要嫁了，首要安抚的就是李天佑。永夜不想他迁怒父王，还有什么比让他心生歉疚更好的办法呢？

猜到李天佑得知消息一定会来，所以，永夜换了衣裳，借着月光、琴音，再来点儿眼泪，她觉得是男人就肯定会动容。

永夜望着缓步过来的天佑，目光温柔，手指拂过琴弦带起一声叹息般的琴音。她淡淡地说："半月后，我便要嫁去齐国。皇上是来见永夜最后一面吗？"

月光照得庭院一片青白色，永夜坐在房前空地上像一株怒放的白玉兰，华丽而孤独。

天佑从来没有见过这样的永夜。从前他只知道她文弱绝美，后来知道她调皮机灵，再后来见到她娇嗔刁蛮，却从来不曾这样安静地瞅着他，瞅得他的心蓦然一痛。

他知道端王为了拉拢齐国定下亲事，端王又明告之如果永夜进宫，游离谷必会在她的身份上大做文章。他惊愕地问端王如何知道，尽管他早已明白永夜便是刺客星魂。

端王笑道："天佑的心思缜密，应该猜到了。"

他是猜到了，他原以为可以用这重身份强要了永夜进宫。

是双刃剑吗？好不容易毁掉游离谷的阴谋，又要因为永夜而掀起波澜。为了不让游离谷识破她，她下手杀了多少忠臣？天佑想起多年前为了拉拢兵部尚书郭其然，在得知消息后几乎把王府的好手全派了出去。一旦游离谷将此消息传开，正如端王所说，就算不认，也保不住她。

她为了他的大业才女扮男装多年，如今她为了他要嫁给太子燕。

天佑低声道："昨晚……你与他在顾雅园吃饭，听说相谈甚欢？"说完心里禁不住难受。

永夜笑了笑，笑容是挤出来的，嘴角一扯便黯然。她淡淡地说："吃饭的时候还不知道我要嫁的人居然是他，瞒得真好。"

天佑听她说得凄凉，上前一步，定定地望着永夜的眼睛说："皇叔为了我定下这门亲事。他道太子燕没有王者霸气，不会欺负永夜，同时也能让安、齐两国交好。可是，他却不知道，我不同意……哪怕与齐国一战。"

永夜垂下眼眸，嘴角浮现一抹嘲笑："三日前，皇上好像还对永夜说，难得公主等皇上两年，齐国一直给予皇上支持，皇上不能擅毁婚约，不能让齐国举兵来犯，挑起战火！一怒为红颜只是心血来潮罢了。"

她猛地抬起头，低吼道："江山有多重？皇上肯与永夜远走高飞，禅位三皇子？不，你才登基，当年你出宫建衙，隐忍多年为的不就是君临天下？我……又怎能为一己之私拖累你？就算皇上不让永夜嫁，这战祸之责永夜也担不起，皇上也担不起！"

说着，一滴泪从眼中终于挤了出来，亮晶晶地挂在颊上。

天佑再也忍不住，将永夜扯进了怀里。他没有说话，对永夜又是怜惜又是心疼，他是想留下她，想是一回事，做却是另外一回事了。

永夜只觉得他的一颗心突突乱跳，手臂箍着她直嵌入怀中，不禁感慨，再讨厌李天佑，他对她也有几分真心。纵然他不能弃了帝位，她也能理解。永夜抬起头，李天佑清秀的脸有几分扭曲，她吓了一跳，伸手去推他。

天佑突然将头埋在她肩上轻声道："对不起，小夜。"

他的呼吸带着潮湿的热度喷在她颈边。永夜难受得紧，克制住想一把推开他的冲动，仰头看着月亮喃喃道："还记得佑亲王府的水榭吗？以前常与皇上喝茶赏月的地方。齐国的月色不知是否也有这样美？父王只得我一个，以后天各一方，母亲又会难过了。"

天佑喃喃道："我猜到了……来我书房的黑衣刺客是你，你就是风扬兮一直要

第三十七章

找的刺客星魂。我本来想，如果你不愿意进宫，我会以此要挟。可是我万万没有想到，皇叔为了我牺牲这么大。小夜，如今要你嫁给太子燕那个废物，你肯定不喜欢，我……我又何尝高兴？"

以前，他一直觉得永夜纤弱，以为自己真对一个男的感兴趣，知道她是女子，他不知有多高兴，到如今，还是得不到她……

"朕会封你为永安公主，赐你公主仪仗，让你风光出嫁。"天佑缓缓说道。

永夜踉跄后退，那身宽袍挂在她身上，显得更为单薄可怜，脸上起了丝潮红，她是兴奋天佑放手，日后会因此而厚待端王。瞧在李天佑眼中，她则似哭似笑。

他转过身不再看她："为了这皇位，所有的人都牺牲得太多，我……不会辜负，定会做个好皇帝。小夜，你不必担心你父王。他要坐皇位早就坐了，我不是那种杀尽忠良求心安的皇帝。"

永夜长舒一口气，望着李天佑的背影觉得自己有点儿过分，不喜欢他却偏要让他以为自己钟情于他，还要为了他出嫁，但是想想以后，她没有多说什么。戏演到最后了，不能演砸，好歹李天佑也没有损失。

他知道自己该做什么不该做什么，他不会为了她放弃皇位或者引起战争。而自己想要什么呢？永夜又想起了月魄。她想要的只是一个真心待她、不骗她、不害她、爱她一世的人。

权势富贵都是锦上添花罢了。难不成以她的经历，在这世上还会穷困潦倒？

她颤着声音低下头去："永夜恭送陛下！"

天佑长叹一声："我竟然连回头再看你一眼的勇气都没有。原以为我能接你进宫，你愿意也好，不愿意也罢，都没法拒绝……可我竟然连你穿女装的模样也瞧不到。"

想起月魄，永夜温柔一笑："好，永夜男装出嫁！"

天佑一震，双手紧握成拳，男装出嫁，她为了他竟然要男装出嫁！眼睛仿佛热了起来，天佑克制住自己，颤声应道："……好！"他迅速地离开，没有回头。

永夜笑着看他离开，撇撇嘴道："为你？我连父王与娘亲都不肯让瞧呢！"掩了嘴笑嘻嘻地回房了。

一个月之后，永夜以公主之仪嫁往齐国。

王妃巴巴地与端王坐在前堂大厅等着看永夜穿了大红喜服来拜别，兴奋得双颊发红。

"不知道永夜穿女装会有多美！"

端王笑着在她耳边轻语："再美也美不过你。当年……"

王妃突然跳了起来，瞠目结舌地望着走进来的永夜："这……"

"永夜拜别父王母亲！"永夜头戴金蝉冠，身穿月白色金绣丝袍，潇洒无比。她老老实实地磕了三个头，旋身站起。

"去齐国路途遥远，母亲忍心瞧着永夜顶着几斤重的珠冠去？"

"可是……"王妃舌头打卷，说不出话来。

端王眉头一皱正要开口，永夜已笑着打断他："皇上听说永夜这般模样出嫁，别提有多高兴了！到了齐国再换装便是。"

"很好！"端王被气笑了，负手走向永夜，围着她转了一圈，低头在她耳边轻声道，"穿这身月白色是想谁哪？别忘了你答应过我，不和那个叫月魄的小子来往！"

永夜嘟着嘴，挥挥袖子，对月白色满意极了。她眨巴着眼道："出嫁从夫，不是从父！要不，我不嫁了？"

端王想了想，道："你还是穿平日的紫色袍子吧！不然呢，就穿大红新嫁服！否则，你别怪父王心狠。"

永夜笑了笑转身："我也觉得紫色穿习惯了，这月白色不习惯！"她看端王脸上虽笑嘻嘻的，眼瞳却已闪动着寒冰似的光，惹怒了这个老奸诈，她觉得自己肯定讨不了好。见好就收，永夜很识时务。

片刻后，她换好衣裳，一如平日出门逛街游玩。临走时还不忘对端王夫妇道："我去齐国玩玩，想你们了就回来瞧瞧。"

王妃还沉浸在极度的震惊中，眼睁睁看着永夜出了府门。一旁等着侍候的侍女喜娘连上前搀扶的勇气都没有，见永夜往外走，也呆呆地跟在后面。走到门口，永夜伸手："拿来！"

茵儿小心地掏出一块大红色喜帕递过去。

永夜往头顶上一罩撇嘴道："红配紫，丑到死！"

茵儿扑哧笑出声来，又忍住。

府外锣鼓喧天，庞大的送亲队伍排了一整条街，在永夜顶着喜帕出门的时候骤然停住，从来没想过新娘子出嫁穿紫色！永夜没管，径直坐上了花轿，吩咐道："继续，停什么停！给我敲起来！"

丝竹唢呐再起，鞭炮炸响。永夜揭了盖头，躺在轿子里补眠。

端王眼中有几分忧思，想了想又消散了。

"王爷！会不会吓到齐国……"王妃眼睛一红。

端王拍了拍她的手，笑道："咱们家永夜与众不同，想要娶她本该如此！齐国太子嘛，想来也吓不倒他的。"

"可是……"

"终于把这烫手的女儿嫁出去了,以后可以过平静日子了。明日我就进宫去交军权与事务,做个闲散王爷好了。"端王不接王妃的话,极是高兴地说着。

七月骄阳似火,队伍出了京都便歇了喜乐。

永夜以公主仪仗出嫁,侍卫长是羽衣卫副统领王达,送亲使臣是礼部马侍郎。王达是佑庆帝在佑亲王府的旧将,得了佑庆帝嘱托,对永夜毕恭毕敬,心里多少又有几分了解皇上的心思,见公主男装出嫁,倒也可怜起这对苦命鸳鸯。

马侍郎却是永夜当日与陈国谈判的安国副使,对永夜佩服之至,一路唯永夜之命是从。

永夜坐在宽大的车轿中闷热难当,便吩咐道:"以后卯时出发,午时歇息,酉时再行!"

好端端的出嫁队伍便成了昼伏夜行,鬼鬼祟祟。马侍郎无力阻止,只恨为什么要接了这件差事。

见他为难至极的脸色,永夜脸一板斥道:"大日头毒着呢,这么多侍卫全副甲胄不解,本宫还没到齐国就被折腾得半死,要那些俗礼作甚?"

马侍郎再不敢言声,传令下去。众将士却觉得公主体谅大家,对永夜异常尊敬,倒是苦了沿途郡府,只得半夜设宴。

到了秦河队伍需换船过河。永夜下令队伍休整。

出了车轿,无视马侍郎欲言又止的神情,永夜上了秦河的城头。

明月皎皎,永夜怅然回头。安国……京都……端王府在身后遥远的地方,她深深吸了一口气。新的环境,新的人生,又会有何不同的变数?

见马侍郎和王达寸步不离,淡然一笑:"过了秦河便入齐了,马大人有何话要说?闷在心头你们不难受,我看了恼火。"

马侍郎赔笑道:"公主,这……过了秦河,齐使便来接驾,公主这身打扮是否……"

"皇上都没说什么,马大人就不必操心了。"永夜记着月魄的话,她的女装,一定让他第一个瞧到!

第二日,船队抵达秦河对岸。

齐国已在码头备下庞大的迎亲队伍。鼓乐欢腾,码头旌旗招展,盛夏阳光下,侍卫兵刃雪亮。

"卑职齐国礼部尚书赵维开奉旨迎候公主!"

"赵大人,我国公主一路劳顿,身体不好,天又热,吩咐道这些虚礼都省了。"

马侍郎照永夜吩咐寒暄道。

"那就请公主移驾！"赵维开四十来岁年纪，国字脸，满脸精明，目光移向龙舟，回想这位永安公主的事迹，心里充满了好奇。

龙舟舱门打开，三十二名侍女前面开路，中间却是位男装公子。紫色的宽大丝袍遍绣牡丹，耀眼至极又让人吃惊至极。

赵大人眼睛都直了，手抖着问马侍郎："这……是公主？"

马侍郎见永夜还是没有换装，窘得把脸扭过一边："我家公主道初识太子便如此装扮，想来太子必是欢喜。"

永夜款步下船，目光却落在赵维开身后。侍卫队中，风扬兮目光炯炯地瞅着她。她一笑，问赵大人："名扬江湖的风大侠还在做你国太子的保镖？"

"殿下……殿下怕路上有闪失！"赵维开的目光往身后一瞟，又低下头来。

永夜凝视风扬兮良久，不屑地笑了笑。以为有你我就跑不了？她又轻叹，当初太子燕只字不提婚事，是怕她不愿吧。她无意伤害于他，又确实对他没有感觉。永夜上了轿吩咐道："天太热，这就起程吧。本宫倦了，路上不要来扰我。"

"永安公主非常人，赵大人不必以常礼待之。"赵维开想起太子临行前的话，只得擦了把汗应下。

到了齐国就不如在安国放肆。大日头下队伍行走缓慢，永夜被热得头晕脑涨，唤了马侍郎去通融能否夜行。赵维开以不合礼仪拒绝。

永夜也不恼，夜宿驿站时躺在院子里的青石板上纳凉。

风声掠过，风扬兮已坐到了她身边，见永夜躺着望星空，不由得发笑："公主怎么会同意嫁给太子？"

"我不想嫁给李天佑，也不想连累我父王。只不过，风大侠与齐国渊源颇深哪。一次救命之恩就要终身相报吗？成日当保镖也不嫌烦？"

风扬兮也躺了下来，淡笑道："我师父是齐国第一剑客，欠了齐王的情要还；我欠了太子燕的，也要还。护送你到圣京，原是太子不放心，他其实很关心你的。我早说过，太子殿下似乎很喜欢你，他难得与人这般投缘。"

永夜默然，望着星空怔怔出神。

"公主似乎很喜欢看星星和……月亮？"风扬兮侧过头望着永夜。

什么？永夜心一紧，转念又想，李天佑肯放手还有一半原因是她星魂的身份，他应该不会泄露给风扬兮，而自己在风扬兮面前似乎一直没有露出会武功的底。自己练的功夫不是普通的内功，青衣师父的呼吸之法与天脉内经只要不显露，是瞧不出来的。可为什么他话里有话？她闭上眼喃喃道："风大侠若是能在天上变个太阳出来，永夜也照看不误。还有，夜深人静，风大侠请速离本宫院子，不合礼仪！"

风扬兮笑着站起来，居高临下地瞅着永夜，轻声道："公主就老老实实待嫁吧！有风某在，不论是有人想破坏还是公主想遁逃，都不会得逞的。"

"风大侠有这能耐，还是好好护着太子吧！当心本宫宰了他！"

"公主不是一直病弱，手无缚鸡之力吗？太子虽然斯文秀弱，不会武功的女子怕也讨不了好去！"

永夜缓缓睁眼，两双黑眸在空中骤然撞到一起。风扬兮锐利的眼神多了几分戏谑，永夜目光中多了几分讥讽。她突然放声大喊："救命啊！有人要对本宫无礼啦！来人啊！"

尖锐的喊声划破夜空，院门被"砰"地推开，脚步声凌乱地急促响起。

永夜眯眼一笑："还不快滚！"

风扬兮眸色变深，掉头就走。

王达带着侍卫奔进院子，见永夜站在院子里没事人似的，讷讷问道："公主……"

"本宫看到一个黑影从院墙上闪过，便喊了出来。以后侍卫不得离本宫半步！唤茵儿进来陪本宫吧。"永夜叹了口气。她原想到了圣京再脱身，没想到迎亲队伍中来了个武功高强的风扬兮。她需要提前做准备了。

第二日队伍又顶着太阳上路。

永夜闷在轿子里难受得浑身冒汗，却只能悠悠叹了口气，忍吧。

恍惚中她又想起了月魄。

他说，他会开一间平安医馆，如果自己想过平静生活，他能收容她。

他说，他还会开一间平安酒楼，做她喜欢吃的菜。

可是，他没有消息传来。

蔷薇也没有。

永夜闭上眼，似有些疲倦了。

"公主，过了垭口就到圣京了。"王达在轿子外禀报。

永夜睁开眼，掀起轿帘。马车在山道上转弯的同时，她已看到前方出现了一座庞大的城池，走了几日，终于到了。永夜坐直了身，伸长脖子从树木空隙间打量齐都圣京。

山下是一大片宽阔的河谷地带，视线往上一圈青黑色的城墙渐渐能看出大体轮廓，梁河东来，在城外蜿蜒而过。观圣京，正是三山合围，一面临水，呈山水环抱之势，更以山水为天然屏障，圣京城非同小可。

马车下山的速度异常快，出了垭口，官道变得宽广笔直，路两旁只有平整的农田，看不到一棵树。

"怎么城外如此空旷？"永夜招来赵大人问道。

"圣京方圆十里没有一棵树，全是军屯田，是为了防止敌人遮掩行踪来袭！"赵维开很自然地说道。

永夜点点头，却被一个词震撼：军屯！她左右张望，城外空旷，目及之处房舍农家三五成村散布。战时军，闲时民，齐国的这一军事理念是相当不错的。

安国不设军屯，全国设六郡，有专养的郡兵，各郡抽派一支郡兵戍卫京畿，便是京都六卫的由来。皇宫另单设羽林左右卫为禁军。

而永夜知道一些军屯的好处。国家不用直接养兵，可节省大笔军费开支。士兵平时务农，隔些时日集中操练，到了战时便能应召入伍，如此一来，士兵的体力与战斗力非但没减弱，反而更能增强对家园的责任感。

永夜目中又起忧色。三国争雄，此消彼长。她转念又想，天下本就是分久必合，合久必分，身处乱世，自己还犯不着操心皇位由谁去坐，天下统一关自己屁事！

思虑间，圣京高大雄伟的城墙已近在眼前。城门洞开，吊桥放下，百姓悠然往来。永夜微笑，和京都一样，还是太平盛世的景象。

队伍进城的时候，轿外欢声震天。永夜没有掀起轿帘，她不想被当成观赏动物。进了圣京她被安置在驿馆。宽敞的庭院，高大的木石建筑，大气华丽，沿墙脚早摆了几大盆冰块。走进去，凉意扑面而来，永夜终于舒服了一把。

照仪式安排，十日后永夜将进齐皇宫受封，入主东宫。

太子燕第二日便上门求见，永夜回避，声称安国规矩，婚前不得相见，然而太子燕却闯了进来。

永夜撑着下巴瞅着他，心想，人不可貌相，太子燕终有强势的时候。

太子燕非常有礼地隔了三丈停住了，温柔地说道："永夜嫁来齐国，当守我齐国规矩。"

"哦？我已经算嫁了？"

"只差入宫仪式而已。"太子燕笑道，"十日后，金殿上会有册封仪式，永夜接了玉册金印就是我东宫鸾殿的主人了。"

永夜拂袖大怒："未接玉册金印我还是安国的公主！太子请回！"

太子燕吓了一跳，连连摆手道："永夜，你别生气！我……我只是想看看你……"

"看我还在这驿馆没有，看我跑了没有，是吗？殿下！"永夜冷笑道，"有风扬兮这等高手在，殿下还担心什么呢？"

"风……风大侠不在驿馆，他……他另有要事。"太子燕的脸涨得通红，被永夜的目光看得几乎想遁地而走。

永夜大笑:"我怕丢了我父王的脸!太子放心,十日后,我会进宫跪接齐皇亲赐的玉册金印。太子请吧!"

太子燕脸一红,揖手告辞,临行前忍不住又回头道:"永夜既愿出嫁,为何不肯易女装呢?"

永夜眨眨眼道:"给殿下一个惊喜呗!"

太子燕恍然大悟,轻声道:"永夜男装已是天下无双,女装同样令众人艳羡,难得永夜是这般心意。十日后金殿见,孤也会给永夜一个惊喜。"

永夜吊儿郎当地耸耸肩,她不会等到十日后,这几日能走就走了。风扬兮一路跟随,她只能在圣京脱身。脑中又想起月魄的平安医馆来,恨不得马上飞出驿馆找到他。

"小姐!"茵儿满面泪痕冲了进来,语无伦次地挥着手。

永夜诧异,见茵儿身后的院子里跪着两个人,浑身一震跳了起来,大呼道:"倚红!林都尉!"

她万万没有想到他们还活着,还居然在圣京。掀袍跑过去的同时,心里又是一紧。她站在倚红身前扶了他二人起来,淡淡地问道:"是太子燕救了你们吗?"

倚红抬起脸望着永夜,点了点头,抽咽着说:"少爷莫怪倚红,他……他……"

"末将身受重伤,被太子燕救回齐国,末将无能,一直没能将消息送回安国。"林宏低着头。

倚红这声"少爷"让永夜叹息一声,携了倚红的手往内堂:"不用解释了,我知道,他是你们的救命恩人,不让你们回报消息,你们就算想传消息也不能。"

林宏感激地看了永夜一眼,默然跟着进了内室。

大块的冰置在金盆中化成丝丝凉意,原本觉得清爽,此时却寒进骨子里。从外面进来,永夜瞬间激起了一层鸡皮小粒子。她笑了笑:"如今肯让你们来,我很感激他。你们觉得他如何?"

"少爷,太子是极好的人,少爷嫁他,肯定会幸福的。"倚红恳切地望着永夜。

"我知道,我没说不嫁他啊!若是不嫁,我何必大老远来到圣京呢?"永夜笑容可掬,望向二人的眼神中多了些疏离。

父王说得不错,能坐上太子宝座,纵然看似斯文软弱,也不会差到哪儿去。两次救命之恩,驱使了风扬兮,也收买了倚红与林宏。

"你们俩下去歇着吧,若是想留在齐国就跟着我,若是想回安国,等大婚之后便随王达离开。"

"林宏府中尚有老母幼弟,不能留在齐国陪伴公主了。公主恕罪!"林宏没有犹豫，脸上却有一丝羞愧。

永夜倚坐着，微笑："堂前尽孝是人之常情。能否请林都尉答应本宫，回安国后娶倚红为妻？"

"少爷！"倚红脸一红，吞吞吐吐道，"林都尉……我已是他的人了。"

"哈哈，正好！以后也莫要叫我少爷了，随茵儿叫我小姐好了，少爷嫁人听起来不伦不类。回来就好，今天真是个好日子。下去吧，我中午有些倦。"永夜笑得很开心。

二人告退后，永夜看向茵儿，什么话也没说。她不信这里任何一个人。

第三十八章
平安医馆

知了颓然地叫着，午后的庭院安安静静。

这是座长方形的院子，院子里连棵树都没有，让永夜想起了"囚"字。她又笑，有树，不就成了"困"字？效果一样，都不是什么好兆头。

永夜顺着院子散步，看到了砍去的树桩新茬，白生生地立在土里，分外刺目，表明一种态度，是囚而不是困。

太子燕有这心机？永夜讥讽地想，她看人还真看走眼了。

王达带着侍卫守在院子外面，而院子再外一重却是打着保护名义的齐国士兵。连王达也气呼呼地禀报，安国士兵上街也要报准郑大人同意才行。用的还是同样的理由，大婚在即，齐国不希望出现任何岔子。

永夜只叫王达少安毋躁，又说天气太热，自己并不想出门。不想出去，并不意味着她会高兴。永夜赶走了所有的侍女，独自在院子里，吩咐下去，任何人不见。

第五天，她与平常一样在室内安静地煮茶。这个时候是人精神最疲倦的午后，能找个阴凉地儿坐着，就不会选择在太阳底下晒着，驿馆里的士兵应该是最少的。

一般都认为在第十天入宫慌乱的时候离开最好，可是永夜却认为一前一后是防范最紧的时候。

永夜喝了口茶，站起身。身上连一两银子都没有，她若要走，自然走得干脆，根本不会去收拾金银细软做那些拖泥带水的事情。她瞟了眼火炉，脱了外袍，里面是件白色的纱衣。永夜漫不经心地动了动炉子，走出了寝殿。

院子里的青石被太阳晒出了火焰般的烟尘，知了在院子外疯狂地唱着歌。永夜叹了口气，院子外等着她的会是风扬兮吗？他会十二个时辰都守在院子外面？如果不是，怕是没有人能拦得住她。

这时候，她听到脚步声传来。永夜停住了脚步，冷冷地看向脚步声响起的地方。

院门外走进一个人来。阳光下的影子扯得很长，永夜的心剧烈地跳动起来。

灰布长衫，英俊熟悉的脸，月魄居然施施然朝她走来，神情悠然得像是在自家花园里散步。

永夜眨了眨眼，突然想笑。为何一直在她心中，月魄都是需要她去保护的人呢？她差点儿忘了他同样出身游离谷，拥有一身出神入化的使毒功夫。

月魄漫步走到永夜身前，凝视着她，目中满满的全是笑意："傻了吧？"

声音是这样熟悉，永夜仍然伸手抚上了他的脸，还用力捏了一把。

月魄嗤笑："是真的。"说着伸开双臂将永夜紧紧抱进了怀中。

永夜听到他的心强有力地跳动着，忘记了自己在驿馆之中，只觉得天地间只有她和月魄两人，恍恍惚惚觉得这一切都只是个梦而已。

"星魂……星魂……"月魄轻声喊着她的名字，见着她一如从前的男装，没有丝毫出嫁的样子，心里激动不已，低下头看永夜闭了眼睛，却是一叹，"每日我都在驿馆对面的茶馆喝着茶等你。"

永夜眼睛一红，几乎落下泪来，推开他嗔道："热不热啊！"

月魄喷笑："你抱得这么紧，你还嫌热？"

永夜这才发现自己还紧搂着月魄的腰，脸一红觉得有些不自在，讪讪问道："你如何进来的？"

月魄眨了眨眼道："我从他们眼前走过来的，他们看不见。"说着拉着永夜的手往外走，"我瞧着风扬兮离开才来的。午后天热，士兵最为疲倦，我下了迷魂散，他们醒了只会当自己打了个盹儿。"

永夜被他拖着离开院子，月魄没有走正门，拉着永夜往后门行去。他似对驿馆布局极为熟悉，一路行来，只偶尔遇到几个士兵一脸茫然地看着他们。

永夜伸手在士兵眼前挥了挥，发现他们瞳孔似没有焦距，不禁笑了："月魄使毒的功夫真不赖。"

"笨，我要让这驿馆里所有人死，他们连怎么死的都不会知道！"月魄敲了下她的头，两人居然非常顺利地出了驿馆。月魄戴上草笠，给永夜扣上一顶，拉着她钻进了小巷子。

走了一刻钟，突然身后一片嘈杂声。月魄回头一望，惊道："难道有人要杀你？你住的院子怎么会起火？"

永夜握紧了他的手笑道："快走吧，我放的火。"

"走了这么久，你怎么放的火？"

永夜笑了笑："我在煮茶，炉火不小心燃着了衣物，再点着了房子，就这样。"她说得简单，却费了番功夫，算准了燃烧的时间。本来打算混在救火的人群里离开，没想到月魄抢先了一步，倒也省了事。

月魄扭头看她，笑了笑道："我知道我不来，你也是要走的。你进圣京已有几日却无动静，我便忍不住了。"

永夜望着远处飘起的浓烟想，天干物燥，五处着火点，怕是不好灭火吧。"口"字里面一个"火"该读什么呢？歪着头想了好一会儿，觉得没有这个字，便笑了。

月魄对圣京甚是熟悉，拉着永夜东穿西绕，走了足足一个时辰，终于拐进了一条小巷。

"我们不离开圣京？"

"现在走肯定跑不远，没准儿连城门也出不去，待些日子再说。"月魄狡猾地一笑，指着巷子里一座小院道，"你的平安医馆。"

永夜顺着他手指的方向望去，小小的门脸，破旧的房舍，上面挂着一块白底黑字的招牌，写着"平安医馆"四个字，顿时呆了。

月魄握着她的手，轻声说："我说过，若是你想过平静日子，我可以收留你。"他的手温柔而坚定地牵着永夜推门进屋。

房子一如永夜的想象，前面是店，后面有个院子，院子里种着各种药草，墙角居然还养了只小猪。见他们进了院子，猪便哼哼唧唧地叫了起来。

阳光照在院子里，酷热至极，永夜却只觉得温暖。

"比不上驿馆里有冰镇着，这里热着哪。"月魄在身后略带歉意地说。

"很好了，你的生意好不好？我什么都没拿就走了，一个铜钱都没有。"

"生意不能太好，我不能太有名气。"月魄笑道。

"要是搜过来怎么办？"

月魄笑了："你回头瞧瞧。"

永夜回头，吓了一跳，月魄的脸已换成一张中年人的脸。她仔细瞧了许久，叹道："你易容的功夫比我高明多了。我总是会被认出来，风扬兮一眼就看穿了。"

月魄微笑着说："有我在，包管看不出来。我在这里待了这么久，街坊邻居都叫我……"

"什么？"永夜好奇地问道。

月魄轻咳了下道："叫我月老夫子！"

"哈哈！"永夜被逗笑了，"你怎么不换个姓氏？月老……哈哈！"

"笑什么！还不是怕你找不到！"月魄尴尬地去捂永夜的嘴，她像泥鳅一样滑了开去，笑意在她脸上绽开，阳光似乎全映在她脸上。

月魄心里涌起一股莫名的心疼，轻声道："星魂，再不要离开我。"

永夜一怔，低下了头，慢慢走过去，搂住了他的腰道："上次……我担心我父王。"

　　月魄轻抚着她的发，叹了口气道："对不起，我只想那样……一直那样该多好。我不该在你汤里放安眠的药。"

　　永夜一震，脸上却挤出笑容。山中十日，起初她并没有发现，可是对于一个长年生活在黑暗中，一到晚上精神会好过白天的人来说，吃过晚饭就犯食困很不正常。后来她才发现月魄只做汤，每晚总劝她喝汤。最后一晚，她才决定吐了汤用溪水冰醒自己。

　　很长时间里，她一直回避着这件事。只要想起月魄做的汤，她心里就有根刺扎着，痛得直跳，然而月魄这样解释给她听，她很开心，怀疑与被算计的痛像冰一样被阳光一晒就融化了。她不要去怀疑他，这个世界上只有月魄是从小保护她直到现在。想到月魄对她算计……永夜的心像薄而硬的纸飞快地划过，还没察觉到伤就感到痛。

　　她抬头认真地说："我没有怪过你，我也很想一直那样过下去。"

　　月魄眼中流露出愧疚与不安，仔细看着永夜的双眸，清澈如水，不见丝毫杂质与怀疑。他终于释然地笑了，牵了永夜的手来到西厢房："我给你准备的。我睡东厢房。"

　　"蔷薇呢？"永夜看着房中光洁的竹席，叠得齐整的白底蓝花薄被，突然冒出了这个问题。

　　月魄沉默了会儿，道："上次我怕你担心没有说，她落在了游离谷手中，我逃了。你怪我吗？"

　　永夜心里一紧，阳光照在屋子里，蒸腾的热气也化不开她心里的冰寒。游离谷，她还是要和游离谷再斗一场吗？

　　"星魂！"月魄轻唤了她一声。

　　永夜努力甩开对蔷薇的回忆，她回过头轻声说："每个人都有自己的命，我们谁也不管，自私就自私吧！我们就这样过好不好？"

　　她的声音突然带了丝哽咽，搂住他的手收得很紧。月魄回抱着她，大热的天，心里的内疚像火一样烤着他。

　　咚咚！门板被敲得快震破了似的。

　　两人一震，月魄果断地喝道："闭上眼！"他的手迅速在她头脸上抹着，指着床上道，"衣服给你备好了，你换，我先去应付。"

　　他旋身出了房门，永夜着急地换下衣袍，穿上床上的布衣。拿着自己的衣袍却不知道该往哪里放，情急之下塞进了院子里的猪圈。

　　这时，她听到月魄沙哑着喉咙说："这里只有老夫与老伴两人……"

　　一群士兵已冲进后院，永夜呆呆地看着他们，一人冲她吼道："有可疑之人没有?"

她摆手摇头,不敢露出牙齿。一个上了年纪的女人怎么会有一口整齐洁白如扇贝的牙?

"我老伴是哑巴!"月魄抚着胡须神态自若。

那群兵在不大的院子里翻找了会儿便走了。永夜松了口气,对着水缸一瞧,水里映出一个平常无华的中年妇女的脸。她没时间盘髻,也不会,只把头发披散了,简单束在脑后。见发间还有银光闪动,手一摸,竟满手银粉,这才笑了起来:"我正担心一头黑发会引人怀疑呢。"

"也不看看谁的手艺!"月魄抚着胡子望天,极其得意。

永夜忍不住上前一把逮住他的胡子使劲一扯:"叫你得意!"

两人嬉笑着闹腾了好一会儿才安静下来。月魄突然说:"这身女装不算!我要看你穿裙子。"

永夜低下头,自己穿着襦衣大脚裤子,而且还是深蓝色的那种普通老妇人的衣裳,和男装也没多大区别。她笑了:"好,我一定穿最漂亮的裙子给你看。"

"你真的就穿男装出嫁了?"

永夜不好意思地笑了:"你说过,要第一个穿给你看,我一定做到。"

月魄眼中涌出浓浓的感动,脸上那抹笑容渐渐深了,像饮了一杯醇酒,醺醺然。他坐在院子里的石阶上,拉下永夜靠在了怀里,喃喃道:"星魂,有你,我什么都不想要。"

永夜"嗯"了声,月魄仿佛是一泓春水,温柔得快要将她溺毙了。

夕阳已慢慢填满了院子,永夜舒服地闭上了眼睛。她没有喝放了安眠药剂的汤,却安心地睡了。蒙眬中永夜倚在月魄怀中说了句:"这样,真好。"

月魄目光看着夕阳一点点消失,月亮淡然升起,心里升起一种近乎酸痛的幸福感。他喃喃道:"这样……真好。"

与此同时,落日湖畔的竹屋外,风扬兮正看着日落美景。

圣京有两大胜景,一是映月湖,另一处就是落日湖。

落日湖在城西,夕阳落山时,一泓湖水金光灿烂,像满盆黄金光芒四射。风扬兮很喜欢日落时看夕阳,觉得那种光芒让人心胸不由自主地开阔。

他眯缝着眼看着,一直等着所有阳光消失无踪。眸中的色彩也由金色转为灰暗,渐渐变得和黑夜一样冷。

天色暗下来,永夜也醒了,见自己一直趴在月魄身上,歉疚地说:"我睡着了。"

"两个时辰,不久。"月魄站起来,拍了拍压麻的腿笑道,"我去外面把灯笼点上，井里浸着甜瓜，你取上来，晚上我们在院子里吃饭。"

"点灯笼？"

"晚上若有急病的人家会寻了来。"月魄揉揉她的头发笑道。

永夜去取了井里的瓜，见小猪又哼哼唧唧，便笑道："闹猪，你能听懂人说话？你难道也想吃？不过，我吃瓜，你只能吃瓜皮。"

闹猪哼了几声，小眼睛望着永夜不作声了。

永夜哈哈大笑："你真的能听懂啊！我和月魄都是穷光蛋，等你再肥一点儿就把你宰了吃了。"

小猪愤怒地哼哼。

永夜去捞她藏在圈里的衣服，小猪张嘴就是一口。永夜手缩得快，啧啧几声："闹猪你比小星还厉害，我不宰你了，把你牵到张屠夫那儿，让他宰你，如何？还我衣服吧。"

小猪又哼了哼。永夜扯住衣服的一角拉了出来，捂着鼻子扔在了地上："毁掉，不能留下证据。"她拿起锄头挖了个坑，将衣服埋了进去。衣服里抖落出一块田黄印石和她的金蝉冠，永夜想了想把金蝉冠一并埋了，证实她身份的田黄印石却拾了起来。

月魄支着小方桌，看她一个人又是和猪说话，又是挖坑埋衣服，闷笑不已："来吃饭。"

永夜走过去一看，荷叶粥，酱黄瓜，还有几个馒头。她笑嘻嘻地说："放心，我会赚钱，而且包管没有人知道。"

"劫大户有谁知道？现在风声紧，将就过着。跟着我，可不像你在王府里吃山珍海味。"月魄边啃馒头边说。

永夜温情脉脉地看着他道："你是不想引人注意罢了。以你的医术早发财了，我做的是见不得人的事，发的是见不得人的财。"

"不行，现在风声紧，就忍忍吧。"

"我又不去打家劫舍。"永夜没好气地说。

月魄敲了她一下："我还不知道你除了接任务打家劫舍，还能做什么？"

"小看我？哼！"永夜住嘴不说，心里暗自盘算着。

第二天，永夜睡醒，听到外面月魄已在替人看病了。

他的声音喑哑低沉，带着一种笃定，一份从容。

阳光从窗外照在床上，安宁的生活，原来如此简单。永夜伸了伸懒腰，跳下了床。

她把药草都浇了一遍，又喂了小猪，听到外面没人，才悄悄探出头喊道："你帮我易容啊！"

月魄回过头摆手："大门不出二门不迈懂不懂？不准出院子！"

"外面情况如何？"

"城门查得紧，全城都在找你呢。"

永夜"哦"了声，听到有脚步声传来，又缩回了脑袋。

两人窝在医馆里足足待了七天，永夜摇了摇装收诊费的竹筒，从里面倒了七个铜板出来，就算吃最简单的东西，一日仍需花费十个铜板。永夜叹了口气，道："咱们还有没有别的钱？"

"没有。"月魄耸耸肩，"好在院子已支付了半年的租金，不然，咱俩要露宿街头了。"

"能去劫大户吗？"

"不能，咱们总不能一辈子劫大户吧。说好了像普通人一样过日子的。"

永夜愁死了，月魄不敢收治太多的人免得名气传开，暴露了。这间医馆就是个暂时落脚的地方。外面风声紧，两人想躲过一阵再离开圣京，可是……

"明天我们吃什么？"

她说着和月魄同时看向闹猪，狞笑。

"你杀还是我杀？我只会一刀取喉，剥皮我可不会。"

月魄想了想道："我只会让它没有痛苦地死。"

两人对望良久，月魄叹道："送巷口卖猪肉的李大叔那儿杀吧。"

"不是张屠夫？"

月魄敲了她一记，笑道："我老家不是这里。看来，我们要想办法离开了，窝在这里迟早饿死。"

闹猪变成了两升米、一块肉、一罐酱菜。

打量了下存粮，月魄和永夜打算离开圣京。

永夜打量了下自己的蓝布衣裳，再瞧了瞧月魄的灰布衣，忍不住笑了。从前自己只穿紫色的衣裳，因为那个孩子只爱穿紫，下意识地跟着穿了这么多年。而月魄总是一袭月白衫子，他又是为什么呢？

"好的医者都是仙风道骨、白衣飘飘，一看就没病没灾。"

永夜嗤笑无语。

两人慢慢往城外走，她离开驿馆已有十天，看两人易容还不错，大概混出城应该没有问题。

然而走到南城门两人呆住了。城门处搭起了两间房子，但凡出城者，单分男女两列进屋检查，一个不漏。

永夜心里有些发怵，让月魄出城试试。一个时辰后月魄出了城又回来，告诉永夜没什么，进了屋每个人脱衣服脱鞋检查而已。永夜蒙了。

月魄疑惑地看着她说："你身上有什么明显的标记是吗？"

永夜气红了脸，拉着月魄回了医馆关了门跺脚大骂端王卖女求荣。完了她把鞋一脱，露出脚板心那朵花，她问月魄："这个能遮住吗？"

月魄仔细瞧了瞧，脸上神情怪异得很，半晌才说："用烙铁烙了可以。不过，你疼死不说，还更明显。"

"易容的药能遮吗？"

"脚板心不好弄。"

永夜瞬间蔫了："那怎么办？我哪知道我娘用啥画上去的？"

月魄悠然地看着她，慢吞吞地说："其实也不是不能除掉……"

"有什么办法？"

"星魂，你嫁给我好吗？"

永夜一呆，嫁？她和月魄住在一座院子里很舒服，可是她还没有想嫁给他的念头啊。她疑惑地看着月魄："咱们先离开这里再说吧。现在，是怎么解决这朵花的问题啊！"

"那朵花……"月魄欲言又止，见永夜着急，吞吞吐吐地说，"你嫁了人就没了。"

啊？永夜顿时哭笑不得又恼羞成怒，赤着脚站在地上把王妃又骂了一顿，然后气呼呼地进屋关上了房门，顺便还吼了句"晚饭不吃了"。

她从门缝里往外瞧月魄，见他又好气又好笑又带了点儿失望似的站着。她叹了口气，让她现在嫁给月魄，她好像有点儿接受不了。这不是嫁的问题，是她还没有做好思想准备。

永夜叹了口气，她有些沮丧。她已经接受了自己是个女孩子的事实，而且一点儿也不反感男人。可是为什么，一想到和月魄亲热她就有点儿别扭？她可以抱他，可以躺在他怀里觉得很舒服，唯独，她对他没有欲望。

她很苦恼地躺了很久。肚子渐渐有些饿了，她起床灌了一壶白水下去，又躺下。月魄是男的，饭量比她大，今晚趁着赌气就省了，让他多吃点儿。闹猪换来的米粮也吃不了几日。

她躺在床上想事情，手里不停把玩着那块田黄印石。是否该瞒着月魄出去找家大户偷点儿银子使使？她知道若是她去偷，月魄会不好受，他毕竟是个男人。他不是没本事赚不了银子，是他不能。圣京城如果出了个名医，他就太惹人注意了。

永夜觉得是自己拖累了月魄，而不是月魄让她过清贫日子。

想着想着，她眼睛一亮，把手中的田黄印石放在嘴边亲了一下，这块印章色泽金黄，如玉般润洁，当个百八十两银子绝无问题。

永夜甜甜地笑了。她想去当了田黄印石，还想买套衣裳。她望着月魄，想着他当日说的话，换了女装第一个给他看。她不想勉强自己与月魄亲热，顺其自然吧，也许有一天，一切都会水到渠成。

第三十九章

重操旧业

阳光洒在院子里的时候，永夜站在院子里呼吸了口早晨的新鲜空气。打了井水洗脸，水珠扑在脸上，带来清爽的感觉。

月魄从外屋进来，高兴地弹了下她的额头道："我把院子里的药草拿到西城药铺去卖，你乖乖地在家里等着我。都是些好药材，天天看着差点儿忘了。回来我给你买好吃的，粥在厨房，昨晚没吃，记得喝了。"

永夜正想说当田黄印石的事，想想干脆给月魄一个惊喜就没说出口，嘿嘿笑着点头应下。

月魄小心地将土里的药材挖了出来，装进竹篓里，摸了摸永夜的头，低下头在她颊边一吻，见她傻傻地望着自己，笑了笑便出门了。

永夜在院子里摸着脸出神，月魄低头亲她的气息仿佛还在，良久她高兴地跳了起来。月魄亲了她，她却没有半点儿反感，她绝不是有心理障碍！

永夜喜滋滋地找了件月魄的灰布长衫，剪短了袖子和袍边，袍子宽宽松松地挂在身上。永夜嘿嘿笑了，邋邋点儿还省了易容费事，把自己弄成了个黑小子，看着觉得还行，就兴冲冲地拿了印石上街了。

她悠闲地走在圣京街头，见城内布局四平八稳，街道宽敞，地面全铺以大块青石。

永夜走完三个国，觉得三国都城各具特色。京都贵气，泽雅秀气，而圣京，永夜直接赞它大气。

大昌号是圣京最大的当铺，是座高大的四合院。门楼高三层，倒像座碉堡，铺面外立着两座大石狮子，张牙舞爪。三道青石台阶上的大门敞开，永夜仰望良久走了进去。

当铺的柜台也是高高在上，她的个子在女人中算是高的了，柜台仍高出一头。永夜便退后一步，笑容可掬地对铁栅栏后的朝奉说："在下想典当家传上品田黄印石一枚。"拿出田黄印章放在柜台上，又后退一步瞧着。

朝奉拿起石头看了看，问道："公子是死当还是活当？"

"死当多少，活当多少？"

"死当二十两银子，活当十两！"

这么少？永夜叹气："我不当了。"

朝奉并不多言，把田黄印章交还了永夜，见他出门便撇撇嘴摇了摇头。

果然，永夜转了一圈，又回来了："我当，死当！"

"破石烂料印章一枚，二十两！"朝奉长声呦呦地唱道。

"等等，这是上品田黄，你在当票上写成破石烂料？"

朝奉冷冷一笑："公子当不当？！"

永夜气结，语带讥讽："别家听说大昌号当二十两，纷纷出价十八两十五两，大昌号这么高的价，怎会不当？写当票吧！死当了！"

"好说，好说。本号能做到齐国最大，自然比别家价钱更公道！"朝奉皮笑肉不笑地接了一句。

在"破石烂料石章一枚"的再次唱票声中，永夜拿了二十两银子和一张当票恨恨然离开了。

照这样的当法，把金蝉冠切零碎了当掉也撑不了多久。

永夜并不打算在齐国偷点儿钱包或夜入富户借点儿银子花花。三大强国都被她搅得翻天覆地，如今太子燕四处找她，她还想和月魄在齐国过安静日子，作奸犯科当夜盗的事，她不想做。

眼睛瞥见街对面的济古斋，永夜呵呵笑了，想起大昌号又撇撇嘴，她不想胡来不等于她不想报仇。她的技艺得到美人师父的指点更上层楼，反正一时半会儿出不了圣京城，她决定重操旧业。

与大昌号一样，济古斋是圣京最负盛名的古玩店，据说齐国的王公贵族、有钱的人家都是这里的常客。永夜眯了眯眼瞧了瞧济古斋的招牌，擦了把额头的汗走了进去。

济古斋门脸不算大，里面博古架上摆放着各式珍玩，墙上挂着名家字画。只有一个伙计，正在招呼一个大腹便便的客人。

永夜慢条斯理地看着，竖起耳朵听客人与伙计的对话。

"这怎么可能是假画？这是京都许怜草亲笔绘就的。"客人似乎是拿画来寄卖的。

"爷，你瞧这印鉴有些模糊，你再瞧瞧小人手里这幅。还有，许怜草擅工笔花鸟，你的却是幅水墨画，小的不敢接这幅画。"

永夜一听来了精神，赶紧凑过去瞧。这世上别人的画她可能不熟，安国京都许怜草往她老爹脸上画掌痕，她对许怜草是再熟悉不过。

永夜瞧了几眼，见伙计与客人争得面红耳赤，便笑道："在下略知一二，可容在下说说？"

那伙计抬眼打量了下她，见她一身最常见的灰布长衫，袖边袍角都没有缝边，虽是读书人打扮却显得极为寒酸，便哼了一声道："这位公子在店内徘徊良久，可有中意的？"

永夜知他以貌取人，也不生气，手指点着画作道："世人只知许怜草擅工笔花鸟，笔法细腻，用色喜艳，却不知他取字怜草，最长水墨兰花，叶形飘逸秀美，花似美人蛾首。且许大师往往醉后心情大好时才会画兰，醉后用印，手颤难抑，故而印鉴稍有轻移模糊的现象。此画正是许大师难得一见的《醉后兰草图》。"

客人越听眼越亮，伙计越听越清醒。

重金收了画，伙计态度瞬间变得谦恭："在下有眼无珠，多谢公子指教。"

见他懂得退让谦逊，永夜对这间济古斋的看法又有不同，暗暗佩服东家用人得当。

"公子可有看上的？"

永夜在店内转了一圈，笑道："小哥，这外间摆放的东西不入在下的眼。"

"哦，什么样的画作能入公子的眼呢？"一位须发皆白的老者从后院走了出来，抱拳一礼，"这位公子请了，小老儿姓梁，是此店掌柜。方才已闻公子高见，不知公子能看上何人大作？"

"在下李林，安国人士，听闻济古斋珍品无数，想一饱眼福，并不想求购。"她是安国口音，并不掩饰这点。

梁翁早看到了刚才发生的事，眼风往永夜一瞟，见她安然自若地站着，虽布衣穷酸邋遢，举手投足间却有一股气度，言语间却有打探的意味。梁掌柜的脸已沉了下来："我这济古斋若无珍品，齐国上下便再无古玩店有珍品可售。"

永夜深知古玩店的规矩。好货一般是不会全摆在外头的，店堂内最多有一两件珍品压堂就行了。三年不开张，开张吃三年。卖一件值钱玩意儿，就够撑很长时日了。有钱的主儿除非有淘货的爱好，否则店内的东家往往得了稀罕物什都会亲自送上门去。

她笑了笑拱手道："既然如此，告辞！"

"公子请留步！"梁翁知道遇到了内行，精神一下子就来了，急呼一声，拱手道，"老夫有一事要求，能否请公子再看一幅画？"

永夜回过头说道："济古斋能做到齐国最大，自然有鉴别高手。梁翁客气了。"

梁翁见她还是要走，赶紧上前一步深揖一礼："老夫失礼！公子可否移步随小老

第三十九章

儿内院一观？"

永夜淡然地看了他一眼，勉为其难地点点头："梁翁先行！"

转过回廊来到内堂，梁翁小心地捧出一幅卷轴展开。这是一幅《大青绿山水》，笔势大开大合，山川雄奇险峻。

"公子请看，这笔力、手法、气势非陈秋水莫能画出。水泊居士正是陈秋水的印鉴，然他一年只画三幅画，据老夫所知，今年陈大家已画有三幅画，老夫收得此画却有些惴惴不安，想请公子帮忙看一看。"

永夜听美人先生说过，齐国陈秋水的《大青绿山水》画作产量极少，又因其画气势非凡深得王公贵族、豪门大家所喜。当下问道："可还有陈大家的画作？在下好做比较！"

梁翁又捧出一幅画卷展开。

永夜细细研看，足足看了一炷香的工夫才吐了一口气，道："此画是陈大家真迹。梁翁是想着陈大家一年只画三幅画的缘故所以质疑吧？"

"正是！"

"细观此画，用笔大胆且一气呵成，虽具大青绿勾勒，却笔法飘逸，落款一气呵成，飞白笔法张扬有神，想来是陈大家醉后所画，破了一年三幅画的规矩也有可能。且这印鉴是最不易造假的，梁翁请观此处，印鉴是朱白文，这末字一笔略有凸出，不细看是看不出来的，放在一起细细比较就能看出来了。"永夜悠然微笑。

梁翁叹服，连连称谢。

永夜当即便要告辞："在下寻亲不得，还要去见工筹银返乡，不耽搁了，告辞！"

"公子稍等，公子说想要见工？"

永夜叹了口气，道："在下囊中羞涩并不为买画而来，只是喜好，路经济古斋便入店瞧瞧，能亲眼欣赏到陈大家画作已是幸事，不作他想了。多谢梁翁。"

"济古斋正值用人之际，公子目光如炬，不如留在济古斋。"梁翁听说永夜要去见工，干脆留下，他深深佩服永夜的眼力，如此人才当然不肯放过。

永夜大喜，她本还想着该用什么方法能常来济古斋转转，没想到机会这么好，赶紧长身一礼："多谢东翁。"

"呵呵，李公子无须多礼，月银十两如何？"

五十两够普通人家一家三口舒舒服服过上三个月了，十两是相当高的月银，足够她和月魄过小日子了，顺便还能实施她的赚钱报仇大计，岂有不答应之理？

"你只能另觅住处，白日上工，晚间收铺回家。明日起上工可否？"

她知道古玩店的伙计都必须住店看店，当然也只用亲信之人。像她这种赚工钱筹路费回家的外地人,是不会让她住在店里的。她本来也不想住在店内,当下连声答应。

出了古玩店,永夜露出一丝窃笑。买了一堆吃食和纸笔颜料等工具,准备开工造假。她看了一炷香的时间,看得最多的还是那枚朱白文的水泊居士印鉴。

她拿着东西笑逐颜开地回去,心里想着月魄卖了药材今天都有收获,晚上一定要好好庆祝生财有道。

夕阳如金,晒得小巷带出一种温暖的色泽。

那盏红灯笼在晚风中轻轻晃动,晃得永夜的心带起一丝喜悦。

在她前面,一对老夫妻携手慢慢走过。永夜看着两人弓背携手的身影,想着将来和月魄这么老时也这样牵手走过黄昏的小巷,嘴边露出了幸福的笑容。

嫁给他,好像也不是很为难,也许慢慢习惯就好了。永夜突然想起忘记了买女装,不由得暗呼糟糕。正想回头去买的时候,却看到那对老夫妻经过医馆门口时脚步停了停,老头子猫着腰往门里张望了下,两人又接着往前走了。

永夜的脚步很轻,是习惯性的。她可以肯定夫妻俩不知道她远远地走进了巷子。永夜目中露出了奇怪的表情。老头子往门里看的时候,脚步也是习惯性地放得很轻,轻得不像一个上了年纪的老人。

她经过医馆的时候发现月魄还没有回来,她离开时锁了门。永夜将手中物什放在门口,跟上了那对老夫妻。

出了巷子,永夜提高了警觉,远远地看到他们进了一座宅院。她没有多想,足尖一点飘身跃了进去。

一道匹练般的剑光刺过来,永夜飞刀迅疾出手,听到一声惨号,凌空一个翻身,头顶突现出现一道鞭影,硬生生向她压下来。院子里传来一声低喝:"什么人一路跟踪?"

永夜侧身避过,飞刀再次出手,袖刀挥出一道光芒瞬间逼住了对手。持剑的老太太中刀倒下,倒在血泊中喘气。她逼住的正是持鞭的老者。

"你是什么人,能听到我的脚步声?"

对方不理,望向老太太的目光充满了不舍与爱恋,回过头时咬牙切齿道:"星魂,你是星魂!"

"你如何知道?"

"你的暗器,小李飞刀,例无虚发!"

"你是何人?"

老翁笑了起来:"咱们是一座楼里出来的,我叫日光,你记起来了吗?出了巷子不久，我便感觉身后有人。你的轻功相当不错，不过，你也知道，刺客的感觉总有些说不清道不明。"

日光？这名字让永夜一震，想起多年前李言年为楼里五个刺客取名字的情形。也就瞬间的恍神，日光突然身体呈九十度往后一仰，双足飞起踢向永夜。

她的动作比他想象得更快，身如魅影，已绕到他身后，袖刀抵住了他的背心："你去那间医馆干什么？有什么目的？"

日光呆住，他没有想到永夜的功力比他想象的还要高出很多。

"我的刀在你背脊上，我一刀下去会割断你的脊梁，你死不了，却再也没办法站立。一个只能躺在床上的刺客会有什么下场？"

"我不会告诉你，你杀我好了！你知道的，我告诉你，会比死更痛苦。"

永夜笑了笑："我还有十八柄刀，我的飞刀很小，准头不差，她还没死，我可以一刀射瞎她一只眼睛，再射瞎她另一只眼睛，顺便一刀刀从她脸上片过，你可以看着她美丽的脸颊变成两个血洞，而人却不会死……"

地上的老太太还是鹤颜鸡皮的脸，眼睛却露出了深深的恐惧，突然伸手往天灵拍下。手才一动，便痛得一颤，手背上已钉上了一柄飞刀。

"我在你身后，可以让你感觉不到我何时出刀。回答我的问题！"永夜声音一冷。

日光额头汗出如浆，怔怔地看着地上的老太太，喃喃道："你只担心月魄是吗？他……"

院内突然爆出一团紫雾，永夜暗叫不好，脚尖用力，人如纸鸢斜斜飞起，回头瞥见日光跃在半空的身体像被什么击中，直直摔倒，而扮成老太太的刺客已全身僵硬一动不动。

紫雾散去，院子里横躺着两具尸体。

永夜心情沉重地回到医馆，伸手取下了医馆的牌子。

"星魂，你去哪儿了？我看到你放在门口的东西。你把医馆牌子取了干什么？"月魄吃惊地看着她。

永夜叹了口气："我发现有两个人在医馆外探头探脑，跟过去杀了他们，其中居然有一个是和咱们一样从小楼里出来的刺客，他叫日光。"

"他们怎么会知道呢？"

永夜想了想道："有可能他们想找你，想到你会使毒也肯定会行医，所以才对医馆特别注意。咱们换个地方住吧，我有法子赚钱了。"

月魄想了想道："我早想到这一天，我已另外租了个地方。"

"不会吧？你有几窟啊？"永夜没想到月魄居然早有准备，怀疑地看着他。

月魄笑了笑，拉着她出了医馆，到了隔壁。一模一样的格局，只不过外面店门始终关着没有做生意。他得意地笑了："这里。没人想到是在隔壁吧？住在这里的可不是月老了，是赵大叔。他是个怪人，鲜少出院子。嘿嘿，我一般每隔十天左右会扮成赵大叔出门买东西。"

永夜忍不住笑了："赵大婶呢？"

"她长年卧病在床，床前离不得人，所以赵大叔总是在家里照顾她。"

"赵大叔靠什么生活呢？"

"你没见院子里挂着草鞋？赵大叔每隔十天就会拎着草鞋去卖，勉强度日。"

永夜板起了脸："今晚赵大婶心情好，病也轻了，所以要坐在院子里喝酒吃肉赏月！"

月魄"哦"了声走到她身边，在她耳边轻声说道："赵大叔见赵大婶病好了，便想与她研究下如何不再让脚板心长那朵花……"

永夜的脸瞬间涨得通红，肘用力击在月魄肚子上，跳了开去："赵大婶今天起要开始赚钱报仇！我把田黄印章拿到大昌号才当了二十两银子，再去济古斋见工，你卖药材也赚了不少银子，咱们在圣京住个一年半载，我看太子燕还会不会在城门检查。"

月魄听了皱了皱眉道："星魂，你就别去上工了。我卖了五十两银子的药材，加上当的印章二十两，够咱们花好几个月了。"

永夜嘟着嘴不干，她才被勾起瘾，想要报仇，还顺利地进了济古斋，怎么能放弃？再说，成天闷在家里也无聊。

月魄见她态度坚决，轻叹口气，笑了笑道："出门小心一点儿，我替你易容。"

接连五日，永夜去济古斋上工。她一边做事，一边欣赏济古斋收藏的名人字画，暗自将各人的笔画特点牢记于心。晚间在家挑灯夜战，模仿画作。

半月之后，印鉴完成，她对着画作上的水泊居士印鉴，再瞧瞧自己手中的，与画上一般无二，不禁得意至极。

月魄见了啧啧称赞，看向永夜的目光又多了些疑惑："你什么时候学的？"

"在王府那几年学的。"

月魄笑道："等你当了画出了气，就不要再抛头露面了。听到没？"

永夜愣了愣。月魄揽了她入怀，轻声说："每回你出门，我都担心你再不回来。"

"我怎么会不回来？你等我，等当了这画，我就不出门了，在家教你画假画玩！对了，咱们再养只猪好不好？像闹猪那样的，好玩。等小猪长成大猪，城门估计也放行了，我们就离开。"

"好。"对她的要求，月魄似乎从来没有不答应过。

第三十九章

永夜细心裱了画，又花了五两银子的大价钱买了个雕工细腻的檀木盒子兴冲冲地抱了上大昌号。她骄傲地将檀木盒子往柜台上一放："死当一千两，在下急等银子周转！"

朝奉早忘了上次花二十两银子拣了个价值百两的上品田黄石，见人开口就要死当一千两吓了一跳，伸手就去开檀木盒。永夜把手往盒子上一搭，抬着下巴问道："你洗手了吗？"

朝奉一愣，正要出言讥讽，永夜挑着眼道："这是陈大家的墨宝，你尽接些破物烂衣裳，弄脏了怎么办？"

朝奉被她说得梗得脖子通红，听说是陈大家的画作，狐疑地看了永夜一眼，却真的用雪白的毛巾擦了擦手，才小心地打开盒子展开画。

里面也是一幅大青绿泼墨山水，他仔细看了又看，盯着落款与印鉴眼珠子差点儿掉在画上，半晌吐了口气恭敬地说道："公子此画何处得来？"

"我从哪儿得来的你就不用知道了，反正不是偷也不是抢，你只管看这画是否是真的，给我当了银子作罢！"永夜不耐烦地说道。

"公子莫急，只是陈大家的画少有现世，小人眼拙，公子稍候，小人去请大朝奉！"朝奉说着下了高高的柜台，去了内院。

不到片刻，走来一个精神矍铄、眼露精光的老头儿，捧起画作细细观看，良久方道："公子死当？"

"在下缺银子，没办法，只能死当！"永夜叹了口气，恋恋不舍地看了眼画，犹豫了下似才下定了决心。

"如此甚好，在下东家也极爱陈大家画作，纹银一千两，死当！公子可想好了？"大朝奉脸露喜色又问了一遍。

"死当！当了眼不见心不烦！"永夜不耐烦地嘀咕道，眼神又往画瞟了瞟，似极不舍得。

大朝奉当即写了当票签了一千两银票递给永夜，喜滋滋地抱了画走了。

永夜耸耸肩，看来要求口饭吃也很容易。

她记着去买女装，问了圣京最大的绸缎庄寻了去。

铺子里挤了三四个姑娘正在窃窃私语，看穿着打扮应该是圣京的大户人家。

"听说安国永安公主还没找到呢！"

"听说是游离谷的人劫走了……"

"长什么样啊？听说没穿嫁衣还是男装来的齐国。像什么话？如何配得上太子！"

永夜耸耸肩不置可否。永夜耳力好，几个女眷的议论她听了个清清楚楚。她不禁哑然失笑，太子燕相貌清秀、性格温和、出身高贵，又是单身，自然是高门贵族女孩争相求嫁的理想夫婿。她不讨厌太子燕，但也没有想嫁他的念头，已经离开便与她无关了。

她看中一匹浅紫色的绢和一匹月白色暗花的料子。紫色是她习惯了的颜色，但永夜选中的是月白色的料子。她想月魄穿月白色正好和他配。

绸缎庄老板听说永夜要用料子做成衣，便笑道："不知那位小姐的尺寸大小是多少？"

"啊……"永夜愣住，月魄给她易容成黑脸小子，不可能说给自己量尺寸吧？张了张嘴，望着衣料发愣，叹了口气道，"本想给在下的心上人一个惊喜，在下没办法量她的尺寸，老板可有现成的襦裙，在下另买……"

"照这位公子的尺寸量肯定不会错。"

永夜手一抖，硬着头皮道："这位公子说笑呢！老板，我不买了，改日得了尺寸再来。"头一埋就要走。

一柄长剑挡在她面前，风扬兮冷冷地看着她，那目光既冷且怒，带着一种恨意。虽然他满脸大胡子，永夜仍清楚地看到他的嘴动了动，那显然是磨牙的动作。

"公子……何意？"永夜头冒冷汗，说话都有点儿不利索。

风扬兮一笑："没什么意思，在下有个表妹与公子身材差不多，嘱在下帮她选匹料子做衣裳，就这匹料子吧，麻烦公子量量尺寸。这位公子不会不帮在下的忙吧？"

"嘿嘿……"永夜干笑。风扬兮分明指着匹浅紫色的绢，他是认出自己来了。永夜觉得倒霉，倒霉到家了。

她迅速往外瞟了一眼。

"燕公子不在，就风某一个人。如果公子配合呢，风某会重谢公子。否则……"

"量！老板，赶紧帮我量尺寸，好好替这位风公子的表妹做一套称心如意的衣裳！"永夜打断风扬兮的话，他的意思是还可以通融，自己当然只能识时务。

量了尺寸，老板摇头道："公子的表妹身形高挑却单薄如纸……"目光往永夜胸前一瞟。永夜脸涨得通红，她是扮成小子不顾大热天缠了胸而已，什么叫单薄如纸？却听到风扬兮闷闷的笑声，她气急败坏地冷了脸道："在下还有要事，不打扰公子替表妹买衣裳了。告辞！"

"等等，风某多谢公子相助，等交代完老板，风某请公子喝茶。"风扬兮一手拽住永夜，掏了银子付给老板，约好日子取衣裳，眼风却瞟着永夜，意思是让她老实点儿。

永夜欲哭无泪，她最怕风扬兮认出她是星魂。她与风扬兮交过手，她的轻功与暗器根本挡不住他，所以，她只能垂头丧气跟着风扬兮走。

走进一条死巷，风扬兮这才放开手，冷冷道："外面找得人仰马翻，公主却在作画逛街买衣衫，过得够逍遥！"

"我和太子燕的事关你屁事！"

"本来是不关我的事，可是，你进了济古斋就关我的事了。"风扬兮眼神复杂，语带讽刺地说，"我不是偶然在绸缎庄碰到你，我是从济古斋一路跟着你来的。"

"你不会把我交给太子燕吧？"

"这要看公主如何配合风某了。"

永夜扬眉，不知道他什么意思，哼了声道："我凭什么要配合你？"

"公主难道就不管蔷薇郡主了吗？"

永夜怔住。

她想自私地不管蔷薇，不理会游离谷，就和月魄离开圣京，就这样过一辈子，可是蔷薇却是她心里的一根刺。

如果不是喜欢上她，蔷薇不会混进去陈国的队伍；如果不是骗着蔷薇和月魄去取莫须有的蛊毒解药，蔷薇就不会落入游离谷手中。

她想起王妃曾说过，静安侯夫人已经思念成疾。蔷薇在游离谷的手中，会好过吗？永夜被压抑的善良冒了出来。

她望着风扬兮问道："你有蔷薇的下落？"

风扬兮点点头。

"风大侠有蔷薇下落为何不救她出来？"

"我只知道济古斋与游离谷有联系，而要进济古斋却很难，正在发愁呢，就看到公主了。公主原来有鉴赏字画的本事，又正好进了济古斋做事，所以，公主是查到游离谷的下落、救蔷薇郡主的最好人选。"

永夜叹了口气，她突然想起临出门时月魄恋恋不舍的表情。他说他怕她出了门就不再回去，他想她卖了假画报了仇就再不抛头露面。月魄能感觉到她会被风扬兮或太子燕盯上吗？

她生来就该是游离谷的死对头。一天之前，她还想着和月魄离开圣京过闲散日子，一天之后，她又只能隐身于黑暗之中与游离谷斗。

然而，蔷薇……她不能不管，不能不救。

"我在济古斋待了大半个月，那只是间寻常的古玩字画店而已。"

风扬兮看永夜脸上的神情变化，时而皱眉忧虑，时而悲伤感慨，不禁问自己，这样逼她把她又扯进来对吗？也许他该放手，让她过她自己的日子去。这个念头一起，风扬兮胸口顿时一闷,像是被人重重地打了一拳。他如何能容忍……风扬兮竭力控制着自己的情绪,尽可能平和地告诉永夜:"你待下去一定会有发现。我若现在知道济古斋与游离谷如何联系,犯得着找你?"

永夜笑了笑:"我如何联系你?"

"我一直在你身边。"风扬兮说完掉头就走。

永夜呆了,风扬兮说一直在她身边?他知道她和月魄在一起?他怎么找到他们的?他应该看到她那日翻墙入院了。

"我会一点儿粗浅功夫……"永夜掌心已滑出一枚三寸长的针,她望着风扬兮的背影小心地说道。

风扬兮头也不回地道:"我知道,三脚猫的功夫罢了,翻墙还行。"

"以前我一直瞒着你,是因为……"永夜正想找个合理的解释。

风扬兮的笑声已起:"我知道,你是怕我不愿意护你去陈国!早些回去吧,姓月的那小子等你很久了。"

他的背影消失,永夜已紧张出一身汗来。只要风扬兮有半点儿怀疑她,她就会毫不客气地杀了他。不用飞刀,别的暗器也一样出色。

疑问又一次浮上心头。永夜想起山谷中风扬兮非要抱她出谷,是担心她功夫不够好,还是同情她体力没有完全恢复?他在暗中究竟又看到了多少、听到了多少?永夜又一次回想与月魄在小院的情景。

风扬兮不可能伏在屋顶,他如果接近院子,她一定会发现。也就是说,纵然他看到她翻墙,也一定不会知道她是星魂。

永夜想了又想,终于松了口气。

第四十章

安家的买卖

"回来了？"

永夜从后院翻墙而入。为了避人耳目，她每次出门都从后院翻墙出去，回来的时候也是等着天黑再翻墙回来。巷子里的人家只知道赵大叔在家编草鞋侍候重病的赵大婶，极少出门，所以永夜不可能大摇大摆地进出。

院子里有一个葡萄架，月魄坐在葡萄架下笑着等她吃饭。

永夜买回两只烧鸡，挤出笑容道："我当了一千两银子。"说着将银票拿给月魄。

桌子上摆着烧鸡，还炒了几个小菜，另外还有老南瓜绿豆汤。月魄舒了口气道："我又买了只小猪，还叫它闹猪。等它养肥的时候，我们就应该能离开了。"

永夜"哦"了声，撕了条鸡腿递给月魄，自己拿了条鸡腿啃着。她突然发现啃鸡腿还有个好处就是可以不用说太多话。

她是否要告诉月魄她遇到了风扬兮呢？

"星魂，我们离开圣京找个山清水秀、民风淳朴的地方好吗？我想看你穿女装，和普通的姑娘一样，等安顿下来，你嫁给我好吗？"

"我……"永夜心里犹豫了一下，想起风扬兮说他一直在她身边。不知为何，她一想到和月魄在一起时，风扬兮在一旁瞧着他俩，就浑身不舒服。这是月魄第几次说到要她嫁他了？永夜心乱如麻。

"你怎么了？发生什么事了？"月魄盯着她，手里的烧鸡突然没了味道。

"我不能弃蔷薇不顾。等找到她好吗？风扬兮答应不告诉太子燕，不会抓我回去成亲！"永夜低着头将遇到风扬兮的事告诉了月魄。她没有说风扬兮一直跟着她，怕月魄不安。

月魄愣住，喝了口粥勉强笑了笑："是啊，如果不救蔷薇，你心里一辈子都不会痛快。"

永夜用筷子搅着粥，轻声说："等救了蔷薇，我们就……就去找那个地方。"她脸一红，埋头大口喝粥。

她始终还是说不出那个"嫁"字。永夜望着月魄的眼睛有些疑惑，她一直想和月魄在一起平平安安地过小日子，嫁给他有什么不对？为什么她总觉得有什么地方不对劲？

　　"一定会救出蔷薇的。"月魄伸手拭去她脸上的油渍，温柔地说，"你从小就傻里傻气的，一直这么善良。不救蔷薇，我们的小日子如何能过得心安理得？"

　　永夜笑了笑，道："你错了，我不傻更不善良。如果不是遇到风扬兮，我宁可这样一直过下去，不管蔷薇。真的！我很自私的！也许，是一直都有事，一直都绷着神经的缘故吧，所以才会对那种生活特别向往。"

　　说出这句话后，永夜看到月魄的手抖了抖。她也一愣，她是向往这种平淡而安宁的生活，而不是因为喜欢月魄？不，不会的，永夜在心里告诉自己不会的。月魄从小就对她好，和月魄在一起的日子总觉得很温馨，她怎么会不喜欢他？

　　"我还不知道你？看似狠辣，其实心软得很。别说了，快吃饭，把鸡腿啃干净，还有这条腿！"月魄垂眸掩去眼底的一丝慌乱，忙着给永夜夹菜。

　　他的脸离她这么近，永夜却有种无力的感觉，觉得有一天，他会离她很远很远。为什么在山中，她觉得不长久，而来了圣京，见到了梦想中的平安医馆，和月魄过上了梦想中的平静日子，她还是觉得不长久？

　　这股子情绪让永夜有些心慌，她也说不清楚是为什么，突然扔了鸡腿抱住月魄。她闭上眼喃喃道："我们走，现在就走！你不是对圣京很熟吗？我们能不能找一处偏僻的城墙翻出去？我轻功好，我带你出去！我们不要管蔷薇，不要管游离谷，也不要查济古斋与游离谷的关系，我们走！"

　　"傻子！"月魄轻轻拍着她的背，圣京与别的都城不同，城墙高八丈，全是大青石砌成，翻城墙哪会这么容易？何况……现在被风扬兮盯上了，又如何走得掉？他轻轻抚着她的背，让她哭个够。明月映进他的眸子，一片清幽的沁凉，似藏着无穷无尽的忧伤。

　　夏夜的院子里，月光照过葡萄架，将藤蔓与叶子的阴影投在紧紧抱住的两人身上，斑驳的暗影笼罩着月魄和永夜。

　　卯时，天边薄薄的晨曦由蓝变橙，渐渐拉开一日晴天。

　　永夜懒洋洋地躺在竹席上提不起精神。昨晚，她哭累了就睡了。若是能这样什么事都不想一直睡着也是好事。她叹气，脑中的问题钻了出来，蔷薇会在哪儿呢？

　　"懒猪，还不起床！闹猪都早起了！我都喂了它吃的了。"

　　永夜侧过头，月魄倚在门口笑嘻嘻地瞧着她。阳光在他身上镀上了层金边，英俊的脸，唇边的笑容，他哪怕是穿着一身粗布衣裳都还是如谪仙般出尘。

"它怎能和我一样？它只知道吃了睡睡了吃。"

"昨晚是谁吃了就睡？"月魄忍不住又想笑。永夜昨晚哭得累了，抱着他不放，没多久居然就睡着了。

永夜一个鲤鱼打挺起了床，伸了个懒腰，目不斜视地走出房门："它肥了就会被宰了，我肥了是因为吃了它的肉，能一样吗？"

月魄扑哧笑出声来，看着永夜喝了一大碗粥，这才拿出易容的东西来："这些是专为你配置的，和原来的一样，如果不用药水洗，是弄不掉的。你小心一点儿。你的声音清朗，听不出女子的娇柔，人瘦小，喉结小也很正常，再弄道伤疤贴上，这个不会掉的。"月魄絮絮叨叨地边说边弄。

永夜见他弄好，照了照镜子，里面只是个皮肤黝黑的少年，也不怕露出白牙。正要走，月魄又拿出一个刀囊："我去定做的，和你从前的一样。"

"什么时候弄的？"

"这是很早以前去胖掌柜那里，听他倒苦水说你不讲道理，顺便就做了这个套。拿着这些刀，总想着你在似的。"月魄淡淡地笑了。

永夜接过刀囊。她从杀了日光之后，再不想用飞刀，原来的刀早和那件紫袍埋在隔壁医馆的土里了。她不想让游离谷的人知道她的存在。这飞刀会提醒所有人，她是刺客星魂。

偏偏在她不想做星魂的时候，她还得用这样的飞刀，但是月魄给她的刀不同，带着他的思念与依恋。永夜接过刀囊打开，里面有三十六柄刀，她做了件青衣师父严令她不能外泄的事。

永夜拿起一把飞刀在月魄眼前一晃："变戏法了。"掌心的刀蓦然消失无踪。

一把接一把，像在空气中消失了似的。

月魄大开眼界，问她："你藏哪儿了？"

永夜伸开双手："你搜！看你搜得到不？"

月魄坏坏地一笑，点点头，伸手探向她的胸前。

永夜尖叫一声："你居然袭胸！月魄，你还是小时候的那个臭小子！"

她叫嚷着，红着脸一个翻身跃出了墙头。

月魄痴痴地看着她，笑容渐渐消失。阳光给他身后投下长长的暗影，他站在院子里，却感觉不到太阳的温度。

"李公子来了？"

永夜应声进了济古斋内院，愣住了。

大昌号的大朝奉、梁翁和一个中年男子坐在房中，桌上正摆着她画的那幅赝品。

她瞟了眼桌子上的画，淡淡地问道："东翁可是请在下鉴别此画？"

"你……"大朝奉认出当画的便是永夜，站起身来。

"此画正是在下送到大昌号当掉的。"

大朝奉涨红了脸对永夜深揖一礼："此画已由陈大家亲自确认是赝品。老夫第一次走眼，惭愧至极！"

中年男子三十来岁年纪，留着短髭须，温和地看着她，她的目光移到他腰间的丝绦上。

"李公子认得这玉貔貅？"

"传闻齐国出了块绿翡，通体透明，全绿不带一丝杂色，被雕刻成一只玉貔貅，价值十万两白银。"

"李公子好眼力！"中年男子笑容可掬地拱了拱手，"在下安伯平，是大昌号的东家。大昌号失礼了。"说着眼神一动，大朝奉赶紧将一枚田黄印章及当票存根放在桌上。

"公子好高明的手段！大昌号二朝奉居然把价值百两的上品田黄低价当入，想来是公子心生不忿，这才戏弄大昌号。"安伯平轻叹口气，似乎错在自己身上。

安伯平？这位安公子是安家的儿子？她偷眼一瞟，见安伯平与安四小姐年纪相差甚大，相貌并无相似之处，想来安老头儿富可敌国不知娶了多少房姨太太，生下的子女不像也很正常。她轻声道："原来是安家大公子！久仰久仰！"

"客气，安某听说济古斋来了位高明的鉴别师傅，所以专程前来请教，没想到，正好遇到画主本人，真是安某之福啊，呵呵！"

永夜心道，你既然知道是假，又找到了我，究竟有何目的？她瞟了眼桌上的那块田黄印石，笑道："难道进了当铺，经二朝奉、大朝奉过眼后还能反悔不成？"

安伯平摇头，眼睛里闪动着精明的光："出了当票，绝无反悔，些许小事公子切莫放在心上。安某是来求才的，想请公子为大昌号出力！"

"我蒙梁翁错爱，不打算换东家。"

梁翁听闻站起身来叹道："实不瞒公子，大昌号与济古斋原是一家，东家都是安公子。"

风扬兮说的与游离谷有关系难道是指齐国首富安家？能这么快就找上门来，安家倒也有几分本事。永夜以退为进，客气地笑了笑，道："在下正打算近日返乡回家，今日正想向东翁请辞。对不住大公子了。"

"呵呵，既然如此，安某也不强留了。想请李公子替安某再看一幅画，安某有些画艺上的问题想讨教一番。"

永夜露出很勉强的神色答应了下来。

不知走了多久，绕过水榭长廊、假山荷池，绿荫深处终于出现一栋房舍。

走进去一瞧，却是间书房。

安伯平一笑道："公子见我这别院如何？"

永夜四下打量，书房窗明几净，挂了两幅山水，养了两盆夏兰正自吐芳，居中一张硕大的核桃木大书案只漆得一层清漆，桌面上铺好了上等画纸。想起李天佑被自己炸毁的书房，永夜不禁感叹，安家的书房也同样值钱。

"一路行来，别院布局精巧，一草一木颇花心思，书房雅致，所用之物皆不凡。"

"公子喜欢，这里便送与公子吧！"

永夜一惊站起，连连摆手："这……使不得。李某无功不受禄，再说马上就要离开此地，大公子的好意在下心领了。"

"公子莫要惊慌，安某求才若渴，想留公子之心太切，惊到公子了。安某的不是！"说着安伯平竟对永夜揖了一躬。

这么大的房子说送就送，所求非同小可，永夜暗忖道。

"唉，这里比起陈大家的秋水山庄，差得远了。"安伯平呵呵笑道，伸手抚了抚短髭又道，"陈大家落日湖畔的秋水山庄占地四十亩，有奴仆上百、姬妾十九。陈大家有'三好'，好酒、好茶、好美人。他一年之中只画三幅画。"安伯平望着永夜住了口。

永夜眨了眨眼接着道："要支撑家业，养娇妻美妾，还需要好酒好茶，画得多了，便不值钱了。画得少，一年不过收入几千两银子。所以，安家便是陈秋水最大的后盾。"

安伯平抚掌大乐："安家是生意人，唯利是图。陈大家的画是招牌，是门脸儿，却不是赚钱的生意。"

"所以难得有我这么个造假高手，当世之作价再高如陈秋水者不过纹银两千两，若是古人之画，谁又知其价几何？"永夜语带讥讽。

安伯平朗声大笑："呵呵，与李公子这等聪明人说话就是痛快！一年之内，五幅字画，酬银三千两。如何？"他伸开了手掌。

五幅？永夜像看怪物一般看着他，摇头道："若无真迹，一年不可能模仿五幅字画。"

"若是有真迹呢？"

永夜叹了口气："自然不是问题。"

"李公子答应安某了？"

永夜很想马上答应下来。昨天风扬兮找到她，今日济古斋的大东家就找上了门，这里面多少有些蹊跷。不过，她很想再试试安伯平的底线。她笑了笑："大公子，在下还是要返乡，恕帮不了大公子了。"

安伯平沉默了会儿道："我有个姓游的朋友说，用这个一定能请到李公子。"他捧出一个盒子放在了书案上。

永夜疑惑地看着盒子，轻轻打开盒盖，惊得差点儿跳起来。盒子里摆放着一双草鞋。永夜耳边又响起月魄戏谑的话："你没见院子里挂着草鞋？赵大叔每隔十天就会拎着草鞋去卖。"这草鞋不正是她和月魄住的院子四周挂着的草鞋？

"呵呵，一双破草鞋而已！安家可真会做生意！"

"草鞋虽破，安某却花了一万两银子。"安伯平淡淡地说道。

安家与游离谷究竟是何关系？安伯平只是求财才花银子找上游离谷？游离谷开在圣京的牡丹院如安国、陈国的一样在一夜之间消失了，安家又用什么方法联系到的游离谷？既然以月魄威胁她，难道说安伯平知道她的身份了吗？

安伯平瞳孔收缩如针，盯着永夜道："我姓游的朋友说，别人不在意这双草鞋，可是李公子却在意得很。"

"我为什么在意？"

"呵呵，因为姓游的朋友说，编草鞋的人是和李公子一块儿长大的，他身边还有位美丽的女子，听说是李公子的意中人。"

"大公子知道我是谁吗？"永夜直截了当地问道。

安伯平摇了摇头："安某只是求财，公子是谁我不管。"

永夜突然笑了起来，笑得肚子疼，她笑着拎起草鞋道："你那个朋友我也认识，只不过，他不是我的朋友，是我的仇敌。你说，我该怎么办呢？"

安伯平想了想，道："安某愿意做个和事佬，事成之后，让我那姓游的朋友不再找李公子的麻烦。"

"如此甚好。"

安伯平闻言大喜，从袖中抽出一张千两银票放在书案上："李公子有什么需要只管提。安某只是求财，并无其他图谋。"

"我要见见我从小一起长大的朋友，还有我的意中人。"

"没问题！"安伯平拍了拍手掌，门口出现一个老者，"平叔，你陪李公子去。"

永夜仔细看平叔，平凡无奇的脸，瘦削的身材，一双手笼在袖中。然而，他出现在门口的时候，永夜根本没有感觉到。

此时发现永夜看他，平叔抬眉回看了一眼。那双眼睛瞬间精芒闪动，像黑夜里天

第四十章

际划出的闪电,亮得惊人,又转瞬消失,恢复了平庸的模样。

永夜心里大骇,平叔武功绝对很高。如果她想逃,以她的轻功和暗器应该能跑,可是月魄和蔷薇呢?她回头望着安伯平笑:"他就是你姓游的朋友?"

安伯平也笑了:"不是,平叔是安府别院的管家,以后也是你的管家。"

找了个高手来监视她?平叔与风扬兮谁的武功更厉害?永夜心存疑问地"哦"了一声,对平叔道:"走吧。"

别院外停着一顶小轿,永夜坐进了轿子,见去的方向正是月魄住的院子,永夜的心便似浸入了冰水之中。

难道风扬兮就是想通过安家找到游离谷?

永夜开始回忆安家的资料。

齐国首富,生意遍布天下。安家捐建齐国战船,安家大小姐贵为皇妃,安伯平为求财请游离谷出手相帮。那么,如果不知道她是谁,安家怎么会让游离谷用月魄和蔷薇要挟她?如果知道她的身份,她是未来的太子妃,安伯平这财路未免走得太险了。

如果安家与游离谷牵连甚密,可是安四小姐显然单纯并不知情,而对游离谷恨之入骨的裕嘉帝会让三皇子娶安家四小姐?

永夜头都想大了。

一天之间,事情发生了翻天覆地的变化。早上出门的时候她和月魄还好好的,现在,蔷薇就出现了,月魄也被游离谷控制。

自己昨天当画,今天就被找到,还被对方以月魄和蔷薇为人质胁迫她作假画。

她苦笑一声,游离谷的动作真快,而且真巧。她前脚离开,他们后脚就找到月魄,还制住了他。

她想起青衣师父的话来:"没有人能脱离游离谷的掌握。"一种悲哀重重地袭上心头。

她还有一个希望,就是风扬兮。

小巷里的那盏灯笼依然亮着,巷子里安静得可怕。永夜默默地感受着外面的气息。从轿子进入巷子起,浅浅的呼吸就没有停止过,这里埋伏了很多人。一天之间,这里也发生了翻天覆地的变化。

往日回这里,她心里只有平安喜乐,今天,永夜觉得自己像进了一张网,被四周的杀气笼住,难以挣扎。

下这么大的本钱,他们真的只是为了几张假画?

永夜陷入了迷茫,看不清事情的真相。

轿子在院子前停住,永夜出了轿子,见隔壁平安医馆的门打开了,平叔做了个手势,永夜便走了进去。

平安医馆她很熟悉,隔壁她更熟悉,今早她还和月魄坐在院子里喝粥吃早点。平叔在围墙边站着,示意永夜过去。

她看到墙上有个洞,正好能看到院子里的情形。她摇摇头,凑了上去。

她看到了蔷薇。

苍白的脸,瘦骨嶙峋,花一样的双颊深深凹陷下去,唯有那双眼睛异常明亮。

蔷薇坐在院子里,靠在月魄身上。她的声音像夜风一样轻,一样脆弱:"永夜哥哥什么时候来接我啊?他说了一定来接我的。回到安国,他会娶我做她的新娘……"

永夜疑惑地扬眉,自己被改封为郡主的消息已经传遍天下,月魄没有告诉蔷薇?

"我是月哥哥,蔷薇,你忘了吗?"月魄轻言细语地哄着她。

蔷薇的表情很迷茫:"月哥哥?月哥哥不见了。永夜哥哥,我想睡,你抱我!"

月魄叹了口气,抱着蔷薇。

蔷薇搂住他的脖子,喃喃道:"永夜哥哥,你不要离开我。我一个人待在屋子里很怕,我的腿走不了路啦,你别扔下我,永夜哥哥……"

永夜越听越糊涂,蔷薇几乎是语无伦次地说着话。她心头突然一震,她的腿!蔷薇的腿怎么了?

"我不离开你,我抱你回房睡。"月魄站起身来,永夜清清楚楚地看到蔷薇的腿一动不动,勾着月魄的脖子任他抱起了她。

她感觉脸上一凉,竟有泪滑落。发生了什么事情才会变成这样?

永夜默默地看着房中的灯熄灭。

静安侯府的郡主,从小锦衣玉食,被捧在掌心如珠如宝……风吹过来,泪在脸上慢慢被风干。

她木然地回过头,盯着平叔,低声说道:"我若是现在过去见他们呢?"

"大公子说,你若有异动,他们就只能死。"平叔平静地说,神情里却有了变化,似在犹豫着什么。

"回去吧!"永夜叹了口气,突然飞刀出手,人迅疾后退,已如夜鸟一般弹开三丈远。

她消失不见,月魄和蔷薇才不会有危险。否则,大家只能互相被牵制,一个也跑不了。趁着游离谷与安家还没有逼自己服下什么毒物,永夜必须逃。

她的想法瞬间发生了变化,因为她想到了一个人——墨玉!

在安国开宝寺,游离谷想杀的人不是端王,目标是她。墨玉看她的眼神是嫉恨,像是她抢走了他的心爱之物,又像是她毁了他的什么宝贝似的。而李言年则透露过墨

第四十章

玉在谷中的身份很高。以墨玉这般年纪,身手还不如李言年,他凭什么有这么高的身份?

永夜只能确定一件事,游离谷的目标是自己。月魄和蔷薇都是为了牵制自己的棋子。

她拼尽了全力,顺着风势潇洒自如地在夜空中穿行。她感觉平叔拍过来一掌,只因距离太远了,掌风拍在背心却没有什么感觉,然后她甩开了他。

封了一条巷子算什么,只要找到风扬兮,找到太子燕,以风扬兮的武功、太子燕的权势,轰了这条巷子都不是难事。

她不知道风扬兮的落脚处,她只能奔皇宫的方向而去。她没有选择,只能找太子燕,只有他的权势才能让月魄和蔷薇平安脱险。永夜顾不得许多,哪怕让她现在嫁给太子燕,她也肯。

她在夜色中飞奔,心里狂喊着风扬兮的名字。他不是说他一直在她身边吗?人呢?他在哪儿?

夜色中的长街慢慢起了一层轻雾。

眼看皇宫就在眼前,永夜却心生警觉。长街的一端缓缓走来七八个青衣蒙面人。

"星魂。"

这个名字瞬间刺疼了永夜的心,她静静地站立,身后也有人。

"你们算得很准。居然知道我想要走哪条路。"

"谷主算定你会走这条路。你是要打一架就擒,还是放弃抵抗主动跟我们走?"

"我当然是……"永夜的飞刀已然出手,击向身后的人,自己拔出了袖刀,疾箭似的往前冲去。

两旁屋顶上也跃下人来,长鞭似蛇卷向她的脚踝。

永夜凌空翻身避开,反手扯住鞭梢,人立时被挥了出去,趁机借力一弹,人已在三丈开外。

眼前人影闪过,一掌带着浑厚的内力拍来,她一侧身,掌拍在肩上,痛得她手一抖,差点儿握不住刀,但左手依然挥出了飞刀。那人难以置信地捂着喉咙,张大嘴想喊又喊不出,急得汗珠挂满了额头,身体"砰"的一声倒下。

永夜冷笑,身上的暗器被她扔了个七七八八,那十来条黑影依然围着她,消耗她的体力,似要活捉她。

她喘了口气喊道:"不打了,我没暗器了。"

"你倒聪明!"青衣人讥笑着走近。

永夜站着不动,计算对方的步法,突然扑了过去。她没有暗器,袖刀如影随至,近身搏击，眼看撕开了一个缺口，便要使出轻功逃离，突然斜刺过来两柄剑，剑法刁钻歹毒，迅速补住了包围圈。

永夜心一凉，抬头看了看月亮，笑了笑，总会有打不过也逃不掉的一天。

"你已经受伤，再打下去，也只能力竭，逃不了的。"一个人淡淡地说道。

永夜喘息，青衣人缩小的圈子离她越来越近。她的特长是轻功与暗器，她知道他们说得没错。她的腿肚子已经发颤，她的暗器已经没了，虎口鲜血直流，袖刀"叮"的一声从手中滑落。

她盯着离她越来越近的人影，伸手拔出了束发的簪子，反手横在喉间："再过来一步，我就自尽。"

青衣人愣了愣。

"让开！"她厉声喝道，踉跄着后退。她在赌，赌游离谷不要自己的命。岂料才退几步，一鞭突然横扫，永夜腿一软摔倒在地，手中玉簪摔出老远。

"想死也死不了的。"青衣人淡淡地说道，长鞭挥出便要缠上永夜。

永夜闭上眼，她已没有力气，然而却没感觉到被袭，她惊讶地睁开眼睛，挥向她的长鞭已断成了几截。风扬兮定定地挡在她面前，长剑指向青衣："不怕死的就上。最好一起上，风某懒得一个个收拾。"

月光落在他的剑上，散出淡淡的光芒。那张脸带着一抹嘲讽，眼神锐利如刀："怎么，只敢暗中下手，不敢与风某过招？"

青衣人围住他，突然齐齐出手。风扬兮跨出一步，剑刃吐出一圈寒芒，冲在前的三名青衣人与剑芒迎上，只觉手上一凉，骇然瞧见握剑的手已断落在地上。

长街上雾更浓，隐隐带着一种淡淡的香气飘来，风扬兮脸色一变，揽住永夜一跃而起，似黑鹰一般趁着青衣人发怔时冲了出去。

一声叹息响起："你们不是他的对手。撤吧！"

"是！"

青衣人恭敬地答道，扶着受伤的人离开。

月色重新罩在长街之上，仿佛什么事情也没有发生过。

第四十一章
一个耳光和一个吻

靠在风扬兮身上,永夜闭上眼任他抱着她离开。她太疲倦,倦得懒得去思考,不论风扬兮把她带到何处,她应该都是安全的。

他的手稳稳地托着她的腰,让永夜感到安心。她睁开眼,看到风扬兮坚毅的眼神、紧蹙的浓眉,心里突然一凉,他知道了她是星魂……永夜懒得去想了,生死由命,她相当讨厌在风扬兮面前每次都紧张害怕的感觉。

如果自己死了,他也会去救出蔷薇和月魄吧?毕竟,他是大侠,是疾恶如仇,与游离谷作对的大侠。

月光下的落日湖波光粼粼,风扬兮将永夜带到了他的竹楼。

怀里的永夜脸色苍白,长睫在颤抖。他怜惜地看着她,心里异常矛盾,小心地放了她在床上,他伸手搭上了她的腕脉。

永夜一激灵睁开了眼睛,正对上风扬兮蹙眉担忧的眼神。她轻轻脱开手:"我没事……你撒谎,你没有在我身边。"

"你希望我一直在你身边?"风扬兮静静地问。

永夜想点头,自从他说一直在她身边,她就觉得很安全,从没担心过游离谷的人找上她。可是她硬生生地止住,淡笑道:"是你说的,我不过问问罢了。"

"我才从太子东宫出来。"没等到想要的回答,风扬兮有些失望,他伸手摸向永夜中掌的肩头,问道,"你肩上中了一掌,有没有事?"

那担忧的神情看得永夜极不舒服,回回遇到风扬兮都是他救她。可她却担心他宰了自己,今晚也不例外。她心一横道:"上回扮麻子你认出来了,扮黑脸小子你也认出来了,眼力这般好,想来什么都看见了。"

她的手慢慢伸开,掌心托着一柄飞刀。

一寸长,半分宽,两面开了血槽,加了纯银铸就,银光闪闪。

她一字字说:"你瞧得清楚了,这是我的刀。杀手无论如何都会在身上留有最后的一枚暗器,'小李飞刀,例无虚发'。我就是你一直要找的刺客星魂,你也一直想杀了我。你一直救的人正是你一直想杀的人，这事真够讽刺的。"

风扬兮盯着永夜，永夜努力想从他眼中看出什么，而那比夜还沉的瞳仁中只反射出她自己的影子，小小的一点儿。她深吸气，扭开了头。

风扬兮扣住她的下巴把她的脸转过来，锁住她的眼睛微笑："我以为，你不会有看着我的眼睛而不敢说谎的时候。"

永夜心中的勇气瞬间被激发出来，拍开了他的手冷然道："看到飞刀你就应该明白，我以不会武功为由请你当保镖护送我去安国，原是不安好心，想借易冲天的手除了你，省得他日被你杀了。在陈国驿馆，在你背后射出飞刀的也是我，不然，你不会中箭。"

风扬兮眼也不眨地看着她，在永夜一口气说完瞪着他的时候淡淡地说："还好，中气十足，没有大碍。好好睡一觉吧。"

他说完起身走了出去。

他回避的态度让永夜愤怒："你怎么不杀了我？你忘了安国巷口那个卖面的王老爹？他只是个无辜的老人！你忘了京都兵部尚书府的那场刺杀，你还被我下了毒？你忘了在陈国驿馆是谁在你背后给了你一刀，让你中了易冲天一箭差点儿失手被擒？你不是一直口口声声说要杀了我吗？为什么现在不杀了？是留着我还有用处？"

风扬兮旋风般冲进来，手扬起给了永夜一记响亮的耳光："这是替死在你手上的那些无辜者打的！"

屋内霎时静得连针掉在地上的声音都听得见。

两人大眼瞪小眼，谁也没有说话。

永夜蓦然心酸，她不知道为什么这么委屈、这么难过。从小在游离谷，她练功再苦也没有委屈过；在端王府被捧为掌上明珠，半句重话也没听过；在陈国知道大家都在算计她，她也没有委屈；月魄更是一句重话也没说过她；李言年打她耳光，她仍会笑着与他周旋。风扬兮没打错，他没杀她已经是格外宽容，可是她却觉得心痛得要命。眼泪在眼眶里打着转，她猛地低下头，看着一颗泪溅到地上，像是在油里滴下一滴水，瞬间炸开来。

永夜下了床，低头走过风扬兮身边时压抑着想哭的冲动，哑着嗓子说："我再不欠你。"

她一步步走出去，竹桥伸向黑暗，永夜觉得自己也在一步步走向无垠的夜，从此见不着丝毫光明。

恶战一场，她每走一步腿都在发颤，肩头中了一掌，右手几乎抬不起来，脸颊火辣辣地痛，估计已肿了半边。她要离开，她还要去皇宫，去找太子燕。月魄和蔷薇还陷在小巷里，她不能留下，更不能倒下。

风扬兮在屋内愣了片刻才回过神来，他做了什么？他抬起手，手指居然在轻轻发颤。他眉头紧皱，冲了出去。

月光下惨白的竹桥上，只有永夜蹒跚孤单的背影，寂寥得像天上的星星，高而远地挂在无声的夜空。风扬兮心里的那股酸痛又翻搅起来，他长叹一声追上去。

"改变主意了？"永夜比黑夜里的星辰还亮的眸子带着讥讽。

"跟我回去。"话到嘴边却变成了这一句，风扬兮嘴角扯开苦笑。

永夜二话不说转身往回走。

"怎么这么听话？"

永夜抬头平静地笑了笑："人在屋檐下，不得不低头。难不成，我还要和你打一架？或者假意挣扎一下被你扛回去？"

风扬兮怔住，跟着永夜往回走，默然地走了一段，他突然问道："你为什么这么平静？很恨我？"

"我只是……可怜我自己。"永夜摇了摇头，一步步坚持走回去。

风扬兮抬头望天，深深呼吸，涌起的那股酸楚直冲进骨头里，难受得握紧了拳头。他看到她脚在发颤，走得极慢，情不自禁伸出手又蓦地收回来。他突然有点儿怕，怕她恨他，推开他的手。他默默地看着她，仿佛步履艰难的是自己。

重新走进屋子，永夜硬挺着站着："说吧，想要我做什么？"

"把易容洗了。"

永夜倒了点儿药粉在盆子里，洗去脸上易容。橙色的灯光下看不出她的脸色，却能清楚地看到脸颊已微微地肿起。

风扬兮从怀里拿出一个瓷瓶，挑出一团药膏便要揉上她的脸。

永夜一把抢过瓷瓶："男女授受不亲。"

"我抱你回来时你怎么不说这话？"风扬兮像听到了天大的笑话。

"我打得脱力，顺便满足下你怜香惜玉的心思。"

风扬兮掉头就走，指间那团药膏揉进了掌心，滑滑腻腻好不难受。

永夜把脸抹了，觉得舒服了些。她小心地拉下衣衫，右肩一片青紫，她抹了药膏。动了动右手，还行，没伤到骨头。她长舒口气倒在了床上，脱力硬撑的下场是双腿不受控制地颤抖。明天，要是能什么都不用担心一觉睡到自然醒该多好。

然而累得紧了，人躺在床上，脑子却停不了。明明神经已绷到极致，却偏偏还没有听到咔嚓断掉的声音。

山谷里与月魄待的日子仿佛是个梦，一个很久远的梦。她明知一离开就回不去，却还痴想着再拥有，大太阳下平安医馆的平安日子一去不复返。月魄从小的保护，一直给予她的温柔、纵容让她贪恋，连与他手牵手在太阳底下开怀放肆地笑她都不敢，但她还是喜欢。

月魄、蔷薇……交替着在她脑中出现，永夜心里针扎似的难受。她睁开眼睛，黑暗中也瞧得清清楚楚。简单却舒适的家具，墙上还挂了把琴。风扬兮还会抚琴？

这一夜她看到太阳跳出湖面，屋子里的光由浅浅的灰蓝慢慢染成橘黄色。

风扬兮喜欢光明，所以，他在湖面上建了竹楼。

永夜闭上了眼睛，光太刺目，她只适合留在黑暗的夜里。

渐渐地，太阳的光几乎要把整座竹楼烧起来，永夜扯过薄被想挡住刺目的阳光，手却在发抖，怎么也用不上劲。她艰难地翻过身，胸口郁闷难当，张口吐出一口血来。她想起那个平叔从背后击来的一掌，她竟然以为无事。

永夜趴在床上，无力地想着月魄和蔷薇。她张嘴喊风扬兮，那三个字从她嘴里像吐了一口气一样的轻。她用尽全身力气将掌心的飞刀挥出，刀击在铜盆上发出"咚"的一声。

似乎才听到声音，门"吱呀"一声被推开。七月清晨的风带着凉意吹进来，风扬兮吓了一跳，上前扶起永夜，看到她笑了笑就又晕了过去。

昨晚还好好的没有大碍，怎么今天就成这般模样了？风扬兮记得永夜伤在肩上，小心拉开她的衣领，见红肿已经消退，只有一点儿淤青。他皱紧了眉，搭上她的腕脉，感觉内息紊乱脉象轻浮，不由得大吃一惊。

连喊了几声也不见永夜反应，他毫不犹豫地伸手解开她的衣衫。永夜脖子上滑出了一块木牌，上面龙飞凤舞写着"风扬兮"三个字。

风扬兮顿时傻了，手握着木牌，想起当时永夜找他做保镖的情景。她又是怯懦又是天真又是单纯的模样像刀一样刺进他万年不化的心，直直地捅进心底深处的那块柔软。是他把木牌挂回她脖子上，他说她能用木牌再求他做一件事。她一直戴着这块木牌，是想着有一天他杀她时用来保命吗？还是想着能拿这块木牌再利用他一次？她一直戴着它，从来没有取下过吗？

"我不管你为什么戴着它……"他闭上眼，胸中腾起一股喜悦，一股让他想疯狂的感觉。风扬兮看着永夜，手指颤了下，嘴微微一动，带出笑意，似觉得没有什么不可以。

他麻利地脱了永夜的衣裳，连缠胸的布也一并解下。

永夜的胸膛像鸽子一般柔美，肌肤因常年不见阳光而显得白皙柔嫩。

"伤在哪儿呢？"风扬兮喃喃说道，对她的美丽视而不见。他皱着眉翻过她，见

第四十一章

背心赫然一个红肿的掌印，他的手贴上去感觉到如烙铁般烫手。

风扬兮知道永夜定是先被高手所伤，深深呼吸催动内力为她调节内息。足足半个时辰，他听到永夜"嗯"了声，这才松了口气。给她拉好衣衫，他瞟见那块木牌，又轻轻塞了回去。

手指在她脸上留下的淡淡掌痕上拂过，风扬兮悔得肠子都青了。他为什么对她那么凶？他明知道她不是有意要杀那些人，明明没有怪她，为什么还会被她激怒？

风扬兮叹了口气，想起永夜一心念着的月魄，眼中多了几分讥讽，心里不知是何滋味。

无边的黑暗中，永夜仿佛被冰凉的河水载着沉沉浮浮。她似喝了口河水，苦得想吐，一张嘴又是一口苦水。她眼前仿佛又看到了血红色的彼岸花，成片成片地开着，似血在流淌。

突然花中冒出一点儿月白来，月魄浑身是血躺在花丛中望着她。

他的眼睛还是那么温柔，却无限悲凉！

永夜努力地想游上岸，然而她却觉得轻飘飘地使不上劲。

她放声大喊，嘴一张，一口又一口的苦水灌进来。她所有的声音被河水湮没，眼睁睁看着月魄无力地望着她。

永夜无声地大喊，无力地吞下涌进嘴边的河水，无力地看着越来越远的月魄哭泣。

她似沉似浮地漂浮在河里，没有尽头，没有光亮。

一双干燥温暖的手从她的脸上滑过，她感觉到那双手上粗糙的茧。

"醒了？"

声音从遥远的天际传来，永夜恍恍惚惚地听着，无意识地"嗯"了声，又睡过去了。

永夜睡了整整三天。照理说，她应该再睡一晚才会醒。永夜身体恢复得很不错，和她身体内那股奇怪而精纯的内力有关。这股内力从不外露，难怪开始他不知道她会武功。

风扬兮站在床头看着她，她昏迷时喊着月魄的名字。风扬兮想起那个身穿月白色衣衫，一脸云淡风轻模样的人。李天佑一心想杀月魄，也是因为她喜欢那个人吗？

她与月魄青梅竹马长大，她到了圣京再逃离也是因为他，她心里只有月魄。

他想起远远地看着她和月魄住在简陋的院子里，想起她每次外出回去的时候脸上隐藏不住的笑容、轻盈的脚步，嘴里有些发苦。

阳光照进来，永夜脸色苍白，柔弱无力。

风扬兮目光复杂，定定地看了她一会儿，转身出了房门。

永夜醒来的时候日头已经偏西。她眨了眨眼，发现伤势好了一大半。她想起风扬兮来，是他用内力帮她通的经脉吗？身上的伤也好了。

永夜看了看自己，仅着中衣，蓝色的布袍、缠胸的布整齐地叠放在枕边，还有那把唯一剩下的飞刀。他脱了她的衣裳？永夜迅速回避这个问题。

她穿好衣裳，背心还有点儿痛，她没有再缠胸。反正风扬兮也知道她是女人。

下了床推开房门，迎面一个大湖金光闪烁，她不得不眯缝起眼睛，红红的落日离湖面还有几丈的距离。空中霞光万丈，有白鹭成排飞过。"落日湖！"她脱口而出。

"好些了？"风扬兮端着一碗药走来，"你说对了，这湖就叫落日湖，日落时分最美。"

"谢谢！"永夜接过药只喝了一口便吐了，"很苦！"她想起梦里的苦涩的河水，原来是在喝药。

风扬兮正打算劝一句"良药苦口"，却见永夜深呼吸一口气将药一滴不剩地喝完。

她舔舔唇，舌尖还有一丝苦味，永夜自嘲地笑道："第一口没有准备。良药苦口，我不能一直病着。刺客没有资格叫苦。"

她的话让风扬兮动容。要吃过多少苦、忍耐过多少艰难，才能说出这句话来？她应该很怕死，所以不怕吃苦。

落日的光照在永夜脸上，那张脸比落日的景致还要美。

晚风吹起她的长发，简陋的布袍并不能减少她半分的美丽。

风扬兮发现了自己的失神，暗骂了声红颜祸水。他瞟了眼床头叠好的束胸的布，面不改色地撒谎："你睡了三天，陈秋水的秋水山庄离这里不远，我请了个婢女过来照顾你。"

永夜释然地笑了笑。突然想起风扬兮说她睡了三天，忍不住着急："我睡了三天？"

"嗯。"

"我……"她想起月魄和蔷薇，着急想走。

"人去楼空，他们没那么傻。"

永夜胸口一痛，踉跄着后退了一步。

风扬兮皱了皱眉扶住她："伤还没好，还要养几日。"

蔷薇的模样冲进心里，转眼之间，她又不见了，还有月魄。永夜心里涌出强烈的懊悔和自责，胸口一股戾气直往上冲，她喃喃道："如果我安安静静留在安家，悄悄送信给你，是不是就能救了他们？那个平叔武功很高，我怕我再回去就出不来了……"永夜怒急攻心，一口血又喷了出来。

风扬兮吓了一跳，见她双目赤红，眼神迷离，手掌一翻将她打晕了过去。他叹了口气，永夜口中的平叔是真想要她的命。难道自己猜错了？

他抱起永夜进房，静静地坐在床头陪着她。

如果可以，他不想让她再搅和进来。然而，不拉她进来，怎么行？不让她瞧个清楚明白，她如何肯信？可是这样对她是否太残忍？风扬兮异常矛盾。他的目光从永夜脖子上扫过，怔然地想，如果，她佩着那块木牌不是想利用他呢？

他禁不住苦笑，他是选择了一条最难的路去得到她的心吗？

太阳沉进了落日湖，竹楼里的光线慢慢变得灰暗。

风扬兮取下墙上的琴，轻拨琴弦，奏出一曲《清平乐》，琴声清雅，隐隐如水洗蓝天，充满了平和安详。这样的琴声平静了他的心思，也让永夜紊乱的气息安稳。

安家是齐国首富，安家的覆没关系到齐国的财力。

如果是安家请游离谷出手抓了永夜最关心的人来要挟她，难道安家这么快就知道了她的身份？安伯平有一千个胆子也不敢在知道永夜是未来太子妃的情况下还敢要挟她作画，以安家的财力，搞出这么大动静就只为了求几张值钱的古画？

月光照亮了湖面，风扬兮的思绪如湖面的波光，跳跃闪烁。他一点又一点地拼凑着整件事情。

是游离谷反过来要挟安家吗？为什么游离谷又要安伯平留下永夜作画？

游离谷本来筹划十来年，要夺取安国皇权，却在瞬间改变了主意。自安国裕嘉帝驾崩、佑庆帝继位，游离谷设在各国都城的牡丹院在一夜之间销声匿迹后，似乎没有任何行动。独独在齐国，屡屡出现踪影。

只是因为她是星魂，是背叛游离谷的刺客，所以才要擒住她？

三日前救了永夜后他再去那条巷子，里面已经空无一人，仿佛什么事情都没有发生过。摆出的阵仗似乎只要永夜去看一眼，知道月魄和蔷薇在他们手中，让她不敢妄动。而永夜意外出逃后，游离谷的刺客却早在她前往皇宫的必经之地等着她，这是什么目的呢？他感觉那一切只是想困住她，不愿意她与慕容燕有任何联系。

身后的呼吸稍稍变了变又恢复正常。风扬兮停住思绪回头："你醒了？"

"我的伤很重吗？"

"嗯，伤你的人是个内功高手，是游离谷的人。"

"安伯平说平叔是别院的管家。我知道他武功高，怕回到别院再也出不来。"永夜黯然，胸口又一阵闷痛。

"着急没用，人已经不见了。你想要找到他们，只有先把自己养好。"风扬兮柔声劝道。

他没有点灯，黑暗中永夜沉默了下道："好，我会养好身体。我一定会找到他们。"

风扬兮走到床边，伸手搭住永夜的腕脉，片刻后笑了笑："无碍了，再养些天就好了。这里风景极好，也利于养病。"

"为什么你不杀我？我不是你一直想杀的人吗？"

永夜盯着风扬兮不明白，想起他打了她一巴掌，他应该是恨她的。从八年前她第一次用飞刀杀卖面的王老爹开始，风扬兮就想找到她杀之而后快。

"不是你愿意的，我只想杀了那个叫你拿起飞刀的人。他指使了太多的人去杀人，就为了他的一己之私。"

风扬兮的声音变得冷厉，突然苦笑道："是因为我想找到星魂杀了他，所以你才在背后射我一刀，才见了我就害怕就撒谎，是吗？"

他不会杀她？永夜有些接受不了这个事实。她喃喃说道："我怕你。多年前游离谷故意要我杀一个素不相识的卖面大爷，就因为你每天都会去面摊前吃面。如果我不听他们的话，他们就会告诉你我是星魂，借你的手来杀我。很多年了，我一看到你，就在想，你有一天会杀我……"

说着话她打了个寒战。风扬兮瞬间便察觉到了，搬起石头砸自己的脚，他禁不住骂自己笨。见永夜无助的模样，心里涌起一股怜惜。他笑了笑，柔声道："我怎么会杀你呢？傻子！"

他的声音温柔而沉稳，温柔得让永夜觉得委屈。她不知道为什么会那么委屈，眼泪成串往下滚落。

这么多年来，她见了他，就像老鼠见了猫；见了他，浑身的毛就会戒备地竖了起来。

"你骗我的。你说你不与权贵来往，你却帮着李天佑；你说让我去还马，结果你把我出卖给牡丹院，让李言年折磨我……我不信你，你骗我的……"

她想起在陈国驿馆风扬兮在火海中找她的情形，她却忍不住想杀了他以绝后患，甚至他来山中救她，她也想过杀了他。她是真的怕。游离谷从小种在她心里的恐惧已超出了一切。她的思维中只有一件事：风扬兮会杀了她，因为她是刺客星魂。

风扬兮一愣，心里涌起无尽的愧疚，伸手揽她入怀，永夜恼怒地推他，风扬兮只抱紧了她，仿佛他的胸膛是最安全的地方。

永夜挣扎到无力，沮丧地说："我怕你，怕到无时无刻不想杀了你。"

"我要杀你，就不会救你了。"风扬兮叹息道。

他的声音像屹立的大山，渐渐安抚了永夜的情绪。她闭上眼一遍遍告诉自己，是

第四十一章

真的，他不会杀她，她再也不用怕他。

多年的恐惧与噩梦瞬间消失，她却仍有心悸，担心这只是黑夜里的一个梦，梦醒了，他还是正义的大侠，要杀了她。

永夜脑子里很乱，他为什么又不杀她了？他为什么要救她？他为什么要对她这样好？为什么？

永夜抬起头，风扬兮的眸子在黑暗中闪闪发亮。她突然意识到他离她很近，近得能听到他的心跳。她尴尬地后退，风扬兮伸手一揽，已吻上了她的唇。他没有给她离开的机会。他的吻霸道又不失温柔，覆在她的唇上轻轻地吮吸。

永夜呆若木鸡。她被他吻了？月魄只亲了她的脸颊，为什么她会被他吻了？下意识地，她的手掌清清脆脆挥上风扬兮的脸。

她力气很小，掌声却很响，在静寂的黑暗中像一把刀划破了和谐与温情。

永夜吓了一跳，尴尬地说："当男人久了以为自己还真是了，呵呵，俩男人……挺好玩的。"

说完永夜又干笑了两声，心里又是紧张又是慌乱。

为什么风扬兮吻她的时候她没有躲开？她甚至觉得很舒服，像他温柔呵护的一块宝。

她的话让风扬兮倒吸一口凉气，想怒，见永夜眼珠子骨碌转动始终不正眼看他，又想笑。风扬兮慢条斯理地道："我怎么没见你抱着月公子时觉得俩男人抱一块儿很好笑呢？"

永夜哈哈一笑，伸手搭住他的肩豪迈地说："大家都是兄弟，很……正常嘛！"

风扬兮一点儿也不觉得很正常，瞟了眼她搭在肩上的手生生压住火气。他平静地起身道："你再多休息几日把伤养好，我去查查安家与游离谷的事情。你好好待在这里别乱跑了，我会请陈家的婢女来侍候你。"

他拉开房门，星光满天。

风扬兮拉上门，一个纵身跃进了湖里。他实在需要用冷水好好让自己平静一下。

永夜一直呆坐在床上，坐了整整一晚。

太阳再次将竹楼照亮的时候，她终于疲倦地睡了。

"什么也不想，救出月魄和蔷薇再说。"她闭上眼对自己说道。

第四十二章
竹席的秘密

门"吱呀"一声被推开,永夜没有睁眼。

门再次被关上。

反反复复好几次,她眯着眼睁开了一道缝,目光瞟到一角蓝色的裙裾,永夜放心地醒了。

"小姐醒了?都未时啦!我叫明蓝,是陈老爷山庄的。老爷唤我来侍候你。"声音很甜,像糯米酒一般,甜而不腻,令人很舒服。

永夜睁大眼,看着明蓝端了药碗走到床前。

明蓝长得也很甜,说话时嘴边带着两个又深又圆的酒窝,头发长长地披在肩上,一颗明蓝色的宝石坠在圆润光洁的额间。

永夜见色心喜,瞬间就觉得明蓝很对她的胃口。她笑道:"你家老爷喜欢美人,美人都以颜色为名。你喜欢蓝色,所以叫明蓝。这串额饰是你们老爷专门送给你的。他一定会说,唯有明蓝才配得上这颗蓝色的宝石。"

明蓝目瞪口呆。

"把药给我,当心洒出来!"永夜好笑地看着颤抖着的明蓝。

"哎呀小姐,老爷也认识你,他都给你说啦?"明蓝瞪大的双眼黑白分明,还隐隐带出一种淡淡的蓝色。

永夜一口气将药喝了,抹抹嘴笑道:"你下面穿着明蓝色的裙子,上衣是深褐色的襦衫。你家老爷是丹青高手,他自然懂得配色。你又叫明蓝,再配上这蓝宝石,想也想出来啦。"

明蓝抿嘴一笑,两个酒窝又深又甜,脸上浮起一抹红晕,跺脚道:"若不是知道你是女孩子,我定以为你是个油腔滑调的坏男人!"

永夜的心情被明蓝带得爽朗起来。她深深呼吸,发现内息平稳了许多。风扬兮叫陈秋水心爱的女子来侍候她,两者的关系定然匪浅。她一愣神,告诫自己不去想,下了床伸了个懒腰道:"我无事可做,去拜访下你家老爷吧。"

她伸手去拿布袍，明蓝突然伸手把袍子拿开，不屑地说道："那是男人穿的，女孩子穿什么袍子？"

"你们老爷说，女孩子最适合柔美飘逸的衫裙，男子的衣袍衬不出女儿的美，是吗？"

"啊！小姐又知道啦？"明蓝瞪眼的样子让永夜爱极，伸手在她脸上摸了一把，心里对秋水山庄陈秋水藏着的美人十分向往。

一个明蓝就如此独特，别的美人定也不差。

虽然安伯平道陈秋水靠了安家的财力支持，可是永夜却相信，能得风扬兮信任之人，能画出大气磅礴的山水之作的人心胸定然宽广，绝不会是贪图钱财之人。

这就让永夜奇怪，为什么安伯平会认为陈秋水是这样的人？也许认识了陈秋水，她也能了解几分安伯平要她作假画的目的。

"可是我想出去走走总不能这样子出去吧？我倒是不怕，就怕别人瞧了害怕。"永夜说的是实话。

明蓝嘟了嘴道："风公子说小姐醒了肯定待不住，我家老爷便道小姐若愿意就去秋水山庄玩玩。"她笑嘻嘻地拿出一个布包递给永夜。

打开一看，居然是件浅紫色的裙子，还配了件白色的纱质大袖襦衫。永夜想起那日在绸缎庄，风扬兮逼着她量尺寸时做的就是这件衣裳。手指抚摩着丝滑的料子，百般滋味涌上心头。她摇了摇头："我不穿女装。"

她想起了月魄。他还在游离谷手中，她怎么能换了女装让别人瞧见？他希望她换了女装第一个看到的人是他啊。永夜鼻子有点儿酸，又想起了昨晚风扬兮的那一吻，顿时意兴阑珊。

"明蓝，我想在这里坐会儿，不去山庄了。如果方便，你可不可以送套茶具来？我想煮茶。"

"小姐！"明蓝不解地看着永夜。

她披散着头发，穿了件中衣就这样美丽，她为什么不穿上更美丽的襦裙？

永夜取了风扬兮的琴放在矮几上，抱歉地对明蓝笑笑："替我多谢你家老爷的美意。"

她缓缓伸出手腕，中指竖直下探，望着水面划过的一只鸟，想起一句诗文："落霞与孤鹜齐飞。"

她就像那只孤飞的鸟，不敢与人亲近。

刺客就是这个命。她心疼月魄、亲近月魄，也因为他和她一样，都是同样苦命。

巷子里粗茶淡饭的温馨历历在目，她怎么可以舍他不顾？

琴声由哀伤到悲愤，永夜指法越来越急。她不知道弹了多久，就连酷热的下午也感觉不到丝毫热度。她甚至听不见自己的琴声，目光远眺没有焦距，脑中所想全是月魄与蔷薇。

一只手蓦然放在弦上，琴声戛然而止。

"你的手这么巧，伤了指头可不利于发暗器。"风扬兮平静的声音中分明带有一丝怒气。

指尖传来一丝痛楚，许久不弹又弹得时间过长。永夜垂下眼眸问道："有消息了吗？"

"你是担心蔷薇还是月公子？"

永夜转开头，她担心蔷薇也担心月魄。只要想到他们陷在游离谷的包围中，她就着急，没办法心静。

风扬兮突然一笑，望定湖上落日道："你瞧，黑夜马上就要来了，可是明天还会有这样辉煌的落日。"

永夜愣了愣，不知道他究竟想说什么。她现在没有心情陪他赏落日，咬咬唇道："济古斋和大昌号都是安家的生意。安伯平说花了一万两银子请游离谷帮忙，控制了月魄和蔷薇，就为了让我给他摹古本作假字画？"

"你学的东西真多！这也是一个刺客需要学的？"风扬兮很疑惑。

他的话又激起了永夜的难过。她不想的，做刺客她很累。风扬兮的语气听在永夜耳中充满了嘲笑的意思。刺客不需要学这些，只需要学杀人是吗？她冷笑道："总比某人口口声声不与权贵结交，却和佑庆帝、太子燕密切勾结来得爽快！至少，我是靠本事吃饭！永夜一直想知道大侠做什么活计赚钱生活，现在懂了。"

她居然说他当走狗赚银子吃饭？风扬兮气得把牙咬得死紧，额头青筋直跳，转开头不看永夜，省得一巴掌打死她。这么多年的修为居然会被她气得失控，风扬兮很佩服永夜。

风扬兮深呼吸，不明白为什么一句话就惹得她像刺猬。他竭力控制住怒气，缓缓地和她说正事："不论是游离谷要你待在安家作画，还是安家需要你作画，你都有机会进入安家查这件事情。不过，你只有一个月时间。无论查出什么样的结果，你必须准备嫁人。"

永夜扬了扬眉："太子是你何人？"

"助我灭游离谷的人。我想，你也不想看到游离谷继续威胁你。"

永夜沉默了片刻，问道："是你和他的条件吗？"

风扬兮愣了愣没有说话。

"我嫁不嫁他关你什么事？"昨晚吻她，今天就让她嫁太子，风扬兮，你当我是什么？永夜瞬间被激怒了。

"那晚你去的路线难道不是太子的东宫？你难道不是想着嫁了他利用他保护你的心上人？"风扬兮嘲弄地看着永夜。

永夜被堵得一句话也说不出来，"哼"了声不回答。

永夜倔强的模样让风扬兮生气，她就这么喜欢那小子？宁肯为了他嫁给慕容燕这个她不爱的人？他冷冷一笑："你不做也得做！如果你想让你的心上人和蔷薇郡主平安的话！你说我威胁你也好，说别的也罢，你自己掂量吧！"

永夜突然哈哈大笑，道："我是刺客小人，我凭什么要救蔷薇和月魄？这是他们的命，与我无关！永夜身体无碍，这就告辞！"

风扬兮伸手拽住她，一字字道："你说的，我一个字也不信！"

"放手！"

"认错！"

什么？她哪里错了？明明是他不讲理。手腕被他捏得很疼，永夜抽手风扬兮不放。她急得一转掌心握住那柄飞刀直取风扬兮的咽喉，她只是习惯性地用了最有效的杀人方式，她只想摆脱他。

风扬兮眸色却瞬间变得冰冷，她竟然想杀他？拽住她的手腕一甩，避开永夜的一击，掌顺势拍向她的后背。

他的武功高出永夜太多，这一掌下去，永夜未好的伤再次加重，"噗"地一口血喷出，人掉进了湖里。

风扬兮收掌不及，跟着跃下去。

捞起永夜时，见她胸前一片被水晕染的血迹，人已经没了知觉。风扬兮心里一抽，又是伤心又是难受，狠狠地一掌拍在水面上，湖水飞起溅了他一脸，风扬兮从来没有这样沮丧过。

风扬兮抱起永夜回到竹楼，抖着手脱了她的衣裳，用薄被卷着她，水滴顺着他的头发与胡子往下滴落，湿衣贴在身上，被太阳晒着有说不出的难受，他心里的难受却远甚于此。一掌击出，永夜飞出去的时候，他就后悔，他不想再伤她一点儿，偏偏却是他自己打得她吐血。

永夜再清醒的时候，风扬兮已经不在竹楼里了。

明蓝担忧地看着她，给她端来药喂她喝了。

"这是秋水山庄？"永夜淡淡地问道。

"是啊，风公子有事，说小姐还是在山庄养着比较好。"明蓝轻柔地说道。

"明蓝，你出去吧，我要运功。"永夜不想听到风扬兮的名字，她冷静地想，自己首要的是养好伤，再去想办法救月魄和蔷薇。

明蓝听话地端起了药碗，临走前忍不住说："风公子说，小姐好了，不妨回安家瞧瞧，说不定有意外收获。"

永夜点点头。明蓝出去，她又叹了口气，明亮的眸子里染上了层忧虑。安家，难道月魄和蔷薇的下落真的要通过安家才能知道？

她默默地运功。风扬兮那一掌并不重，只是牵动了内腑，引发了伤势罢了。体内那股似小蛇般的内力向四肢游走，竟比从前更为顺畅，是他给她顺了经脉吗？只运功一会儿，永夜不可抑地想着风扬兮。她一遍又一遍告诉自己要静心。

十天之后，永夜伤势好转。除了明蓝，秋水山庄没有任何人来打扰她，风扬兮也消失了。

永夜收拾停当，还是那身布袍，一柄飞刀。她向明蓝告辞。

"小姐，这是风公子给你的。"明蓝拿出一个包袱。

永夜瞟了一眼，那件紫色的襦裙叠得整整齐齐，还有一个刀囊和一袋碎银。她打开一瞧，刀囊里面有二十四把飞刀，似乎是从前自己用过的，她转念一想，是从前自己每杀一个人，风扬兮取下来的吗？他还给她意味着什么呢？

是提醒她不要再杀好人，还是告诉她，他从此不会因此而杀她？

永夜提起包袱，她犹豫了一会儿想留下紫衣，却还是一起带走了。

重新走在巷子里，阳光正盛，永夜却没有再归家的喜悦。

安静的巷子再没有人等着她吃饭，再没有了。

她推开赵大叔的门，空寂的庭院，连闹猪都不见了。她怔怔地坐在葡萄架下发了会儿呆，真寂寞。

推开东厢房的房门，月魄的房间很简单，被子叠得齐整。她回到西厢房，躺了上去，竹席沁凉，她默默地躺着。

十八年来，永夜第一次觉得孤单。

她轻轻抚摩着竹席，她在这里住了那么多天，从没有像现在这样留恋，手指尖突然摸到一丝异样。永夜愣了愣，闭着眼继续抚摩。

很多年前，她在黑暗中就是这样一点点摸到了《天脉内经》的秘密。

她翻身爬起来，眯缝着眼观察着竹席，肉眼看不出有什么特别。她"哗"的一声把竹席扯起，奔进了院子。

对着阳光，竹席的秘密一览无余。

永夜浑身颤抖，八月的阳光是这样烈，她的心却这样冷。她望着竹席，突然疯了

第四十二章

一般用飞刀捅着竹席，竹片横飞，竹刺刺进手，她感觉不到痛，只想把这张竹席剁成碎片。

突然一只手握住了她。

永夜飞起一脚，近身肉搏施展得淋漓尽致。

眼前那个人是谁她不知道，他的阻止让她狂怒。直到一双手紧紧地箍住她的身体，将她的怒气和劲道全吸进宽厚的胸膛里。

不知道过了多久，永夜才放软了身体。他捧起她的脸，风扬兮焦虑的脸在眼前放大，他说了什么她听不见。

过了良久，永夜才喃喃说："为什么你也要我嫁给太子……"

风扬兮愣住，目光由疑惑到惊喜。他大力地抱住她连声道："不是，我不是那个意思！不嫁给他，我不是要你嫁给他！"

永夜怔了良久，突然一掌狠狠掴在他脸上，大声说："你明明是！"

风扬兮一呆，心里却有种喜悦在慢慢地扩大。他放声大笑，戏谑地问道："你为什么气我让你嫁给他呢，永夜？"

永夜张了张嘴，她为什么气这件事？她转开头抿着嘴不回答。

"不要你嫁，我绝不勉强你嫁给他，好吗？"风扬兮的话定住了永夜。

风扬兮眼眸中透出诚挚与柔情。那双锐利如鹰的眼睛此时变得坦白，永夜不费功夫就看清了里面的含义。她吓了一跳，后退一步喃喃道："你……你不是扔下我不管了吗？"

风扬兮定定地看着她，她似乎有点儿怕，她在怕什么呢？话禁不住脱口而出："我想不管了，可是……我还是来了。永夜你……"他想问她心里是否有他，话到嘴边却怎么也说不出口。

永夜张了张嘴，是的，他来了，她一有危险，他总是在她身边，只要一想到他她就安心，可是……她眼中闪动着她自己也无法诉说的情感。

永夜慢慢低下头，望向地上捅得稀烂的竹席，她的心仿佛也破成了碎片。她一字字道："我是星魂，独一无二的刺客星魂，我不是安国的公主，不是任谁都能为我做主的娇柔的花。"

"我知道。"风扬兮拉住她的手，永夜抖了一下。

竹刺刺进肉里带起刺骨的痛，让她无比清醒。

"扎进肉里的刺比捅了一刀还痛。"

"挑了就好了。"风扬兮埋头看了看。

他挑出一根根竹刺，细心得像在绣花。

永夜漠然地说道："心里的刺也能挑得出来？"

"只要你有，我就能把它们全挑出来。"风扬兮抬头看着她，看到她眼中的坚强。他终于忍不住伸手揽了她入怀，坚定地说，"我决不会让你一个人去面对。"

走进平安医馆，永夜在院子里挖土。她的紫袍与飞刀都埋在这里。

"肯定都被搜走了。"风扬兮说。

"不会，一定不会被带走。"永夜刨开土，拿出那件又脏又臭的衣裳，拎在手里欣赏。

"这件旧衣裳有什么用处？"

"有，有很大的用处！衣服也能说话。"永夜像欣赏一件宝物，可目光中分明含着悲哀。

风扬兮没有再问，目中涌出了然和怜惜。

她喜滋滋地又挖出了她埋在这里的飞刀，二十把刀，一把不少。她拈着飞刀看了看，银色的光夺目绚丽。她回头冲风扬兮一笑："其实不论什么暗器，我都使得很好。这刀，是为了让你认出我而已。我以为……本打算再不用这刀了才埋在这里的。"她以为从此平平安安过小日子，连去偷去抢都不肯，她以为可以再不用飞刀，她以为……人生真的没有一成不变的事情。

"你还担心我会杀你吗？"

"不是。不过，我还是要用它。"

"为什么？"

"本来不想再用它，可是既然让我用了，我就用吧。"永夜手势极快，转眼之间飞刀从掌心一一消失。风扬兮赞叹的神情让她想起当时月魄的模样，不觉黯然，瞬间又扬起笑容调皮地笑道，"暗器高手的刀你永远也不会知道藏在身上什么地方。"

风扬兮见她开朗地笑，心情跟着转好，若有所思地道："我肯定有办法知道，你信不信？"

"呵呵，不信。"

"打个赌？"

"赌什么？"

"赌看谁能先发现秘密，安家与游离谷的秘密。"

永夜望着风扬兮，他一本正经地看着她。永夜笑了，突然伸手捉住他的胡子死命一扯。风扬兮痛得大叫一声："干什么你？"

永夜耸耸肩："原来是真的。"

风扬兮哭笑不得。

"你会缩骨法吗？"

"什么？"

永夜嘴一撇："我以为你没了胡子摇身一变就成了太子燕。"

风扬兮哈哈大笑，眼神落在永夜身上变得柔和，看永夜撇着嘴不屑的样子，觉得她极可爱。他忍住笑道："永夜，你要弄明白，那是你父王与齐皇的协议，太子与你是一样的！"

"你也要搞清楚，这世上除非我想嫁，否则无人能勉强我。"永夜高傲地抬起了下巴，用手戳了戳风扬兮的胸口无比认真地说，"我最恨信任的人骗我。我发过誓，这一世绝不让人在我背后捅我一刀，特别是我的朋友。"

她不等风扬兮回答，妩媚一笑："我要回安家了，安心作画。"

"等等！若是安家问你这几天去哪儿了呢？"

永夜背过身往外走，眼中已有了数不尽的悲伤，却吊儿郎当地说："不管游离谷还是安家，似乎都想让我老老实实待在安家别院作画。这些天我被我的管家打了一掌，当然是养伤去了，如今舍不得我的'心上人'又乖乖回去了呗！"

风扬兮被她最后一句话又噎得难受。

第四十三章
安家三公子

风扬兮揽着永夜，骑马送她去安家别院。

"你什么时候知道我是星魂的？"永夜漫不经心地问道。

"很早。"

"有多早？"

"在夷山山谷时我就知道。"

永夜结巴起来："上回……在山谷之中……"

"你不愿意让我知道，我何必强人所难！若要等你忍住不用轻功，深一脚浅一脚地走出山谷，我宁肯当抱了头猪！何况你比猪还轻一些！"风扬兮戏谑地说道，当时她怕他发现，不敢露半点儿功夫，他并不想说破。

永夜马上闭了嘴。

马蹄声每一声都敲击在两人心上。谁也不肯再说话，似在想着各自的心事，又似不舍打破这种和谐宁静。

别院大门已在眼前，风扬兮猛然一勒马，马长嘶一声停住："去吧。"

永夜一跃下马，头也不回地往里走。

风扬兮忍不住又叫住她，轻声说："我在的，一直在你身边。"他拉转马头，拍马而去。

永夜转身望着他的背影，心里泛起涟漪。她定了定神，慢慢走向别院，叩响了大门。

门开，平叔站在门里，眼中飞快地掠过一丝惊诧。

"少爷我回来了。"永夜没有易容，蓝色的布袍，从容优雅的神情，像雨后青竹挺拔秀丽。

平叔皱了皱眉，见她没有易容，反而气定神闲地睥睨着他。他欠了欠身，低声道："公子这些天去哪儿了？小的很担心公子。"

"被你打了一掌养伤去了。平叔以后轻着点儿，在下身子骨弱，受不住。"永夜面不改色地走进去，随口吩咐道，"晚饭丰盛点儿，顺便看看大公子有空没，在下想与大公子交流一番作画的心得。"

"是。"平叔眼中露出奇怪的神色，脸上神情却依然恭顺，像足了一个平凡忠厚的老管家。

掌灯时分，安伯平如约而至，看到永夜的容貌吃了一惊。

"大公子请坐。今晚有烤乳猪、烤全羊、卤鸭子、炖乳鸽……"

安伯平迅速镇定下来，爽朗笑道："李公子原来爱吃肉。"

"大公子不觉得我吃得有点儿多？"

"就算想吃落日湖里的金龙鱼，我也会马上吩咐人去捕捞。"

永夜"哦"了声，端起酒杯又放下，见安伯平毫不迟疑端起杯子就喝，永夜眼中也露出了奇怪的神色，缓缓说道："酒中有毒，大公子不知？"

安伯平手一抖，默然放下，面对佳肴没了胃口。

"我没有易容，大公子并不吃惊，想必早知我是谁。我离开多日不请自回，大公子也不吃惊，是算准了我要回来。可是大公子明知酒中有毒却想和在下同饮，这究竟是怎么一回事呢？"

安伯平失神地望着她，缓缓离座，在她面前跪了下来。

一个富可敌国的大家族当家人，半个月前可以用月魄和蔷薇威胁她就范的志得意满的人，居然就这样在她面前跪了下来。

永夜差点儿跳了起来。她克制着自己坐着没动，嘲讽地看着安伯平。事情的发展大大出乎她的意料。她以为就算她回来，安伯平还是同样可以用月魄和蔷薇来要挟她。

"公主！请你放过安家。"安伯平如是说。

永夜向左右看了看，奇怪地问道："哪有公主？"

安伯平的脸上哭似的难看，脸色苍白如纸，双目中浮起一线红丝。从他记事起，他从来没有这样低声下气过。他可以跪皇帝跪祖宗，唯独没有向一个女人下跪过，包括他的母亲。他是安家长子，从小锦衣玉食长大，贵气不输王侯。他七岁时打得一手好算盘，比为安家工作了二十年的总管还要漂亮。在他手中，安家每年挣的银子可以用船来装。

什么东西是银子买不到的？安伯平不知道。可是他却知道就算他花光安家最后一两银子，也买不到平安。

她是谁？安国那位威震天下的端王的女儿，安国佑庆帝最心爱的女人，齐国太子的未来妻子。安伯平只能低头。

重重的悲哀浮上心头。他为什么要答应让她来作画？为什么要用她在意的人威胁于她？跪在永夜面前，他卑微得像个奴才，就算腰间佩着价值十万两银子的翡翠貔貅也无法让他高贵起来。

永夜审视着他，顺手又拿起一只鸭腿啃着。她塞了满嘴的肉，喃喃道："我是不是在做梦？"

风声掠过，安伯平身边又多了一人，正是平叔。他重重地向永夜磕了个头："是老奴打了公主一掌，自作主张想取公主性命，与大公子无关。请公主放过安家。"说完一掌就拍向自己的天灵盖。

永夜对自己的手法很自信。虽然平叔内功精湛，但是她同样迅疾，平叔拍到了鸭腿上，沾了满手油。永夜胳膊一麻，苦笑道："其实平叔现在也能一掌打死我的，你内功太厉害了。"

"公主何不让老奴自尽？士可杀不可辱！"平叔双目一张，眼神再次如黑夜中划破天空的闪电，锐利不可抵挡。

永夜沉思了会儿，道："我不是不杀你，是我武功不及你，是杀不了你的。再则，我也不明白……要知道我本来是受制于你们，现在突然变了天，任谁都不适应。大公子能否起来说话？"

安伯平惨笑道："你是太子妃，你要灭了安家，还说什么受制于人，岂不笑话？你敢一个人前来，安知外面又有何埋伏？"

永夜奇道："大公子难道请我来时，不知道我的身份？"

安伯平突然变得很激动，双手紧紧握成了拳头："创业难，守业更难。安伯平鬼迷心窍威胁公主，平叔更想夺了公主性命，都是伯平之过，我一人抵命，公主可否放过安家？"

永夜被他说得糊涂，试探着问道："大公子又是受何人指使呢？"

安伯平咬紧了牙不肯说。

永夜叹了口气道："我没想过要灭掉安家，你们以为我回来是向你们问罪示威的吗？"

见安伯平眼中闪过不屑，永夜更为奇怪："难道你那姓游的朋友没有告诉过你，我还有一个身份？我本是谷里出来的刺客，叫星魂！"

安伯平身体一颤，闭上了双眼，平叔长叹一声唤道："大公子！"

"我承诺绝不追究此事。大公子可以起来说话了吗？"是什么难言之隐让这位安家的当家人如此为难？永夜的好奇心再次被挑了起来。

她伸手去扶安伯平的时候，从窗外漫进一片紫色的烟雾。这种烟雾永夜见过，在她跟踪日光的时候，是这种烟雾取走了日光的性命。

第四十三章

她反应何其之快，伸手捞住安伯平跃向门外。

平叔一掌拍向烟雾也跟着跳了出来。

窗外弦响密集如雨，竟似要把三人全部杀掉般狠绝。

永夜护着安伯平，生怕他被灭了口，平叔也是同样心思。然而箭雨一阵密似一阵，不知来了多少弩箭手。

这时箭射出之处像飞起了一道闪电般的剑光，生生撕裂着对方用弩箭织成的网。一声尖锐的哨声响起，那些弩箭手转瞬离开。来如电，退如风，走得干净利落。

风扬兮从黑暗中现身，他的双眼比星星还亮。他对永夜笑了笑，似乎在告诉她，他真的在她身边。

永夜怔怔地瞧着。他没有过来，她也没有过去，两人目光轻轻一碰又移开。

"多谢公主！"

永夜转过头笑了笑："大公子，能否相告？"

安伯平脸如死灰，闭上眼，两行清泪流下："是我三弟。"

安家三公子？永夜挑眉不解。

他正要说话，突然看到平叔脸涨得通红，继而发青。他吓得手忙脚乱："平叔！"

平叔喉头发紧，他走在最后拍散了紫雾却吸得一口，用力吼出一声，鲜血从口中喷出。风扬兮早奔了过来，一掌贴住他的背心，送进内力。平叔却再也说不出话，眼巴巴地望着他。风扬兮长叹一声点点头道："我保证公主不会追究大公子之责，只要与安家无关，我保安家无事。"

平叔喉头作响，永夜叹了口气点点头。下一刻他身体猛然抽搐，当即死去。

一个内功高手居然就这样轻易地死了？永夜觉得有点儿不可思议。

"你有没有事？"风扬兮被平叔吓了一跳，握着永夜的手探她的脉。

安伯平满脸惊诧之色，仿佛看到了什么怪事。

永夜心道：我还是安伯平眼中的太子妃呢！脸一红抽开手道："无事。"

花厅之内，安伯平青白着脸缓缓地道："是我三弟。那日公主当掉陈大家的画，确认为是假画之后，我非常惊诧，极想结交。因我对画作痴迷，故而与三弟聊及。三弟道，何不请公主为我作画？我怕公主不肯，三弟便拿出了那双草鞋嘱我如是说，并让平叔陪公主去瞧上一眼，定无问题。当时，我并不知道公主身份，若是知道……"

安伯平长叹。

"你三弟是何人？"

安伯平垂下头，轻声道："公主认得的，他还有个名字叫墨玉。"

永夜与风扬兮面面相觑。墨玉公子原是安家三公子，那么游离谷……

"游离谷谷主是安家何人？"两人异口同声问道。

安伯平吓了一跳，连连摆手道："安家一直本分做生意，游离谷谷主绝不是安家的人。三弟幼时出府，一直说是去拜师学艺。我安家子弟都得会一门技艺。"

"你一直不知道你三弟在牡丹院做小倌？"

"我不知道。三弟日前回到齐国，母亲只说他艺成回府。"安伯平的脸涨得通红。

"其实，当时我并不知道你是公主。平叔后来告诉我，进了巷子，他就明白，不是作画这么简单。他当时只是觉得我上当了，你的身份必不是这么简单，他不想连累到我，就想杀你一了百了。他也是今日才知道当日他一掌打的是公主。"

永夜松了口气，她一直觉得内疚，那晚如果她不逃走，月魄和蔷薇就不会被转移。原来就算平叔不杀她，巷子里埋伏的人和等在去皇宫必经之路的人也会杀她。

墨玉公子出身豪富之家，瞒着家里待在牡丹院，好像他在游离谷中又似有极高的地位。难怪李言年当时说起墨玉时的表情那么奇怪。

风扬兮静静地听着，眉皱得很紧，良久才问："墨玉要杀大公子，此时怕已经不在安家了吧？安家就两兄弟，大公子一死，家中主事之人岂非只有墨玉公子？他只需杀了大公子夺了家财，何必对永夜恨之入骨呢？"

安伯平似极颓废，无力地瘫坐在椅子上，听了风扬兮的话眼睛一亮，摇了摇头道："安家与别家不同。就算伯平身死，生意由家族长老会共同经手。三弟出府学艺，就注定他无法当安家的主事人，安家家族中任何一个懂经营的人都有可能成为安家主事，唯独他不行。所以，我从来没想过三弟会有杀我之心。"

"不是求财，就是恨我了。"永夜想不明白她就让墨玉在牡丹院站了一天，他为何就恨她恨得要死。每回看到墨玉，她都能从他眼中读出那种强烈的恨意。

从开宝寺到牡丹院，墨玉的恨意从来没有掩饰过。

墨玉没能杀了她，还打草惊蛇，必然隐身藏匿，像消失了的月魄和蔷薇，如泥牛入海，不见了踪迹。

"我想随大公子去安家住些日子。"永夜缓缓说道，直觉告诉她，墨玉还在圣京，没准儿就藏在安府中。

墨玉这般年纪，武艺不高不低。若无安家的钱财支撑，他凭什么可以在游离谷获得地位？只有一个可能，他与安府中的某人有着更为密切的关系。而这重关系，连他大哥安伯平也不知道。

安伯平不安地看着永夜，轻声道："公主，安家……"

"大公子放心，安家若与此事无关，我不会对安家如何。"永夜笑了笑。

风扬兮蹙紧了眉道："不行。"

"为什么？"

风扬兮盯着安伯平道："安家想必有许多地方连大公子都不能去的，是吗？"

安伯平低下了头："江湖中有很多人，如平叔一样投奔了安家，顺便做了护院。不过，只要不对安家不利，他们不会出手。伯平愿保公主平安。"

永夜只有这么一个线索，岂肯放弃？趁风扬兮摇头之前道："就这样说定了，我便是大公子请回家临摹作画之人，还叫李林。"

夜虫啾啾，荷池月明。

风扬兮与永夜静静地坐在池边。

她没有坐在他身边，一个人远远地坐在水榭的美人靠上，望着荷池不语。

风扬兮在饮酒，一碗接一碗，永夜不作声，他也不想说话。

谁也没想到回别院居然遇到这样的事情。

"你去了安家就会知道为什么我不想让你去。"风扬兮终于忍不住开口道。

永夜回过头，淡淡地笑了笑："一入侯门深似海，相信你这次不会在我身边，你不可能跟进去。"

"那你为何还要去？"

永夜目光复杂地望着他，良久才道："你真的不想我去吗？"她转为开心，压下心里的那种悲哀，"我不得不去，而你，想我不去，又极希望我去，不是吗？"

她的话像鞭子一样抽在风扬兮身上，惊得他手一抖，酒洒了出来。他一饮而尽，站起身冷冷地道："如果你真认为是这样，我不拦你。"

"哈哈……"永夜笑了起来，笑得流出了眼泪。

风扬兮拳已握紧，额头青筋冒出，他能听到突突跳动的脉搏声。他极力控制自己，缓缓地道："你有不得不去的理由，我也有想你去的理由，但绝非你想的那样！"说完他再不看永夜，大步离开。

他想回头告诉她让她小心，可是永夜还在笑，那笑声深深刺痛了他的心。

安家不仅是齐国首富，也是天下第一商。

有人说，进了皇宫才知道什么叫深似海，进了安家才知道什么叫大富贵。

曾有人站在齐国皇宫最宏伟的建筑——天机阁俯视圣京，叹庙堂高远、庄严肃穆。

也有人在安家府邸做了三年工还不知道整座府邸的全貌。

陈秋水的秋水山庄建在落日湖畔已经是风景如画，圣京的人却道安家大宅内的映月湖比落日湖还要美十分。

安家捐建齐国战船之后，皇上就下令将比邻安家的皇家别院映月湖赏给安家。安家将院墙打通，皇家最美的园林从此成了安家大宅的一部分。

进了高大的府门，又走了一箭射程的距离，永夜才发现院墙原来分成了内外两层，外层遍设碉楼，有护院巡视，内外层之间是低等奴仆居住区。

等进了内院，触目一片绿荫。幢幢房舍殿宇掩映其间，林中自有卵石小道或抄手游廊相连。沿途看不到护院，可是一招呼，却马上有人奔上前来请安。往来小厮侍女均斯文有礼、目不斜视。永夜暗自惊叹，安家治家严谨宛如皇宫大内。

照事先商议，安伯平是请永夜仿造已过世的大家赵子固的《观音图》，而赵子固亲手雕就的观音像在安府佛堂内有一座，于是永夜为揣摩画意，进了安府。

足足走了两刻钟才来到了一座院子，说是座佛堂，永夜却觉得更像座寺院，空气里飘荡着梵香的青烟，居然还能看到和尚。

安伯平低声道："家母礼佛，容我进去通禀一声。"

永夜咂舌，喜欢礼佛居然就在家里修了座庙，安家的银子太多了。她站在佛堂外，四下安静，连蝉鸣都听不到一声。八月酷暑，居然没有蝉鸣？她奇怪地左右打量，却见佛堂四周的树上均挂了些小香囊。难道这是驱蝉用的？安家从何处请来的制药高手？

"李公子，请！"安伯平出得佛堂笑道。

永夜走进佛堂嗅到一股奇异的香味，香气馥郁萦绕了整座佛堂。定睛一瞧，正中一座高一丈有余的木雕佛像，色泽黄褐，不是沉香木是什么？一块沉香能换同等体积的黄金，沉香多朽木细干，多用作香料，此佛有一丈多高，且以赵大师的手精雕为佛，该价值多少？她眨了眨眼，想起和月魄数着铜板为吃饭发愁的日子。早知道来安家佛堂砍下一截佛手，就够他们吃个够本了。哪怕不卖不当，拿去熏闹猪的猪圈也好啊，说不定闹猪不止换几升米几块肉呢。如果当时不为吃饭发愁，她就不会去当那块田黄印石，不会为了报复大昌号压她的价而去作假画，还会有这么多事情发生吗？蔷薇还会不会出现？她和月魄是否还能在院子里悠然地喝着稀粥赏月看星星？

"李公子，这是家母。"

永夜从浮想联翩中回过神，见一侧雕花木椅上坐了位老夫人。花白的头发，褐色的襦裙，手中拈了串沉香木佛珠，看上去神情淡淡的，感觉人仿佛随着沉香的香气升到了半空中，五官很正，年轻时定也是个美人。

老夫人身侧立了个侍女，脸色也很冷，瞅了永夜一眼，那眼神像是在看脚底踩着的一只蚂蚁。

永夜赶紧行礼，遇上这类型的女人，她向来没有好感。

第四十三章

老夫人睁开眼淡淡说道："既是画观音的人，心中亦有佛，定也是慈悲之人，去吧。"

永夜应下，以她的眼力，不知为何总觉得老夫人甚是面熟。忍不住又多看了几眼，被老夫人眯缝着眼射过来探究的眼神吓了一跳。她赶紧收敛心神认真打量佛堂里那座木雕观音。一炷香后，她听到老夫人缓缓开口："李公子瞧了许久这座观音，觉得如何？"

"回老夫人，这座莲台观音足踏莲台，宝相端庄，栩栩如生，最难得的是线条圆润流畅、饱满丰润、神态慈悲，圆雕与镂空的雕刻手法精妙，衣袂飘逸欲飞。沉香大块木料难寻，赵大家没有浪费多少，且沉香木极不易雕刻，也只有赵大家圣手，才能如此不凡，在下大开眼界。"永夜不知道老夫人是想考她还是随口一问，认真地回答。

老夫人淡淡地说道："李公子自有一番见解，伯平眼力倒不错，去吧。"

永夜恭敬地行了礼，退出了佛堂。

与老夫人施礼告辞时，那股熟悉的感觉又出现了。永夜在心里回想了很久，还是没有想出在何处见过老夫人。

走出佛堂，直踏入林间小道，安伯平才低声道："公……公子确有真才实学，伯平汗都吓出来了。"

永夜静心留意着周围的一切，见四下无人才笑道："原来老夫人是考我来着。容在下冒昧，老夫人可是大公子亲生母亲？"

安伯平摇了摇头："我母亲是父亲的小妾，早已过世。她是父亲原配，是老三的母亲。父亲过世得早，当时伯平在外料理生意，都不在他老人家身边。年初时老太爷也过世了，伯平这才担任安家主事。"

"哦，老夫人是哪里人？"

"母亲娘家好像是个叫福宝镇的地方，在山里。齐国多山，是哪座山伯平也不知。"

永夜望着偌大的安家园子，觉得这园子美则美矣，却安静得可怕，像一座坟，在这样的大家族中生活怕也不容易。

当晚她被安置在内院客房中。安伯平对外说的理由是她需要多观察几日佛像才能作画。客房外永夜嘱咐不必多加人手，照常便行。

她苦苦思索，究竟在哪里看到过老夫人呢？客房宽敞，外厅内室，外面权作书房，为方便她作画材料一应齐全。永夜随手画下老夫人的脸，看了又看、修了又修，老夫人的脸变成了另一个人的脸，两人足有七分相似。

永夜笔端一颤，手抖得难以自控。片刻后，永夜随手又画了张观音像，脸上渐渐浮起了笑容。她深吸一口气，将两张画纸放在烛火上欲烧了。这时，她听到门外有动静。永夜吹熄烛火，身子一弹，从窗口飞了出去。

不远处的屋脊上，一道黑影闪过。

她怕的就是在安家平稳度过没有动静。此时见了黑影，永夜哪肯放弃，轻功施展到了极致，离黑影越来越近。

似乎知道她在追赶，黑影从屋脊上翻下落进了一个院子。

永夜毫不犹豫地跟了上去。

眼前一亮，一汪银色的湖出现在眼前，黑衣人已站在一条小舟之中。

永夜脚尖一点，身如飞鹰掠了过去，不偏不斜落在了小舟之上。

黑衣人望着她缓缓出声："没有任何人想得到，你的轻功竟然在青衣人之上。瞒得好哇。"

永夜耸耸肩不置可否，微笑道："墨玉公子，哦，安家三公子。久仰久仰！"

墨玉并没有穿紧身的夜行衣，一身墨绿长衫，腰结玉带，气度与在牡丹院时截然不同，俨然一个风流贵公子，只有那双眼睛，充满嫉恨与不忿，恨恨地盯着她："你明知道我是引你出来，为何还要上当？在这里，你以为风扬兮还能再救你一次？"

"我轻功还行，暗器的准头也不错，墨玉公子离我不过一丈开外，你不怕死啊？"永夜笑了笑，"再说了，安家的高手不少，墨玉公子显然是打过招呼了，不会有人来打扰，这一路才会这般顺畅；可另一重好处就是，也没有人来救你。"

墨玉哼了声："说对了，我引你来此，是因为这里安静，我不信我杀不了你！"

"永夜很想知道，墨玉公子为什么就这么恨我呢？人家见了美人都怜香惜玉舍不得动半个手指头呢。"永夜夸张地比了比手指。

她疑惑地歪了歪脑袋，露出恍然大悟的神情："我明白了，墨玉公子在牡丹院待久了，已经对女子不感兴趣了，喜欢的是男人！不过，在下一直以男装出现，连安国原来的废太子李天瑞也赞美永夜，若是进牡丹院当小倌，头牌就不是墨玉公子了。像我这样男女皆宜的美人举世无双，墨玉公子为何想要杀永夜呢？"

她连珠炮似的吐出一连串话，激得墨玉眼中的怒火熊熊燃烧。他咬牙切齿道："等我捉住你，我会划花你的脸，挑了你的手筋脚筋，叫你用不了轻功发不了暗器，看还有没有人会对你怜香惜玉！"

风声扬起，一道银光直射墨玉面门，他大骇之下偏开脸，头发被削断一截，脸颊被划破一道浅浅的刀口，一丝血线顺着脸颊流下。

"三公子，没关系的，你反正也不靠牡丹院吃饭，男人嘛，丑点儿也没什么关系。那些对你好的男人，看中的不仅是你的脸，还有你的腰和大腿！不过嘛，你就算划花我的脸又能证明什么呢?我又不会和你在牡丹院抢饭吃。"永夜恶毒地说道。

墨玉咬牙切齿地看着她,大喝一声,从腰间抽出一柄软剑,抖动如蛇般灵活直取永夜喉间。

永夜突然从船上像拔葱一般飞了起来。这是绝顶的轻功,她就像上方有一条绞索扯着她一样直直地升了上去。不待气竭,永夜凌空翻身,飞刀带着月的光芒直射墨玉。她不屑地想,你绝对避不过这一刀。

一刀击在墨玉手上,他的剑掉在船上,一刀击在他身上,他身体颤抖了下就倒了下去,直接从船上翻进水里。永夜跟着入水,才入水,她就后悔了。

一张透明的网向她兜了过来。永夜在水中轻功无法施展,身体后退,却躲藏不及被网了个正着。墨玉狰狞的脸在永夜前方,她的飞刀击在他身上,他跟没事人似的。

永夜目中浮起一层伤感,飞刀射不穿护甲,墨玉是有备而来。她努力用刀去割银丝网,没有半分作用。永夜放弃了,网是越挣扎缠得越紧,她不能再挣扎。

墨玉不敢靠近她,只收紧了网瞪着她。永夜划不过去,她只能闭着呼吸,小心地控制着气息。墨玉不可能一直在水里呼吸,他总有冒出水面的时候。

天脉内经在体内缓缓运转,永夜与墨玉对峙着。她比他武功高,他升上去换气的瞬间她也能杀了他再解开网。

这时候,她看到墨玉从怀中拿出了一根管子,一头含在嘴里,另一头伸出了水面。

永夜暗叫不好,奋力一挣,裹着网向墨玉游去,她的飞刀专射墨玉的头和手,可是在水中飞刀的威力大打折扣,身上的网越来越紧,几乎已无力发出暗器。

那种窒息几乎让她的胸膛爆炸,她冲不出水面,墨玉死死地在下面拉住了网。

永夜条件反射地挣扎,手脚渐渐无力,墨玉游出水面拉她上来的同时狠狠地一掌击下。黑暗向她袭来,她想起了风扬兮,这次,他真的不在她身边。

第四十四章

流泪的佛像

永夜在安家待了一晚就失踪了。

辰时去客房请永夜用早点的安伯平面如死灰。

永夜从驿馆失踪是她自己要离开，显然，这次不是。

没有人能担这个责任，安伯平不敢，风扬兮也不行。

安家大小姐，华清宫的主人华贵妃跪在皇帝面前哭得晕厥，也抵不住一纸圣旨。

太子燕率了东宫龙武率、神武率不到一个时辰就围了安府。

太子燕瞧了瞧安府高大的门楼外墙摇了摇头，对风扬兮说："东宫率士兵有一千人，我看若是安家存心抗旨，损伤至少五百以上。"

风扬兮冷了脸没回答。

片刻后，安府大门敞开，直通内院的门也大敞，百名侍从抬了红毡从内院直铺到大门口。

这阵仗让风扬兮苦笑，这哪像接旨的？倒像他们是进府参拜的。

大门洞开之后，安老夫人率先领着安家阖府鱼贯而出。在安府大门口密密麻麻排了四百来号人，按长幼尊卑列得整整齐齐。

"老身领安府全家跪迎太子！"老夫人的声音清越，安府内外静得听不到丝毫杂音。

风扬兮抱着剑站在旁边似看热闹一般。太子燕苦了脸，咳了两声展开了圣旨，大意是永安公主在安家失踪，奉旨抄查云云。

老夫人不惊不诧地领旨谢恩。

一个时辰，安府外面的空地上便搭起了一溜儿凉棚。老夫人搬出太师椅坐了。安家各府该处理生意的继续打算盘算账，该处理内务的侍女小厮排队领牌子。

几百个铜盆装上了巨大的冰块排放在凉棚外，几十个大灶在不远处升火煮茶，准备午饭。

秩序井然。

龙武率、神武率士兵都是世家清白子弟构成，见惯了排场，此时也咂舌不已。太子燕苦笑着摇头，对风扬兮和掌管两率的千总道："麻烦风大侠领着二位千总进府内查吧，孤去和老夫人喝茶听消息。"

他笑容可掬地走进老夫人的茶棚，笑道："老夫人治家如治军，孤佩服之至。老夫人若不嫌弃，孤欲讨杯茶水吃。"

老夫人淡然一笑："给殿下奉茶！"

品着香茗，身后有俏丽的侍女打着扇，将铜盆里冰块融化的凉气扑面扇来，太子燕又想叹气。

"听说殿下在陈国与安国永安公主一见钟情，相谈甚欢？"

太子燕一口茶差点儿喷出来，秀气的脸上露出一丝红晕，轻声答道："公主非寻常人，孤甚爱之，如珠如宝。她调皮得紧，喜欢模仿名家大作骗人玩，被大公子请进安府作画，没想到居然在安府还能失踪。孤担心她的安全，昨夜一晚在安府四周着人守护。安府没有可疑人出入，所以才请旨查府。"

老夫人若有所思道："听说公主身子骨弱，从小以男儿养着，十八岁才恢复郡主身份，出嫁时才封的永安公主。可惜了，老身竟未能一睹公主真颜。"

太子燕想起永夜风仪，悠然神往："络羽输之英气，安四输之妩媚，玉袖输之秀丽，蔷薇郡主孤还没见着。"

老夫人这才动容，手中转动的佛珠一停，长叹了声："原来如此……如此之佳丽，是长得极像端王妃吗？"

"比王妃多了点儿英气，这点更酷似端王。"

老夫人转动佛珠的手停了停，良久轻叹了口气。不知道是在想象永夜的容貌，还是在担忧安家的未来。

太子燕性格一向温和心思却细，见老夫人神色忧虑，宽慰道："只是查查，老夫人莫要担忧。安家忠心，皇上必能明察。皇上素来宠爱贵妃娘娘，不会不顾及的。"

老夫人捧起茶碗拂了拂茶沫，饮下一口道："老身已做了决定，此事一了，将安家分了。"

太子燕一愣："安家豪富，为何要分家？"

老夫人叹了口气道："树大招风。安府太大了，伯平还年轻，老身年事已高，顾不过来这庞大的家业。大树犹有枯枝，公主竟在内院失踪，将来还指不定出什么事呢。各府各院分了过，是好是坏看各人造化了。"

她看向在府中进出的士兵，突然叹了口气，对太子燕道："太子叨扰老身一杯茶，老身想拜托太子一件事。老身礼佛，佛堂不可进太多兵，打扰了菩萨就不好了。"

太子燕笑道:"孤这就吩咐下去,老夫人不必担忧。"

他唤来一名士兵吩咐不要破坏佛堂,又悠然地坐着喝茶。

风扬兮站在永夜住的客房内,这里干干净净,根本没有睡过的痕迹。安伯平站在他旁边,忧虑道:"这里绝对没有动过。今晨我来这里唤公主时,发现屋内无人,这才去报信。我已下令不准任何人进入。"

风扬兮默默地听着,向来锐利的眼神中有几分担忧:"永夜住进来时,这里的文房四宝可有动过?"

"没有。"

他眼睛一亮,又凑上炉台,蜡烛已灭,上面沾了些纸灰。永夜画过什么又烧过什么?无人进入,她烧掉的纸灰太少,没烧掉的东西永夜会随身带走吗?风扬兮在屋子里走来走去,锐利的目光从房梁看到窗户。他突然躺下来,钻到了硕大的书桌下。

心怦然跳动,书桌底部一柄飞刀钉住了两张未烧尽的纸。他小心取了下来,看了又看,放进了怀中。

"永夜昨天还去了哪里?见了什么人?"风扬兮声音冷厉,眼神又恢复如鹰隼一般锐利。

安伯平讷讷道:"照事先商议,她是以画赵子固佛像住进来的。在下就领公主去佛堂看了佛像,母亲常年礼佛,永夜也见到了她。"

风扬兮什么话也没说,大步走向佛堂。

莲座观音慈眉善目悲天悯人俯瞰众生。浓浓的沉香味道在佛堂弥漫,浓得嗅不到别的味道。

他怔怔地望着观音出神,慈眉善目的观音安静地望着他,细长眼眶中那双黑色的瞳仁竟有了情感,似带着笑意又似有着无尽的痛苦,分外莹润,眸光随着风扬兮的动作也跟着闪动。

风扬兮闭上眼,双手合十喃喃自语,双目一睁,长剑直指观音。

跟在他身边的安伯平吓得倒退一步,双膝一软跪倒在地。翡翠貔貅触到青砖地面发出清脆的声响。他浑身发抖,以头触地,只求菩萨保佑。

风扬兮一脚踢开供桌,长剑挥出顺着观音眉间细细剖开,沉香木软,他却不敢用掌力击开,跳上了莲台,用指力一分,观音像哗啦一声被掰成两半。

"风大侠,太子有令,别破坏了老夫人的佛堂……"士兵气喘吁吁地跑来传令,正巧瞧见佛像被一分为二,吓得噤若寒蝉。

永夜脸色苍白至极,身上缠着银丝网,被绑在佛像中,嘴被堵住出不了声,眼睛却瞅着风扬兮。

"速报太子！"风扬兮冷冷地说道。他伸手取出永夜口中麻核，焦急地问道："如何？"

"墨玉那天杀的！你小心，我背上钉了好多刀。"永夜"呸"了几口，动了动僵了的嘴恨恨出声。她在佛像里站了一夜，一动也不能动，早已受不了。咬牙瞪着下面的安伯平，连带他一块儿恨了进去。

风扬兮吓了一跳，绕到背后一看，佛像背部刺进了六把飞刀，入木三分，正巧像钉子一样钉进永夜背部。

他运足内力用剑削开佛像背部，用力一掰，永夜闷哼了声倒在他身上，背后六道伤口顿时血流如注。

"永夜，你忍着！"风扬兮脸上满布乌云，几下掀开丝网，扯下经幡将永夜缠了个严实，抱了她就往外走。

安伯平连滚带爬地起来，看了眼被拆毁的佛像，哀叹一声，跟跄着追了出去。

风扬兮显然正在狂怒中，见他跟着大吼一声："去取伤药！"

安伯平额头汗出如浆，想了想，飞快地跑去拿治伤的药，嘴里喃喃念："菩萨保佑！"念了一会儿，又苦笑，菩萨这回是保不了安家了。虽如此，却依然赶着去翻安家珍藏的灵药，希望能减轻点儿罪行。他是安家主事人，此刻心里所想仍是如何做才能得到最大的好处。

安府太大，风扬兮不敢抱了永夜奔走太久，直接将她带回客房。

片刻后安伯平跌撞撞地冲进来，捧了干净的白布与药，声嘶力竭地喊道："我这里……有药！"

风扬兮抬手就是一剑划在他胳膊上："试药！"

安伯平痛得跳脚，却撕开衣襟，将怀里的药撒上去，血迅速被止住，伤口冒出黄水。药效相当不错。

"不会留疤痕的，神医回魂制的药！"

风扬兮冷笑一声接过药，解开永夜身上的经幡将她翻了过去。

永夜痛得大吼："你是猪啊，叫他出去！"

安伯平一愣，不待风扬兮吩咐，擦了把汗拉上房门走了出去，腿一软就坐在了地上，背靠着房门喘粗气。

这时太子燕得了消息，带了侍卫过来，见安伯平坐在门口，往里张望了眼皱着眉道："大公子？"

"殿……殿下！公……公主在……疗伤。"他突然想起风扬兮与公主二人孤男寡女共处一室疗伤，伤势又非得解衣不可，吓得话也说不清楚，跪在地上瑟瑟发抖。

"哦，有风大侠在，应该无恙，孤不进去打扰了。"太子燕松了口气，站在院子里看着安家，眼中露出一丝深思。

永夜在佛像里被找到，还受了伤，安家是绝对逃不掉干系的，该怎么办好呢？接到消息后，龙武率和神武率已将安家全府围住。连带府中侍女小厮足足有一千多人，比他带来的兵还多。太子燕苦笑，真是大家。

永夜趴着让风扬兮上了药，动一动全身都痛，风扬兮拿着白布自然地从她胸前绕过，将伤口层层裹住。永夜低头看见自己的胸，闭了眼恨道："你有多少女人？"

"没有。"

"我是女的！没有女人，你居然这么自然！你是不是男人？！"

风扬兮忍住笑，答道："这话该我问你才对，你是不是女人？被一个男人脱了衣服看着，你居然不脸红？"

永夜一愣，苦笑道："我扮男人久了，都搞混了。"

身后风扬兮简直不敢相信自己的耳朵，黑了脸道："胡说什么！"

永夜这才反应过来，不自然地道："没什么，说笑呢，免得尴尬。"

风扬兮气得手一紧，在她背部狠狠地打了个结，板着脸道："你是堂堂安国公主，齐国未来太子妃，这种笑话以后别乱说。"

永夜歪着头看他："若我是太子的女人，他会不会宰了你？"

风扬兮被噎得半晌说不出话来，瞪着永夜道："这是治伤，江湖儿女不拘小节！"

"哦，以后我若是喜欢上哪家大姑娘，就去划她两刀，再剥了她治伤，看完摸完还不用负责任。"永夜色心又开始泛滥。

风扬兮听了哭笑不得，见脱下来的衣服水渍血污遍布已不能再穿，便脱下外袍给她穿上。想了想认真说道："不嫁太子，嫁给我如何？"

嫁给他？永夜想起自己画的那两幅画像，心中难受，只笑了笑："就因为你看了我的背？看一眼我就要嫁？江湖儿女不拘小节，太过正经就显得迂腐。我还怕我毁婚，我父王日子不好过呢。"

风扬兮想的却是那个白衣出尘的英俊男子。他的脸色渐渐变了，冷冷笑道："你不是怕你父王日子不好过，是怕姓月的那小子不好过是吧？"

永夜心里的痛又被他挑了起来，想坐起来，背上又痛，便趴着冷笑道："说对了，知道为什么我嫁过来还穿男装吗？因为我只想让他第一个看到我穿女装。"

风扬兮勃然色变，站起身就走："太子燕应该来了，你对他说这话吧。"

永夜"哼"了声。

过了一会儿，她听到脚步声，太子燕温柔的声音响起："永夜，你还好吧？"

第四十四章

"没死！"

太子燕并不怒，站在床头好奇地说道："风大侠怎么知道你在佛像里？"

"他聪明呗，找到了我画的画像呗，那尊菩萨的眼睛不对劲呗，墨玉那天杀的在我进佛堂的时候就躲在佛像里面看着我，哼！"

永夜当时进了佛堂，细观佛像时，总觉得佛像眼珠子像是真的。她目力惊人，转了两圈便肯定那是活人的眼珠，而那眼神带着憎恨和怒意。会是什么人躲在佛像里面？她又看到了老夫人的脸，听安伯平说她是墨玉的母亲，就明白了。

她当然想到墨玉是在佛堂陪母亲，结果听说大公子带了她来，以墨玉的心性肯定不想走，就钻进了佛像中看她。

"风大侠真是心细。多亏有他！"

"是我聪明好不好？要不是我，他能找得到？还好找到了，不然用墨玉的话说，叫我眼睁睁看着他每日来烧香进供，把我熏成干尸！"

太子燕生生打了个寒战，笑道："平安就好，孤会给你报仇。我们回去吧！"

他伸手就要抱永夜。永夜一巴掌拍过去，牵着伤口痛得她龇牙咧嘴，却喘着气道："男女授受不亲，叫俩丫头来！"

太子燕缩回手，他回头瞧了瞧院外的风扬兮，笑了笑："永夜所言极是。"

没过多久，来了几名侍女，弄了软轿抬了永夜走，径直将她送回了驿馆。

茵儿、倚红和一干侍女见永夜回转，又惊又喜，见她受伤，又哭了一场，却总算放了心。

永夜趴在驿馆养伤，宫里又遣太医院的御医瞧伤，用的全是上好伤药，好了之后新的肌肤长出，竟真的没有留下疤痕。

罪被安家三少爷墨玉公子背了，人不知所终，官府已发下海捕文书。皇帝的决定是抄没安家，却因华贵妃整日哭闹，便只抄没了安家大宅，要安家赔了一百万两白银，此事不了了之。

大宅没了，老夫人就宣布分家，安家各房各院分了家财，安伯平分得最大一份，大昌号与济古斋仍在他名下。而庞大的安家却如一把立着的筷子，手一松散了个七七八八。

有能耐肯争气的人好生经营自家的产业；游手好闲的人没了长老约束，花天酒地斗鸡遛狗，渐渐败了。

安家老夫人却自带了一份金银与亲仆，只道是回老家安度晚年，不理安家事务。

而安家大宅内外墙被轰然掀倒，原来精美的院舍有的空着，有的由皇帝赏了人住着，各自修围墙瓜分了土地。

映月湖又重新成了皇家别院。

永夜养伤期间听到安家的一系列变化，不由得冷笑，这回真正得了好处的却是齐国皇帝。她想着就恨，觉得自己白受伤了。

茵儿不明白，永夜懒洋洋地趴在软榻上给她解释："你没去过安家不知道，去了就明白了，整得跟皇宫似的，里面一尊佛像也价值连城，皇帝陛下巴不得安家散了，最好再有个更好的理由抄了安家。一家的金银够一个国家二十年的税收，这么大块肉，不吃看着都流口水。"

茵儿恍然大悟："都是小姐的伤换来的。"

"也好，当成我的嫁妆了。反正我一再叮嘱父王不准送值钱的玩意儿给我，免得赔了女儿又赔嫁妆。"永夜淡笑道。

"公主，风大侠求见。"

"叫他滚！"永夜想起那日风扬兮扬长而去就心头火起。

倚红吓了一跳，择着冰镇葡萄喂永夜。

"倚红，这里无事了，你可以和林都尉返回安国，他家里还有老娘望门等候呢。"永夜含着葡萄，若无其事地说道。

倚红一愣，眼泪哗地涌了出来，跪在永夜身前道："倚红知道，小姐恼了倚红，倚红不是……"

永夜霍然坐起，一巴掌打翻了装葡萄的盘子，勃然色变："我恼你，我如何恼你？你与林都尉为了我千辛万苦活了下来，我如何敢恼你？"

倚红只是抽泣不止。茵儿与她从小一起长大，情谊深厚。永夜向来待她们极好，也从没把她们当下人使唤，几时见她如此发过火？怔了半晌道："小姐，你是恼倚红不肯留在你身边吗？"

永夜望定倚红冷冷一笑，心里又想起揽翠来，痛得难受，拂袖便往屋外走，经过倚红身边时恨声道："我嫁不嫁太子不是你能操心的事。你与林都尉要报他的救命之恩，我不拦着，想回安国我也成全。只是，别再让我知道为什么我上午说爱吃冰镇的葡萄，太子下午就能送一筐篮来！"

她大步离开，再不肯看倚红一眼。

茵儿大惊，捉住倚红的手摇晃着追问："你不知道揽翠伤透了小姐的心？你怎么可以……"

倚红哇地大哭起来："我没有，只是太子关心小姐我才说的，我没有背叛她！我连……一丁点儿陈国的事都没有说出去过。"

茵儿叹了口气，抚着倚红的背安慰着她，轻声说："小姐这些日子喜怒不定，心里似愁苦得很，你别怪她……小姐不喜欢太子殿下，你何苦……"

两人的话声远远传到永夜耳边。风吹过，一片黄叶飘然落下。秋天快到了吗？九月是天高云淡的时候，为什么她的心境还如在似火的夏日中炙烤？

"公主，太子殿下来了。"侍卫长王达立在院中回禀。

永夜没有说话，立在台阶上目光望向天边悠然飘荡的云。

王达又轻声禀道："公主安然无恙的消息传回京都了，皇上与王爷有信传来。"他从怀中掏出两封信来。

永夜接过信展开，李天佑写道："络羽月下抚琴，思及小夜当晚不甚唏嘘。然事已至此，小夜当以安齐和好为重。天远地远魂飞苦，朕怜之。"

永夜扑哧笑出声来，谁成天想你啊？指尖划着信纸，一用力竟戳破了，瞥见王达在旁，便忍住笑，道："八百里加急回陛下，永夜为陛下无怨无悔，以报圣恩。"

王达低头应下，永夜看也没看端王的信，见他要讨回信便笑了："回报王爷，说他生了个好女儿。再问候王妃，说家里就她一个好人。"

王达吓了一跳，这不摆明着骂端王吗？

永夜皱了皱眉，道："要不，就说我只想念她罢。"

王达这才松了口气，行了礼离开。

永夜随手将李天佑的信揉成一团，想了想又揣进了怀里。她拿着端王的信，有些犹豫，她那奸诈的父王想告诉她什么呢？永夜猜了半天才打开了信。信上写着："脚底板那朵花是父王泄的密。"

永夜哂笑，她早知道了，这个老奸诈。再看，上面还写了一段话："齐三十六族族风不同，皇后无意中道齐西泊族至今中秋用活人血祭。回想二十二年前中秋安齐大战，枪挑西泊族长，灭三千西泊战士，得《天脉内经》，唏嘘不已。"

这话什么意思？父王二十二年前中秋与齐大战。从络羽口中意外得知西泊族人也是中秋年年血祭。那一战死伤无数，听说父王砍下的人头几乎把坐骑压趴下。难道，父王怀疑想杀他的游离谷谷主就是这个西泊族的人？她心跳得很快，似乎想到了什么，却又什么也抓不住。但是永夜觉得，她正一步步靠近真相，正一步步揭开游离谷的真面目，心里一阵激动，如果找到游离谷，不就能找到月魄和蔷薇了吗？

"公主！"王达复返，同行的还有马侍郎。

"何事？"

马侍郎笑逐颜开地道："公主，齐皇下旨，将婚期定于中秋。还有十天……"

"我伤势未好，中秋时间太紧！"

马侍郎一心想完成送亲任务早返安国，听永夜这么一说便有些为难，讷讷道：

"请公主以国家为重。"

永夜翻了个白眼。李天佑都没催我，你催什么催？她不耐烦地摆摆手："就这样回。"

马侍郎额头的汗都急了出来，结结巴巴地道："公主……太子殿下与赵大人仍在前厅等候。"

"说我病了，趴在床上呢。"永夜打定主意要赖。她不想进了宫再出走，就这样一赖到底，瞧也不瞧马侍郎脸色，掉头离开。

络羽公主无意中透露的西泊风俗与二十二年前那场大战似乎有千丝万缕的联系，又似乎没有。她打定主意一定要去瞧瞧西泊血祭。中秋，再过十日就是中秋了，怎么可能嫁进宫去？就算不去西泊，她也要走的。就算是孤身漂泊，她也不会嫁给太子燕。

回到寝室，永夜叹了口气。倚红还跪着，茵儿陪着她一起。

"干什么跪着？"

倚红抬起头红着眼道："是倚红错了。"

永夜不知道说什么好，走上前去一手拉一个，将她俩拽了起来。倚红和茵儿腿都麻了，叫了一声又往下倒，永夜干脆把她们扔在了床上，突然想起小时想左拥右抱的念头，嘿嘿一笑，扑上床去，将她们抱了个实在。

"我一直想左拥右抱，今天让我如愿以偿。咱们三个今晚睡一张床吧。"

倚红和茵儿脸涨得通红，拍开永夜的爪子道："小姐越来越不正经，都要嫁人了还闹。"

永夜头枕在脑后，叹气："我不想嫁啊。我还要查游离谷的事，想救蔷薇郡主呢。齐使今天来宣旨，让我中秋进宫。正愁着呢。"

她闭口不提倚红的事，自然而然地化开了尴尬，却是真的犯愁。再离开一次吗？她又该往何处去寻那个西泊族？

"小姐，我的声音你还记得吧？我扮作你出嫁好了。"倚红自告奋勇道。

"不行，这次非同儿戏。代我嫁，迟早会被看出来，我现在是不想嫁。"永夜眼睛一亮，低头在倚红耳边说，"我现在就走，你扮成我装病，他们听到你的声音必以为我还在。"

"小姐，你不是不要我代嫁吗？"

"等到中秋，我不见了，你不吭声，他们也追不上我了。我办完事就回来，不用担心。"永夜哈哈大笑。她要提前离开，不能让任何人知道她去了哪里。也许，这十日能查到西泊族。

倚红叹了口气，她心里有愧，便答应下来。

第四十五章
西泊秋祭

永夜拿了包袱悄悄出了驿馆。她直出圣京西门，往西南方向行去。

初秋的风吹在脸上甚是舒服，出了城门才走三里，她就不舒服了。

风扬兮坐在路边似笑非笑地瞧着她，那匹黑马正悠然地啃着草。

永夜一挥鞭，马疾冲而过，只当没看到这个人。

身后蹄声不绝，风扬兮已追了上来。永夜勒住马怒道："你跟着我干什么？难道又受了太子嘱托前来当保镖？"

风扬兮慢吞吞道："我是去西泊族观秋祭，意外与你同走这条官道而已。公主十日后出嫁，是出来散心的吗？"

永夜眼睛一亮："风大侠，秋祭是什么？好玩吗？"

风扬兮瞟了她一眼道："公主让风某滚，风某自然会离公主远点儿。"说罢策马疾奔。

小气！永夜暗骂，却无奈地跟着。望着风扬兮的背影，她的疑心越来越重。她是为了西泊族秋祭溜出来，可才出门就正巧遇着风扬兮，他明明是在官道等她，却道是去观秋祭。他怎么知道的？难道家里那个老奸诈将这件事又告诉了太子燕？

见风扬兮头也不回走在前面，仿佛根本不怕永夜不跟着他。永夜"哼"了声，看到路旁岔道，一赌气拍马踏上了岔道。她不信，风扬兮不回头找她。

她只知道是往西南走，这条岔道通向何方她也不清楚，只由着马儿顺路往前跑去。一炷香后，她吃惊地回头，风扬兮没有跟上来。永夜犯了嘀咕，难不成真的只是巧合？

要她现在回头去追风扬兮，她可拉不下这个脸，叹了口气想，络羽既然知道西泊族秋祭，应该很多人都会知道，一路问着走吧。

前方出现一个城镇。灰扑扑的城墙，用大青石和黄土垒成。镇子不大也不小，可能是离圣京近的缘故，还算热闹。

永夜在客栈前下了马，拿了包袱走了进去。

桦木方桌被碱水刷得洁白，小二推荐的菜是烤羊腿，酒是当地的高粱酒。永夜用小刀片着羊腿蘸佐料,一片羊肉一口酒。见客栈中吃饭的人穿着打扮带了些异族风情,不觉莞尔。目光不自觉落在一个男子身上。

这人二十左右,相貌平凡,很瘦,穿了身很寻常的布衣。他的吃法与永夜一样,一片羊肉一口酒,辣得满头大汗。他身边摆了口剑,很普通的青锋剑,随便在剑铺都能买到的那种。他似乎感觉到永夜在看他,瞟了永夜一眼,似乎被永夜精致的脸惊得怔了怔,又低头片羊肉。

永夜忍不住笑,挺有趣的一个人。她端着羊腿盘子拿了酒坐到了他身边:"兄台请了!都爱这吃法,一起吃吧。"

那人不作声,继续喝酒吃肉,当永夜不存在。

永夜觉得和一个爱吃的人在一起胃口会非常好。对方不吱声,她也不说话,全身心享受嫩羊腿的美味。酒足饭饱后那人抹抹嘴叫道:"小二结账!"

永夜掏出一锭银子放在桌上笑说:"难得吃这么高兴,兄弟我请了!"

那人奇怪地看着她道:"为什么要你请?"

永夜一愣,吃白食还不肯?她笑道:"兄台请我?"

"我没多余的银子。"

"呵呵,"永夜遇到这样的怪人觉得很开心,也不坚持,目光瞟过那人的剑,问道,"兄台可知有个西泊族,要进行秋祭?"

"哼!"那人突然色变,咬牙切齿道,"在下正是去见识西泊族的活人血祭!"

永夜大喜,瞎猫遇到死耗子,这个人居然也是去看西泊秋祭。她小心地问道:"看兄台模样,似对这秋祭颇为不满?"

"自然!以少女为祭品,放干少女的血,这样的祭法,在下一定要去阻止!"那人狠狠地拍了下桌子,震得酒碗杯碟跳了起来。

永夜听了不觉皱眉:"难道没有王法了吗?"

"王法?这西泊族是深山异族,王法管不了。"

"是族里的少女吗?"

"不知。"

永夜笑道:"在下想与兄台同往,不知可否?"

那人上下打量了下永夜,讥讽道:"不是在下不允,公子身体单薄,乃文弱书生。在下是去阻止秋祭的,带上公子恐有不便。"

永夜点点头,心想,我便跟着你好了。她也不多说,遗憾地摇摇头,开了房间住下了。

第二日,那人上马西行,永夜便远远地跟在后面。

越往西行,地势越陡,由平原到丘陵,再见到莽莽大山。

到了山脚下一个小镇歇脚的时候,那人终于走到永夜面前坐下:"这位公子,看你衣饰华贵,出身定是富贵人家。你纵然好奇,却不能再跟着我上山了,这里是原始森林,甚是凶险,你还是回去吧。"

永夜笑眯眯地看着他道:"在下姓李,兄台贵姓?"

"鄙姓洪。"

"在下此行一路跟随洪兄,就是想瞧瞧西泊族的秋祭。明日就是中秋了吧?既然已经到了这里,岂有再返回的道理?洪兄是去阻止秋祭,在下则是去看热闹,不妨事的。"

洪公子看着永夜,叹了口气,摇摇头走了。

一觉睡醒,淡淡的阳光从林间洒落,远处的山林充满了生机。永夜跟着洪公子上了山。走到山路狭窄处,便弃马步行。

前往西泊族驻地的人似乎很多,且带有兵器者也多。永夜不免讶异地问道:"洪公子,难不成这么多人都为了伸张正义而来?"

洪公子冷笑一声道:"传说西泊秋祭,血洒落祭祀台之后,最终会流向一汪血泉,血泉之中常年浸有各种毒物和药材,据说喝过血泉水的人功力会增长,所以武林人士也竞相前来,除了看热闹之外,更以饮得血泉水为目的。西泊族人也好客,只要不打扰他们的血祭,完了会赠一碗血泉水。"

永夜啧啧称奇,想来血泉定是浸了些补药。永夜想冷笑,这么多武林人士为了一碗血泉水就不顾可怜少女的性命,人真是自私的动物。

风扬兮不会也要喝一碗血泉水吧?永夜情不自禁想起风扬兮的吻,再想到血泉,心口泛起一阵恶心。

"这么多江湖人士都为求一碗血泉水,洪公子不怕惹了众怒?"

"洪某不怕,虽然以前也有过想伸张正义的江湖人士被当场杀死,但我辈纵是身死,又怎么能眼睁睁看着这种事年年发生?"

永夜眼珠一转道:"洪公子想如何破坏?"

洪公子冷笑道:"我打算去救今天被血祭的少女。"

"呵呵,这法子好,釜底抽薪,让他们没有可供血祭的人。在下助公子一臂之力吧。"

洪公子怀疑地看看永夜,摇了摇头。永夜见他不信,随手折了根树枝,听到右侧鸟叫,瞧也不瞧扬手甩出。鸟叫声立止,洪公子瞪大了眼看着永夜,目光由惊诧变得佩服,当即把自己的想法一一告知永夜。

两人商议停当，再走了一段山路，听到了密集的鼓声和一阵怪异的歌声，知道西泊族的驻地到了。

翻过山坳，眼前视野开阔。河谷平原上坐落着大大小小的灰白色石头房子。

洪公子道："这里就是西泊村寨，正中就是祭祀场地。"

永夜顺着他手指的方向看去，在石头房子的正中有座圆形的广场，堆成方形的石台。四周竖着很多木头桩子，在石台上又有三根高大的木桩。顶部抹了金粉，在夕阳照耀下闪闪发光。

他俩随着三三两两的外来观礼者陆续进了村寨，在广场四周的棚子里找了处角落坐下，就有西泊族的人捧了水酒食物送来，极是热情。

永夜四处观看，见西泊族人穿着彩锦短襦，配以兽皮装饰，脸上画满色彩，好奇地问道："平时这些人都这样画花了脸？"

"就中秋祭才会如此。"

永夜若有所思地点点头，若有游离谷里的人也同样可以画花了脸让人认不出来。她不想易容，正愁找不到游离谷的踪影，永夜巴不得有人认出她来。

入夜时分，寨子空地上燃起了数堆篝火，映得广场上的祭祀柱子格外狰狞。

一轮明月缓缓升起，鼓声更急，西泊族人围绕着祭祀台跳起了舞。永夜觉得这种粗犷豪放的舞蹈有点儿像古老的图腾崇拜。

她抬起头，石台高约两丈。火光下显出一种深褐色，不知道是不是因年年血祭被鲜血染成了这样。石台四角雕有兽头，兽嘴对着下方一圈石槽。又各以兽头引出，下方置白色石盆，盆口再雕石兽吞口，如此重复九层，才在正南方流进一白色的兽头中，下面露出一个合抱的贝壳状的玉石盆。火光映照，玉石乳白色近乎透明，里面似装有液体。

这时鼓声一变，狂热而急躁。

石台上不知从何处窜出来一名穿着更为花哨的祭司，个子高大，锦衣长袍，戴了个狰狞的面具。他的手对月缓缓展开，下方贝壳状的玉石盆也缓缓打开。

永夜听到四周一片哗然，观礼的人几乎全站了起来，伸长了脖子观看。她目力异乎常人，凝神一看，玉石盆中荡漾着一汪暗红色的液体。

不知为何，打开之后，这液体飘出的味道却不是血的味道，而是一种异香，在空气里弥漫开来，人嗅了竟有种极舒服的感觉从四肢百骸懒洋洋地散开。

永夜一皱眉闭住了呼吸，撕下布块用茶水打湿，便要捂住口鼻。洪公子笑着拦住了她："此香无毒，只是安神。"

"洪公子对这里甚是了解？"

"我要阻止血祭自然事先打听清楚了！"

石台上的祭司不知道对着月亮嘀咕了些什么。永夜见他双手一挥，指尖冒出两团蓝色的火焰，再一弹，引燃了石台下面的一堆篝火。鼓声更急，西泊族人的欢呼声更烈，连身边不少江湖人士也惊叹起来。

永夜忍不住笑，以磷引火有什么好奇怪的？神棍而已。

火堆燃起后，一行西泊族人抬了些东西往火里扔，不一会儿，传来烧面食的香味，永夜扑哧一声笑了起来。原来往火里扔的全是面捏的三畜等物，估计等祭祀结束就当烤馒头吃了。

鼓声突然停了，站在石台上的祭司念了一长段听不懂的祭文。只见几个西泊族的汉子光着膀子拿着雪亮的刀上了石台，分立在正中祭祀柱的左右，永夜马上紧张起来，祭祀要开始了。

祭司的声音似念经又似在唱歌，声音突然高亢，石台正中吊起一名白衣少女。

她的头低垂着，长发挡住了她的面容，白袍掩映下露出一双笔直匀称的腿。

月光缓缓升到头顶，河谷风吹过，撩开她的发丝，一张娇美苍白的脸出现在月光下。永夜的心脏似与皮鼓同时敲响，跳得厉害。她万万没有想到，血祭的对象会是蔷薇！

"血祭马上要开始了，赶紧去救人。"

"你拦住下面的人，尽可能不要让他们靠近石台。"

"石台下肯定有机关，我们从下面进去。"洪公子脸上闪动着精明的光。

永夜望了眼蔷薇，不想让她一个人待在上面，犹豫了下道："你从下面进去，我在上面接应。"

洪公子愣了愣低声应下，身形一晃便没了踪影，竟然是个高手。

鼓声再次响起，雄浑凝重。

蔷薇身边的西泊族人已跪下，双手举起手中的刀。刀薄而利，在月光下闪动着银芒。他们脸上的五彩花纹显出一种狰狞的色彩。

永夜往四周看了看，没看到风扬兮的身影。她等不及他了，掌中暗扣飞刀，盯着石台上的祭司毫不犹豫地射出飞刀，身体微弓像射出的箭一般冲向石台。

那祭司只微微侧身避过，手中权杖直压向永夜。

永夜轻飘飘地金鸡独立般站在杖上，飞刀化为光网，瞬间，蔷薇周围的大汉便中刀倒下。她暗暗称奇，这名祭司武功还行，台上的人却不堪一击。

脚下权杖大力涌来，她足尖一点飞落在蔷薇身前。见祭司怒目而视，口中不知吼了些什么，石台下的西泊族人与不少江湖人士提了武器向石台奔来。

永夜伸手入怀，笑了笑，黑色的雷爆弹轰然炸响，更将石台那汪血泉炸开，引得下面又一阵怒吼声。她袖刀出手便去斩系住蔷薇的绳索。只听到"叮"的脆响，她仔细一看，竟是铁索。脑后风声响起，她没有回头，又是一枚飞刀激射而出，身后传来祭司的惨叫。

永夜抬起蔷薇下巴，见她双目紧闭，气若游丝。她急得大喊："你醒醒，蔷薇，是我，永夜！"

蔷薇迷茫地睁开眼，目光中有着害怕有着欣慰有着不敢置信，嘴哆嗦着才要开口说话，足下一空落出一个大洞，人飞快地掉了下去。

永夜紧跟着跃了下去。她在空中用力往上一提，搂住了蔷薇。

下面是间地室，墙上的铁盆子里烧着两个油盆，火光缥缈，在地室石墙上投下了重重暗影，显得格外阴森。潮湿的空气里飘浮着血腥腐烂的臭味，令人作呕。

洪公子正站在绞盘处与人厮杀。

永夜顾不上他，放下蔷薇就去解铁索，这时角落里一个细微声音响起："星魂！"

那声音震散了永夜的神志，她呆呆地转过头，地室黑暗的角落里露出一角月白色的袍子，一个人靠坐在墙边，脸隐在黑暗中，那双眼睛带着说不出的情感静静地瞅着她。

这世上只有他一人这般叫她星魂，世上只有他的眼眸，像月光下的湖，安宁温柔。可是今天她的目力过人，在这昏暗的地室虽瞧不清他的脸，只有那双眼眸，幽幽泛着相思怨怼，像风雨中豆大的油灯，看似明亮，实则转眼就会被风雨吹得熄灭。

永夜忘记了手中的蔷薇，忘记了周围的厮杀，愣愣地与月魄对视着。

"快点儿救人！"洪公子手忙脚乱地喊。

永夜回过神，望着地上昏迷的蔷薇冲角落里吼了声："月魄你等我！"她解了一半才发现有只铁锁锁住了蔷薇的手，永夜强迫自己静心，扯下发间钢丝去开锁孔。

"我抵挡不住了，快点儿！"

耳旁的砍杀声，外面高叫的声音，角落里的月魄，不省人事的蔷薇……永夜的手在发抖。从外面冲进来的人越来越多，甚至还有江湖人士。洪公子大声喊着，身上已挂了彩，血流如注，边打边退向永夜。

一切像慢镜头一般在永夜眼前播放，一种无力感从心底里升起。

"风扬兮！"永夜泪涌出来，抬头大吼。他为什么还不来？永夜无力地扯着铁锁，望着角落里的眼眸急得满头大汗。

蔷薇终于一动，轻轻喊了她一声："永夜哥哥！"

这一声敲碎了永夜的心神，她蓦然回神，来不及答她，又感觉背后刀砍来的风声，没有回头飞刀便射出，又听到一声惨叫。她瞥见绞盘，心中一动，抱了蔷薇脚尖一点拉住绞索猛地从地室开口处飞了出去，目光回望，看到角落里月魄望着她的眼睛满是离愁。

明亮的月光下，石台上再次升起两个人影，一人紫衣飘飘，另一个却是身着白衣的女子。无数的人向石台冲了过来。

永夜紧紧抱着蔷薇。她斩不断铁索，暗器总有扔完的时候，下方地室深处，月魄和热心的洪公子还在。她望着蔷薇心急如焚。

一枚暗器划破风声袭来，永夜一脚踢开，心里急得要命，大吼出声："风扬兮，你再不来，我就死这儿了！"

一道黑影闪过，几个纵落稳稳站在了石台上。风吹起他的黑袍，风扬兮睥睨台下众人，提气喝道："风扬兮在此，有人想试试风某的剑吗？"

他像天神一样站在石台上，横剑在手，如天神一般的气概镇住了头脑发热的江湖人士。血泉已毁，想讨得一碗血泉水的人被他一喝脑袋随之一清，打不过风扬兮，何苦为了没有着落的东西拼命？一个人后退，跟风的人越来越多，收了武器，遗憾地看了眼被毁掉的血泉后陆续下山。然而西泊族人如何肯善罢甘休？狂吼着一拥而上。

这时，不远处的山坡上亮起繁星般的火把。风扬兮冷笑："再上前一步，世上将再无西泊族。"

那些西泊族人呆愕了片刻，又挥动武器攻上。

风扬兮冷冷地瞧着他们没动。突然从村寨中射出羽箭，无数的官兵冲杀进来。

永夜放心地看了眼蔷薇，有风扬兮在，她不用再担心她，足尖一点，跃进地室。

"月魄！"永夜只喊了一声就愣住。

这里是这样安静，地室中只有满地的死尸。

永夜奔向月魄的角落，明明没有看到那角月白衣裳，她却不死心。

"咳！"地室中响起一声咳嗽，永夜回头，洪公子掀开压在身上的死尸摇摇晃晃站起来，指着地室一角道："有暗道。"

永夜冲过去，一丝地道里的阴冷潮湿的风吹来，她找到了扇暗门。

洪公子喘了口气，艰难说道："来了几个人……带走了！"

永夜呆呆地看着暗门后黑洞洞的入口，一咬牙便要进去。

"永夜，蔷薇不行了，你快来！"风扬兮在上方石台洞口处喊她。

蔷薇不行了？永夜停住了脚步，幽幽的风吹来，她一激灵，身上冒出一层小疙瘩，心里一个声音提醒她，月魄就在前面，她追得上，她一定追得上。

"你快点儿！"风扬兮大吼。

永夜的腿艰难地从地道入口处收回。她抬头，风扬兮神情焦急，她低下头，一滴泪顺着脸颊滑下。"月魄！"永夜冲着地道入口嘶声大喊，空洞洞的地道幽幽回荡着她的喊声。

月魄的声音还在耳边，他叫着她的名字，这是他最后一次叫她吗？月魄的目光像头顶的月光，淡而浮，似地室中最亮的一点，却连他的身影也照不亮。

永夜硬逼着自己不要再想，跃出地室。

石台上蔷薇似浮在月光中。

周围站满了沉默的士兵。太子燕站在不远处，静静地看着这一切。

永夜有点儿不敢过去，每走近蔷薇一步，她的愧疚就多一分。她迟疑地轻唤着："我是永夜，蔷薇。"

蔷薇倒在风扬兮怀里，他的手一刻没离开过她的背心。蔷薇还吊着一口气，全靠他一直以内力支撑着她。

"她体内有毒，估计是在血祭前服下的，这会儿不行了。"

永夜不敢置信地看着蔷薇，她杀了那么多人，却从来没有像现在这样害怕面对死亡。她没办法接受这样一个现实，蔷薇会死？那个六岁时扬着雪白的脸、有着乌木一般的头发、白雪公主似的娇嫩女孩儿会死？

蔷薇的娇憨痴情猛然冲进永夜的脑中。她才十五岁啊！永夜想开口，却一句话也说不出来，手轻摇着蔷薇的身体，一直摇晃着她，喉咙在瞬间肿胀，堵着的一口气找不到发泄的地方冲进了眼眶。

她瞧着自己的泪大滴大滴地落在蔷薇脸上。

她第一次明白什么叫泪如雨下。

不是春日的绵雨，不是秋日的苦雨，是夏天的阵雨，毫无预警大滴大滴地砸下。不是她想哭，她已经没有哭的感觉。

蔷薇没有动静，永夜极希望她能动一动，哪怕动一动也能让她知道她还是活着的生命。

"蔷薇……"永夜喊了她一声，便再也说不出话来。

风扬兮怜惜地看着她，永夜在他眼中无时无刻不是神采飞扬。她智慧，她聪明，她狡猾多变，就算是软弱，她也会咬牙挺着。他从来没见过她哭得这般伤心。

风扬兮心中缓缓生出一丝痛楚，针扎似的痛，手禁不住抖了下，他一咬牙又将那股痛压了回去，内力没有一刻中断过。他不想让永夜失望，不想让蔷薇断了那口气。

蔷薇睫毛颤抖着，秀眉轻拧，似十分痛苦。

永夜见了却一阵狂喜，蓦然大吼："蔷薇，你睁开眼！我是永夜！我带你回家！"

一句话说完,声音已哽住。风扬兮说她不行了,蔷薇就肯定没救了,她如何带她回家?

　　"永夜哥哥……"蔷薇闭着眼呢喃。

　　永夜抹去脸上的泪,连声应道:"我在呢,蔷薇,我是你永夜哥哥。"

　　蔷薇没有应声,白着一张脸,似要昏睡下去。

　　永夜大急,掐着她的人中,希望她能醒一醒。

　　蔷薇的眼睛微微睁开又无力地闭上,轻声说:"我想回家……"

　　"好,我带你回家。回去我就娶你。蔷薇,你撑着别睡。我们马上就回安国,我一直喜欢你,我从来没有不喜欢你,听到了吗?蔷薇!"

　　蔷微唇边露出一个极美的笑容,目光迷离似乎看到了渴望多年的一切。蔷薇恍惚地想着,永夜的脸似乎就在眼前,声音远得像梦里一样。她抱歉地看着永夜喃喃道:"永夜哥哥……我又做梦了……你没有太子哥哥对我好……"

　　李天瑞!是啊,李天瑞再不好,他对蔷薇却一直很好。永夜的脸变得惨白,她大声说:"我比他好,我会比他对你更好!蔷薇,我带你回家,回家我就娶你,我只娶你一个,我让你当母老虎,你说什么我都听你的!"

　　台下的太子燕怜悯地望着永夜,没有一个人发笑。

　　浑身是血从地室里爬出来的洪公子望着永夜,眼中涌出一种同情,听她哄着蔷薇,看着她脸上泪如泉涌,洪公子怅然出神。

　　蔷薇被逗笑了,短促的笑声,引起一声闷咳,胸口似被一只手使劲抓着,透不过气来,她痛苦地摇了摇头,眼前又出现了幻影,这些日子,她总是在做梦,现在仿佛又回到了六岁那年的夜晚,天空炸开烟火,画出鱼龙车马。迷离美景,似乎又回到了静安侯府,爹娘宠爱、哥哥们呵护的日子。

　　"蔷薇,我从来没说过,其实我喜欢你,一直都喜欢你。你不要有事……"永夜哽咽,蔷薇的眼神她看不懂,蔷薇像沉浸在自己的世界,双眸爆发出神采,似想起了什么高兴的事,脸上带着花一般美丽的笑容。永夜心里清楚,不过是回光返照罢了。

　　她抬起头,正对上风扬兮纸一样惨白的脸,他也在伤心,也知道蔷薇快要死了吗?

　　手上一紧,蔷薇竟捉住她的手,眼中那种梦一样迷离的神色消失了,像突然清醒了过来。她张开嘴想说话却一口鲜血喷在了永夜脸上,蔷薇的身体似痉挛般抽搐了下,喉间挣扎着说出一个字:"竹……"她似再也说不出来,目光焦急地看着永夜,泛起泪光。

　　蔷薇的表情像那日被她戳烂的竹片,带着毛刺戳进了永夜心里。她抹了把脸上的血,握住蔷薇的手,一字字说道:"我看到了,我看明白了。我发誓……一定报仇!蔷薇,不怕……不要怕……你不会有事……我这就带你回家。我们回安国去!我娶你,我陪着你,再也不会把你一个人扔下……"

蔷薇贪恋地望着永夜,她的嘴唇动了动,目光从永夜脸上望向天上的明月,满是悲哀,然后眸子中的光亮像乌云遮住的月光,瞬间黯淡。

风扬兮叹息一声,轻轻将她放在地上。再看永夜,她已经傻了。

"永夜……"他不知道怎么安慰她,伸手握住她的手,觉得手凉得似触到了冰。风扬兮一阵心疼,将永夜紧紧抱进了怀中,叫着她的名字,一遍又一遍。

永夜木然地看着他,喃喃道:"你跑哪儿去了?你为什么不早点儿来?!"

风扬兮沉默了,没有回答。他已经尽力了,来的路上遇到了五次阻击,还中了毒。他一直用内力勉强压着,此刻内力一直源源不断输给蔷薇,他很疲倦,似乎有点儿镇不住体内的毒素了。

永夜缓缓站起身,蔷薇就这样躺在冰冷的石台上,身后那个黑幽幽的洞口下方,月魄的目光正在消失。她有些茫然,一步步向洞口走去。

风扬兮望着她,心里的痛大过了中毒的痛,她就这样关心月魄?她对着地道口撕心裂肺地呼喊着月魄,她心里只有他吗?风扬兮张嘴想喊,口中喷出一股血来。石台下被惊起一片哗然,太子燕吓了一跳,边喊边冲了过来:"扬兮!"

永夜机械地回头,风扬兮的血大半喷在蔷薇身上,溅在白袍上的竟是蓝色的血,那血色如此熟悉。

太子燕抱起风扬兮急得大喊:"御医!人呢?"

一个御医早冲到石台边上,看到那股蓝色的血也傻了。

"他中什么毒了?!"

御医跪下,全身发抖,他不知道。

"九转还魂草,他必须服九转还魂草!"永夜风一般回到风扬兮身边,声音尖锐而急促得都不像她自己的声音了。风扬兮以内力撑着蔷薇,天知道他用内力时会有多痛。

永夜中过这毒,自然知道厉害。看到风扬兮苍白的脸,那种慌乱像潮水般淹没了她。她连声吼着:"快去找,这山上有,问这里的人!没有就快马去取,快一点儿,他……他用了内力撑不过三天!"

"还不快去!"太子燕焦急万分。

风扬兮目光平静地看着永夜,轻笑了笑:"不用内力就无事。永夜,你怎么不去了?"

永夜控制自己不去看背后那个洞口，那是她的深渊，她想跳下去，却不能了。她静静地看着风扬兮，也笑了笑："追不上了，他……不会死，我不能扔下蔷薇。你……痛不痛？"

风扬兮蓦然大笑，血一口口喷出："我没事，这么多人，不是还有九转还魂草吗？又不是无解的毒！"

那笑声张扬中含着怒意，刺得永夜一跳。他的眼神为什么会变得这样陌生而凌厉？像在极远的地方看她。

永夜不知所措，她不是想着月魄，她只是想要一个答案……风扬兮的眼里盛满伤心，永夜哆嗦了下，想伸手握住他的，却又在他的眼神下退缩。她扭过头伸手抱起了蔷薇："你无事就好，我要带蔷薇回家。"

永夜摇晃着站起来，伸手抱起蔷薇，她轻若无骨。蔷薇受了什么样的罪，都是她害的，都是她。

"永夜！"太子燕忍不住出声唤她。她怎么可能抱着蔷薇走下山回去？

永夜听到了，她不想回头，不想再看到风扬兮的眼睛。他怪她为了月魄神魂颠倒，弃他不顾，甚至弃蔷薇不顾。她就这样扔下了他和蔷薇，还想着去追月魄。

她难受，为蔷薇难受，为风扬兮难受。

一个因为她而死，一个因为她中毒重伤。他们真的及不上月魄重要吗？永夜想对风扬兮说，不是这样的。瞧着蔷薇，她什么话也说不出口，她没有资格。

月光照下来，手中的蔷薇也像月光一般轻飘飘的。永夜一低头，眼泪扑簌簌落在蔷薇脸上。

抱着她走下石台，永夜想起六岁的蔷薇从锦凳上跳下来大声说她喜欢自己，想起蔷薇每次纠缠被自己甩了一次又一次还无怨无悔。

她为了自己无怨无悔地被月魄使唤，为了自己和月魄远赴齐国。

她居然死在这里。如果自己没有来，她还会死吗？永夜摇了摇头，如果自己不来，游离谷不会这样让蔷薇死，绝不会。他们就要让她死在自己眼前，是的，一定是这样。

永夜走着走着腿一软，跪在地上，抱着蔷薇号啕大哭起来。

她一心想找到蔷薇和月魄，她没有易容，巴不得游离谷的人认出她来，好知道游离谷的行踪。可是，为什么会是这样？

如果早知道是这样，她宁可一生都不追查游离谷，她宁可他们擒了她，哪怕关着她，她也不要蔷薇死！

没有人来劝她，也没有人拉她。广场上静静地飘荡着永夜的哭声，直到她哭得累了，抱着蔷薇睡了过去。

第四十六章

永夜倾城

秋风漫卷，叶飘零。

秋日的风吹走了云彩，露出天空如洗，也吹走了永夜心里的色彩，只留下重重的黑暗。

她望着窗外的落叶想，她从来没有见过蔷薇这般单纯的女孩子。从六岁起说喜欢她，从来没有不爱她。爱上她有什么好？她只会一次次甩了她，每一次都是小小的伎俩，就能把她支得老远。她从来没给过蔷薇希望，蔷薇却从来没有放弃过希望。哪怕对她好一点儿，一丁点儿，她都欣喜若狂。

蔷薇不愿意嫁给李天瑞，出逃时还穿着那件柔红色裙衫，是自己为了甩了她随手指的一件。

她骗她中了月魄的蛊毒，给她夹菜，问她一句好不好，她都可以趴在桌上感动得哭。那张脸，她现在还记得，像雨后的花儿那般娇艳。

和月魄去陈国前，她记得蔷薇甜甜地笑着说："永夜哥哥你放心，在没拿到解药之前我舍了性命也会保护好他，他不死，你就不会死。"

可是，月魄没死，自己没死，她却死了。

她在小巷院子里口口声声叫她永夜哥哥。

蔷薇临死前还叫她永夜哥哥。

她到死也不知道她爱上的是个女人，她连告诉她自己真实面目的机会都没有，她连携了她的手一起去逛街买钗环裙饰的机会都没有。

她说，她想回家。

风扬兮带着怒意的笑回荡在耳边。

月魄望过来的淡淡目光同时落在了心底。

那道石门后的地道，近在咫尺，又远在天涯。如果她追出去，会不会见到他？如果她见到他，会不会还有现在的遗憾？

她不敢想，不敢想下去。

第四十六章

月魄的目光像那晚洒在蔷薇身上的月光般温柔，是永夜心里最柔软的一块地方，柔软得轻轻吹口气，都会像刀子刮过一般惊起痛楚。

一幕幕画面带着无与伦比的冲击力不受控制地冲进永夜的脑海，让她悔，让她恨。

"小姐！"倚红和茵儿担忧地看着永夜。

永夜回来已经三天了，遣人送蔷薇回安国后，永夜就一直坐在窗前发呆。

茵儿看了眼倚红道："那位洪公子没事了，御医说都是外伤，养些天就好了。他不愿留下来，已经走了。"

"风大侠呢？"永夜安静地问道。其实她不必问的，风扬兮这般帮着太子燕，太子燕会找来九转还魂草替他解毒。他武功高强，一定不会有事，可是她忍不住想问。

他中了毒，还一直撑着来。如果没有他，永夜不敢肯定自己能全身而退，哪怕他招来了太子燕。他是为了灭游离谷才撑着来的吗？

"问你们话呢！风大侠呢？"永夜又问了一次。

茵儿低着头讷讷道："在天牢里。"

"嗯？"永夜怀疑自己听错了。

"听马大人说，风大侠的毒解了，没事。可是皇上大怒，说他勾……说他携小姐私奔，就……"

永夜霍然站起："传马大人！"

她大步走向前厅，太子燕怎么会恩将仇报，做出这等事？风扬兮帮过他多少回！永夜心里愤怒无比。

马大人在前厅。

齐国赵大人也在前厅。

永夜冷冷地瞧着赵大人，讥讽道："大人又是来宣旨的吗？"

赵大人笑了笑："永安公主接旨！"

永夜瞪着他，直挺挺跪了下去。

"钦赐安国永安公主为齐国太子正妃，主东宫鸾殿，赐玉册金印！钦此！"赵大人读完圣旨，回头示意。

一名内侍捧着玉册金印进来，黄绫上的物什惊得永夜跳了起来："什么意思？"

"皇上说好事多磨，公主入圣京已近两月，虽然中秋没有入宫，却已昭告天下，公主已是我齐国太子妃。今日嘱臣送来玉册金印，请公主准备一下，明日大内便来人接公主进宫。"赵大人谦卑地笑道，"公主接旨吧！"

永夜望着玉册金印如同望着洪水猛兽。她本无意嫁给太子燕，更不想在这个时候进齐皇宫。她后退了半步,傲然道:"不接。"

赵大人似早已料到,微笑道:"微臣转太子殿下的话,殿下说,公主可以不接,如果公主不在意风扬兮的命。下官话已带到,告辞。"

内侍恭敬地托着玉册金印没有离开。

永夜怒极,一巴掌打翻了托盘,想起父王说过:"齐国也不止他一个皇子,能当上太子的人,也差不到哪儿去。永夜别怪父王没提醒你,不要小瞧了任何人。"太子燕是看上去斯文秀弱,其实无所不用其极的小人吗?

内侍吓得去拾玉册金印,马大人站在一旁对永夜的脾气只能摇头叹气。

永夜冷冷地看着内侍,心里却想着风扬兮。她出声问道:"你还没走,是否太子殿下嘱咐过你?"

那内侍赶紧跪下回话:"殿下道,他在驿馆外等着公主。"

永夜"哼"了声,往外走去。

太子燕骑在马上,温柔地请永夜上轿。

永夜再一次认认真真打量这位齐国太子。苍白文弱的脸,温和的笑容,瘦削的身材,除了身上那套黑色滚红边衮龙纹的服饰,她实在没看出他有哪点儿像一国太子。太子在陈皇宫的模样与眼前一般无二。

最初在陈国她是为了在齐国圣京的月魄才刻意与他结交;第二次独处则是在安国,她当他是个能聊天的对象。

嫁给他?这个男人?纵然他使手段,耍心机,她不买账他又能如何?永夜不屑地钻进了轿子,根本不问他要带她去哪里。

太子燕骑马走在轿子旁却忍不住好奇:"你知道我要带你去哪里?"

"你会不会挑了他的手筋脚筋穿了他的琵琶骨?"

太子燕怔了怔,自嘲地说:"这般残忍的事,孤做不出来,要做,也是皇上下旨。"

永夜默然。难道真的是齐皇的意思?以那日石台上太子燕流露出的对风扬兮的关心,他应该不会做,齐皇……是因为自己来到圣京三番五次惹事,才怒的吗?

来到阴暗潮湿的牢房里,永夜细心地观察着周围的一切,士兵的布置,天牢的布局,盘算着能否救了风扬兮出去。

她忍不住苦笑,怎么每一次都要受人胁迫?她是个刺客,是个冷血的刺客,她怎么就能有这么多短处被人捏着?

"这里一共有八重,风扬兮被关在最里面一重,只有武功极高又极危险的犯人才会被关在那里。"太子燕好心地解释道,"还有,从外面到里面一共有十六道关卡,永夜,你想劫他出去,不太可能。孤不希望你劫天牢,会让朝野哗然,你还会受伤,永夜听了想笑，突然出手，袖刀轻轻松松逼在了太子燕的脖子上："我挟持你如何？"

太子燕吓了一跳，不安地看着周围已拔出刀来的狱卒斥道："公主和我闹着玩的，把兵器放下。"

"你怎么不以为我是当真的？"

"永夜，你逼着我也没用，又不是我把他关起来的，是皇上！"太子燕梗着脖子说道，"皇上要这样做，我没办法。你先把刀放下。"

永夜收了刀，望着最后一重铁栅栏停住了脚："他有事吗？"

太子燕接连摆手："没事，不过，皇上说，如果你明日不进宫，不做太子妃，他就会杀了他。"

他没有事，他知道她站在离他不远的地方吗？永夜看着面前的铁栅栏，只要她想，她就能走过去，走到他的身边。脑中晃过风扬兮在西泊祭台上的笑声，他恼她。他被她牵连了，因为她不肯入宫，所以齐皇趁他中毒将他下了天牢。永夜轻叹了口气。

去见他又能怎样？告诉他，她会为了他嫁给太子燕？

永夜盯着太子燕问道："你喜欢我？真的？"

太子燕的脸瞬间红了，期期艾艾半晌才道："永夜你……很美！"

永夜朗声大笑，转过了身道："我不见他了，明日我进宫，做太子妃。"

太子燕似乎很吃惊于她的决定，跟在身后不停地问："为什么？你为什么不见见他？你为什么要嫁给我？是喜欢他，怕他被皇上杀了吗？"

永夜悠然道："你管不住我，这是其一；你很有钱，这是其二；你还有权势，这是其三。一个能给我钱给我权还管不住我的丈夫，我想，当太子妃肯定很好玩。"

太子燕愣住，他不死心地说："我知道你是为了他，你怕他死了，所以才愿意的，不是吗？"

永夜不回答，太子燕跟在她身后唠叨道："我早就看出来了，你让他给你治伤，我抱你一下都不行；他中毒倒下，你的手还一直握着他的……"

"你有完没完？"永夜大吼一声，轻蔑地看着太子燕目瞪口呆的模样道，"我喜欢他又如何？你还要娶个敢当你面说喜欢别的男人的女人，你不难受？"

"可是你都不想看他！"太子燕小声地说道，似乎永夜这一举动又让他燃起了希望。

永夜被他的逻辑彻底打败，她瞪着他一字字说道："我是怕看见他被关在牢里的邋遢样心疼！懂了吗？心疼！"

她扬长而去。

身后太子燕还在喃喃重复她的话。

永夜听在耳朵里突然泪湿。她真的喜欢上风扬兮了吗？为什么她会为他紧张？为什么她是真的心疼？原来她已经喜欢上他。她喜欢的，不是那个她念着记着要一起过平安日子的人，不是那个她还念着换了女装第一个让他瞧见的人。

永夜心酸不已。

她不想见他吗？她想的，可是她很怕风扬兮知道，知道她会为了他嫁给太子燕。等他自由的时候，她已经是东宫的女主人，尊贵的太子妃了。

她不像他，对这些礼法通通不管。可是他会在意，会在意她嫁给了太子。

永夜停住脚，回头望着站在原地的太子燕。他并不喜欢她，娶她也许是因为她的容貌，也许是因为她是安国端王的女儿。他不是坏人，甚至不是一个令人讨厌的人。但是，他永远不会明白，娶一个自己不爱，也不爱自己的女人不是幸福。

太子燕慢慢走近她，看到了永夜眼中的泪光，似有些歉疚，良久不知道说什么好。

"明日，我要看到他生龙活虎的，否则，就算我进宫，我保证也会离开，除非你砍了我的腿。"

太子燕一愣，赶紧答道："我会告诉皇上。"他犹豫了下道，"永夜，吉服已送至驿馆，你若还穿男装的话，我怕皇上会大怒，不会放了风扬兮。"

永夜不再说话。

太阳落下，再升起，一个昼夜就这么过去了。

风吹落屋前的梧桐，已是落叶萧萧的时节。

秋的季节也是收获的季节，她收获了些什么呢？不停地挣扎在各种旋涡中，不断地经历别离。

也许，秋天，收获的就是别离，果实与枝叶的别离，幸福因死亡而别离。

永夜想起曾经在陈国对倚红说，她讨厌别离。

"小姐，该换吉服了。"茵儿和倚红并一干侍女静静地伫立在永夜寝殿。

衣架上挂着一件大红描金镶深红色滚边的吉服，遍绣金色凤凰。

深衣罗裙拖着长长袍边的外袍像凤凰的彩尾，穿上这个，就是普通女人也会满身华彩。永夜撑着下巴望着衣架上的吉服看了一个晚上。她遗憾地想，月魄真的看不到她第一次穿女装的样子了。因为，她一定要救风扬兮，为了风扬兮换身衣裳又有什么。她没办法想象一个像苍鹰一样自由的男人会被困在阴暗的天牢中。只要这样一想，她

第四十六章

就会觉得难过。

"茵儿,将衣裳拿来吧。"

"是!"

沙漏的沙窸窸窣窣漏下,时间一点点过去。

驿馆外车马在等,屋外马侍郎、王达与所有的侍卫在等,屋内所有的侍女在等。

秋日的夕阳消失了颜色,天空由橙变紫渐渐地呈现出一种灰蓝色。

永夜寝殿的大门霍然大开,永夜缓步走出。

她生平第一次穿上了女装。

云髻高耸,插了支金凤簪,精巧的金丝盘成凤凰展翅状,凤口衔珠,长长的珠串从耳际垂下,在灯光中熠熠生辉,修了眉若远山,点了唇如八月红樱。

宫灯照亮的院子,衬得她一身月白色礼服泛着晨曦般微蓝的光华。长长的裙裾拖在一丈开外,衣服上用银线绣满星月。每走一步,星光闪烁。

永夜仿佛将满天星辰披在了身上。

这是茵儿与倚红还有三十名侍女赶了一天一夜绣出来的。永夜的坚持,月魄看不到,但她尽心了。

茵儿和倚红想起了在端王府中穿着月白衫子如谪仙般出尘的月公子,忍不住为永夜心酸了一把。倚红低着头愧疚不已,她万万没有想到月公子在永夜心中有这样的分量,连出嫁,也要弃了大红吉服改穿月白色的衫裙。

晚风鼓鼓吹起袍袖,她踩着红毡缓步走下台阶。

偌大的庭院只听到静静的呼吸声。

永夜眸光一转,对跪在院中的马侍郎笑了笑:"马大人,回去禀报我家里那只老狐狸,说这回他可以放心了。"

马侍郎呆呆地看着她,仿佛又看到了二十年前的端王妃。不,端王妃国色天香,永夜从骨子里却带着端王的骄傲与英气。他从来没有想过,男装的永夜与女装的永夜差别会有这么大。他已经习惯她着男装的颐指气使、风度翩翩,对眼前这个盛装美人颇不习惯。

"马大人!"永夜皱了皱眉。

马侍郎一抖,深伏于地道:"臣等恭送公主!"

"恭送公主!"

永夜大踏步走出驿馆,眼前却是另一番景象。

齐国派出了全副仪仗,神策军封锁了整条街,军容肃整,齐齐喝道:"恭迎太子妃!"永夜瞟了眼礼部尚书赵大人道:"行了,吼那么大声干什么?怕别人不知道吗？"

赵大人嘴角抽搐了下，低下了头。

华盖香车下跪着一个内侍，从他背上踩着上去？永夜不置可否地笑了笑，没有动。她在等太子燕的消息，用风扬兮要挟她，总不能让她傻得人都看不到就嫁吧。

"公主！"赵大人见她伫立不动，催促了声。

这时远远地一匹马奔驰而来，所有人都奇怪地张望着，不知道是谁胆敢闯进来而又无人阻挡。

永夜的心突然跳了起来，跳得很急，她甚至能听到自己的心跳声，她突然害怕看到风扬兮。

他曾经说，嫁给他不嫁太子。

他曾经说，绝不勉强她嫁太子。

他曾经坚定地搂住她，告诉她他会和她一起。

如今她为了他嫁人，他会如何？

马瞬间奔进，长嘶直立，马上跳下一人，毫不理会周围不解的目光，走到永夜身边一把抓着她的手就往驿馆内走。

永夜从来不知道太子燕有这么大的手劲，几乎要把她的手腕握断了似的。太子燕神情紧张，一言不发，直拖着永夜进了内殿斥退了左右才道："风扬兮在游离谷手中。"

啊？永夜不解地扬眉。风扬兮解了毒，据她的经验，解毒后最多两天，内功就会恢复，应该无事的。从西泊族回来有四天了，风扬兮的内功应该可以恢复，游离谷的人如何会制住他？而且他是在天牢吧？有十六道关卡、八重门，外面的苍蝇进不去，里面的苍蝇也只能近亲繁殖。

太子燕在殿内负手转悠良久，瞅着永夜道："今日孤去放风扬兮，人不见了。"

"不会游离谷也像在安国一样渗透进齐皇宫了吧？"

永夜只是随口一问，太子燕神色却很凝重，他迟疑了下答道："很奇怪，十六道关卡没动静，风扬兮似凭空不见了。"

凭空不见？怎么可能？据永夜观察，大齐天牢建造得不比安国天牢差，守卫森严。要说没有动静地将风扬兮带走，绝无可能。除非天牢中的人被收买，而且是集体被收买。

太子燕似乎看出她心中所想，解释道："我说他凭空不见的意思是，天牢当班的一百八十守卫已全被擒下，口供全对得上号，今日无人进入天牢，不可能有人持假冒的印信提人。"

"昨天呢？"

太子燕无奈地说道："昨天，只有你和我。"

永夜觉得奇怪，她沉思一会儿道："可有别的线索？"

"没有。"

太子燕望着永夜，似乎现在才发现她换了女装。他上下打量着永夜，突然笑了："永夜，你是我见过最美丽的女子。"

"这话现在说你不觉得很怪？"

太子燕想了想道："也是，是挺奇怪的。"他盯着永夜又道，"以风扬兮要挟于你，实乃下策。孤希望永夜心甘情愿的好。所以，等找到他再说吧。燕不才，却也不屑这样娶妻。"

这是太子燕第一次让永夜觉得他像个男人，看似柔弱却也有着男儿一般宽大的胸怀。与太子燕能聊得来，也是因他本来也不差。永夜呵呵笑了，她觉得此刻的太子燕更像朋友："殿下请。永夜想去天牢瞧瞧。"

太子燕目中露出温和的笑意，与永夜并肩出了驿馆。

赵大人与马侍郎并一干人等正等得着急，见他俩出来，赵大人松了口气道："请太子妃上轿，不能误了吉时。"

"婚期延后，此事孤已报奏皇上。"太子燕翻身上马，示意给永夜牵来一匹马。永夜微笑，足尖轻点，身体轻飘飘地落在马上，宽大的衫裙在空中飞舞散开，如午夜兰花，明月的光洒在她身上脸上，这一刻，足以炫亮天际。

"驾！"二人带了一队神策军往天牢迅疾奔去。

赵大人目瞪口呆。

油锅燃着熊熊火焰，天牢内更显阴森。

永夜进了第八重天牢，每进一道门，都会有两人同时开锁，每进一道门，都会再把门锁上。除非是持了印信提人，否则，闯进来，也不容易闯出去。

这里是一座坟。

永夜走进第八重天牢只有这一种感觉。

"他帮了你这么多回，你就这样待他？"

太子燕尴尬地转开了头。

永夜"哼"了声，仔细观察。

如果没有嵌在墙上的油盆里的火，这里只有一片黑暗。

没窗户，窄窄的走廊两边各有四间牢房。站在走廊里能看到第八重铁栅栏，所有的空气都来自第七重牢房。

牢房的门与别的不同，是石门，下方只留下一个一尺见方的窗口，外层罩着铁丝网，也上着锁，看起来像是递送饭菜、马桶之物的地方，人是绝对钻不出来的。

太子燕站在一扇石门外说道："要开这石门，狱卒也没有钥匙。"

"谁有？"

"皇上。"太子燕摸出一把钥匙正要去开石门，永夜拦住了他。

她拿起锁仔细看了看，道："给我一块细铁片。"

片刻后她拿着这块细铁片捅进了锁孔，凭着手感细细感觉机簧所在，一炷香后锁"咔嚓"一声弹动了，然而又不动了。永夜这才叹气："这锁没有钥匙开不了。"

太子燕笑道："这锁不是一般的锁，若不是用钥匙去开，会在开的同时弹出机关，就再也缩不回去了，到时咬合得天衣无缝，就是个铁块不是锁了。"

他拿起钥匙塞进去，永夜这才发现钥匙构造很奇怪，她沉思道："我不过是想试试有没有人能开这锁，看来石门的锁没被动过。"

太子燕开了锁推了下石门，很紧，他涨红了脸道："永夜你来。"

永夜轻笑着摇头，手无缚鸡之力形容的就是太子燕这类人吧。她缓缓用力，石门一点点推开，心里不由自主地难过："难道关这里面的人，都是不打算再放出去的？"

太子燕一怔，没有说话。

门开了，移来两支火把将里面照得亮堂。

里面空间不大，宽两丈长两丈，很整洁。干净的石床，没有别的物品。墙以大青石灌浆砌成。

永夜见墙边并无碗筷之类便问道："一天送一餐？"

"是，今日午时送餐前孤已来了，昨日的拿走了。这石牢中是不会允许留下任何物品的。"

"连被子也没有？"

"没有。"

永夜走了几步，说道："人就凭空消失了？"

"是的。"

"你们全部退出去，火把也不要留下。"

太子燕看了她一眼，依言退出石门。

"把门关上吧。不要打扰我。"永夜想回到风扬兮独自在里面的状态，她也不明白人怎么会不见了。

石门依言关上，空间顿时安静下来。永夜盘膝坐上了石床，她想，风扬兮当时也应该是这样。

仿佛又回到了幼时，和青衣师父在地室学艺的时候，不见天日对别人而言是很恐惧的事情，而永夜却早已习惯。

他会习惯吗？他待在这里会不会很绝望？永夜禁不住泪湿。她强自镇定自己的心神，想起了青衣师父说的感觉。

风从石门窗口吹进来，带进天牢独有的腥臭与混沌的空气。门外站着五个人，太子燕、两名狱卒，两名侍卫。

"殿下，把石门的窗口堵死。"永夜扬声说道。

太子燕照办。不多会儿，这里陷入寂静，连一丝光也瞧不见，空气渐渐沉闷。

永夜安静地坐着，慢慢地化成石屋中的一部分，多一点儿外来的东西她也能感觉到。是的，哪怕是一丁点儿的风，来自墙缝的风。

她的手伸出贴住了墙，突然跳了起来："殿下！"

石门被侍卫推开，太子燕惊喜地问道："有发现？"

"隔壁牢房住的是谁？"

"无人！"

"什么？"

"十年之中，第八重牢房只有风扬兮一人住进来。"太子燕很肯定地说道。

永夜灿烂地笑了，走到与隔壁相连的墙边，对两名侍卫道："推吧。"

两名侍卫在她手指的地方用力一推，一块青石轰然掉落，落到隔壁的房间。隔壁石室被打开，永夜走进去，啧啧赞叹："天衣无缝，连墙粉都是重新补过的。"

太子燕不明白，永夜笑道："这里有地道，掀了石床便知。"

石床掀起，露出一个大洞，太子燕目瞪口呆。什么人竟然能把地洞挖进天牢？！永夜站在洞口端详良久才道："这不是才挖的洞，也许十年前，这里曾关着一个什么人，这个洞是为了救那个人而挖，如今正巧风扬兮进了天牢，就用上了。"

风扬兮不动声色地被送走，定是中了迷烟一类的。第八重牢房每日只有午时才会有狱卒送饭，过了午时，这里安静得像座坟。有人从地道进来，开始挖墙，风扬兮听到也会奇怪，以他的性格，一定不会出声叫喊，要看个究竟，然后迷烟吹进，风扬兮在空气流通不好的牢房内被迷倒，再被送走。

来人有充足的时间清扫痕迹，把青石墙还原。只不过，总留下了缝隙，而这缝隙吹进来的风，却逃不过永夜的感觉。

顺着地洞下去几名侍卫，永夜正要跳下去，太子燕拦住了她，深深地看了她一眼："很漂亮的衣服，不适合钻地洞，等消息回报吧。"

半个时辰后，侍卫来报，地洞通向天牢外。

这里是一片空地。齐国的天牢像座独立的院子,方圆十丈连棵树都没有,地洞的出口是片浅草山丘。一大片草皮被翻开,露出洞口。

"若是晚上,把人一扛就走了,马车定不会停留在此。有驯养的狗吗?"永夜望着远处一片屋宇问道。

当然有狗,在石牢内嗅了味道,从地洞奔出,直直跑向远处的屋宇。

太子燕与永夜并一队神策军紧跟着狗,待到近了,永夜哈哈大笑。

此处正是原来安家的宅院。

"百足之虫,死而不僵。"太子燕喃喃道。

永夜望着他笑道:"安家人口太多,一个墨玉至今没有抓到,不算什么。"

安家宅院比从前有生气多了,各色人等住进来,自成院落,而狗奔到佛堂却再也嗅不出味道。

赵子固亲雕的佛像已经没了,被砸碎了当成檀香使,然而,这里的烟火气与味道却让狗鼻子失了灵。

"回去吧,风扬兮肯定不在了,他会从这里被移走。"

"你怎么知道?"

"感觉。"永夜望着曾经的佛堂缓缓说道。她和风扬兮之间不知从何时起有了种默契,无法用言语形容的默契。

"公主!"香客中有人高叫起来,永夜回头,看到了洪公子。

大批人马的到来惊动了寺院的住持,也惊动了借住在寺院里的香客。洪公子知道伤势不重后坚决辞谢了永夜的挽留,住进了这里。他知晓了永夜的身份,便换了尊称。

永夜的眼睛渐渐亮了,她见洪公子身上还裹着纱布便关切地问道:"洪兄身体如何?"

"外伤,养些天就没事了。"洪公子说着,却打量起永夜的装扮,惊叹着她的美,目光落在她穿着的绣满星月的衫裙上,似有些接受不了她的女装。

永夜笑了,对太子燕道:"殿下,永夜与洪公子一见如故,今晚想与洪公子把酒言欢,殿下自便。"

太子燕也不恼,心知永夜是想留在寺院再查探,于是叮嘱了一番,留下一队士兵守护便离开了。

永夜走进佛堂,青灯如豆,经幡招扬,佛像已变成一尊新的泥塑金身的弥勒。想起当日因在这里见到风扬兮的情景,他冲进来时,她有种惊喜,不仅仅是绝处逢生,而且是那种心意相通的满足。

尽管困在里面很难受,尽管背上的刀刺进来很痛,她却想,风扬兮一定能找到她钉在书桌下的纸,一定能找到她。

现在,她也能靠着这种感觉找到他吗?

"公主,找什么呢?"

永夜一怔,笑道:"我曾经被困在这里,很感慨。"

"公主今日大婚,怎么出现在这里?"洪公子很疑惑。

永夜想了想,慢慢说道:"本来是今日进宫的,可是有事耽搁了。洪兄,不提那些,还能饮酒吗?"

"呵呵,能与公主一醉,是洪某的福气。不过,寺院里禁止饮酒的。"

永夜唤来一名侍卫道:"备酒菜,本宫要与洪公子赏月。"

洪公子看了眼一旁侍立的住持,有些为难:"公主,在下……是借住在寺中,这……"

"住持有礼了,酒肉穿肠过,佛祖心中坐。不知住持以为如何?"

住持双手合十低头道:"公主所言甚是,老衲也常饮酒的。"

永夜哈哈大笑,原来安家养的是酒肉和尚。她收住笑声,对住持有礼地说道:"永夜与大师有缘,捐一千两银子做香油钱。这附近方圆十亩地便添做庙产吧。"她不是齐国太子妃吗?这点儿面子齐皇与太子燕总是要给的。寺院靠上香布施当然没有油水,附近的大宅花园划了部分给寺院,也算是长久的收入来源。

"公主慷慨,老衲感激不尽。不打扰公主与洪公子品酒参佛,老衲告退。"住持脸上忍不住的眉飞色舞尽收永夜眼底。

永夜情不自禁地想,有权有钱真是好,随随便便手指划块地就行了。

酒菜备在寺院角落的六角亭中,永夜望着不远处的侍卫皱了皱眉道:"你们就在寺外守候吧,在庙里总不像话。"

支走侍卫,永夜这才展颜道:"当日去西泊,洪公子不愿永夜付账,也不愿请永夜,伤后更不愿受永夜之恩,而以一柄剑独上西泊救被祭少女,这份侠义永夜很是佩服,永夜敬洪兄一杯。"

她抬头饮尽杯中酒,抬头望月,叹息道:"我明日便会进宫,以后行侠江湖的事是再也做不成了。今日难得与江湖朋友共饮,洪兄莫要当我是公主,还当我是那日那个小兄弟吧。"

洪公子应下,爽快地喝下酒。

两人开始说江湖中的逸事。洪公子自学艺下山,便独自行走江湖,趣闻甚多,永夜听得很是新鲜。时而说些自己知道的事情与他听,两人竟真的像老友一般投机。

不知不觉酒已喝完两坛,永夜眼神有些迷离,洪公子不安道:"公主,还是早些歇着吧。你是千金之躯，洪某只是个浪子。"

永夜含糊道："我想醉，不想进宫。"

洪公子见她醉了，无奈道："在下唤人给公主送壶茶来！"

永夜一拍桌子："谁要喝茶？我们继续喝酒！"她的双颊染上一层玫瑰红，眼神柔得似要滴出水来。

洪公子静静地瞧着她，眼神复杂至极，终于长叹一声道："公主，最后一杯，喝完就回去吧。"

他为永夜倒满酒，永夜拿起杯子停了停，嫣然一笑："我当你是朋友呢。"

洪公子愣住，永夜已一饮而尽，眼波更加迷离，醉倒在桌旁。

洪公子望着永夜，神情无比复杂，左右看了看，抱起永夜闪身进了佛堂。

天明之后，守在寺院的侍卫发现永夜与洪公子同时失踪。

太子燕勃然大怒，查封了寺院。

第四十七章

古怪的小镇

马车在山道上狂奔，初升的秋阳照在山巅第一片树叶上时，马长嘶一声停在了一道溪水边。

从车上跳下一个戴着斗笠的布衣人，瘦削的身材，像豹子一般敏捷。他掀起了轿帘，车厢内静静地躺着一个人，云髻松斜，月白色衫裙，双颊犹带着醉后的酡红，似在甜梦中。

在江湖上流浪多年，他从来没有过朋友。永夜醉倒前那句"我当你是朋友呢"犹在耳边萦绕，这让洪公子很惊诧。

"虹衣，你在等什么呢？"一个凌厉的声音传来。

虹衣缓缓回头，溪水中划来一只竹排，上面站了个灰衣人，平凡无奇的面容，花白胡子，如果不是以这样的语气说话，别人会以为他只是个山民。

"我来早了，人送来了。"虹衣淡淡地回答。

灰衣人将竹排停在岸边，走到马车处，朝里望了一眼，点点头："容易吗？"

"昨晚她来寺院，我正好下手。"

灰衣人"哦"了声吩咐道："交给我了。"

虹衣默不作声地抱起永夜，她还睡得十分香甜。他连一眼都没看她，直接交给了灰衣人。他跳上车辕赶着马车欲走，灰衣人突然问道："她认出你来没有？"

"没有。"虹衣吐出这个答案，扬鞭赶着马车继续往前走。直到离溪水已经很远，才叹了口气，他喃喃说道，"但愿你永远都不要认出我来。"

灰衣人抱起永夜上了竹排，竹篙一点，竹排飞速地逆流直上，转过几个河湾，划进了一个洞口。

永夜醒过来的时候，正躺在一张竹床上。她静静地笑了，她终于到了她想来的地方，她能看到她想看到的人吗？当然能的。

永夜手一动，指尖已拈起了她的飞刀，连她的刀都没有搜走，真的不怕她出手杀人？然而内息牵动，她就明白了。她现在射出的飞刀，和一个寻常的人射出的没什么不同。身体内那条"小蛇"不见了，丹田经脉中空空如也。

有什么比废了她的武功更让人放心的呢？飞刀，留给她瞧着做念想罢了。

谁说一定要有内力呢？永夜想着想着竟然笑了。

她坐起身，扶了扶发髻，里面那根柔软的钢丝还在。看了看自己的装束，双手挥了挥，大袖衫像蝴蝶翅膀飘了起来。她扭了扭屁股，撇嘴一笑，慢吞吞地走了出去。

此时的永夜只是一个宫装美人，没有男儿大踏步的虎虎生风，莲步轻移若风摆杨柳，如果端王夫妇看到眼珠子会掉下来。

屋外是一片花海，怒放着不知名的鲜艳花儿，在秋阳映照下轻扬笑脸，像一块缤纷的毯子铺在山坡上，远山已变化了色彩，呈现出斑斓的秋色，天空澄净透亮，云朵缥缈寂寞，树林里偶尔几声清脆的鸟鸣，世界真是安静到了极点。

站在门口，永夜侧过身，山坡下隐约能瞧到一个镇子，青瓦白墙蜿蜒连绵，几道炊烟袅袅。镇子应该是依山而建，因为永夜瞧见山对面挂着几道瀑布，银白的帘子似的无声无息地在风里飘荡。

她深深呼吸一口山里的空气，十几年前当她清醒了意识，睁开双眼时，做了同样的动作。

清冽的风从口鼻直冲进肺部，隐约生疼，头脑被激得清醒无比。

这里是传说中的世外桃源。虽然没有桃花瓣夹杂在清溪中从脚背上流淌，但恬静平和的气息俨然。时光在这里走得迟钝，就像自己服下化了内力的药物，再不能飞跃，只能一步步缓慢行走。

花海中静静站起一个人，月白色的长袍，英俊的脸，剑眉下是一双炽热温柔的眼睛。他站在花海中，像不食人间烟火的神仙，不沾丝毫世俗气息。

记忆中的永夜是美丽中带着迫人的英气，狡黠聪慧，眼前走出来的女子淡然从容。她终于换了女装，纵使她的云髻睡得蓬松，那顶明晃晃的凤冠也在提示着她的太子妃身份，但她身上月白色的衫裙却实实在在让他心跳，她出嫁时能穿成这样，说明什么呢？月魄激动得手里的药锄不经意地滑出了手心。

永夜看着他，笑容像鲜花怒放，一点点在唇边加深。她毫不犹豫地提起裙子一步步走了过去，带上满身阳光，晕红了双颊，像去赴一个美丽的约会。

花香在鼻端萦绕，她翩然走到他身前一尺的地方站定。

"每一次你出现都让我心跳。"永夜和月魄异口同声地说道。

永夜便笑了，笑声串串清脆悦耳，眼中看不到一丝阴鸷，像一脚踩进秋天的树林，脚下脆脆的落叶，干净明朗。

月魄也笑了，他喜欢看到这样的永夜："饿了没有？"

永夜点点头。

月魄牵住她的手往屋子里走："昨晚你酒喝多了，我煮了酸汤，喝一碗免得头疼。"

永夜没有动，轻声说："喝了会让我恢复内力吗？"

月魄停住脚步，环顾四周，花海美丽得迷人，他喃喃道："你喜欢这里吗？"

"很美。"

"那你为什么不想在这里安静地生活？没有人能让你再去做刺客，没有人能伤害到你。"月魄的声音里透出一种悲伤。

永夜笑了，安静地生活？从睁开眼来到这里，再看到他，还有什么安静可言？她转身看向山坡下的小镇："不想带我去镇上逛逛？看上去人来人往的很热闹。"

"好。"月魄沉默了片刻后，应道，美好的心情已被山风吹散，既然她想看，迟早也会看到，早一天晚一天又有什么区别？他随手将背篓背上，牵着她往山下走。

风吹起永夜的衣袂，她似要乘风归去。月魄握着她的手，修长柔软，指若无骨。他的手微微用力，放在他掌心的手没有丝毫反应。这让他有些恼，他希望她也用力回握他的手。然而他再加大了力，永夜依然没有反应。他像握着一个没有生命的东西，却又舍不得放开。

山坡下出现一条长街，街不宽，相距只有三丈，却很长。街道两旁的屋檐下林林总总的招牌青旗随风招展。有药铺、客栈、茶馆、酒楼、杂货店、铁匠铺，还有将背来的山货铺在地上叫卖的山民。只要是一个镇子该具备的，这里都有。

永夜看到了菜市，眼睛一亮。

菜市中有卖菜的，也有卖肉的。

几根粗木头上挂着猪肉，下方一张大案桌。一个袒胸露背腆着大肚子的中年胖子正在砍排骨。她甩开月魄的手，娉娉婷婷地走过去招呼："张大叔，我要五斤精瘦肉，不可带半点儿肥星，要细细宰碎了。"

张大叔笑呵呵也答了声："好嘞！等着！"真的割了五斤精瘦肉，放在案板上操起两把菜刀上下翻飞细细宰碎，再用一片翠绿色的芭蕉叶包好递给永夜。

她没接，笑道："张大叔啊，我还要五斤精肥肉，不可带半点儿瘦的，也要细细宰碎了。"

张大叔还是笑呵呵地答了声："没问题，等着！"真的割了五斤精肥肉，放在案板上细细宰碎，再用一片翠绿色的芭蕉叶包好。

永夜还是没接，悠然道："大叔手艺真好，我忍不住还想要五斤脆骨，不沾半点儿肉，还是要细细宰碎了。"

张大叔马上又从肉架上剔了五斤脆骨,不沾半点儿肉,宰成了碎末,用芭蕉叶裹好放在案板上,笑逐颜开地问:"小姐还想要什么?"

永夜眨了眨眼道:"张大叔为何不说,我是在消遣于你?"

"今天生意不好,难得有小姐这样的大主顾,大叔我高兴还来不及呢,嘿嘿,肉钱五十文,刀工十文,一共六十文。"

月魄拿出钱袋,永夜阻止了他。她微笑道:"今天我很想花钱,花钱是件很愉快的事,别和我抢。"

她摸出一柄飞刀往竹筒里一扔道:"这刀加了五分银,刀工将就也值个十文钱吧。"

张大叔笑眯了眼,道:"多谢小姐,送去当铺至少能当七十文,小姐明日再来光顾!"

永夜拿起三包肉放进月魄的背篓,嫣然笑道:"瘦的做丸子汤,肥的熬油,脆骨嘛,我消遣张大叔来着。"

月魄笑道:"你怎么知道他姓张?"

永夜奇道:"你不是说你家街头有个张屠夫吗?张屠夫不姓张难道还姓李?"

月魄的笑凝在唇边,还来不及说话,永夜已大声又招呼起来:"哎呀,那不是胖掌柜吗?您还在开杂货店哪!八年不见,您比从前又肥上了一圈了!您老别再趴柜台上了,我怕它撑不住塌了!"

胖掌柜趴在柜台上,无聊地看街上的行人,他的眼睛因为脸上肉太多挤成了一条缝,听到招呼声上下左右仔细打量着永夜,蓦地像见到了自家侄女似的兴奋得笑眯了眼,哈哈大笑:"是星魂回来啦!这回我不上你的当了,你不能试我店里的货。"

永夜不高兴地沉下了脸:"买东西不让试,小气!不过,胖掌柜我可是发了财回来的,今天一定要买点儿好东西回去。"

说着走进了店铺,她左看西看,胖掌柜尾巴似的黏着她,生怕她动手。

永夜指着一排小飞刀问道:"多少?"

"五十两银子二十把刀。"

"我只买一把呢?"

"五两!"

永夜点点头,喜滋滋地又去看首饰,金银玉饰琳琅满目,她却选中了一根不起眼的墨玉簪子问道:"多少?"

"你放下,放下!"胖掌柜跳了过来,浑身的肉直颤,敏捷得像只猴子,一把夺过永夜手中的簪子松了口气道:"上品墨玉,二百两。你只准还一次价。"

"五十两。这个价公道吧？"永夜笑道。

胖掌柜想了又想，叹了口气道："多年未见，打个折扣，五十两我卖了。"

永夜从怀中拿出十把飞刀放在柜台上："一把五两，十把刀正好五十两。"她拿着墨玉簪子回头喊月魄，"你过来！"

月魄安静地走过去，永夜踮起脚扯下他头上的木簪扔了，用墨玉簪子小心为他绾好头发，左右端详了番啧啧赞叹："我就知道墨玉和你的气质最衬！"

月魄似听不懂她的意思，淡笑道："你的眼光一向很好。"

永夜指着药铺道："走吧，我们去把药材卖了，回家正好赶着吃晚饭。"

药铺子里只有一个人，灰白头发，瘦削身材，一脸淡漠神情。

"哈哈，我还在想哪，开药铺的不会是回魂师父吧？回魂师父，我是星魂啊，我是女人，穿了裙子你就认不出来了？记着给月魄的药材一个好价钱，终究是师徒一场嘛。"

回魂神色不变，细细看了月魄的药材，收了，取出一锭十两的元宝道："本店童叟无欺。"

永夜盯着回魂道："回魂师父，我想买解毒药。这么些年不知道你研制出来没有？要那种吃了再也不会中毒的药！"

"有，吃了马上见效。"

"真的啊？"永夜惊喜无比。

回魂垂下眼帘说道："死人永远不会中毒。"

"换汤不换药。没长进！"永夜伸出手腕笑道，"最近精神不好，内力无存，回魂师父帮我瞧瞧？"

回魂轻轻搭住她的腕脉，片刻后答道："中了美人娇，顾名思义，此毒会让人软弱无力，如美人一般，只适合娴静待着，不适合舞枪弄棒。"

"何解？"

"无解。"

永夜失望地收回手，垂头丧气地走出药铺，又回头道："男人总不会中美人娇吧？男人若是像女人一样娴静待着，就不是男人了。"

"男人只会中化功散，用美人娇解，英雄遇到美人，自然百炼钢化绕指柔。"

永夜大笑："真是妙解！月魄，换作是你，你会用什么解？"

"与师父一样。"他的话很简短。

永夜抬头笑道："瞧我高兴的，你陪我逛街累不累？男人最不喜欢陪女人逛街了。"

"不累。挺好。"

"不知道这镇上还有多少熟人，走了八年，多少还是备点礼物去拜访下好。像美人先生、青衣师父、虹衣、鹰羽……你说呢？"

"好。"

永夜又叹了口气："礼物也要花钱的，正好，还有十来把飞刀，反正没有内力拿着也无用，当了算了。"

她大步走进了当铺，把飞刀放在柜台上，听到朝奉唱道："破铁小刀十三把，五两银子！"永夜放声大笑，笑得喘不过气来，敲着柜台道："写当票，死当！天下乌鸦一般黑啊！"

接了当票，五两银子，她又叹气，想了想拔下了头上的凤钗冲朝奉吼道："这可是齐国太子妃的凤钗，你敢再乱喊这是破铜烂铁我跟你急！"

朝奉翻了个白眼高唱道："过时款式纯金镶红玉蓝宝凤钗一支，五十两银子！"

永夜越听眼睛瞪得越大，终于捧着肚子笑了起来："我服气了，当吧！"

拿着银子，她问月魄："我需要买多少份礼物？"

"一份。"

"为什么？"

"因为美人先生和青衣师父外出云游，至今未归！这里，你的熟人只有虹衣一个罢了。"月魄笑了，仿佛在看一个孩子玩游戏，眼里满是宠溺。

永夜摇摇头："不对，我没算错，还是要买三份礼物。"

"哦？另外两份送给谁？"

永夜眨眨眼说："保密！走吧，先去请虹衣喝酒，十年没见，他会变成什么样呢？"

"他这个时候应该在酒楼。"

永夜踏进酒楼就看到了洪公子。他一个人坐在角落，正在片羊腿吃，一片肉一口酒。永夜似愣住，月魄叹了口气道："他就是虹衣。"

永夜毫不客气地坐在了虹衣面前，拿出一包礼物给他："多年不见，这是送你的礼物。"

虹衣打开纸包，里面是五斤宰得细细的脆骨。

永夜笑道："本想买给家里的小猪吃的，但是家里没有小猪，虹衣你将就着受用了吧。张大叔刀工很好，宰得很碎。吃哪补哪，当刺客的最怕骨头被敲碎握不了剑。"

"多谢。"

"昨天我请你，你灌醉了我，今天你要请回来。"

虹衣瞟了眼永夜和月魄，一个貌美如花，一个英俊潇洒，同样的月白色，同样出尘似的人。他低下头道："好。"

三条羊腿，同样的吃法。

月魄同样一片肉一口酒，酒到杯干。

吃着吃着永夜不动了，奇道："月魄你的酒量真不错，我怎么不知道你也这么能喝？"

月魄脸上始终带着一丝浅浅的笑："我不是很能喝。"

"你怎么没醉？昨天我喝到这时候为什么醉了？"

"我早醉了，只不过你没看出来。"月魄端着酒杯微偏着头瞅着永夜，那目光是如此奇怪。

他从来没有这样看过她。从小到大，月魄看她的目光都是呵护的、宠溺的、温柔的，此时的眼神是一个男人看一个漂亮女人的眼神。

永夜终于受不了，站起身大声道："我没看出来的地方还真多，想想就饱了，我要回家了。"

月魄站起身抱歉地看了眼虹衣道："家有悍妻，无奈！下回再与你拼酒。"

"谁是你的悍妻？你下过聘吗？你摆过喜宴吗？我们拜过天地、我给公婆奉过茶吗？我怎么不知道我嫁给你了？！"永夜勃然色变。

"你想的话，我照办。"月魄盯着永夜说道。

"我说过要嫁给你吗？"永夜白了他一眼坐了下来，笑嘻嘻地对虹衣说，"虹衣啊，你我青梅竹马，从大路上走过也能一见如故，在西泊同生死共患难，不如……"

"我醉了！"虹衣压住狂跳的心，往桌子上一倒。

"说醉就醉……真的假的？"永夜喃喃道。

"当然是真的。你想不想把我也灌趴下？"月魄端着杯子浅啜了一口，歪着头瞅永夜。

永夜看了看天色，站起身道："我还赶着送礼呢。还有两包肉，不送浪费了。"

月魄奇道："在这里你还有朋友？"

"不是朋友，也算是熟人，安老夫人和墨玉公子既然也在这福宝镇上，不去见见怎么安心？我还有两包礼物没送出去呢。"

月魄似被打了一拳，脸色终于变了："你喝醉了，回家。"

"我哪醉了？我清醒得很！"永夜与他对视着，一字字咬得字正腔圆。

月魄站起来拉住她："你醉了，我带你回家。"

"我没醉！"永夜寸步不让。

月魄望着她微笑:"你真的没醉?没醉你怎么走不动路了?"

他的话音才落,永夜真的像喝醉酒的人似的,手脚都不听使唤,软得无力,舌头也大了,说不出话来。月魄叹了口气,拦腰把她抱了起来道:"小二哥,你说她醉了吗?"

小二笑呵呵地道:"我从来没见过醉这么厉害的姑娘。"

掌柜摇摇头道:"大姑娘还是少抛头露面的好,还喝得烂醉,成什么样!"

月魄抱歉地说道:"她一喝多了酒就这样,真拿她没办法。"说着抱了永夜大步出门。

永夜像被泼了桶冰水从头凉到脚,骤然平静。醉就醉了吧,她闭上眼真当自己醉得人事不知。

小镇的喧哗渐渐远去,花香扑鼻而来。她知道又回到了花田里的小屋。

月魄将她放在床上,体贴地盖了床薄被,喃喃道:"看来以后不能让你这样喝酒了。"

永夜蓦然睁开了眼睛,瞪着月魄。

他瞧也不瞧,带上门就出去了。

外面传来鞭炮声,声音在山间传得很远,永夜被吵醒了,她发现自己又能动了,坐起身,云髻早已散乱。她不会梳头,干脆打散了头发,随手拿了根布带系住。拉开房门时屋前站着三个人,有个媒婆,有酒店的掌柜,还有本来应该在安国的端王。

月魄回头冲她笑道:"你的聘礼。"

媒婆笑逐颜开地递给她一本礼单,大红洒金笺上密密列着礼品。她慢条斯理地翻看,足足九十六页,永夜笑了:"出手真大方,比慕容燕送的多了一倍。"

"还满意吗?"

永夜点点头道:"还好,不过少了一样。"

"什么?"

"风扬兮。"

月魄笑道:"你要风扬兮当你的聘礼?是要他握剑的手,还是他的人头?"

永夜也笑:"我要他当证婚人不行吗?"

"当然可以。"

"小姐,吉时定在明晚。"一个媒婆打扮的人谄媚地笑道。

"喜宴设哪儿?"

酒楼掌柜闪身而出:"小姐放心,小店专程请来了原来京都牡丹院的陈师傅,酒席绝不会差。"

永夜把那本礼单还给月魄，认真地说道："我父王总要同意才好。"

"永夜，如此良缘，为父怎么会不同意呢？"端王笑逐颜开地应道。

永夜冷笑："扮得像吗？想当我爹，实话告诉你，我就是个王八蛋！"

假扮的端王顿时呆了，这世上为了骂别人肯承认自己是王八蛋的可不多。

月魄忍住笑轻咳了声，示意三人离开。他望向永夜正想开口，永夜"砰"地关上门："明晚我出嫁。出嫁前新娘是不能和新郎见面的。这里，就借我一天做我娘家了。"

月魄脸上掠过一丝黯然，一道门隔开了永夜和他的心。该怨谁呢？他紧抿着嘴，剑眉下的眼瞳里闪动着迫人的光芒，伫立良久，他转身离开。

花田边缘，一只误闯进来的蚂蚱无力地弹了弹腿，月魄轻提起它的触须甩开，喃喃道："这里，应该很安全。"

又过了会儿，门悄然打开，永夜探出头瞧了瞧，慢步走了出去。

张屠夫还在街头卖猪肉，笑着招呼她："小姐，今天还想买什么肉？"

永夜叹了口气道："对不住啊，张大叔，今天没法照顾你的生意了。"

"没关系，小姐明天成亲，月公子已经买了两头猪做席面了。"

永夜想起在平安医馆两人数着铜板喝稀粥的日子，喃喃道："原来他这么有钱。"

再往前走，胖掌柜趴在柜台上笑着招呼她："星魂，明儿就出嫁了，你来店里选样礼物吧，当是我送你的贺礼，不收你银子。"

永夜摇头："我的聘礼连马桶都有了，你那些零碎要了也没地方搁。"

"是啊，我也只有些零碎东西了，月公子将我这里所有的珠宝首饰全买光了。"

永夜笑了笑："开张吃三年，胖掌柜看来又要肥上一圈了。人生自古谁无死？肥死也很幸福。"

经过回魂的药铺，永夜静静地与他对望了眼，笑道："回魂师父明晚一定记着换件喜庆的衣服来。"

"好。"

她走进酒店，掌柜的迎上来问道："小姐想来点什么？"

永夜看着角落里的虹衣道："来份和他一样的菜。"她走到虹衣面前坐下，倒了杯酒自顾自地喝，没有说话。

虹衣抬起头看着她："你从什么时候起知道的？"

"西泊。"永夜简单地回答。

"我的破绽有那么多？"

"不是，只是一种感觉。我只不过觉得一个去砸场子的人不该对我这个陌生人把他的计划和盘托出，这本来应该是偷偷摸摸去做的事，你也不像个张扬的人，而到了安家佛堂,你不该问我,我在找什么。"

虹衣奇怪地看着她,缓缓问道:"为什么昨天你装不知道?"

"我总不能显得太聪明。我一聪明有人就要倒霉了。"

虹衣干完杯中酒,悲哀地看着永夜:"你错了。你睁开眼睛的时候,所有人都知道你是故意来的。不需要我再去设计,哪怕不在那杯酒里下药,你也会来的。"

永夜呵呵笑了,转动着手中的酒杯,眼里的悲伤更深:"我怎么能不来呢?这里的熟人这么多。"

虹衣站起身慢慢地说:"是啊,熟人多是好事。听说风大侠明晚也会下山喝你的喜酒,这婚礼必定很热闹。"

"多谢。"

下山,他在山上吗?永夜的脚步毫不迟疑地往山上走。

风吹过,秋叶落下,像断魂的蝴蝶落在上山的小道上。

空谷幽幽,山泉凝噎。永夜一步步地走上去,落叶在脚下发出清脆的声响,寂静得能听到她自己的心跳。

转过弯,前方有一道木桥,其实就是几根木头搭在了山涧上。看得出来年代已久,木头上爬满了青翠的苔藓。

桥头突出的岩石上建了座六角亭,月魄坐在亭子里喝茶。

永夜当没看见,抬腿就要上桥。

月魄大步走过来挡住了她的去路。

永夜笑了笑:"让开。"

他捉住了她的手腕什么也没说,拖着她往山下走。永夜站着不动,被他扯了个趔趄,差点儿摔倒在地。

"虽说成亲前新郎不能见新娘,可是,江湖儿女不拘小节,今天我很想和你一起喝酒。你不想吗?"

"放手。"永夜沉着脸,她不想看到他,她连一句话都不想和他说。那句"江湖儿女不拘小节"又让她想到了风扬兮在安家救了她的情景。她的目光空洞地越过了月魄,直直地看向远山。

月魄没有放手,却握得更紧,一字字说:"你不想知道一切?"

永夜蓦然抬头,另一只手朝他脸上扇了过去。月魄轻轻一扯,她扑进了他怀里,巴掌落了空。他用无比温柔的声音在她耳边说道:"你今日又喝酒了。"

永夜全身的力气突然消失,和昨天一样软软地倒在他怀里。

月魄抱起她下山,才走得几步,身后一个声音懒洋洋地说道:"哥,为何还要带她下山呢？你就要娶她了，难道不带回去让母亲瞧上一眼吗？"

月魄根本不理，脚步更急。

眼前一花，墨玉穿着白色的长衫，拦在了面前，盯着月魄怀里的永夜道："嫂子，母亲很想见你。呵呵，我忘了，你已经喝醉了，醉得连舌头都大了，话也说不出来对吗？"

月魄冷冷地看着他，下一秒墨玉脸色大变，人飞也似的跳得老远，月魄抱着永夜没事人似的往山下走。

身后墨玉大骂出声："你为了她对我也下毒！"

月魄停住，冷冷说道："你自找的！"

"哥！"墨玉的声音变得很委屈。

永夜安静地听着这一切，目光望向天空中的流云。她闭上眼，唇边带出笑容，像流云一般，转眼就被风吹走。

第四十八章

游离谷主

　　回到花田，月魄放下她，永夜的身体奇妙地又有了力气。她瞧也不瞧他就走进屋，反手才掩上门，月魄"砰"地推开，怒气在他脸上浮现，月魄低吼道："你想问什么？你想知道什么？你为什么不问？"

　　永夜回头，光线从月魄背后打过来，他的脸在阴影中显得那么模糊。她笑了笑："我又不认识你，我问什么？"

　　永夜的话比世上最毒的药还让人难过。她居然说她不认识他，一句话便撕裂了月魄的心。

　　月魄压了两天的火气终于爆发，他慢慢向她走过来，一字字道："你不认识我？那年你最后一个走进小楼，蜷在角落里，对晚上的厮杀不理不睬，是谁挡在你面前？那年是谁在我耳边喃喃自语说，杀九号楼里的人？我把你当作像我亲弟一般的白痴，可我差点儿忘了，你比他聪明一百倍一千倍！"

　　"可没人说牡丹院的头牌墨玉公子是白痴呢。他是白痴，我是比白痴还要蠢的猪！我从小楼里全身而出，我手上连一个孩子的血腥都没有，我的刀甚至连血都没沾上一点儿，我真该谢谢你，谢谢你让我认识了你这么个好兄弟！居然站出来当替罪羊。我才是应该佩服你的聪明，一个八岁的孩子，就知道收买人心！"永夜大笑，往事仿佛昨天才发生。小楼里的血腥仿佛又回到了这座木屋里。

　　如果不是八岁的月魄站了出来，如果不是他挡在她身前，她会相信他？会一直这样相信他？

　　"时隔八年，你蓦然出现在李天佑的王府中，你仿佛还是当年的九九，对我呵护备至，对我爱护有加，舍不得让我冒险吃苦。好一个苦肉计！我怎么忘了，一向严密的游离谷为什么会让两个精心培养的刺客成为朋友？"永夜逼视着月魄，她没了内力，她不过没有了内力而已，她是一个刺客，当别人尚需事实摆在眼前才明白时，她已经用疑点串成了完整的一条线。

　　可是她却忘了，她依然让眼前这个看似无限温柔可亲的人击溃了她所有的防备。

第四十八章

她全身心信任的人，她曾经觉得在这个世界上唯一让她信任的人，唯一留在心底的温暖，永夜觉得自己太傻。

"我明白，我早明白了！你进李天佑的王府并不是因为要配合李言年，而是去判断游离谷全力投入安国皇权之争是否合适。有什么比接近我、和我亲近，更适合打探这中间的一切？"

他是医者，他知道自己是女人，他清楚地看明白了一切。

他当然知道裕嘉帝和父王已经布下天罗地网，连自己都是粉碎游离谷阴谋的棋子。所以，游离谷才会全身而退，才会舍李言年保存实力。

永夜悲伤地看着月魄："我不找人在佑亲王府救你，你同样也能脱身的，不是吗？"

月魄笑了笑，笑容里多少有些无奈，也有着珍惜："不，我知道，你一定会救我，一定会的。"

"哈哈！我真傻！"永夜想起自己跪在李二面前求他。她的影子叔，她从来没有求过他，却为月魄破了例。

她想起在陈国青衣师父的话，没有人能逃脱游离谷的控制，月魄根本不用逃，不是吗？

"亏我一直担心你。我一直想是游离谷的人给你服了蛊，胁迫着你，我万万没有想到……月谷主，我猜对了吗？"

月魄坐了下来，几上有酒，他很想喝，从回到这里起，他每天都喜欢喝上一壶酒，感觉那股热辣辣的气息直冲进肚子里，烧得痛快。

"你都说对了。星魂，你真的是游离谷最优秀的刺客。"月魄自斟自饮，"前任谷主是我爷爷，进佑亲王府的时候，他过世了，我就接任了谷主。我想了解游离谷策划十来年的计划是否真的天衣无缝，谁知一去就遇到了你，我就知道李言年的计划有了致命的漏洞。然后，我又发现了风扬兮与李天佑暗中往来。别人不知道风扬兮的底细，我很清楚，他是齐国第一剑客的弟子，所有人以为他是安国人，可是，他是齐人。星魂，还要多亏你，否则，游离谷不会这么果断地撤离。"

永夜也坐了下来，倒了杯酒饮下。酒从喉咙直直地烧进了心里，那处柔软像被油烫过发出"刺啦"的声音，封住了流出的血！她伤感地说道："我这么傻，跟着我当然最好。"

"你是傻，傻得让我不忍心伤害你。我下令退出安国的皇权之争，撤了牡丹院，让游离谷避入暗中，你看，福宝镇多么祥和宁静，山中能够自给自足。我以为能带了你来，过你想过的日子。"

"是吗？可是墨玉公子要擒我要杀我，打破了你的计划对吗？"

月魄叹了口气，他是谷主，可是，他拦不住墨玉。

"呵呵，多谢了。还要多谢你扮成风扬兮在夷山从墨玉手中救了我。我以为，山中十日是我一生中过得最快活最无忧无虑的日子。我甚至舍不得不喝你的汤，舍不得不睡过去，舍不得离开。"永夜目中突然就有了泪光，身体抖得像风中的黄叶，她扭头大喊道，"你还开什么平安医馆？！"

往日情景——在眼前浮现。

他愿意为她开一间平安医馆，小小的门脸，有座小小的花园。

两人在平安医馆里虽清贫，度过的时光却如此美好，美好得像一个梦。

还有什么比这个更残忍？

月魄心里一颤，伸手想拥住她，永夜一巴掌打开，泪终于涌出来："那晚，你从牡丹院救走了墨玉。你知道我会来齐国找你和蔷薇，你便真的开了间医馆。我明白了，日光和那个女刺客是你杀的，你为什么要杀他们？怕日光说出你的秘密是吗？"

月魄眼中涌出痛苦，他不想当游离谷谷主，他是真的想开间医馆就此平安度日。只要有她在，他什么都不想要。

所有的人都在找他们。太子燕、风扬兮在找永夜，游离谷的人何尝不是在找他？他怕日光说出他的秘密，更怕谷中的人找到他。

他不想被找到，不想担起他的责任，不想做她深恨的游离谷谷主。

他望着永夜缓缓道："我们本来可以平安离开圣京，再找个山清水秀的地方过日子的。是你，一定要抛头露面，才引来了风扬兮。"

泪水顺着脸颊往下流，永夜已笑了起来，笑声盖过了一切。是她的错吗？她想不偷不抢赚点儿银子然后和他离开，她很想自私地不管蔷薇，可是，见到风扬兮后这种自私变成了内疚，她怎么可以不管蔷薇？

月魄坐在她对面喝酒，永夜笑着看他，他的温柔呢？他囚禁了蔷薇，却怪她招来了风扬兮。

她呵呵笑道："不是件好事吗？让你知道风扬兮盯上了安家。你知道安家树大招风，引皇帝猜忌，所以你有时间有计划地安排一场好戏，你让墨玉引诱安伯平找我去别院，让我知道墨玉的身份，再让墨玉擒了我又不杀我，存心给皇帝一个借口，让安家在一夜之间理所当然地败了。呵呵，为什么墨玉会擒得住我？不就是因为他穿着我送你的乌金甲衣，他不怕我的飞刀，不是吗？"

月魄脸上浮出一丝苦笑，没有否认。

自己为了他把乌金甲衣都送给了他，却因此落进墨玉手中。永夜背上愈合的刀口汩汩冒出血来，她真希望墨玉杀了她，真希望月魄能在佛前上炷香敬她！

月魄，月魄！这是她想护着的人、全心相信的人？

永夜瞅着他，他的心机与隐忍才叫她佩服。

"安家要散，可是要有一个理由，让别人以为很正当的理由，让别人察觉不到安家和游离谷的关系，而安家化整为零，却更方便游离谷行事。对吗？

"你故意和蔷薇一起成为人质，让我不敢有动作。可是你的心思何其缜密！你提前就能把飞刀给我，提前在长街布下人手。你知道风扬兮会跟着我，你存心让他认出我就是他一直想杀的刺客星魂，你盼望我和风扬兮反目对吗？我怎么就没看出来你心机这般深沉呢？我自以为聪明，在你眼中，比你的白痴弟弟还不如！"

永夜的声音像她的刀，每一刀都捅在月魄的要害。他不想否认："你都看出来了？安家生意越做越大，再下去，就不是散了这样的下场。这样做，对安家有利，对游离谷有利。我一早就开始安排了，你不过是一个契机。我可以告诉你游离谷的真面目，我们全家都是西泊族的人。从二十多年前那一战之后，我们出了西泊的大山，开始在圣京做生意。我爷爷在暗中建立了游离谷，将安家分成了两部分。大哥他们只知生意上的事情，而不知道游离谷与安家的关系。我八岁，墨玉七岁，同时被送进了山谷。"

他脸上显露出一种痛，月魄淡淡地说："别的富贵人家的孩子可以锦衣玉食，我和墨玉在孩童时就开始受训。我和他吃过的苦，你想象不出来。我爷爷说，只有吃比别人更多的苦，我们才能成才。我在安家没有名分，因为，我从小就知道我将接管游离谷，我要与安家没有任何关系。墨玉只比我小一岁，他不过比我心软了一点儿，就被爷爷扔进牡丹院，让他顶了个红倌人的名头学会隐忍。这又何其残忍！我从小就很疼他，这对我而言又何其残忍！所以，在山谷中看到你的时候，我愿意保护你，有什么事都挡在你面前。"

世界上的事情有时候没办法说个对错。如果是从前，永夜不会因为他是游离谷的谷主就嫌弃他，她没有风扬兮那种强烈的是非观念。可是现在，不论他吃了多少苦、受了多少罪，她也不为之所动。

永夜冷冷一笑："你既然心狠，何不狠到底？杀了我把尸体扔在安家佛堂内，同样也能达到你的目的！为什么不杀了我呢？你不知道这样做有多伤墨玉的心吗？为了一个女人坏了你的兄弟情，岂不可惜？"

月魄凝视着她，淡淡地说："为什么？你问我为什么？！"他突然把酒杯狠狠摔在地上，低吼道，"我想和你平平安安地过一辈子，你为什么不愿意？你为什么要揭穿这一切？为什么不能装作不知道？"

永夜的怒火被他吼了出来，所有的情绪像火山喷发，她伸手将几上的酒壶酒杯挥了出去，清脆的破裂声刺激着她的神经。永夜双目充血似的红，她一字字道："因为蔷薇！蔷薇……她与你一同去齐国，她发现了你的秘密是吗？所以你废了她的腿，你扣住了她。那日我与平叔来到小院，蔷薇装疯扮傻，装作神智迷糊，说话颠三倒四，可是，是她告诉我，她用命告诉了我一切！"

她想起了那张蔷薇睡过的竹席，蔷薇用簪子一点点在竹席上刺出小洞，她对着太阳一照，竹席透出的光亮正好是弯月亮。

那弯月亮比当天的阳光还要烈还要毒，烧尽了她所有的希望。那颗被月魄打动的心跳出了胸口，赤裸裸地放在阳光下晒着，被晒失了水分、晒失了柔情，只剩下干瘪的空壳。刺进手心里的刺风扬兮能挑出来，扎进心里的刺他说也能挑出来。他不知道，那一刻，她已经没有心了。胸腔里跳动的只有恨，每跳动一下，就把那股戾气送进她的血脉，连吐出的话语、呼出的气息也带着切齿的恨意。

"蔷薇是多好的女孩子，你不知道吗？你怎么忍心让她死，下了毒还要血祭？你甚至就在下面眼睁睁地瞧着。月魄，我不认识你，我认得的月魄不是这个样子！"

蔷薇当然知道院子里的是月魄，所以装疯扮傻胡言乱语。他根本不怕蔷薇会说出来，他为了不让永夜发现他的秘密，连隔壁医馆里埋在土里的东西都没有动过。

永夜瞪着月魄良久，转身往屋外走："山上有什么，让你如此害怕我去？我本来就没打算活着从这里离开，现在我就要去看看。"

"不准去！"月魄站起伸手死死拉住她，眼里带着一种恐惧。他的力气真大，永夜觉得手腕快被他捏断，"你明晚就要和我成亲，我不准你离开这里半步。"

永夜放声大笑："成亲？和你吗？今生今世都不可能！就算你打断我的腿，我也要去看一看，有什么还能让鼎鼎大名的游离谷谷主害怕！"

月魄眼中的温柔荡然无存，她是这样美丽，她是他最不想伤害的人，她固执地保护他，让他的心一软再软，他甚至想，如果可以，他会瞒她一辈子。

他撤了所有的牡丹院，将游离谷的势力全转到暗处。他甚至不想杀她的父王，不想报仇。可是注定她认识他就是个悲剧，注定他会让她伤心。

月魄猛力一扯将永夜箍进了怀里，惨笑道："你不是想看有什么，你是想看他对吗？我不想杀蔷薇，是你！在西泊族的地室中你喊出风扬兮的名字时，我就救不了她了。我本想让你救了蔷薇走，借机回到你身边。因为，我一直相信你说的话。你说，救了蔷薇，我们就过平静日子……可是你在地室时抱着蔷薇仰头大喊风扬兮的名字时，我就知道不可能了。你在情急之时只肯相信他，你甚至没有走到我身边来……那时我就想，你的心不在我身上了。你自己不明白，我却看得清楚分明！"

"所以你让她毒发身亡？你怎么能这样狠，月魄？"永夜被他困在怀里，想起蔷薇，恨得一口咬了下去。

她用了全力，直到口中满是血腥，直到没有了力气。

月魄动也不动，胳膊上慢慢渗出血来，似没有知觉。他冷漠地说道："你为了他可以嫁太子燕。之前我问过你，你却不肯点头同意嫁给我。从你决定嫁给太子燕起，我就不想瞒你了。风扬兮是我劫出来的，我知道你一定会来。现在，你就为了他嫁给我好了。"

永夜抬头望着他说："回魂师父说美人娇无解，是真的吗？"

"是真的，从你来到这里起，我觉得你不必再有武功。你只是个平常人，这一生你都休想出这座山谷。"月魄的话很冷，可是他眼中却有股火焰在跳动。

"这一世，我最恨的就是违背了誓言相信了你。蔷薇死的时候，我就在想，是我的错，我明明看到她留下的东西，明明把所有的疑问都解开了，可是，我还是不肯信。直到睁开眼睛看到了你，直到在小镇上看到了张屠夫，看到了胖掌柜，看到了回魂师父，我就知道，这里就是安家老夫人的老家福宝镇，这里也是你的老家！月魄，你不必用风扬兮要挟我，我知道，就算我嫁给你，他也只有死！我不会嫁给你，死也不让你如愿。"

月魄被她激怒了，他为了她做了多少背弃游离谷的事！从前的永夜盼着与他一起，而现在的她宁死也不愿意嫁给他。他一咬牙说道："你没有选择，你想死也不行，我可以让你连死的力气都没有。你还想再试一试？"

他不是那个月魄，不再是从小护着她、宠着她、对她永远温柔的月魄。永夜再一次告诉自己，眼前的人是游离谷的月谷主，她的月魄在狠心杀了蔷薇之后就不存在了。

这个世界上没有人能值得她信任，没有人。

那么多年的依赖瞬间化为泡影，蔷薇苍白的脸刺激着她，风扬兮的下落不明激怒了她，是什么时候起，她就想冲到他面前大吼大叫发泄心里所有的苦痛？是从墨玉穿了自己送他的乌金甲衣，还是透过阳光看到蔷薇刺在竹席上的那弯明月？是西泊村寨蔷薇在怀里死去的瞬间，还是风扬兮被劫走的刹那？

悲伤与绝望像毁灭一切的熔浆，烧去了她所有的理智，让她不顾一切地揭穿真相，甚至不肯虚与委蛇。她原本可以装着不知道和他过下去，再寻找机会，可是她控制不住自己。从来到这里之后，她看到他，就像看到那条让她惊跳起来的丑陋蜈蚣，虽然取了个可爱的名字，蜈蚣还是蜈蚣！

看到他的时候，漫山遍野的花失去了颜色，再美丽、再祥和的小镇也变得如地狱一般丑陋。

她笑着告诉他，卖肉的不是张屠夫吗？他家乡街口的张屠夫，原来是游离谷的张屠夫。她从胖掌柜那里只买下一根墨玉簪子，笑着告诉他，墨玉和他的亲密关系。她甚至直截了当地告诉他，这里就是安家老夫人的老家福宝镇。

她在一个不好的时机，将自己和他同时逼进了死局，没有后路。

永夜的心早已千疮百孔，她从来不知道一向识时务懂得求生之道的自己原来也有这样的勇气——"宁为玉碎，不为瓦全"的勇气。

然而困兽还要拼死一斗，只要人还活着，就有希望，骨子里的求生欲望和多年的训练逼着永夜冷静。

"我要见他，现在。"永夜高抬着下巴，"你不介意受点儿刺激吧？"

月魄笑了："我不介意。我没什么可介意的了。"

客栈的青布旗迎风招摇，永夜奇道："他不在山上，住在客栈里？"

"本来是在山上，可是，他是唯一来观礼的客人，不住客栈难不成住我家？"月魄走进客栈，推开了天字一号房的房门。

山上会有什么？永夜再一次好奇。

风扬兮望向门口，眼中闪动着惊喜："永夜，怎么是你？难怪早上听到喜鹊吱喳闹腾。你穿女装真漂亮！可惜这衣服颜色太素，衬得你脸色不好！"

他靠坐在床上没有动，还是那身黑袍，胡子邋遢，眼中布满了血丝，除了看上去有点儿疲惫外，没有丝毫受伤的痕迹。

他的话让永夜的心蓦然开朗，她笑着转了一圈道："是啊，这件衫子没有你送我的那件穿上漂亮。上回我换了髻，抹了胭脂，今天什么都没有。不过，上回是我第一次穿女装，感觉不同。"

"没关系，以后我给你买最好的胭脂，我帮你梳最漂亮的发髻。"风扬兮含情脉脉地看着永夜，极其配合地撒着谎，心却痛得一抽，她从安国到圣京不顾礼仪坚持穿男装，就连出嫁穿的女装也是月魄爱穿的月白色。

月魄的心也痛得抽搐。

原来她穿女装第一个瞧见的人是风扬兮，不是他。

她出嫁时虽然换了女装，她却穿着自己常穿的月白色，他原以为她心里还念着他的。

"月谷主，我可以走近点儿和他说话吗？"永夜笑嘻嘻地问月魄。那种礼貌轻而易举地形成一种疏离。

月魄笑了笑，站在门口没动："当然，只不过不要出格。别忘了，你明天就是我的妻子。你的手不论碰到他什么地方，我都会把那块地方的肉挖出来。"

"喂，我说永夜，你千万不要害我，离我远点儿。"

永夜呵呵笑着走近："嫁个爱吃醋的丈夫挺好，虽然听起来恐怖，但是，他在意我的感觉真的很好。"

风扬兮看着永夜扑哧一声笑了："你明天又要嫁他了？"

永夜悠然道："你真是个祸害！为了你前天我要嫁太子燕，明天又要嫁给月谷主。你是我什么人，我需要为了你出嫁？我来看看你，让你知道我是不是真的为了你要嫁人。"

她的感觉告诉她，隔壁房间坐着四个人，都是高手。她抬手将散落的一绺头发绾起，一根细竹管顺着她的手滑落在风扬兮掌心。不管回魂说的是不是真的，她只能一试，她的内力没了，她的手还是一样的巧。

永夜蹙着眉道："你是中了什么毒吗？跟病猫似的，一点儿不像名动江湖的大侠。"

"化功散啊，不然我躺这儿干什么？"风扬兮叹气，眼睛一如从前的锐利，"我不关心那个，我只关心，你看出来没有？你是不是为了我而嫁人？"

她眉心皱得很紧，似乎这个问题很难回答，想了会儿永夜才叹了口气："毕竟你也救了我很多回，月谷主说，不管是不是为了你，我都得嫁他。多一个理由也没关系，让你记得我的情也好。"

她站起身，回头望向月魄："我们走吧。"

月魄笑了笑，走到她身边，握住她的手道："我以为你会扑上去，划破腕脉弄破肌肤喂你的血给他解毒。"

永夜白了他一眼："真的可以解吗？你们怎么会这么轻易地告诉我？"

"当然，只不过你没那么笨，明知做不到的事情，你怎么会做呢？"月魄说着猛地扭过永夜的手，风扬兮脸色一变，永夜的手指手腕洁白如玉，没有半点伤口。

永夜痛得面色发白，却笑道："可惜这里没有血泉，我相信血泉解化功散比我的血有效得多。"

月魄盯着她，眸子里显露出一种伤感、一种恐惧。他慢慢松开她的手，笑道："你的手很美也很巧，我舍不得拗断它。"他回头冲风扬兮一笑，"明日请风大侠一定前来喝一杯。你救了星魂多次，在下很是感激。"

月魄拥着永夜走出了房门，很小心地掩上门。

风扬兮闭上眼，掌心贴着那根细竹管，咧嘴笑了。

第四十九章

魂飞魄散

圆月已渐变如钩，下弦月照亮了山谷小镇。云遮住了月光，洒下朦胧的暗影，显得那么幽暗，而群星却亮如灯火，璀璨晶亮。

永夜望着铜镜里的自己啧啧赞叹，笑着对四个侍女道："你们的手真巧，我越看自己越觉得漂亮。"

"小姐原本就是国色无双。"

永夜站起来，轻走了两步，繁华绮丽的大红衫裙像湖水泛起的涟漪层层漾开。

"其实走路真的不方便，要耐着性子，不能着急，一步也不能迈大。这样慢慢走，左五寸右五寸，屁股扭扭。"她喃喃自语，像一朵流云滑到了门口。

月魄也穿了身大红，一改从前淡泊的模样，英俊的脸衬得越发神采飞扬。

他挥了挥手，屋里的侍女屈膝告退。

"你和我想的一样美丽，只不过，没有新娘子这样好动的。你应该在这里坐着，等着酒席完了我来揭你的盖头。"月魄微笑着，如果没有意外，她会是他的。然而无形中却有一道墙横亘在他与她之间，就算他安排好了一切，他还是得不到她。他期望这一刻晚点儿到来，能多瞧瞧她也是好的。

永夜眨眨眼道："不是说要在酒楼宴请宾客的吗？"

"那是男人的事情，我和街坊邻居还有风大侠喝过喜酒就回来揭盖头。乖，回去坐着等。"月魄扶着永夜来到床边坐下，目不转睛地看着她，心里涌出离别的伤感。他亲手为她盖上红盖头，那块绸布落下遮住她容颜的瞬间，月魄的笑容已消失不见。为她揭盖头的人不会是他，不管他有多想。

"你给我下的是什么药？简直比传说中的点穴还管用。"永夜隔着盖头问月魄。

"说了你也不懂，这世间有太多神奇的药草，有太多种变化和搭配，它只是暂时让你麻痹。小坐一会儿，我就会回来。"月魄柔声说道，慢慢后退着走出屋子。眼前的永夜似笼罩在红色的雾中，她瞧不见他，月魄心一颤，几乎要冲动地上前揭了她的盖头，拉住她的手从此千山万水携了她去。

第四十九章

她不会跟他走的。在他们中间还有一个蔷薇，一个曾经娇若春花、扬着笑脸叫他月哥哥的美丽女孩。

从蔷薇死的时候，他就应该明白，他永远地失去他的星魂了。

月魄颤着手拉上了房门。

门被关上，山坡下小镇已响起了爆竹声，笑声隐约从风里传来。

永夜凝神静气，手微微一动，那根救命钢丝缓缓从掌心移出。她艰难地一点点移动着，如同在山谷里对抗软骨散一样，刺激着自己的神经，用痛楚解除麻痹。

门"吱呀"一声被推开，她没有动，冷冷问道："谁？"

透过盖头下方，她看到一双薄底皂靴。

"他是真的要娶你……"墨玉的声音分外凄凉，"他困住了母亲，只为了要娶你。"

永夜笑了起来："怎么，我连内功都没了，做你的嫂子你该放心才是。我怎么斗得过他？"

墨玉喃喃道："母亲一直在等你。我瞒了她很久，我真是不孝。"说着抱起她，望了望被装饰得喜气洋洋的房间，眼里流露出伤心。他顾不得月魄，飞快地离开。

镇上的酒楼坐满了宾客，桦木桌拼在一起成了一张大桌，摆上了原来京都牡丹院大厨陈师傅亲手炒的菜。

风扬兮就坐在长桌的尽头。

月魄神采飞扬地走进来时，他的眼角跳了跳。永夜没有跟着他一起来，没有看到人，风扬兮没办法放心。

在一片贺喜声中，月魄走到他身边，举起了酒杯："风大侠能来观礼，在下荣幸之至。"

风扬兮饮了一杯，笑道："新娘子呢？该不是害羞躲起来了吧？"

四周的人跟着起哄，嚷着要见新娘子。

和普通人成亲一样，这里也有嚷着要闹洞房的人，吼声还不小。

月魄笑道："在下敬大家酒，饮完酒再闹吧。"

他饮下酒，望着风扬兮轻声说："星魂从来内心都很独立，也很脆弱，她最恨背叛，我伤了她的心，你也一样。"

风扬兮锐利的眼神盯着月魄，几乎忍不住想要动手，他慢条斯理地喝着酒道："风某不懂月谷主的意思。"

月魄沉默了会儿道："星魂一直很想要幸福平和的日子，不想做黑夜里的刺客。我给不起，你能。风大侠耐性再好点儿的话，没准儿能实现她的梦。"

风扬兮疑惑地望着月魄，难道他知道他功力已经恢复了？可是永夜在哪儿？月魄的意思是让他现在不要动吗？

虹衣坐在一旁，默不作声，情不自禁往山坡那个方向瞟了一眼。他拎起酒壶和酒楼里的人干杯，慢慢退到门口，一闪身不见了。

不到片刻，他白着一张脸回来，走到月魄身边低声道："她不在新房里，墨玉公子也没来。"

月魄手中的碗"哐当"一声摔了个粉碎，脸变得比虹衣的脸还白。

酒楼里很吵，却在这瞬间安静了。

月魄的目光从风扬兮身上掠过，有一分伤感，也有一分羡慕。他冲他笑了笑，对满堂宾客道："我酒饮多了，新娘子也等得急了，先行一步，各位尽兴便好。风大侠少安毋躁，有些事情是急不来的。"

月魄说完带着虹衣出了酒楼。

风扬兮怔住，心里焦急万分，永夜出了什么事？月魄明显话里有话。

新郎一走，宾客竟渐渐散去。

掌柜的走到风扬兮身边对他一礼："谷主说，风大侠若是想要星魂平安，就请在此等上一炷香。"

他恭敬地捧出一个香炉，上面插了一支粗大的线香。

"谷主还说，让老朽陪风大侠等。"掌柜的说完，摆出一副视死如归的模样，抻了抻袍子坐在了风扬兮的对面。

风扬兮笑了笑，很安静地饮酒，心里却急得要命。慕容燕什么时候能带兵赶来？他很怕，很怕慢一步就失去她，可是他现在只能等。

这是虹衣第一次见到月魄施展轻功，他从来没见过月魄用武功。这位谷主弹指间消弭游离谷的一场大祸，保存实力，将福宝镇经营得像一个家，连他这个刺客都喜欢上的家。他看上去温润无害，甚至从来没有发过脾气，不知道的，以为他就是一个只会点儿医术、会施毒的普通人。

而此时虹衣却叹了口气。他相信，如果和月魄对招，不用毒，他也在他手上过不了五十招。

月魄的长衫在风中飞舞，虹衣拼尽全力离他还有十丈远。他望着山上黑黢黢的山林，禁不住担心，墨玉公子会将永夜带到哪里？被困在山顶别院的老夫人要做什么？

灯光突然出现，别院的白墙中悄然寂静。

暗处突然闪出三个人，对月魄一礼："谷主。"

"三公子呢？"

"三公子没有来。老夫人在别院。"

月魄闭上眼，心颤抖了下，他回望山下的小镇，想了想道："谷中所有人都撤了吗？"

虹衣低头："照谷主吩咐，只要谷主中途离席，就全部撤走。可是……风扬兮他……"

月魄看了他一眼道："老掌柜陪着他，他不敢动。你去接应老掌柜吧。"

"是！"虹衣答了声，和暗处中的三个人飞身往山下奔去。他回头看了看别院，永夜的脸晃过脑中，他叹了口气，头也不回地离开。

月魄心跳得很急，他冲进别院后山，在一堵石壁上启动了机关，山壁露出一个洞来。他脚步未停，冲进去大喝一声："住手！"

山洞中如西泊村寨一样设着一个祭台。永夜躺在祭台上，长裙散开，红衣似血。墨玉提着刀站在她身边，她手中已握住了那根钢丝。

听到呼声，墨玉的手停了停。

老夫人坐在椅子上恨声道："杀了她！"

墨玉握刀的手缓缓举起。

"墨玉！"

那声音悲伤得让墨玉难过，他回望越来越近的月魄，哑着嗓子道："哥，她是仇人之女！"

月魄一步步走近，他防着这一天，自从永夜进了山谷，他就不让安老夫人知道这个消息。他怕她上山，他真的怕。

墨玉的刀指向永夜："你别过来，什么女人不行，你就一定要她？你不知道她为了灭游离谷什么招都使得出来？我一定要杀了她！"

"墨玉，你杀她，你就不是我弟弟！"月魄的脸异常可怕。他盯着墨玉那把刀，静静地站在他身前。石台上的永夜什么话也没说，眼眸里泛出的竟是讥诮之色。她什么都知道，为什么偏偏不明白他的心？

老夫人听得月魄的话，站起了身。她回身怒视着月魄，扬手将手中的佛珠砸过去："你忘了，你忘了你爹是怎么死的？那年你五岁，你忘了你在这里看到的情景？你忘了你发下的毒誓？你忘了你在爷爷临终时的承诺？你怎么可以娶她？"

月魄站着没有动，任佛珠砸着他，在地上颗颗散落，清脆的声音在山洞里久久回荡，每一颗珠子都弹在他的心上。他怎么会忘记呢？

端王李谷那一枪没有杀了他爹，却抢了族中至宝《天脉内经》，杀尽了三千西泊将士。他爹从死人堆里出来，西泊三千将士的亡魂日日纠缠着他，失去族宝的愧疚折磨着他。全家离开了西泊来到圣京，五年后安家在圣京立足发家。在这里，他亲眼看着他爹祭了自己!

那一晚中秋,从祭台上流出的血染红了月亮,用仇恨与鲜血建起来的祭台从小就重重地压在他心里。

他和墨玉为了仇恨付出了多少?

永夜怔怔地听着,她觉得很不可思议。一个战败的族长为什么不恨自己学艺不精?《天脉内经》是西泊的至宝?难道……她想起了十八年前自己被掳走的事情。

月魄跪在老夫人面前,闭上眼道:"难道我们不能在这山清水秀的地方平静祥和地生活?我们就一定要日日活在仇恨之中?我已经废了她的武功,她只是个普通人,她一辈子都离不开这里。当年是战场,各安天命,纵然端王太过残忍,但那不是星魂的错。饶了她,娘!"

"好,你真是个好儿子!"安老夫人被月魄的话气得浑身发抖。

为了这个女人他忘记了仇恨与誓言,不惜下令将她软禁于此。

"玉儿,你让开!我知道你与你哥感情深,你恨她却碍着你大哥下不了手,我来!"老夫人冲过去,一把抢过墨玉手中的刀,望着永夜的脸冷笑,"自古红颜是祸水!我丈夫死在你父王手中,我两个儿子从小就没过一天好日子。而今你居然能诱惑我的月儿为你忤逆不孝!月儿,你要阻止我杀她,你就动手杀了你娘!"

"月魄和你长得很像!"永夜突然开口,声音在山洞里幽幽回响,"那天在佛堂看见老夫人,我总觉得很面熟。大公子说你是墨玉的亲生母亲,我以为是墨玉长得像你。可是回去后我画了幅画,原来月魄长得更像你。夫人年轻时肯定也是个祸水!"

老夫人被她一声"祸水"气得握刀的手直颤:"那日玉儿擒了你,若不是想借你散了安家,你以为你会活到现在?"

"我当然会活到现在,我长得这么漂亮,你儿子舍不得的。可惜你当时没有杀我,否则倒真可以试试看你儿子会不会救我!"永夜肆无忌惮地挑拨,眼中全是得意。

她的话深深刺痛了老夫人的心,安老夫人怅然回头看月魄:"月儿,你会吗?告诉娘,你会吗?"

月魄低下了头,墨玉的目光也移向了他。

永夜等的就是这个时机,她突然一跃而起,手中钢丝已抵住老夫人的喉间,微笑道:"你们一家人不用推来推去,我虽然没了内力,但一样也可以杀人的。"

墨玉和月魄一呆,谁也没想到永夜居然能动了。

"月魄你不用施毒了。我保证在身体无力前,这根钢丝能穿透你母亲的喉咙。"永夜笑了笑,手上全是钢丝刺出的血点。

"你放开我母亲,我放你下山。"月魄的声音无限疲倦。

第四十九章

再没有机会,他和她之间真的再没有丝毫能够和好的机会。就算他不想再提仇恨,带着游离谷的人在山中平安地过日子,她也永远回不到他身边。

"李永夜,亏我哥对你这样好,你没心没肺!蔷薇郡主是我杀的,我们混进西泊秋祭是想用她诱你来。是我对她下了毒,我大哥根本就不知情!安伯平别院中施毒设弩箭手的人也是我!一直是我想杀了你,你冲我来好了!"墨玉吼道。

永夜一怔,月魄盯着她的手,他的目光没有看她。

蔷薇不是他杀的?为什么他不解释?永夜苦涩地笑了,墨玉是他嘴里一直念叨着的白痴弟弟,他有什么好解释的?难不成让她去杀了他心爱的弟弟?

永夜的心像解开了一道锁,却又被另一道锁锁上,酸胀得难受。她眼中泪光闪动:"晚了……不管是谁杀的,蔷薇都活不过来了!她活不过来了,懂吗?"

永夜大吼一声:"让开!"

已经晚了,在他囚住蔷薇的时候,就已经没办法挽回了,他摧毁了她心中最美好的希望。不管他现在是否不再让游离谷的人当杀手,不管他是否想避入山林过悠闲的生活,她心中的那个温暖的月魄已经不在了。

她和月魄相距只有两丈远,却像是一个在天之涯、一个在海之角。无论他们曾经有多么亲密,有多少浓情,两人已走上不同的轨道,拉远了彼此的距离,永远没有再一次相互依恋的机会。

永夜推着老夫人往前走了一步,挡在身前的老夫人身体突然一软,倒在了地上。

永夜吓了一跳,月魄和墨玉已惊呼着奔来。老夫人手中的刀直插进小腹,只留了个刀柄在外面,血如潮涌,瞬间染红了祭台。

"她……会带来灾祸……离开这里。"老夫人目光眷恋地从墨玉和月魄脸上看过,看到血漫过祭台时,笑了笑,"你父亲最后死的时候就在这祭台上,他……用他的血建起了这方祭台……我也一样。"

老夫人合目撒手。

墨玉抱着老夫人放声大哭,月魄跪在一旁,他的脸抽搐得可怕。他抬头望着永夜,他就这样看着她的脸,那目光像刀,充满了怨恨与悲苦。

永夜一激灵,吓得慢慢退后,她并不想杀他的母亲。

蔷薇死在墨玉手中,可是蔷薇却是因为发现了他的秘密被他囚禁。他废了她的内力,他却想娶她。他的母亲不是死在她手中,却是因她而死……永夜已分不清谁欠了谁,谁又害了谁。

她大喊一声,拼命往山洞外跑,只想远远地离开他,再也不要见着他。

一角红衣闪过,月魄挡在了她身前,什么话不说,依旧用那种眼神盯着她。

"原来……你武功这么好！"她喃喃念着，原来他的武功是这样好，"你还有什么没有骗我的？"永夜心里仅存的留恋像被炸飞的房子瞬间烟消云散。他一直骗她，哪怕知道他是游离谷谷主，她也始终觉得他是受了胁迫，不是他愿意的。

蔷薇的死让她不能释怀，月魄的欺骗更让她痛入骨髓。

一个人狰狞起来是这样可怕，月魄英俊的脸因为痛苦几乎扭曲变形。他一步步迫着她，永夜情不自禁地后退，直到退无可退，靠上了山壁。

月魄缓缓伸出手想捉住她，永夜拉过他的手过肩一摔，月魄摔了出去，只在眨眼间他又跃回到她身前，淡然一笑："难怪，你能动。"

永夜转身就是一脚踢出，脚踝一紧已扣在月魄手中。他轻轻挥出，永夜摔倒在石台上。

"墨玉，你带母亲走，我祭了她就来。"

墨玉擦了泪，抱起老夫人，旋开机关走进去，回头道："哥，你还有我！你不要连我都不要了。"

月魄微笑："我什么时候不管你了？"

永夜喘着气爬起，她被摔得龇牙咧嘴，听到月魄说要祭了她，吓得直往后退。

月魄大步走来，一把拎起永夜拖到那根柱子旁绑了起来。

"要我的血是吗？从我左手臂上砍一刀，这是最接近心脏的血管，一刀下去，用不着一弹指的工夫，我就会因失血过多而死。或者，从我的颈边来一刀，保证喷得让你痛快！"知道逃不过，永夜镇定下来。

月魄捧起她的脸，那是让他无比心疼的脸，为了她，他背弃了他的仇恨、他的爹娘，背弃了游离谷。她是他从来都想保护的人，他毁了她的幸福，她何尝不是也毁了他的幸福？

"红颜祸水！我说过，我娘也这样说……"

他扣住她的下巴，缓缓低头吻上永夜的唇。他的唇如火一般炽热，像要烧尽天地间所有阻隔他的东西。

永夜被动地仰起头，恨不得一口咬断他的舌头。月魄恍若不知痛楚，执着地不肯放弃。两人像两只野兽撕咬着，直到口中满是血腥，分不清是谁咬伤了谁。

他终于平静，细心地抚上永夜的嘴角，沾起一丝血迹，唇色娇艳，没有伤痕。是他的血吧，为什么他没觉得痛？

她看他的目光是如此陌生，陌生得让他不敢再靠近，仿佛再抱她一下，她浑身会长出刺将他刺得千疮百孔。

"你动手吧！我会记住，下一世再也不要相信任何人！"永夜几乎从牙缝里一字字挤出这句话来。

月魄嘴里的血腥被他一口吞进了肚里。是什么样的恨让她恨到下一世？如果在黄泉摘一朵花就能记住今世，他会把那些花全采了。他可以一刀杀了她，从此一了百了。幼时星魂的脸，长大后她的脸，在他眼前重叠，他真的要杀了她？

月魄惨然一笑："我怎么会杀你……我宁可杀了我自己。他会找到你的，你给他的那管血早让他恢复了功力不是吗？我当时恨不得捏碎你的手！可我还是不舍……星魂，我以为星月可以长久相伴，可惜，你宁肯为他坠落，也不愿意再留在我身边……"

月魄扭头旋开了石门机关，走到门边，他回头望了她一眼，她穿着红嫁衣，她本来应该是他的新娘，可是，他却再不能带走她。月魄嘶哑着声音道："这世上再不会有游离谷了。"他决绝地走进了石门。

偌大的山洞里只剩下永夜一个人。

她呆呆地看着那角红衣闪进石门再也看不见，她不知道是什么感觉，仿佛一下子就空了。她知道，这一生，她再也看不到他。

雪地里，八岁的月魄颤抖着声音替她顶罪："是我！"他迈出那一步，也从此走进了她的心。

十岁的月魄在三位师父发现他们时，站了出来，呵着冻僵的手在药园里翻土。

她离开山谷时，月魄坚定地说："我一定会认出你。"

她问他："如果谷里的人叫你来杀我呢？"

月魄很认真地看着她："不会有那一天的。你知道，我一直当你是兄弟。"

八年后，他出现在京都，英俊之中更带有一丝出尘的清逸，剑眉下的双眸闪动着睿智的光。他用小星吓她，她不要它靠近，他却说："我靠近你。"

可是，他的目光不再像小时候那样清澈，他更多的时候，瞅着她的时候，温柔中总带着一份淡淡的悲伤。每一次和他在一起，都小心得像是没有明天。

永夜满脑子全是月魄，是谁伤了谁，又是谁害了谁？

"永夜！"风扬兮一剑斩断绳子，永夜倒在他怀中，目光恍惚迷离地望向山壁一角。

有士兵冲过去，永夜蓦然惊醒："不要！"

她的声音很大，震得山洞内的回声久久不停，永夜抓着风扬兮的衣襟泪流满面："求你，不要追了，永远不要找到他……我求你好不好？"

她蓦地大哭起来，所有的悲伤在这一刻爆发出来。

这是他第二次瞧见她落泪，第一次是为了蔷薇，第二次却是为了那个人。风扬兮心中掠起一阵刺痛，紧紧抱着她，哑声答道："好。"

　　他抱起她大步向外面走去，喝道："封了这里，拆了这个小镇，一片瓦也不准留！"

　　山谷入口处，太子燕悠然骑在马上，见人马撤出才松了口气。

　　风扬兮抱着永夜一句话也不说，上了马车方道："走吧，再没有游离谷了。"

　　怀中的永夜一动，眼角缓缓滑下泪来。

　　他叹了口气，轻轻为她拭去泪，将她小心地搂进怀里。

第五十章

没有胡子的太子

如云的帷帐丝滑地坠在地上,目光移向身边,宽大的雕花木床铺着锦绣龙云团花床单,永夜像受惊的兔子噌地跳了起来。

身上穿着宽大的浅紫绸衣,长裙曳地,差点儿绊了一跤,赤脚踩在冰凉的金砖上,她有点儿无所适从。

这是在宫里吗?这里就是齐国的东宫鸾殿?永夜掀开帷幔,光线透了进来。她眯了眯眼,四周很安静。她走了几步,听到有人过来,永夜往帷幔后一闪,听到两个侍女的声音:"娘娘还没醒?都快午时了。"

她轻咳了声,声音马上消失,两名侍女对她道个万福齐声道:"奴婢侍候娘娘更衣。"

"不必,我饿了,现在开饭。"

两名侍女有点儿不知所措,正要说话,永夜已皱了眉:"别和我说宫里那些规矩,我现在饿了。"

坐在饭桌上,她慢条斯理开始吃东西,吃了一半,才想起从山谷里回来,似乎在马车上被风扬兮抱着她的时候,她就睡着了。

一种伤痛在胸口流转,永夜深呼吸,让自己不要再想,她要将他永远地摒弃在记忆之外,没有这个人,没有游离谷。

"娘娘,皇上请您用膳后天机阁觐见。"

"这是哪儿?"

"回娘娘,这是济昌宫。"

不是东宫,记得太子燕说过,太子妃是住在东宫鸾殿,怎么跑这里来了?

"去给我备套……"永夜叹了口气,她不能再穿男装了,"简单点儿的襦裙。"

不管是不是东宫鸾殿,这里也是皇宫。风扬兮……他不知道她没有内力,想要出宫翻墙有困难?风扬兮将她扔进了皇宫里,他怎么能这样做?

永夜想大笑。

月魄如此，风扬兮也是如此！

谁说刺客能够得到幸福？

她瞟了眼华贵的宫殿，下定了决心。离开，远远地离开，没有了游离谷，没有了月魄，也没有了风扬兮，她还有她自己。

永夜镇定下来。

她现在要面对的是齐国皇帝。她不愿嫁太子燕，不愿意，这个想法很简单，可是却显得那么难。

这个世界上没有什么能难得住她。对远在安国的父王与母亲，永夜有种深深的思念。她很想回到莞玉院，很想在家里待着。

换好衣裳，梳好髻，她晃了晃脑袋，不是很重。永夜提起裙子大步走了出去："前面带路吧。"

天机阁是齐皇宫最高的建筑，黑色云石筑成的宽敞台基上建有三重九脊悬山式穿斗殿宇，气势雄伟。据说站在天机阁，圣京能尽收眼底。

永夜迈上台阶回头一看，两名侍女跑得喘气，自己体力比她们要强得多。永夜笑了笑，等她们赶到，放慢了脚步。

仰头看去，就这样的角度已足以让人心生敬畏。齐皇是什么样的人呢？都说帝心不可测，是像裕嘉帝那种面带猪相、心头明亮的，还是像陈皇那种温文尔雅、风流潇洒的？永夜暗暗猜测这次会面的结果是什么。

她从安国嫁来已经两月有余，才真正进入齐宫，中间的波折无数，齐皇会如何看待她这位不想嫁太子的太子妃？

思索间，永夜已上到了最高一层台阶。宽大的石台上站着守卫的禁军，一名老宫侍见她来了，赶紧进内通报。

永夜安静地站在天机阁外，不多会儿，老宫侍笑眯眯地走出来，轻声道："皇上等候娘娘多时了。"

"多谢公公。"永夜有礼地说道，提裙进了殿。

天机阁内异常宽大，四周窗户打开着，风从四面八方灌进来。这里让人心情舒畅，永夜是这样认为的。

眼睛已瞥见一角黑色龙袍，她跪下行礼："安国永安公主叩见皇上。"她用的还是安国的身份，一觉睡醒就变了天，她不承认。

"免礼吧，走近点儿，让朕好好看看。"齐皇的声音很虚弱，长年的帝王生涯再虚弱的声音也不由自主地充满了威严。

永夜站起身，缓步走到齐皇身前，正欲行礼，他拦住了她："来，坐朕身边来。"

永夜告了谢，坐下。

"赦你无罪，抬头与朕说话。"

永夜缓缓抬头，这才瞧清齐皇半躺在一张软椅上，旁边放了张锦凳。他年纪很老了，须发皆白，眼神很温和。

"果然国色无双，听说，你自小身体弱，是当男儿养到近十八岁，所以一直着男装？"

"回皇上，是的。这身女装，还不是很习惯。不过，我还是很喜欢。"

"呵呵，你说话很直接。朕也不喜欢绕圈子，告诉朕，你愿意嫁给太子吗？"齐皇眼睛突然眨了眨。

这有点儿调皮的举动让永夜愣了愣，她缓缓说道："陛下会怪罪于我吗？"

"不会。"

"我不愿意。"

"为什么？太子博学多才，虽然不会武功，也单薄了点儿，可他也是个好男儿。"

永夜笑了笑："回皇上话，世上的好男儿很多，永夜不是每一个都要喜欢的。"

"你喜欢风扬兮？他送你进宫，明摆着放手，你还喜欢他？"齐皇不动声色地问道。

永夜心里一抽。

为什么听到他要她嫁太子，她会那么生气？

他在天牢，为什么她一想到他的样子就会心疼？

她轻易地换上了女装，只为了救他？

她喝下虹衣的酒，真的只是为了证实月魄是游离谷的人而不是为了风扬兮？再想有什么用呢？他已经送她进了齐皇宫。

永夜深吸一口气，道："皇上误会了，风扬兮与永夜是……"她竟然连"朋友"二字都说不出口。

她几时与他成了朋友？她是他想杀的刺客星魂。后来，他不杀她了，两人在一起对付游离谷算是合作吧。

"皇上，永夜心里没有喜欢的人。不想嫁太子不是因为风扬兮。"永夜定定地说道。

齐皇笑了，脸上笑容带出很深的痕迹。他想了想道："自古婚姻，都是父母之命，媒妁之言。朕欠你父王一个人情，所以才答应了这门亲事。你父王也答应朕在他有生之年，他会尽力阻止安国与齐国交兵。他很疼爱你，所以，他还提了个要求。如果永夜没办法喜欢上朕的儿子，这门亲事就作罢，但是无论如何，要让你远离安国。"

永夜瞪大了眼睛，不敢置信。

齐皇微微一笑："但是朕也有个条件，永夜如果喜欢上朕的儿子，就一定要进宫做太子妃。朕想，这很公平。"

这是什么意思？喜欢上太子燕自然会进宫做太子妃，这算什么条件？永夜有点儿听糊涂了。

齐皇接着说："朕要谢谢你，替朕解决了个大难题。一直以来，安家把握着齐国的财力，朕不是怕他有钱，是怕这朝中大臣都钻进了钱眼里，上下帮着安家说话。长此以往，皇权就会被架空。二十年前，朕就发现了迹象，一直很苦恼，既要利用安家，又想除掉安家。安家垮了，朕是最开心的，所以，朕向你坦白，让你自己选择。朕再问你一遍，你真的不喜欢风扬兮吗？"

永夜垂下眼帘，藏住一片伤心。他扔她进皇宫，他终于还是把她扔给了慕容燕。

"永夜没有意中人。"

"你也不愿意嫁燕儿吗？"

"是。"永夜毫不迟疑。天大的好事，以后，她不用顶着太子妃的头衔与太子燕周旋。他是个好人，却让她喜欢不起来。

齐皇道："不悔？"

"多谢皇上开恩，皇上是位圣明的君主。"永夜由衷地说道。

齐皇摇了摇头："朕老了，朝中事务都交由太子，不日朕会退位于他，安心做太上皇，不问政事。太子翅膀早硬了，连朕也要忌他三分。"

"怎么会？皇上精神矍铄，且能看开一些事情是好事。"

"呵呵，你很讨朕喜欢。不过，你自己去对太子说吧。扬儿！你出来吧。"齐皇朝里唤了一声。

楼梯上缓缓走下一个气宇轩昂的年轻男子，高大的身板，黑色衮龙宽袍，金冠扣顶。

他的脸出现在永夜眼前时，她呆呆地眨了眨眼。他的气息如此熟悉，那对浓眉，浓眉下锐利蛊惑的眼神，他的嘴微往上翘，下颌线条分明，与太子燕的清秀截然不同，带着男性的张扬与魅力。如果他脸上还有大胡子，而不是下巴一圈泛出剃过胡子后的雪青色，他会是……

永夜吓得屁股一滑，从锦凳上摔坐在地上。她手忙脚乱地爬起来，结结巴巴地问道："不会……你不会是……风扬兮吧？"

"慕容扬兮见过永安公主。"声音很平，平得不带丝毫感情。他的嘴动了动，那张脸就生动起来，脸上的笑意很明显。

永夜倒吸一口凉气，他是那个胡子邋遢、看上去脏兮兮的、只会穿一身黑布袍的

第五十章

风扬兮？

见永夜吓成这样，风扬兮使劲闭住快要张大的嘴巴，却怎么也忍不住让笑容越来越灿烂。他摸了摸才剃干净的下巴，得意地想，比起姓月的那小子，他应该不会差吧？

永夜呆呆地想，五年前父王就定下了亲事，他从五年前就知道自己嫁的是他？慕容燕呢，慕容燕是什么人？一国太子说换人就换人？朝臣不奇怪，言官不议论，百姓不惶然？

"游离谷与安家密不可分，却在安国搅得翻天覆地。我从小就跟着师父离宫学艺，一直是燕弟顶了太子的名。燕弟对政事了无兴趣。如此，我在暗中查探，让游离谷和安家以为我齐国皇上羸病、太子软弱，更好行事。"风扬兮气定神闲地说，寥寥几句便勾勒出朝廷的微妙局势。

永夜看着风扬兮，脑子瞬间变得空白。

"永夜，现在你愿意嫁给我吗？"风扬兮在楼上听到了所有的对话，他想，是自己把永夜带进宫中让她气坏了。他不认为永夜对她的依赖是假的，不认为她在他面前的软弱是装出来的。她会为了他嫁给慕容燕，也会为了找他而进游离谷，但是，他不敢肯定她心里还有没有那个人。

他在落日湖竹楼里吻了她，她说的却是要和月魄过小日子。

他在安府救了她，第一次冲动地让她嫁给他，她却说第一次的女装要穿给月魄看。

她第一次穿的衫裙真的是月白色绣满银色的星月。

从福宝镇山洞里找到她时，她的目光散乱，是因为月魄。

风扬兮不敢肯定。但是，如果她愿意呢？他的心开始跳得很急。可是若她不愿意，她心里还念着那小子呢？风扬兮的手情不自禁攥得紧了。

照父皇的意思，一切按永夜的心意办。凭什么？风扬兮不知道他脸上的表情不由自主地变换，精彩极了。

熟悉又陌生的脸，鹰隼般锐利的眼神，浑身散发的气质，他本来就该是个王者。永夜低下头，轻声道："玩弄于股掌之间，很愉快是吗？嗯？"

风扬兮像被她掴了一巴掌，没料到永夜会是这种反应。他急切地分辩："永夜，我不是那个意思！"

"陛下，你能告诉我，你认识李二吗？或者，殿下认识这个人？"永夜面沉如水。没有回答风扬兮，她甚至连看他一眼都没有。

"你如何猜出来？"

"《天脉内经》。"

影子叔手上有《天脉内经》。这是父王那一战时从西泊族手中得到的，想必掳她的人也是李二。他知道父王手中有这卷武学至宝，他也是学武之人，自然得要挟来，谁知看不破中间的机关便送给了她。永夜想通了关节，不由得轻叹。

齐皇叹了口气："当年安齐大战后没几年，安、陈在散玉关开战，那时我还年轻，还想着雄霸天下，所以遣了御前一品侍卫去京都劫走了你，想让你父王惨败，陈国能攻进散玉关，安国必会元气大伤。他一直没有回来，后来我才知道你父王救过他一命，他不愿意用你做人质，便偷偷养着你，可是他对不住我，所以潜入了游离谷。知晓李言年假冒世子的计划，也顺便把你带了进去，让你回到王府，这法子对你没好处，可是却利于他潜在李言年身边看清游离谷的动向。你长大成人后，他才回来，这就是朕欠了你父王的原因。"

天机阁殿门口缓缓走进一个人，弓着背，清瘦的脸，深伏于地："离涯对不住皇上！"

"起来吧！我想，你一定也很想见到永夜。"

离涯抬起头，目光中充满了感情，愧疚地低下头："永夜，是我害你离家十年。"

永夜无限伤感。如果不是离涯，也许她一生也不会知道自己是谁；也许，她永远不会是刺客星魂，永远不会认识月魄，不会有这样的十八年经历。像夹住的血管突然松开，月魄与游离谷如血液奔流，再次回到脑海中。

没有可信的人，这世界上永远没有可以交付真心的人。

她跪下朝离涯磕头。

离涯吓得赶紧回礼。

永夜认真地问道："影子叔叔帮了永夜很多回，也救了永夜很多回。请你告诉我，你说你要走了，报了恩，要去尽忠。是在我去找王老爹那次，你认出了风扬兮吗？"

离涯情不自禁地看向风扬兮。

永夜轻声说："我只想听一句实话。"

离涯低下头道："是。可是殿下他……"

永夜打断了他的话，朝他磕了三个头："永夜明白，永夜依然感激影子叔叔。这么多年，我……"她的目光与离涯碰在一起，那是种深深的眷恋。对永夜而言，与影子叔的这种默契与依恋有时候胜过了她与端王。

她站起身道："永夜不愿嫁风扬兮，也不愿意嫁太子，这就收拾行装回安国。永夜告退！"

齐皇叹了口气，瞟着风扬兮木立的模样忍不住"哼"了声，温和地对永夜说："回去记得向你父王问好。当年的事就不必提了,这个……你父王报复心很重哪,朕不忍瞒你,永夜也替朕分分忧。"

"永夜没有损伤,知道分寸。永夜告退!"她站起身,秋风吹来,永夜满脑子只有一个念头:回家。

她的身影消失在天机阁,风扬兮脸色铁青,她连瞧都不瞧他一眼。

"你若是早回来做太子,不在江湖中游荡,不早就结了?"齐皇半阴不阳地扔下一句。

风扬兮回头怒道:"燕弟做太子又怎么了?我照样可以辅佐他。我不想当皇帝!这下父皇如愿了?我答应继承皇位,可是你答应我的事呢?你早说过我只要解决了游离谷、解决了安家就不逼我做太子。如今又拿两国亲事说事,说什么永夜一定要嫁齐国太子,我若不做太子,就娶不了她。可是现在呢?你骗了我,还让永夜自己选,她那个脾气,早认定我在耍她了。"

"殿下息怒!永夜一时半会儿有点儿接受不了。奴才看……"离涯朝永夜离开的方向瞟了一眼。

风扬兮清醒过来,匆匆对齐皇一礼:"儿臣告退!"

齐皇无可无不可地摆了摆手。

看到风扬兮大踏步离开,他才笑了:"离涯,你去,这事也许你能帮上忙。"他轻声在离涯耳边唠叨了几句。离涯忍不住笑,深深低头:"奴才告退!"

齐皇望向窗外,喃喃道:"李谷,若不是欠了你,朕才懒得操心。"

永夜走下天机阁,两名侍女要引她回济昌宫。她淡淡地说:"不必了,皇上答应让我出宫,前面带路吧!"

离天机阁越来越远,宫门已经在望,永夜忍不住回头,骇然看到风扬兮像团黑云追过来,吓得拔腿就跑,边跑边喊:"你父皇答应让我回去!"

她提起裙子几乎跑出了自己的极限,宫门守卫目瞪口呆,下意识地将长戟一摆封住了宫门。

"让开!是皇上让我出宫!"永夜不顾一切拉着长戟用力一甩,顺势便向门口冲去。

腰间突然一紧,她尖叫一声挣扎起来:"你这是抗旨!皇上允了我出宫回安国。"

风扬兮没有理睬,要是放她走了,那浑身长嘴也说不清楚了。他抱了她直直走向济昌宫:"我们好好谈谈,如果你不肯,我说过,绝不勉强你!"

"我不想和你说!"

"非说不可!"

永夜咬住唇不吭声了，心里的委屈越来越重，月魄如果没有废了她的内力，她会这样怕他？回想从前飞檐走壁，飞刀随心所至，现在什么都不行，他不让她走，她连宫墙都出不去。眼里水雾越来越多，终于凝成水滴滑落。

风扬兮喝退了左右，抱了她坐着，见永夜黑着脸一句话也不肯说，心里不免急躁起来："你不想嫁给我，是因为你喜欢姓月的那小子对吗？"

永夜挣扎着要从他腿上下来，风扬兮不放。永夜怒吼："这样没办法和你说！"

风扬兮松开手，永夜一溜烟儿跑到桌子对面坐下，擦了擦眼泪说道："想说什么说吧！说完我还要出宫回家。"见风扬兮眼睛一瞪，她赶紧加快语速道，"你说的，你绝不勉强我！"

风扬兮见她脸上全是怒意，发髻跑得散乱，心里涌上一丝内疚。见她防备着他，手伸出又缩了回来。一时之间竟不知如何开口，沉默了下才说："我本来……无意娶你。"

话一出口，便流畅了很多。

"我出生时因为早产，很虚弱，父皇怕我养不活就交师父带大我。我自幼不在皇宫长大，父皇干脆隐瞒了此事，觉得我游历天下也是件好事。佑庆帝那时还是亲王，定下了我的皇妹络羽。我自小离家，却很心疼这个小妹，加上本来就想查游离谷的事，所以，我去了安国，以游侠的身份助佑庆帝一臂之力。我很喜欢在外面的生活，很自在。五年前端王与父皇定下亲事，父皇告诉我，这门亲是为我定下的，因为端王妃国色天香，她的女儿应该不差。"

永夜冷笑："太子是慕容燕，你抢了他的太子位，不会再上演兄弟情仇？"

风扬兮淡然一笑："你和燕弟聊天便知道，他无意于皇位，更何况，如果不是你父王定下这门亲事，我何必去当这个太子？"

永夜有些疑惑。

风扬兮叹了口气："我父皇觉得我比燕弟适合继承皇位，千方百计要我做了这个太子，所以，你定的亲不是慕容燕也不是慕容扬兮，而是齐国太子。谁做这个太子，谁娶你，就这么简单。至于两个老家伙还有什么私下的交易，我就不知道了。"

"然后呢？"他的意思是这个太子还是为了她才做的？永夜冷笑。

"然后……"风扬兮望着永夜，想起在河边遇到她的神情，他了然于胸，却说了一堆话去开解她，明知道她要小聪明装天真，可是她却打动了他的心。

永夜见他迟疑，冷冷一笑："我替你说吧。你从来没有想过要娶我。你知道我的身份，知道我与游离谷的关系，所以，我请你做保镖正中你下怀，你顺水推舟跟着我去陈国瞧一瞧游离谷玩的什么把戏，没想到我挑起易冲天和你争斗，我……"

她想起风扬兮冲进火中焦急寻她的情景，永夜狠狠地告诫自己，都是假的，他不过怕自己死了，他对付游离谷少了个可利用的人。

"我居然帮着易冲天在背后给了你一刀，你重伤由慕容燕护着回到了齐国。所以，当你养好伤再次出现的时候，你一直盯着京都牡丹院，碰巧救了我。你心中起恨想报复，不顾我的安危，将我卖进牡丹院。你大方地拿我当诱饵，以为能找出游离谷的据点，所以，你在山中找了六天，顺便找到我。而李言年已成了游离谷的弃子，你并不灰心，因为你在夷山下的竹楼里看到了月魄留给我的字条，上面绝对不止写了那句话对吗？"

风扬兮愣了愣，想起月魄留在竹楼里的字条，字条上画了一弯月亮、一颗星，挨得很亲密，所以他才不愿让永夜瞧见。

永夜哈哈一笑："我跟着青衣师父在石室里待了三年，一只蚊子飞过我都能看清楚它长了几条腿，我看到了'医馆'二字，所以极想拿过来细看，你却把它揣进了怀里。我猜，上面肯定写着'平安医馆'的字样。所以，我到圣京一失踪，你就能轻易找到我并一直在我身边。"

永夜的话越说越急，风扬兮的眉越拧越紧，他几次欲打断永夜的话，又沉默了。字条上确实还有一句话，月魄写道：平安医馆，我还能等到你吗？明明是已经和他定亲的人，却和另一个男人勾搭，他如何不气？他不想让她去什么平安医馆，然而她到了圣京还是去了。

"你瞧见我进济古斋，你心里一动，想到了济古斋背后的安家。你以蔷薇为诱饵，让我心生愧疚，让我进安家，在竹楼里，你打了我一巴掌……"永夜难过。

"那一巴掌……"风扬兮想说，他当时就是生气，她不断地挑起他的怒气，他很后悔。

永夜抬起头，定定地说："你是正义的大侠，你觉得你明明知道我是刺客星魂，你都已经原谅我了，我就应该感恩戴德。你让我嫁给慕容燕，你并不想娶我，因为，我是个刺客小人不是吗？"

风扬兮又被她说火了："我是叫你嫁太子……"

"有区别吗？你有告诉过我你是齐国皇子？若要娶我，你还会是齐国的太子？"

"在安家佛堂里救了你时，我也说过让你嫁给我，不嫁太子！"

"哈哈！"永夜大笑，"安家佛堂……你知道安家有危险，你还是让我去了，因为，你要借我出事抄了安家，敢害太子妃，等于谋逆！你想的是要把安家这棵大树砍了！我去西泊看秋祭，你便也跟着来了。你知道，有我在就肯定能钓到游离谷的人，因为，你也怀疑月魄不是吗？只要吊着我，就一定能够找到他、找到游离谷！"

风扬兮被她一口气说的所有的话堵在了心口。不知好歹的东西！他深呼吸，平稳了情绪："你继续！"

"然后，是为了看清楚我的心吗？你和你父皇勾结起来，用自己要挟我，没想到中了游离谷的道，他们竟然劫了天牢。你其实一点儿也不着急对吗？就算迷烟吹进来，以你的功力你完全可以闭住呼吸假装被迷倒，你根本就没有中化功散，你胸有成竹地顺水推舟就进去了，否则，慕容燕怎么会轻易让我一个人留在安家佛堂？因为他巴不得让我有机会进游离谷。你很高兴对吗？因为我这个白痴真的就进了游离谷出现在你眼前，还放了一管血给你。"

永夜的声音低落下去，浮起忧伤的笑容："我不相信人，你不也一样？试出我的心你很开心对吗？然后剃了胡子优雅地出现在我面前，以为，我就会顺理成章地嫁给你对吗？"

风扬兮沉默了，他的确没有中游离谷的化功散，然而，他也没想到永夜真的会来，她的出现的确让他很开心，可是他何尝不是因为她的出现乱了方寸而为她担心？

她瞅着风扬兮，看着他沉着一张脸。他很生气？生气的人该是自己吧！永夜轻摇了下头。

游离谷已消失了，月魄不会让从前的游离谷再出现，他本性是善良的，他关了牡丹院，让安家收敛就是证明。没有什么需要风扬兮游走江湖奔劳的了。这么些年，他走遍天下，难道不是替他将来的江山做打算？

一切都在他的算计之中，他守着自己，观察着自己，也许，还喜欢上了自己。

一个月魄打碎了她对人的信任，一个风扬兮让她依恋，却又再次失望。

喜欢一个人，难道就应该如揽翠一样什么都放弃得干干净净？别的人会，可她不是普通的女子。男人的本性如此，她了解，似乎也怪不得他。

占有欲强的男人喜欢什么事都尽在掌握，风扬兮也不例外。

喜欢他由不得自己，可是，她可以不嫁。

永夜站起身，居高临下望着风扬兮，挑眉笑道："剃了胡子还真人模狗样的！我不得不夸你一句，你真的很有魅力！不过，我的答案也出来了，我不嫁！告辞！"

"你给我站住！"风扬兮被她一番理直气壮、缜密严谨的推理气得咬牙切齿。

永夜回头睥睨着他，不屑地说道："怎么？殿下说话不算话？你要留我，我也没办法，因为……我的内力已经被月魄废了。我不可能飞檐走壁，也不可能再用飞刀。我就算回家，也不过想父王母亲能疼我、养我一辈子。如果哪天遇到一个真正待我好的，肯让我安静地过过小日子……"

她神情黯然，瞧得风扬兮心里一酸。她没有了内力？他记得从山洞里救了永夜，她好像没用过功夫。一个有功夫的人武功被废会是什么感觉,何况永夜,她骄傲且没有安全感,没有内力,她比寻常的女子强不了多少。

他缓缓说道:"我说过我绝不勉强你。可是永夜,不是你说的那样。"

"不是?影子叔叔认出你来,一早告诉了你一切,你从来没有告诉过我。你在观察,你在想不说才是于你最有利的,你可以进退自如。你瞧着我要尽小聪明,你躲在旁边偷笑,现在我没有什么可利用的价值了,除了……这个公主的头衔。不过,我想李天佑若是诚心想打仗,他是绝不会因为我而放弃的。再见!"

永夜不想看他,她一口气说完,自己也觉得合情合理,可是,为什么心却这么痛?难受得连眼睛都发酸发涨。

她背对着他,轻声说:"知道被自己最信任的人欺骗背叛是什么滋味吗?你不懂的。"

风扬兮蓦然想起月魄的话:"星魂从来内心都很独立,也很脆弱,她最恨背叛,我伤了她的心,你也一样。"

她没有回头,走出了济昌宫。迈出宫门时,她回头,遥远的济昌宫台阶上,风扬兮黑色的身影在秋风里伫立。

永夜咬着嘴唇毅然回头。

宫门外,离涯备好了马:"永夜,我送你回安国。在京都待了那么长时间,也习惯了,想回去看看。"

永夜眼圈红了红,骑上马道:"我知道,影子叔叔和内府里的张婶感情一直很好,你走了,张婶偷偷哭了好几回。"

离涯不好意思地笑了:"瞎扯!回去后还唤我李二吧。"

永夜认真地说:"影子叔叔若是没有成家,没有儿子,永夜一定会给你送终。走吧,我想父王和母亲了!"她扬鞭策马,一溜烟儿跑了。

离涯回头,天机阁石台上露出了风扬兮的身影,殿下在看永夜吗?离涯笑了笑,拍马去追永夜。

第五十一章

飞天的翅膀

离涯还是叫李二。

永夜又住回了莞玉院。倚红嫁给了林都尉，茵儿却说要跟她一生。

她的一生还有什么呢？月魄废了她的内功，她连游荡江湖都不行。

端王与王妃只是瞅着她叹气，对外宣称永夜是回娘家小住。

齐国太子变更、齐皇禅位太子天下皆知。永夜突然回了娘家，时间长了，谁会不起疑心？

疑心最大的就是李天佑。

他不是傻子，慕容燕没有娶成永夜，慕容扬兮迟迟没有封后，永夜回了安国，他就想，她其实谁也没有嫁。

"风扬兮……慕容扬兮……"天佑望着案头的两幅画像喃喃出声。

一个是满脸胡子邋遢落拓的江湖客，一个是一身王者之气、气宇轩昂的年轻帝王。这位二十六岁的帝王是那个江湖游侠？

"好计谋，好心思，好手段！"天佑没花多少工夫就想明白了关键所在，对风扬兮的心计佩服至极，又隐隐有了防备的念头。

如果不是他，也许他还能得到永夜，而现在……天佑苦笑。以风扬兮走遍天下的阅历，以他对安国的了解，两国交兵指不定鹿死谁手。

慕容燕如何能与风扬兮——不，应该是慕容扬兮比？

李天佑见过慕容燕，他心中觉得永夜是绝对不会喜欢上慕容燕的。她只是迫于局势，为保两国交好而嫁过去，如同自己当时娶络羽为后一样。

当时放永夜出嫁，是因为她要嫁的是太子。慕容燕不再是太子，永夜凭什么一定要嫁给他？而慕容扬兮就算成了太子，临时换夫，永夜会肯？李天佑想到这里心就开始跳。

于是，一道圣旨从皇城来到了端王府：佑庆帝请永夜入宫赏梅。

领了圣旨，端王笑逐颜开地对王公公说："永夜终归是齐国皇后，进宫不能草率，公公在府中宽坐。"

出了前厅，端王的脸就沉下来了。他一直忧心的就是永夜回绝了这门亲事，消息虽没有传开，但他心里再清楚不过。想起李天佑，再看到永夜娉婷曼妙的女装，端王屁股后面似着了火，急急地奔进内堂。

见永夜还是家常装扮，端王又是头大。永夜若绾了妇人发髻，意味着她就是齐后。可是她拒绝了亲事，以后如何嫁得出去？

"父王，我还是着男装吧。"

"成何体统！"

永夜狡黠一笑："不是正好？用不着那么麻烦。"

端王愣了愣，嘿嘿笑道："好，男装。就说顶着齐后身份入宫太过惹眼，不便张扬。"

齐后？永夜心里又是一酸。她总算明白什么叫有缘无分了，不是相爱的人一定都能在一起。

月魄希望在小镇上能和她平凡生活。她心里有了恨，也有了另一个人的身影。曾经可以，只是曾经。

她可以嫁给风扬兮，看似皆大欢喜。可是她过不了自己那一关，就算心里有他，也不行。

穿上从前的紫袍，戴上金蝉冠，披上银狐大氅，眉目如画，又成了翩翩少年郎。她抬腿走路，总算舒服了许多。

她大步往前厅走，听到端王叹了口气："记着，千万别提毁婚的事。"

"父王，当日你定亲的人究竟是慕容燕还是慕容扬兮？"永夜蓦然回头，目光凌厉。

端王咳了一声转开头，声音小得不能再小："不是说了，定亲的人……是齐国太子吗？"

"别跟我说什么齐国太子。你早就和齐皇勾结，各取所需，你早知道风扬兮就是慕容扬兮！你一早就知道！"永夜怒吼。

端王捅了捅王妃。王妃偷瞟了眼永夜，讷讷道："他不做太子，就不是他嘛。"

永夜想起那日从李言年手中逃出，风扬兮说的"后会有期"，心里的痛又泛了起来，冷笑道："好啊，瞒得好啊。所有的人都算计我，所有人！"

她低头就往前厅走，端王骇了一跳，扬声高喊了句："永夜！你站住！再听父王一句。"

"听什么？听你说他比慕容燕强，你早知道他一定会做太子，所以兴高采烈地把我嫁出去？还配合他瞒着我，就为了灭掉游离谷？"永夜冷笑。

"可是，你不是也喜欢他吗？他是不是太子又有什么关系？你不过是气他瞒着你罢了。他要不做太子携了你远走高飞浪迹江湖，我和他父皇还不是只能眼巴巴看着？"端王翻了个白眼，觉得自己说得挺在理。

"喜欢他不等于我就要嫁给他！我宁可嫁给李天佑！"永夜气不打一处来。听齐皇说起，她以为父王终是对她好的，可还是瞒着她，什么都瞒着她，为了他们的大计，为了他们的计谋，就独独瞒着她一个人。

王妃叹了口气，忍不住埋怨："永夜会多伤心哪！"

"你懂什么？不磨磨他，他以后三宫六院怎肯对永夜一人专情？除非他不当这个皇帝，我便放心。"端王眼一瞪，望着永夜离开的方向，想起她临走时扔下的话禁不住皱眉。永夜千万不要一时冲动真的嫁给皇上，那风扬兮岂肯罢休？

"来人！速去圣京！"端王唤来侍卫，急写了封信带给风扬兮。迟了，就真的出大事了。

御花园梅林中已摆好了两张铺着虎皮的椅子，下面设着暖炉。永夜见着天佑的背影，心里已有诸多感慨。

说起来天佑对自己似乎一直很好，只不过人总是有不同的感觉。她只要一想到他是她堂兄，对他的亲近就有点儿发毛。

永夜怔忡地望着天佑，情不自禁想起月魄来，兜兜转转了一圈，天佑对她其实倒比月魄真诚。

"小夜。"天佑低声唤了她一声，人却没回过头来。

"见过皇上！"永夜拱手一礼。

"让朕猜猜，你会是穿着皇后的品级服饰、家常的居束，还是……男装。"天佑望着梅花出神，淡笑道，"是男装吧？"说着已回过头来。

永夜不知道为什么他猜得这么准，干笑了声答道："永夜不想招摇，过几日便要返回齐国。"

天佑望着那张完美精致的脸心里已有了答案。他点点头道："坐吧。"

永夜谢了坐，窝进绵软的椅子里，手上捧着暖炉笑道："御花园里的梅今年开得真好。"

天佑挥退了左右，亲自为她斟了杯酒道："这是青州红，从陈国青州送来。朕没有想到还能与小夜再有温酒赏梅的一天。"

永夜端着杯子，只尝了一口便放下："他不喜欢我饮酒，浅尝辄止吧。"

"他是慕容燕还是风扬兮？"天佑饮了一口酒，把玩着杯子道，"我猜小夜说的是风扬兮吧？我不叫他慕容扬兮，是想让永夜知道，朕不是傻子好欺。"

"对，风扬兮就是慕容扬兮。当日父王与现在的齐国太上皇定下的亲事，只说永夜嫁的是齐国太子。太子易位，慕容扬兮成了太子，永夜自然嫁的是他。"永夜不动声色地解释，不由得有些烦躁。她总觉得李天佑知道了什么，他不会还不死心吧？她跟父王说宁愿嫁给李天佑是气话，嫁给他的念头一起，永夜顿时觉得虎毛太厚、暖炉太热，有点儿火烧屁股的感觉。

天佑定定地看着梅花，笑了笑道："朕其实是个很多疑的人。听小夜的话，已经嫁了慕容扬兮，可是，一国之后怎么会突然离宫？小夜曾经在圣京走失过一次，听说当时住的院子走了水。而从那天起，圣京四门开始设岗查人，查人的法子很奇怪……"他的目光有意无意扫过永夜的脚，"不如小夜脱鞋一验真假？"

永夜的脸一下子红了，她站起身薄怒道："永夜的脚怕是皇上不方便瞧。梅很好，永夜在外待久了觉得冷，身体不适。告辞了。"

天佑坐着没动，青州红漾在白瓷杯里像一团火，他静静地说："其实小夜心里从来没有朕，对吗？"

永夜一凛，汗毛不受控制地竖起来。以李天佑的为人，惹恼了他没好果子吃，她挺直了背道："就算有，也不能有。皇上不明白吗？"

天佑摇了摇头道："如果有，就不会不能有。你根本没有嫁慕容扬兮。"

"没有嫁，不等于不嫁。我只是恼这件事而已，所以才想着回来住些日子。"

"呵呵，小夜，你很聪明，我勉强你也无意义。只是有时候，我坐在这里，老想着从前与你在一起的情形。如果你没地方去，嫁给我，我也会疼你一辈子。他既然肯放你回来，那他心里真的有你吗？"李天佑选择了放手，风扬兮既然是慕容扬兮，五年前就定了亲，他不会因为永夜而提早树一个强敌。不过，若是永夜坚持，他也不介意纳她为妃。

李天佑的话让永夜停住了脚步。永夜黯然垂下头，想说点儿什么终于还是没有开口，大踏步离开。

脚步声消失，天佑才叹了口气，负手走进了梅林深处。一角鹅黄衫裙闪过，天佑微微一笑，在络羽没躲开之前已站在她面前，戏谑地说道："皇后不是怕冷不愿陪朕赏梅吗？"

络羽垂着头，脸笼在披风中仿佛想把整个人都缩进去，天佑轻笑了笑搂住了她："人都冻成一团了，回宫吧。朕对你那位从小没见着面的皇兄很是感兴趣，皇后不介意与朕说说……"

雪没有预兆地落下，早晨起来，莞玉院外银装素裹。

永夜拿了罐子去扫梅花雪，想起美人先生，想起那年刚从游离谷来到王府时的情景，什么兴致都没了，懒懒地拥着毛裘抱着暖炉赏梅。

茵儿呵着手想劝她进屋，永夜懒懒地说道："梅花香自苦寒来，越冷越香。要赏梅，当然是越冷越好。"

"可是……会冻病的。"茵儿叹气。

永夜正要回答，王妃的声音从院门口传来："永夜，听说开宝寺的老梅开得极好，我们去上香赏梅如何？"

"好。"永夜想起蔷薇，她也该去瞧瞧她了。

夷山银装素裹，开宝寺显得很冷清，扫得干净的寺院门口撒了些谷粒，这是施舍给麻雀的。小家伙们叽叽喳喳闹成一片，却也热闹。

永夜在蔷薇的长生牌前上了三炷香，默默告诉她，黄泉不可怕，只要不摘花采草，喝了孟婆汤就能忘记这一世的苦难。

"小姐。"李二静静地伫立在她身后，见永夜落泪，担心地喊了她一声。

永夜擦干泪笑了笑："影子叔叔，可否带我去一个地方？"

李二点点头。

禀过王妃，永夜与李二来到了夷山石台上。冬阳洒在雪地上，永夜想起走出小楼时听到李言年望尽雪景说的话："江山，如画！"

李言年念念不忘的江山，最终能给他的是京都郊外一捧黄土，然而，他还有揽翠陪着。

山谷中凛冽的风吹得永夜颈边的白狐毛一阵翻动。她望定下面的山谷，想起了那间竹屋。

"永夜，你既然唤我一声叔叔，我少不得为他辩白几句……"

永夜打断他："不必了。他躲在暗处，只不过想瞧瞧给他定了门什么亲。他只是在利用我，为他的大齐江山，为他图谋灭游离谷的大计！"

"其实，那年，你去找卖面的王老爹被他发现，我在暗中救了你，我认出了他的剑法，我并不知道，他是太上皇的儿子，他也不知道你的身份。"李二缓缓说道。

永夜望定远处被阳光染上一层淡金色的云海，轻声道："那是九年前，五年前他就知道了。"

"听我说，永夜，是年初我去佑亲王府救月魄。我从河里带出月魄，他在河边瞧见了认出我来，这才知道你是他要找的星魂。以前，他只知道你是女的，不知道你是星魂，可是他知道了并没有起杀你的心。你去陈国的时候，他让我离开，他说以后他会在你身边，他一直很喜欢你。去陈国，他是真心想保护你，怕你斗不过易冲天。"

永夜想起她在陈国挑起风扬兮与易冲天相斗、耍小聪明的情景。她自以为骗过了他，他却一直在看她演戏，难堪再次涌上心头。

李二长叹一声："他从陈国回来，伤势严重，足足十天才退了烧。我看到那把刀就知道，是你在背后给了他一刀。"

"是啊，我在背后给了他一刀，我怎么不多补一刀呢？还少了个祸害！"永夜喃喃说道。

如果当初杀了他，就不会这么难受，以为他是心中所想的憨直的大侠，给她安全感的人，转眼却也成了算计她的人，这叫她情何以堪！

李二却温和地笑了："他那会儿也这样说。"

"嗯？"永夜不是很明白。

"我瞧着那把刀，怕他恨你，想劝来着。他说，你没有再补一刀，你对他始终有情。"

永夜一震，他是烧晕头了。她对他有情吗？永夜想起落日湖竹楼中的情形。她的手轻轻按在唇间，他的胡子扎得她很疼，她没有发怒，只是发呆……

"你来圣京，他去接你。你为那个人穿男装……他很伤心，原本等你到了圣京他就打算告诉你实情的。天气酷热，路上不方便，一到驿馆他就下令给你备下冰块降温。倚红和林都尉是当初在路上被救回齐国的，当时他已是重伤，燕殿下本不欲多事，是他说，你身边的贴身侍女和近卫不能不救。一路上，他老指使着燕殿下去套倚红姑娘的话，无非是想多知道一些你的爱好。"李二恨不得把风扬兮的深情一股脑儿全倒出来。

永夜闭上眼，为什么心里的酸楚越来越重？她低吼着打断了李二的话："他始终不肯说，他是与我定亲的人！"

"永夜，你愿意进宫吗？他不能肯定你的心意，贸然告诉你，你只会躲他躲得更远。你离开驿馆与那人住在小巷里，他其实很想成全你，如果不是发现那人其实武功相当好。他只想让你看得清楚明白一点儿。何况，他就算对你说，你会相信吗？"

月魄的欺骗再次像刀一样捅进永夜心里。可是，在福宝镇山上，她就不再恨他。那是种痛进骨头的悲哀，没办法避开的劫。

她理解月魄，可是有蔷薇与他的母亲隔着，她再也无法和月魄靠近。

中间隔了她和他都无法面对的人，心渐渐地离得远了，况且她心里又装了另一个人。

就这么简单。

李二见她面沉如水地望着山谷，忍不住又道："太上皇故意将他困进天牢，他若还不答应继位，你就真的要嫁给燕殿下了，所以，他才同意做太子的。本想将错就错，你进了宫他再和你解释，没想到游离谷去劫了天牢。你不要怪他，他一直不说，本意是想带了你远走高飞的。"

永夜不置可否，望着山谷深吸一口气道："影子叔叔，带我去谷底。"

李二往下面望了望，疑惑道："谷底有什么？"

永夜看向谷底，像做梦似的说："曾经的家。"

李二不明白，却仍携了永夜往谷里掠去。

"家？"石台旁的树林里闪出风扬兮来，他咬牙看着永夜与李二离开，气得浑身发抖。她心里真的只有月魄？任李二如何解释，她都不肯听不肯信，只因为她心中始终忘不了那个避往深山的人？

国事稍安，接到端王传书，他马不停蹄地悄悄来到安国，让王妃约了永夜来此地就听到这个，她对他没有一丝思念、没有一丝情意？

风扬兮想起无数个日夜伏在巷子里，就怕她出事，她却与月魄情深意浓。他想让她自己看清楚月魄的身份，没有阻止她进安家，她却以为他是利用她。

她离开三个多月了，还没有想明白吗？

风扬兮眸中透出彻骨冰寒，她这样，他有什么做不出来？

他没有告诉她实情，他一直犹豫。永夜如果真的不喜欢他，他不想勉强。他默默地守在她身边，给她自由与空间，消除她的疑心与顾虑，只为得到她的心，然而，他等到了什么？

寒风扑面，风扬兮摸了摸下巴，唇边浮起一丝奸诈的笑容。

雪已没膝，永夜一脚踩下，吃力地拔起。以前的轻功可以踏雪无痕，而现在她只能深一脚浅一脚地走。

李二想用轻功带她过去，永夜拒绝了。

她想起当日从李言年那儿跑出来时风扬兮戏谑的笑容，他笑望着她说："难道要深一脚浅一脚走上几十里山路才舒服？"

永夜赌气地艰难地在谷底行走，她当时是不敢露功夫，现在是没功夫，心里不自觉地委屈。

竹楼屋顶铺满了晶莹的雪，永夜呵了呵手，推开门走了进去。

里面一片凄清，却显得很干净。

有人来过，永夜脑中滑过这个想法，愣了一下便冲出屋，刚要放声大喊，又拼命

第五十一章

忍住。她不能喊,也不敢喊。

蔷薇的长生灵牌还在开宝寺内供着,他母亲还在天上看着他。永夜眼一闭,忍住泪。

"小姐?"李二骇了一跳。

永夜吸了吸鼻子,强笑道:"影子叔叔,你等等我,我想一个人进屋瞧瞧。"

她住的屋子还是竹席、蓝花被子。

厨房竹筒里那束干枯的野花还在,灶台冰冷,一切都还是当日她和风扬兮离开时的原样。她记得那天风扬兮还熬了锅鱼汤。曾经有两个男人在这里为她做羹汤,可是,她还是孤单一个人。

永夜机械地瞧着,她想起揽翠、倚红、蔷薇,女人要的东西真的很简单。

她的目光落在桌上,那儿放着一只白玉瓷瓶,什么时候多出这个东西?

永夜疑惑地拿起瓶子,里面有一张字条和一颗药丸,她拿起字条扫了一眼手就抖了起来。

"星魂,就算你愿为他化为流星坠向无尽的夜,我也想再为你找回飞天的翅膀。我要你幸福。"

下端那弯月像一只钩子再度勾起永夜的希望,纵然这次月上没有那颗星星。

"月魄……"永夜百感交集。

他是游离谷谷主,他让她从此不敢相信任何人,他废了她的武功,蔷薇死在他手中……为何,他还要恢复她的功力,他还要她幸福?

永夜眼前似乎浮现月魄徘徊在竹屋的身影,她仿佛看到了他放下瓷瓶的心情。

她如何不明白?身为刺客,那种挣扎与痛苦,那种一直在黑暗中独自前行的孤单与无奈。她如此,月魄也一样。

只是,天意弄人。一个蔷薇、一段父仇、一份责任、一份内疚,将她与他之间的距离拉得太远太远。

人生若只如初见。月魄狠了心不护着她,她与他便不会有温情脉脉,就不会在谷底建一座竹屋,在小巷里开一间医馆……那些都只为了彼此心底都向往的自由与幸福。

墨玉恨她,恨她让月魄背弃游离谷,恨她让月魄心生柔情,恨她让月魄连父仇也罔顾。

如果不是她,福宝镇依然建在山清水秀的地方。对游离谷里的人而言,福宝镇何尝不是家?

月魄关了牡丹院,散了安家。他想将游离谷引向另一种生活,所以他不想避她,想着她能够接受，能够和他一起在小镇上平静生活。

可是，她没办法接受蔷薇的死，没办法弃风扬兮于不顾，没办法将游离谷当成一个世外桃源。

他和她注定是永夜苍穹中两颗无法相聚的星球，同样在寂寞的夜里闪烁光芒，却没有太阳的热度。

"月魄……"永夜喃喃念着这个名字。她长时间摒弃了这个名字，不想再让他出现，此时从嘴里吐出，竟带上了重重的情感。

有些事情一生也忘不了，而一生，也不敢再去回想。可是，他却固执地去为她找回飞天的翅膀，让她更自由地去寻找幸福。永夜如何不感伤？

门"砰"地被推开，风扬兮冷冷地看着她："真是忘不了他啊！"

永夜吓得手一松，瓷瓶掉在地上。她急着去抢，风扬兮的动作何其之快，已抢先一步抄进了手中。看到那张字条，他嗤笑了下，再瞧了瞧那颗药丸，下巴朝永夜抬了抬："做个交易如何？"

啊？

"我想那小子肯定已找出恢复你功力的药，你想要吗？"风扬兮掌心托着那枚药丸，笑得像狐狸。

"不想！"永夜极力控制着自己狂跳的心脏，他怎么会来？他看上去一点儿也不邋遢，裁剪合适的料子衬着他挺拔的身躯，披着银狐毛的披风，神清气爽。这三个多月她过得不舒服，他居然过得很好？永夜嫉妒地想，凭什么他过得比自己好？

风扬兮脸上的笑容其实很好看，但是永夜觉得很讨厌。她淡淡地回答："没有功夫做个平常人挺好的。"

"也对，反正我会在你身边，我的武功够强，足以保证你的安全。"风扬兮点头同意，扬手把药丸往门外一扔，"用不着这个。"

永夜的目光情不自禁往门外看去，有功夫多好啊，打不过就跑。

"影子叔叔！"她大喊。

风扬兮喷笑："他是我的奴才，你以为他会听你的？我早让他走了。"

永夜脸一沉，"哼"了一声就往外走。

风扬兮闲闲地迈出一步，挡在她身前。

"怎么，皇上说话也当放屁？"永夜挑衅地看着他。

"我爱站这儿。"

永夜转身走到窗前，双手一撑跳了上去，动作干净利落。没等她跳下去，风扬兮已转到窗台外望着她笑："知道有轻功的好处了？"

"你想做什么?"

"永夜这么漂亮,是个男人就会动心。这里荒郊野岭的,你喊破喉咙也没有人救你,你说我想做什么?"

永夜看了他良久,眼珠一转笑道:"冰天雪地的,倒也有趣。只不过人一冷,估计兴致不高,再有激情也冻没了。"

风扬兮瞪着永夜怒道:"这是个大家闺秀说的话?!"

"我理解错了?我以为男人对一个漂亮女人说这话时,通常只有一个想法。"永夜翻了个白眼。

风扬兮原本想吓吓她,没想到永夜一句话差点儿把他震翻。他倒吸一口凉气,重新审视着永夜,见她呵着手坐在窗台上,脸冻起两片红晕,更显娇艳。他不得不正色说道:"永夜,跟我回去吧。我瞒着你是我不对,我心里一直以为你喜欢的是那小子。"

永夜看着他认真地问:"你喜欢我是因为我长得漂亮吗?是男人都会喜欢漂亮女人。如果我没有这张脸呢?"

"红颜转眼成枯骨,不是每个男人都冲着女人的容貌去的。"

"是吗?"永夜手慢慢伸出,一把飞刀已比画在脸颊上,"那我划一刀试试。"

"不要!"风扬兮大惊,呆立不动。

"不要就算了,不过……能恢复我功力的药丸呢?我知道你没有扔掉。有轻功真是好,要么还我功力,要么我就一刀。你觉得我会不会划下去呢?"永夜悠闲地说道。

风扬兮不由得苦笑,他哪里敢和她赌?她的狠辣他又不是没见识过。他从怀中掏出那颗药丸来:"我还你功力就是,怕了你了。"

"放地上,退后五丈。"

他叹了口气,把药丸放在雪地上,无奈地退后,站得老远说:"永夜,你不要拿自己开玩笑。你心里若真没有我,我绝不勉强你!"

永夜跳下窗台,脚都差点儿僵了。她走过去,拿起药丸一口吞了,笑嘻嘻地说道:"你看得开最好不过,我有功夫,我可以走遍天下,我早说过,我最恨信任的人背叛我……"话还没说完,她扑倒在雪地上,惊恐地看着风扬兮,气得脸色发白,"你把药丸换了?"

风扬兮一步掠过来,哈哈大笑:"是啊,我猜你怕我会来抢,一定来不及细看就会一口吞了。软骨丸,这药我觉得不错,本来就是为你准备的,我不想惹一只野猫。还有,凭什么我不能勉强你?"

他抱起永夜,风里传来永夜的怒骂声:"风扬兮,你是我见过的最卑鄙、最不要脸的人!"

第五十二章
色诱

熊熊燃烧的炉火带来一室暖意，屋内温暖如春。

锡壶中烫热的酒注入白瓷酒瓶中，瓶身画着牡丹缠枝，一看就是顶级的瓷器。

"李言年用过的杯子我想你还是不要用了，免得我恶心。"永夜浑身无力地倚靠在软椅上，颇有兴味地观察风扬兮。

风扬兮笑了笑，起身从书架上拿起一个锦盒走过来，锦盒里放着两只白玉杯，玉磨得光可鉴人，最难得的是薄而透明。杯身雕着龙凤，栩栩如生。他取出杯子笑道："这杯子喝交杯酒正合适，我从皇宫里带过来的。"

永夜眨了眨眼，道："李言年的秘密石屋没想到成了你在安国的落脚处。齐皇的身份倒也不适合进京都。收拾得不错啊，许了我家里那对老奸诈什么好处？这样帮着你诓我来？"

风扬兮啧啧赞叹，永夜的心思真够缜密的，看到石屋的布置就知道是诓她来的。

"你都有准备了，我又没功夫，软骨丸一天之后便解了，我还是跑不出去。外面冰天雪地的，我懒得跑，我怕会被冻死。"

"嗯，你这么聪明，当然知道利弊。"风扬兮笑了笑，目光从永夜胸口掠过，这么久没看到她，今日瞧见，她真的很美，美得让他情不自禁地心动。

永夜的目光也从自己胸口扫过。长年锻炼身材很不错，这三个月能吃能喝，胸部放开，虽瘦了点儿，比起原来却好得多。十八岁的大姑娘能差到哪儿去？

她仔细打量着风扬兮。黑衣还是黑衣，不过，看料子就不是普通的黑衣了。人要衣装，这斯剃了胡子看上去蛮勾人的，那双眼睛尤其蛊惑。

"怎么，觉得我还好看？"风扬兮笑眯眯地说道，"你说，那小子长得是很英俊，穿身月白袍子不食人间烟火似的，怎及得上我实在？"

永夜脸一板："青菜萝卜各有所爱。我喜欢。"

"喜欢也不管用，反正你是我老婆。"风扬兮克制住心里的酸劲儿，他认准一条，李永夜就不是寻常女人。对她太讲理，就是对不起自己。

永夜闭上了嘴。

风扬兮从白瓷瓶中将酒倒入杯子里。一汪冒着热气的青州红像块红玉，诱人至极。

他端起一杯，嘴略往上翘，一口饮下，神情无比惬意。

永夜盯着他的嘴，情不自禁咽了口口水。

风扬兮笑了笑，去端第二杯，手刚抬起就软了下去。

永夜似很奇怪他的举动，坐在椅子上等着。

风扬兮眼中光芒闪动，轻声说："永夜，交杯酒要两人喝才行，那一杯，你自己喝了吧。"

永夜撇撇嘴，讥诮地望着他："明知道我中了软骨丸动弹不得还让我自己端杯子喝酒，风大侠什么时候变得这般恶毒？过一会儿，你不会把饭菜放我身前，让我自己吃吧？"

风扬兮听了她的话，脸色才渐渐变了，他的症状就是中了软骨丸，他还疑心是永夜动了手脚。难道，这里还有外人来？

他想起了竹屋里的瓷瓶，苦笑道："你想见的人也许已经来了，你不高兴吗？"

"我想见的人？谁？"

风扬兮压低了声音轻声道："我中了软骨丸！"

"什么？你中了软骨丸？哈哈，真是报应！咱俩就坐在这里大眼瞪小眼瞪一天吧！"永夜一点儿也不急。

她的语调让风扬兮生气，他恨恨地说道："你巴不得他来对吗？笑这么大声！"

屋子里除了柴火烧得噼啪作响，没别的动静。

永夜皱紧了眉："你逗我啊？这里哪儿有人？"

风扬兮有些着急，两个不能动弹的人就这样死在这里，可真有些不值。他望着永夜，眼里露出担忧之色。若是他自己便也罢了，要让他眼睁睁瞧着别人欺负永夜，他万万受不了。

他的目光让永夜叹了口气，他是在担心她吗？不消片刻，她终于忍不住笑了："你是真中了软骨丸，这我就放心了。"

她的身体像弹簧一般弹起，端起白玉杯，笑嘻嘻地走到风扬兮身前，轻佻地抬起了他的下巴。风扬兮气恼地想扭头，永夜捧牢了他的脸，色眯眯地笑了笑，然后在风扬兮的怒目而视中优雅地饮下杯中酒，一低头覆上了他的唇，将酒渡进了他的嘴里。

风扬兮瞪着她，被动地被她吻着，又舍不得不张嘴，醇香的酒直冲入喉，带起一股热力。永夜的舌像溪水中的小鱼活泼地在他口中游走，滑滑腻腻，灵活无比。

风扬兮浑身无力，任由她扣着他的下巴挑逗着他，她的舌滑过他口中最敏感的地方，那种酥麻轻痒捉弄得他难受至极，额间霎时沁出一层细汗。

永夜笑了笑，伸手拭去他的汗水，悠然道："我知道挺难受的。你难受我就高兴，哈哈！"

她居然是在调戏他？！风扬兮顿时气得眼前发黑。

"我坦白，你放在雪地上那颗药丸我实在是很想吃，不过，软骨丸我太熟悉，嗅着它的味道，我就吃不下去了。不过，你既然这么恶毒，我只好跟着你来了。我没有内力，武功没恢复，可是我的手还是很巧的，所以，你低头拿杯子的时候，我就扔进了酒瓶，就这样简单。"永夜边说边在他身上摸索，搜出了月魄给她制的恢复功力的药丸瞧了又瞧，在风扬兮眼前晃了又晃，然后张嘴吞了。

一股热力直冲丹田，仿佛是水漫过干旱的田，一个时辰后，永夜又欣喜地感觉到那股精纯如小蛇般的内力在她身体内缓缓游动。

她朗声大笑："风大侠，慕容扬兮，皇帝陛下……你能奈我何？"

风扬兮看着永夜的神采飞扬突然一点儿也不生气了，他慢吞吞地说："我现在拿你没办法了是不是？不过，我倒是挺想喝酒的，如果你还照刚才那样喂我，别说这一壶酒里有软骨丸，就算是毒酒，我也可以全喝下去。"

永夜抬手就是一巴掌扇在他脸上，挑衅道："这，你也不生气？"

"我为什么要生气？听王妃说永夜想找一个像端王一般，挨了一巴掌还能喜滋滋地找许怜草画掌痕做纪念的人。不过，这里没有许怜草，永夜的书画技法同样精绝，不如，你替我画上？"风扬兮脸色都没变，那抹笑意在唇边越来越深。

永夜冷笑道："想得倒美。落在我手中，你就等着哭不出来的时候吧。"

她说干就干，几下将风扬兮的上衣剥了个精光，手掌贴上他结实的胸，妩媚一笑："喜欢吗？"

风扬兮骤然色变，叫道："你要干什么？"

"你剃了胡子真的很……诱人！一个喜欢你的女人，对着一个长得不错还能让她心动的男人，你说，我想干什么？这里是荒郊野外，你喊破喉咙也没人来救你。"永夜将风扬兮说过的话原样奉还。

她脸上发出一种光来，炉火在她眼中跳跃，她是个妖精！风扬兮望着她，几乎忘记了身在何处。

她坐在他腿上，她的唇、她的手在他身上轻巧地游离，几缕散落的发丝划过他的脸，她敞开了衣领，低头时白皙的脖子下隐隐能瞧见一抹水红的抹胸，让他血脉偾张，可身体却丝毫不能动弹，密密的汗从他身上沁出，风扬兮难受得想死。

"永夜……"喉间发出一声呻吟，风扬兮喊出她的名字，眼中是满满的情欲。

永夜听到手抖了下,她慢慢地退后,望着风扬兮抱歉地笑了笑:"对不住,就这样吧。"

风扬兮被她撩拨得难受至极,听到这话禁不住怒吼:"什么叫'就这样'?"

永夜抻了抻衫裙的皱褶,扣好衣领,潇洒地拿起了白狐披风系好,悠然地说:"我报了仇了,我不气你了,当然就这样了。对不住啦,我要走了。再过几个时辰你中的软骨丸就解啦,我再不走,留在这儿干吗?做了坏事当然要脚底抹油,先溜为上。"

她小心地掩好他的衣裳,往下瞟了眼,手重重地按了上去,见风扬兮瞪着眼,颊边肌肉一抽一抽,想来是咬牙忍得紧了,这才忍住笑说:"身材很棒!我喜欢你,真的,不是月魄,我对他可没半点儿欲望。瞪着我干吗?你该高兴才对。"说着低下头,吻上他的唇,舌头舔了舔,又轻轻地咬了一下。

她刺激得风扬兮一哆嗦,咬牙切齿道:"若是你落入我的手中,你不怕?"

永夜哈哈大笑:"我怕什么?反正我也喜欢你。不过,你找不到我的,我要离开安国了,一直没走,是因为我没武功,长得漂亮,不安全。现在嘛,这天下还有我不能去的地方?再见!"

见永夜拉开房门,风扬兮高叫道:"李永夜,你真的不嫁给我?"

永夜望着外面银白的世界微笑:"皇帝三宫六院,永夜消受不起!"

她小心地关上门,大步离开。

一个月后,江湖中出现了一个奇怪的人。

说此人奇怪,是因为他的习惯很奇怪。高兴的时候,五两银子他也会帮你做事;不高兴的时候,张口就是一万两,而且,他从不杀人。

曾经有个恶霸横行一方,有村民筹集了一百两银子去求他除害。他接了银子花了三个月毁了恶霸所有的生意。

村民很奇怪,问他为什么不直接杀了这个恶霸。他指着坐在矮墙边乞丐般蜷缩着的恶霸笑了笑说:"他还是那个恶霸?"

陈国国主病重,玉袖公主继位成了女皇。陈国文人聚集开诗会,据说女皇也便服参加。诗会上这个人又出现了,还踩破了女皇的裙子,大笑着扬长而去,而女皇气白了脸居然没有下令捉他。

他行踪飘忽不定。不过,想找他也很容易,只要每月初一和十五在陈都泽雅、安国京都和齐国圣京生意最红火的酒楼点上一桌盛宴,放下写着自己要求的字条与银票,只要字条和银票消失,就意味着生意成交。

不过，若是有人初一和十五守在酒楼外，就一定看不到他。有人仗着轻功或易容在酒楼等着，却还是看不到他。没有人知道他是怎么知道的，但他就是不来。

风扬兮气得跳脚。

自从知道永夜这个好吃的毛病和别扭的习惯，他暗中叫人在圣京开了间最大、最奢侈的酒楼——摘星楼。

开业三个月，永夜似乎只在安国与陈国游走。摘星楼最大、最奢侈的风阁摆了好多回酒席，一回也没等到永夜。

于是他又遣人去了京都和泽雅。谁知道陈国女皇陛下和安国的佑庆帝都与他抱着同样的心思，斗了两个月后，风扬兮只能郁闷地退守圣京。

他不明白，永夜为什么就不来圣京？难道她知道这酒楼是自己开的？风扬兮叹了口气，三国都城，永夜行踪飘忽，他哪怕初一去了陈国，没准儿十五她又在安国。他恼怒地想，除非永夜不来圣京，来了还怕擒不到她？

想起在山谷中永夜干的好事，风扬兮就生气。

生气归生气，风扬兮每月的初一和十五还是老老实实地在摘星楼摆下酒席候着。

又一个十五过去，风扬兮对着一桌子好菜觉得自己终于被惹怒了。

他把一桌酒菜吃完后回宫，下旨令全国选秀女进宫，他要选妃。

"永夜，你是我见过的心最阴狠、最狡猾多变的女人，我不跟你玩了。天下美女多的是，我何苦放不下你！"风扬兮眼里露出一丝孤注一掷的决绝。

齐皇英伟，又年轻，没有立后也没嫔妃，足以吸引太多的美貌女子。

落日湖秋水山庄中，永夜听陈秋水唠叨个不停，终于不耐烦地出声打断他："陈大家，你这山庄占地四十亩，有奴仆上百、姬妾十九，你好酒、嗜茶、好美人，你一年之中只画三幅画，咋养得活呢？"

陈秋水拈了拈稀疏的胡子："是啊，可不就是靠你年年赚银子养吗？可是，老夫高风亮节，没有向皇上屈膝告密，还提供美屋、美食、美酒、佳人，老夫可不是白花你的钱。不过，老夫倒很奇怪，永夜日日凝望皇上当日建的竹楼，可为何又不见他？"

永夜笑了笑："他都要纳妃了，我见他干吗？叫我养十九个姬妾可以，让我当他养的十九个姬妾之一，我就不干了。"

"女人妒忌是犯了七出，明白？"

"我不进，哪来的出？"永夜懒懒地回答。

陈秋水眼珠一转，意味深长地说："可是你又要嫉妒、要生气。"

"有吗？"

"你看，你听到消息捏碎了我一只清玉杯，那套杯子碎了一只就不成套了，价值

第五十二章

三百两哪!你还拍了桌子一掌,摔碎了我一只壶。这只壶是傅玉石亲制,有百年历史,价值五千两。你还一口气吃掉了三盘蛇羹,价值五十两。你今年净做好事,在安国、陈国转悠了三个月抱回来的银子不到一千两。老夫觉得不划算。"陈秋水叹了口气。

永夜跳了起来,指着陈秋水骂道:"都说陈大家的画气势磅礴,必是胸襟开阔、不拘小节之人,谁知你是个满身铜臭之人!"

陈秋水顿时脸红脖子粗:"老夫铜臭?要知道,只要向皇上告了密,皇上不知道会赐老夫多少金银呢!看你的书法飘逸大气,原以为你与老夫是同道中人,谁知道你却如此小气、斤斤计较!哼,老夫明日不陪姬妾,戒酒作画!不受你的气了!"

永夜一呆,笑容堆了满脸,扯了陈秋水的袖子道:"今天是初一吧?我去圣京摘星楼瞧瞧有没有活儿,非一万两不接!"

陈秋水"哼"了声,转开了头。

永夜嘿嘿一笑:"我去给你弄一只傅玉石亲制的茶壶,再弄套好杯子来?"

"偷窃之物,老夫不屑用。"

永夜理直气壮地说:"谁说偷了?我去接活儿,顺便多提个要求,不行拉倒!这是我用劳力赚来的,行了吧?"

陈秋水翻了翻账簿,满意地点头:"记着,这是你赔我的损失!唉,老夫生平受学生景仰,居然沦为开客栈的!"

"哪里!陈大家高风亮节,救人于危难,慷慨解囊,资助学生,学生感恩戴德,无以为报。近日研究出一种泼墨技法,愿请陈大家指点一二。"永夜又抛出一饵。

陈秋水以山水画见长,听说有新技法眼睛一亮,笑眯眯地道:"时辰差不多了,永夜早去早回,老夫备好香茶美酒等永夜归来,与永夜好好聊聊技法。"

永夜换了夜行衣,像风吹起的纸鸢,飘出了秋水山庄。

她远远地看着摘星楼,没有过去。

三层高楼上是摘星楼最豪华的风阁。永夜怔怔地出神,单凭名字就知道一定是风扬兮开的。

他想找到她吗?想擒她雪耻还是想念她?从这座雕梁画栋的酒楼建成开张起,她就去了安国和陈国玩。三个月过去了,他还有耐心吗?

灯火通明的风阁窗户敞开,里面空无一人。永夜坐在对面房屋的风墙下正好能看到里面摆着一桌好菜。

永夜笑了笑,取下背上的弓,瞄准灯光张弓如月,疾放似电。连珠箭射出,风阁的灯骤然熄灭。

她绕到摘星楼对面等着,风阁居然没有动静。摘星楼楼下依然人来人往,似乎没有人发现风阁的灯光不知何时已经灭了。

永夜又等了片刻，看到风阁重新亮起了灯，一个小二打扮的人点亮了灯，看着箭出了会儿神，突然受惊似的拔出箭奔出了风阁。

不多会儿，摘星楼奔出一匹马，向皇宫的方向而去。

风扬兮不在？永夜嘿嘿笑着，身体飘起，像一缕风吹过去，凌空一个翻身，倒挂在风阁外檐下的雕花雀替上。

她静静地感觉，风阁果然如她当初设规矩一样，没有人埋伏守着。永夜放了心甩出飞索，从桌上扯回一张帖子。她戴上手套小心打开，里面有张一万两的银票，还有张字条，上面写着："赵尚书之女与在下情投意合不愿进宫。乞请大侠救出赵小姐，送至城南王家铺子即可。"

永夜"哼"了声，这就是当皇帝的恶趣。适龄女子要进宫，生生拆了人家姻缘。

她揣好银票，望了眼里面的酒席，吞了吞口水，飘然离开。

片刻后，风阁打开了扇暗门，风扬兮坐在暗室中的锦凳上撑着下巴望着窗户出神。她还真是小心，连屋子都不进来。如果那封信还回来，他就只好追出去。可惜……风扬兮动了动嘴，露出似笑非笑的神情，她接了。

第五十三章
自投罗网

琉璃宫灯错落有致地为齐皇宫蒙上一层柔和的纱。

掖庭芷兰院的秀女们羡慕地看着赵美人接旨后被往来穿梭的内侍侍候着香汤沐浴。这是皇上下旨选妃之后第一次招秀女侍寝。

进宫这么多人，只有七名入选了美人，也许赵美人会是皇上封的第一个嫔。

永夜仔细看过赵美人的画像，也去城南王家铺子见过一位面容清秀的小伙子，衣饰华贵，看起来像是大家出身。

她细细看了他三天。

王家铺子是家小酒馆，铺子似乎不会打烊，这小伙子就从早到晚坐在酒馆里，一刻也没有离开，他坐了三天，眼睛一直瞅着皇宫的方向，满脸企盼。永夜易了容过去与他攀谈，他什么也不说。

永夜与小二闲聊，似不经意地说起皇上新封的七美人，那小伙子脸色蓦然变了，低头喝酒，目光还是不离皇宫。

永夜这才放了心，准备把赵小姐劫出来。

她对赵美人的老爹一点儿也不陌生。他是她当年嫁过来时齐国迎亲的使臣，礼部尚书赵维开，国字脸，一脸阳刚之气。女儿却娇柔妩媚，脸也是标准的鹅蛋脸，有双大眼睛。

"十六岁的小姑娘被你老牛吃嫩草，我真替你害臊。"永夜喃喃道。

她蹲在房梁上把赵美人里里外外看了个够，这才翩然落下，低声道："城南王家铺子。"

她在人家颈后说话，赵美人颈边被激起一层鸡皮小粒子，愣了片刻，下意识地张嘴就叫。

永夜伸手一把捂住："想出宫吗？你的情郎等着你呢。"

赵美人眨了眨眼，落下一滴泪来不再出声。永夜松了口气，随手拿起衣裳给她穿上，用毯子裹了，抱起飞出了窗外。

"你的眼睛像星星一样亮。"赵美人躺在她怀中喃喃出声。

永夜拉下面罩冲她一笑:"我喜欢美人,不如跟了我如何?"

面罩下的永夜精致无瑕的脸,赵美人看得一呆。她情不自禁伸出手来抚上永夜的脸,目光迷离,轻声道:"真的有这么俊的人啊!"

永夜忍不住笑了,像春天娇艳的花瞬间开放。她加快脚程,想迅速送赵美人出宫。这时颈边突然一麻,她脚步一滞:"你……"与赵美人同时从高高的屋脊滑落。

"啊……"暗算了她的赵美人居然没有武功,尖叫着手足挥舞着落下。

永夜却是手脚不听使唤地摔下。

殿宇下的侍卫听到声响,瞬间奔出,轻巧地接住了两人。

赵美人吓得哇地哭了起来。

永夜没好气地望着天天的星星想,好像被用戒指上的针刺进迷药的人是自己吧?怎么委屈的却是她?

这一回,她又该怎么办呢?

这个问题永夜很难回答。再见到风扬兮,她有种莫名的喜悦,也许,她一直很想他的,所以才会接这个任务。可是,想着掖庭里的秀女们还有他封的七美人,永夜叹了口气,心想,他不用太执着,因为自己绝对没有当这宫里众嫔妃之一的念头。

思虑间,她已被两个侍卫像拖死狗一样架着进了一座殿堂。

"禀皇上,已抓到这采花贼,赵美人无恙!"侍卫朗声回禀。

永夜眨了眨眼,忍不住笑了起来。曾经在很久以前,在发现自己是女的之后,一直耿耿于怀不能当风流少侠,连采花贼都不能当,没想到居然还能过把当采花贼的瘾,她如何不笑?

"赵大人,依大齐律,犯了奸淫掳掠之罪该如何?"

她看不到,却能听到风扬兮略带得意的声音。

赵维开恭敬地回道:"依大齐律,该处鞭刑,刺青流配。"

"朕知道了,下去吧。"

赵尚书施礼退下,经过永夜身边时瞟了她一眼,吓得一哆嗦,三步并作两步,恨不得飞出去。

永夜恶毒地想,赵大人是怕自己将来报复他吗?

宽大的黑色龙袍在永夜面前停住。风扬兮低头看她,眼里全是笑意:"叫你瞧见赵大人只是为了告诉你,这是我布的局。赵美人已经出宫去了。我答应她,帮我办了这件事,就把她赐婚给她的情郎。你见到的那个小伙子是她的青梅竹马、御史大夫刘大人的公子,这个倒是一点儿不假。所以,那一万两银子,你可以收得理直气壮。"

"这就好，我现在挺缺银子花的，否则也不会接这活儿了。毕竟这是皇宫，挺危险的。"永夜呵呵笑道。

风扬兮蹲下了身子，看着她的眼睛问道："想我了是吗？否则不会明知危险还要来。"

永夜忍俊不禁，放声大笑："我被逼得……嗯……再不付银子就会被客栈老板扔出去了，人为财死，这话说得实在有理。"

"你就承认是为了我不行？哼，我得不到，就……处鞭刑，刺青发配！"风扬兮恶狠狠地说。

"谁说你得不到的？"永夜奇道，"你说的鞭刑、刺青发配，我想都不敢想。我向来很识时务的。"

风扬兮一愣，抱起她来，眉飞色舞道："那实在是太好了，再好不过了……哈哈！"

永夜笑眯眯地瞧着他，风扬兮笑起来的样子很动人。她吞了吞口水，采花贼，今天我就采这朵最大、最有钱、最有权的！

风扬兮手指勾住她的衣带一扯，黑色夜行衣的衣襟分开。他笑嘻嘻地说道："永夜，当日在山谷石屋时我就发誓要将你一口一口吃了，不会太快也不会太慢。"

"哦？看得到吃不到有点儿难受是吧？"永夜一点儿不恼。

风扬兮恨恨地磨了磨牙："还记得你当我面藏飞刀吗？我当时就说过，我有办法找出你身上所有的暗器。这办法简单得很，剥光了事。"说着噼里啪啦扔出一地的暗器，边扔边摇头，他实在没想到永夜单薄的身体能藏住这么多东西。

永夜眨眨眼，觉得这办法确实很有效。

长发散落，风扬兮手指轻轻梳过她的头发，指尖用力，扯出一根钢丝，拎在手里瞧了瞧笑道："那日在李言年处用这个开的镣铐？你会的东西真多。"

他的目光深情款款，专注地看着她，一字字说："我要你，只要你！哪怕你还有暗器，再冲我背后来一刀，我也要你。"

永夜一声长叹，绕上他的脖子将他紧紧抱住。她也想要他，只要他。

芙蓉帐暖春宵短，更漏声中夜不眠。

窗阶滴雨如珠，永夜睫毛轻轻一动，透出狡黠的光来。

她打了个哈欠，抬起脚瞧瞧，那朵血红的花已经消失了。永夜想起当日圣京四门不论男女亮脚搜查的事咻咻笑了。这回，还能验脚查看？

她像猫一样地起身，风扬兮还在酣睡中。她怔怔地看着他，轻叹了口气，拾起衣裳慢慢穿上，贪恋地瞧了他一眼，毅然离开。

她开窗的时候掠进一片风雨声。等到窗户轻掩上，风扬兮才慢慢睁开了眼睛。

他双手枕在脑后，暗沉如夜的双眸盯着窗户不知在想什么。

落日湖畔大兴土木，半年之后，建造起一座规模宏大的府邸，占据了落日湖最美丽的风景，连同那座竹楼一并划入了府邸的地盘。

陈秋水站在秋水山庄的水榭中喃喃自语："听宫里传来的消息，皇上突然病重，着燕殿下摄政，听说要禅位给燕殿下搬到落日湖养病。怪事年年有，今年特别多。太上皇身体不好禅位，皇上身体也不好，也要禅位。慕容家的人怎么了？"

永夜闻言手一抖，一瓶子墨全泼在画纸上。她干笑道："这是泼墨技法，不知这次能画出什么来。"

陈秋水提起紫玉狼毫笔略一沉思挥笔勾勒出一匹骏马，寥寥几笔画出一个气宇轩昂的剑客，坐立马上，神情傲然，黑衣翻飞。

永夜只瞟了一眼便道："怎么，陈大家心里最佩服的便是这样的人？"

"是啊，能弃常人之所不能弃，能求常人之所不能求，随心所至，性情中人，老夫着实佩服！"

永夜哼了声道："对面那宅子碍眼得很，挡住了秋水山庄的风景，我也住厌了，走了。"

"足足等人家把房子盖好才走，打算搬去风景更好的宅子住了？"

"最近手里银子花光了，住不起你的山庄，我得去陈国挣点儿银子。"永夜说完掉头就走。

"这是一门古老而神秘的职业，当心有人抢你的饭碗。"陈秋水欣赏着自己的佳作，头也不抬地提醒道。

永夜耸耸肩，无所谓地走了。

泽雅依水居。

湖光山色尽入眼底。

今天是十五，依水居风景最好的听琴小筑中有人摆上了一桌盛宴。

夜来，静寂，小筑灯光照耀的水面上突然伸出了一支竹管。

这时，水榭屋脊上突然扔下一颗花生米，不偏不斜正好扔进竹管里。

水面突起了波澜，永夜如鱼一般跃出水面。那粒花生米险些呛进气管，她呛咳着，飞刀同时出手。

屋脊上那人抄手接住飞刀放声大喊："依水居大师傅现炒的鱼皮花生，还香吧？"

永夜怔住，像见了鬼似的往水里跳。

那人扬手甩出一根鞭子，在她跃进水面时鞭梢缠住了她的脚，猛力将她一扯，人却飞了下去，在永夜凌空翻身袖刀抽出砍断鞭子的瞬间抱住了她，像八爪鱼似的箍紧了她的身体，旋身落在了水榭中。

"你再动暗器，我就剥光你的衣裳全找出来扔了，然后废了你的武功，看你还能找到第二颗恢复功力的药丸不？"

永夜妩媚一笑："我干吗要和你斗？风大侠。"

风扬兮盯着她，也笑了："我反正不当皇帝了，你再想翻窗户跑我会追。我有的是时间和精力。"

"我为什么要跑？其实我很喜欢落日湖畔的府邸，有大房子住，我干吗要湿淋淋地站在这里吹风？我们回去吧！"

风扬兮颇有兴味地瞅着她："你变脸比翻书还快。早知道我就在落日湖等你，何必跑这么远？"

"因为，我喜欢你追着来，你总要给我一个台阶下不是？"

风扬兮忍不住也笑了。

山林中，双马飞驰。

永夜咯咯笑着："风扬兮，你真傻，你干吗不当皇帝？我其实很想和后宫的女人玩玩，都说后宫天下，肯定很好玩的。"

"你喜欢我就像陈秋水一样娶十九个姬妾进府，一样好玩？"

"好啊，我再找十九个小伙子，让他们去勾引她们。"

风扬兮闭上了嘴，板起了脸。

半个时辰后，永夜轻笑一声，身体飞起，落在风扬兮的马上，倚进了他怀里。

风扬兮不睬她。

永夜一笑，手滑进了风扬兮的衣襟，他用力勒住马，捉住了她的手，认真地说："我会让你幸福。"

山林瞬间寂静，只听到远处几只鸟儿叽喳，还有，两人的心跳声。

永夜痴痴地望着风扬兮，渐渐敛了笑容，讷讷问道："为什么要放弃皇位禅位给燕？"

"不仅仅是因为你，我本来就不想做皇帝。这样挺好，齐国有事我一样也会出手，你不会怪我还会管齐国的事吧？"风扬兮一本正经地说道。

永夜忍俊不禁，手指在他衣襟上划来划去："不会啊，我本来……本来是想为你进宫的。打算……嗯，那之前再玩上一年半载。"

风扬兮瞪着她，突然笑道："现在呢？"

"我想你了，我觉得再也找不到比你更好的男人了，我决定跟你一辈子。"

风扬兮扬了扬眉不信："真的？"

永夜点点头，搂住他呢喃道："真的。"

风扬兮摇摇头："你说的话我不信。"

"真的啊，要是我说假话，就……就武功全废，想跑也跑不了。"永夜认真地回答他。

风扬兮哈哈大笑，揽紧了她："这就好。这个月底我会举行封后大典！"

"什么？"

"我的江山、我的皇位，是能这么轻易就让出去的吗？你当是小孩子玩过家家？"风扬兮嗤笑一声，"你上当了！我不过是让燕帮我处理下国事，顺便用傅玉石亲制的茶壶、上好的官窑杯子买了陈秋水一句话罢了。"

"我……"

"你反悔就不要再想有武功了。宫里没有七美人，不会有嫔妃，你陪着我做皇帝，很公平！"风扬兮语速极快地打断了永夜的话。

"当皇帝会很忙，我一个人会不好玩。"

"你陪我忙。"

"我不喜欢那些国事。"

"怎么会不喜欢呢？你想，那么多大臣，哪个忠心哪个不忠心，要花多少心思去了解？每天有很多事情要决策，都是为了老百姓，多有意义啊！百姓过得好了，税收就多，税收多了，国库内库就会丰盈。内库银子多了，你花银子就可以大手大脚，在江湖上赚那些小钱有什么意思？"风扬兮谆谆教导。

"还有你想喝陈国的青州红，一句话就有人给你送来；你想吃顾雅园的鱼，一句话就有人端上桌；秋天可以去猎狐，皇家有一大片狩猎区。对了，串烧熊肉很香很脆，我可以陪你去猎熊。你看，吃喝玩乐，哪一样有谁能比过你？"

"嫁汉嫁汉，穿衣吃饭……"永夜喃喃道，她想过什么样的日子呢，"可是我想过简单一点儿的，不想成天为别人忙活！"

风扬兮勒住马，狐疑地看着她："真的？"

"嗯，这是实话。我可以为你进宫，听起来好像不错，不过，我还真的想过简单点儿的生活。"

风扬兮眉皱了皱，突然想起了什么，笑道："你还戴着我送你的木牌吗？"

永夜一怔，从脖子上拉出木牌来，她几乎忘了还戴着它，似乎从风扬兮把这块木牌挂在她脖子上，她就没有取下过。她奇怪地看着他："你怎么知道我一直戴着？"

"我怎么不知道？在落日湖的竹楼里，我早把你剥光了……瞪着我干什么？你是许给我的老婆，我怎么不能脱你衣服？"风扬兮理直气壮。

永夜脸一红，扭过了脸问道："干吗用？"

风扬兮转过她的脸笑道："我说过，凭借这块木牌我可以为你做一件事。比如，你可以要我为你放弃皇位。"

永夜瞬间呆了。

"你到底有没有禅位给慕容燕？"

风扬兮抬头望着瓦蓝瓦蓝的天，悠然道："你说呢？"

"究竟有没有啊？"

"你想呢？"

"风扬兮！你再耍我，我就恼了不跟你走了！"

"是谁说的'我想你了，我觉得再也找不到比你更好的男人了，我决定跟你一辈子。要是我说假话，就……就武功全废，想跑也跑不了'？哈哈！"风扬兮扭捏着学永夜说话。扬鞭策马。

风里传来永夜苦恼的声音："我是要你做皇帝呢，还是不做呢？"

"从这里回齐国的路上你可以慢慢想。"

永夜轻叹了口气，还真的难选择。当皇帝，有很多好处，当王爷也有很多好处。对她而言，家里的房子一个小一点儿，一个大一点儿。她想起父王曾经说过的话，他是不是太子有什么关系，真的要带了她远走高飞，他和他的父皇还不是只能眼巴巴看着？

她抬起头释然地笑了："我不选。有家就好，不管大小，有你就好，安心就好。你不着急我急什么？所以，这个选择题，你自己做吧。"

这句话说出，她的心瞬间安宁，只要有他，就好。

风扬兮低头看她，永夜眸子里满满的信赖。他终于得到他想要的，不论他做什么决定，她都会在他身边陪着他。

风扬兮扭了扭她的脸，轻笑道："笨！做皇帝哪有那么多时间陪着你？燕心思细密，性情温和，心胸宽广，一定对百姓很好。不过，我答应他，如果齐国有事，我不会袖手旁观。我们现在回家？"

"嗯，回家！"

永夜明媚地笑了，像朗朗阳光。

番外篇
风扬兮

如果知道名扬天下的大侠风扬兮趴在墙头偷窥大家闺秀，我不知道人们会用"采花贼"还是用"痴情汉"来形容，但我知道，这两种形容都不准确。

我肯定不是采花贼，因为，我对端王府世子李永夜绝无奸淫之心；自然，痴情汉也不准确，我趴在莞玉院的墙头，不过是好奇罢了。

父皇派人传书给我，说为我定下了一门亲事，对方是安国端王李谷之女，而世人都知道，端王唯一的儿子李永夜九岁那年，被游离谷的神医回魂治好痴呆病回了京都。我在安国待了四年才知道，世子原来是女孩，而且还有可能嫁给我，我怎能不好奇？

李永夜个头不矮，脸色黯淡，单薄瘦弱得跟竹竿子似的。定亲这年她十三岁，我着实没看出来她哪一点儿像女人。

虽然看上去病恹恹的，可是她的五官很精致，没有可挑剔的地方。诚如父王所说，端王妃丽色无双，她的女儿将来一定是个美人，李永夜长大后必然是倾城绝色。

可是我对她没有兴趣。

这一年，我已经二十一岁了。看到她，我总觉得她是个孩子，实在无法想象她会是我的妻子。

李永夜的活动范围很小，大部分时间都待在莞玉院。我偶尔想起她就白天趴在墙头远远地看她，她不是躺在长椅上睡觉、晒太阳，便是在庭院中煮茶，看得出她是异常安静的一个人。这让我看了几回就觉得无趣。从此以后，一年里我就再懒得去偷窥。

这些年，我一直在安国找人。

一个是游离谷的刺客星魂，他擅使银色柳叶小飞刀，轻功卓绝且放肆张扬，他杀人之后不仅留下飞刀，还会张狂地在墙上或地上写下"小李飞刀，例无虚发"的字样。

我已经收集了二十把刀，却一次也没捉到他，弄得我心里很堵。我甚至不知道他长什么样子。想起多年前巷口卖面的王老爹，心头就起火。我放话出去，一定要捉到这个丧尽天良、善恶不分的刺客。我不是一定要杀他，而是好奇，非常好奇他是怎样的一个人。在京都作案几年，他从来不留下半点儿可追踪的线索，这让我对他佩服至极。

另一个要寻找的是游离谷的人。自从安国立了二皇子李天瑞做太子后，我就收到安国大皇子李天佑与皇妹络羽秘密定亲的消息。我知道，游离谷对安国下了重注，也知道将来安国皇权交替必然会出现兄弟相残的局面。因为，我父皇是绝对不会让女儿嫁给一个亲王的。裕嘉帝如果不是想让李天佑登基，是不会和我齐国联姻，给李天佑当后援的。

为了两国的利益，也为了络羽，更为了对父皇的承诺，我来到京都，以齐国高手的名义暗助李天佑。

这几年，星魂很小心，也很大胆，接连刺杀数十人。追踪他的时候，我也在观察着安国的动静。

站在秦川城里，我注视着这里的一切，城防部署、士兵换岗规律以及山川地形。有了自己绘制的山川地形图，如果安、齐再战，恐怕安国也不太容易挡住齐国的军队。

我叹了口气，这样做只是为了以防万一。我不喜欢战争，那样百姓会流离失所，但我必须保护我的国家和子民。

客栈里，佑亲王的亲信带给我一个消息，一个叫月魄的人进了佑亲王府，声称是游离谷回魂的徒弟，接了神秘人的委托保护佑亲王。

皇子们已经成人，游离谷终于要动手了吗？我忍不住笑了，望向京都的方向悠然地想，星魂，你又要出现了吗？

飞马回京都，我见到了那个叫月魄的年轻男子。他长得很英俊，月白袍子纤尘不染，很儒雅很温和，看上去不会武功。我不知道为什么在第一眼看到月魄时，就觉得他不简单。

因为他太镇定，似乎一切都了然于胸，出尘如谪仙一般。掸了掸黑布衣上的尘土，我不屑地认为，但凡内心险恶之人，才爱穿成这样，让自己看上去无害至极。出身游离谷的人会有这种脱俗的气度？鬼才相信！

我跟着月魄去了茶楼，坐在角落里。月魄没有发现我，他的精力似乎全放在美丽可爱的蔷薇郡主纠缠端王世子永夜一事上。

听周围人议论，我忍不住想笑，假扮男子怕是不好玩吧。

永夜成功地甩了蔷薇，我坐在茶楼的角落里没看到她，只从人们的议论声中知道她的绝世容貌。一晃五年，女大十八变，不知李永夜出落得何等美丽了。我很长时间没有看到过她了，所以打定主意再去偷窥一次。我对永夜的好奇倒不全是因为人们口中的俊美，而是从大家的低声笑谈中知道她屡屡不动声色甩了蔷薇郡主的手法。这和我印象中刻板无趣的永夜相差甚远。

思索间，我看到月魄喃喃自语，他的目光让我觉得他认识永夜，而且关系非同一般。

永夜曾在游离谷住过半年，治好了痴呆病才回了端王府。难道她与月魄在游离谷就认识了？

想起她是和自己定亲的人，虽然对她没什么感觉，但还是情不自禁地对这个长相英俊的月魄有点儿排斥。

春风拂面，雨后的空气清新怡人。

此时樱花正浓，桃花吐蕾，粉粉白白的花瓣落了一地。

藏在莞玉院的花林里，我觉得这里的风景很不错。

我看到李永夜一身绸衣走在水池边赏鱼。除了有些病容之外，她长得的确很美，而且没有半分女儿羞态，如果不知情，谁也不会认为她是个女孩子。

瞧了半晌，觉得无趣打算离开时，我看到她做了一个小动作，惊得我下巴差点儿掉下来。永夜居然往鱼池里吐唾沫！然后贼兮兮地左右瞧，见没人看到竟得意地撇了撇嘴，笑呵呵地看着水里的鱼抢食她的口水。

我没法形容心里的震撼，这一瞬间李永夜像光芒四射的明珠，整个人变得活泼了，再不是我以往瞧见的只能病歪歪地躺在椅子上闭目睡觉的呆子了。

她慢吞吞地朝花林走来，我迅速消失，满脑子都是她俏皮的可爱模样。这时，我并不知道，我踩上樱花花瓣的痕迹居然被她发现，更不知道，她就是我一直要找的刺客星魂。

星魂要刺杀兵部尚书郭其然，李天佑在第一时间通知了我。

这一次，我终于看到了星魂的身影。他很瘦，小个子，轻功很高，人极狡猾又狠辣无比。

他躺在地上，眼神中透出的信息让我为之一怔。星魂是刺客，但他也是个很可怜的受游离谷操纵的刺客，那我该不该杀了他？

心神松懈的瞬间，星魂从地上一跃而起，手中挥出极歹毒的暗器。我恼怒地拨开袭来的暗器，对自己的妇人之仁很是不齿，这种刺客杀一千次也不为过。

可是，我还是遭了暗算。星魂张狂的声音刺激着我的耳膜："刺客总有最后一招，这招的名字就叫卑鄙。不过，还不算太卑鄙，这毒要不了你的命！"这一刻，我看到了他的眼睛，像黑珍珠一样熠熠生辉，那种眼眸中的黯然消失得干干净净，他真会伪装。

岂有此理！我压抑着体内的毒看着星魂消失，咬牙切齿地想，一定要抓到你！谁让你竟敢在我面前这般嚣张！

"他扔下了这个！"李天佑递给我一份名册，"这好像是游离谷的刺杀名册，他无意中掉落的。"

我皱了皱眉，星魂这次的刺杀让我吃惊。原因有三：首先，例无虚发的飞刀没能取走郭其然的命；其次，一个那么小心谨慎的人怎么会把这么重要的东西掉落？第三，他没有杀我。如果暗算我的是致命毒药，我应该死在他手上才对。

为什么？

"同是游离谷的刺客，星魂与我们作对，月魄却来帮我，我觉得这中间必有蹊跷。"

"王爷打算如何办？"

"用月魄做饵！"

李天佑的书房被星魂炸了，他似乎掌握了星魂出没的地方。他没有告诉我，似乎有他的打算。

可是这么重要的线索，我怎么可能会放过？我知道那晚王府有侍卫放出了狗。没有费多少工夫，我就从侍卫口中得到了消息：星魂居然是回到了端王府。

我苦苦思索着，总觉得有什么东西被自己遗漏了。

想起星魂进了端王府，忍不住又想起永夜吐口水"喂"鱼的情景。

李天佑抓了月魄，很神秘地告诉我，星魂一定会来救月魄。

这么多年，星魂突然有了踪迹，游离谷也有了线索，我很高兴，坐在河边，我静静地想着游离谷的阴谋，无意中看到了永夜。

她的神情很茫然，像一个找不到路的孩子。她迷迷糊糊地往河里走，满身萧索，我忍不住出声喊住她。

或许是我吓到她了吧，她看我的眼神中全是防备。这种防备让我很不喜欢，我努力地想消除她对我的戒心。

"永夜身体不好，不能为父王分忧，甚是难过。"

她说这话的时候，我很同情她。我不知道是不是因为端王太想要儿子，所以才让她男装打扮。永夜是因为不是男子，身体不好，才这么烦恼吗？我温言宽慰她。看到她的眼睛慢慢亮起来，我心里升起一种熟悉的感觉，来不及想这种感觉的由来，却由衷地感到欣喜。

她原来是极有灵性的人，笑起来时，浑身上下都洋溢着一种神采，盖过了她的长相之美，另有份让人亲近的魅力。

她居然送我一锭银子，让我去买衣衫，我有些哭笑不得。我留着满脸的大胡子，穿着最普通的黑袍，原本是想在别人眼中留下大侠风扬兮的特点。

永夜是觉得我邋遢落拓吗？我又想起那个出尘的英俊小子，心里有些不是滋味。永夜不喜欢邋遢落拓的人，她一定喜欢月魄那样的小子。

永夜似乎看出我的不快，她不住地解释，生怕我误会她以貌取人，这让我觉得她心地善良。

我送了她我的木牌，不管日后我是否娶她，我也希望能完成她一个心愿，保她平安。

临走时，她说："愁君独向江，永夜月同孤。后会有期。"

这句诗，我念了几遍，瞬间永夜又给了我一个新的印象。一种淡淡的、似惆怅似孤独的感觉，竟让我对她有些不舍。

我一遍遍回想刚才与永夜的对话和她的神情举止，她似乎在瞬间让我对她产生了兴趣。

后来，当我再次来到河边，想碰碰运气是否还能再遇见永夜，没想到有了新的发现。我看到齐国曾经的御前侍卫离涯从水中走出，身后似还拖着一个昏迷的人。从身形看我知道被拖着的人肯定不是星魂，难道，离涯消失这么多年竟然加入了游离谷？我跟了上去，在他安顿好月魄后，我在无人的巷子里出现在他面前。

离涯的话让我呆若木鸡。那个灵秀的永夜、善良的永夜、一身萧索的永夜、在河边和我聊天的永夜，竟然是自己找了多年的刺客星魂。怪不得星魂会逃入端王府。端王知道她的身份吗？否则端王又为何一定要让她继续扮男装？我瞬间感觉到游离谷的图谋与世子求医分不开。

离涯为了报恩也为了掌握游离谷的行踪，委身做了李言年的奴仆，他以真换假将永夜送回了端王府。他知道我想杀星魂，急切诚恳地告诉我永夜的无奈与委屈。

我知道了这一切，对永夜只有心疼。

是我父皇的错，才让本该养在深闺的千金去受了那么多的苦。

她的狡诈、她的谎言都只是为了保命。她为了灭游离谷，这么多年以男儿身示于世人面前，她的心里该有多么难过。想起永夜一身萧索地独自立在河边，还要防备我，怕我知道她是星魂，我在瞬间感受到了她的孤独与寂寞。

我对游离谷的憎恨更深了。

父皇曾答应我，灭了游离谷、散了安家的威胁，我可以不做太子。可是与永夜定亲的人是太子，父皇其实是希望我成为太子的。对永夜，我一直想不用我娶她的，我也不想做太子。可是现在，我犹豫起来，我从心里想保护她。

当永夜拿着木牌求我保护她去陈国的时候，我瞧着她眼也不眨地撒谎，一会儿天真、一会儿委屈装可怜的模样，心里只有满满的怜爱与好奇。我把那块木牌系回她的颈间，许诺只要她戴着这个，我就会一直保护她。

原本燕弟出使，我也要去保护他的，于是答应永夜的时候，我正巧要去陈国保护燕弟。

我希望陈国之行能看到永夜最真实的一面，我想探知她心底最真实的想法。

如果不为保命，她还会不会对我撒谎呢？

有人说，男人对一个女人的好奇是产生情感的征兆。如果这句话是真的，我对永夜的感情便是从此刻开始的。

漫山的血腥味飘荡在陈国的这片山林中。

我翻看了掩埋的尸体，摇头轻叹，实在无法将这些人的死亡与永夜天真的笑容联系在一起。

我知道她处境危险，但是，她……的确狠辣。

易冲天行刺她，我才明白，她邀我赴陈国是想让我和易冲天斗。

她看我的眼神闪烁不定。我觉得她有些怕我，是怕我知道她是星魂而杀了她吗？我瞒住实情没有告诉她，因为和她斗嘴、看她撒谎，我觉得很有趣。

陈国之行让我对她另眼相看，我想要她。

她的狠辣、她的狡诈、她的聪明……看着她，我觉得放弃这样一个女人会让自己后悔。她是个不会让我觉得寂寞的女子。

驿馆起火，我不知道易冲天为什么有这么大胆子敢烧驿馆。虽然我知道永夜有功夫，凭她的轻功，逃命应该不成问题，可我还是冲了进去。那一刻，对她的焦虑与担忧让我发现，我对永夜的关心太重。

飞刀袭来的时候，没有射中我的要害。我回头笑了笑，她的刀让我知道她还平安。我看不到她，却知道她一定能看见我，心里有一分高兴。永夜的飞刀向来无情，也例无虚发。她没有再射我一刀，也没有射中我的要害。是因为我的保护，她对我终于有一分真情了吗？

"哼，皇兄还想什么？父皇是迷了心窍，才会想让这样的女子当太子妃！"燕弟知道永夜给了我一刀后怒不可遏。

我摇头，他不明白，永夜有她的难处。

"如果她爱上我，我会娶她。"我只这样回答燕弟。

"只是因为她长得美丽吗？"

"不，她的心像水晶，不同的光会发出不同的色彩。燕弟，我要她。"我知道，我的态度必须强硬，否则，燕弟会对永夜产生隔阂，父皇也会犹豫。

伤才好，我就回了安国。我不知道永夜会躲在哪里，但是我知道，以她的身手、她的狡猾，她一定没事。

碰巧在牡丹院外救了中了迷药的她，我以为她看到我会有一丝歉疚和情意。但是我很失望，她对我除了防备、撒谎，竟然还真的想杀了我。她对我的态度与对那个姓月的小子的态度截然不同，我瞬间有些怒了。

我不止一次地想，如果永夜相信我，只要她吐露实情，我一定真心以待。

可她没有。

我很生气，想吓吓她，让她吃点儿苦头，于是我将她送回牡丹院。我知道一定能从她身上得到游离谷的线索。我也知道，游离谷一心想生擒她，因为她有利用价值，一定不会伤害她。

可是，她失踪了，墨玉早已离开牡丹院，留守在牡丹院的居然是李言年。

一瞬间，我悔得肠子都青了，变得焦躁不安，心情很沉重。

安国宫变，我追踪李言年而去。我只求上天能助我找到她，我只求她不死，不论她遇到什么，我决定照顾她一生。

找遍夷山的六天六夜里，不是我不疲倦、不想睡，而是我舍不下她。找不到她，我一刻也无法心静。

为她寝食难安的时候，我就知道，我是真的喜欢上她了。不管她杀了多少好人，不管她是否心里还记挂着另一个男人，我都喜欢上了她。

找到石屋的时候，永夜很紧张地看着我。她眼神里透出的防备与紧张并不是因为李言年，而是因为我。

我就这么让她讨厌、让她恨？让她无时无刻不想杀了我？

我告诉她，我并不想杀星魂，然而这个消息还是不能让她对我放下戒心。我不免吃味地想，她心里喜欢的人是月魄。

在夷山石台下的竹屋里，我看到了一张字条，是月魄写给永夜的，他们之间已经有了很深的感情。我看了心里很不是滋味，尤其是永夜贼兮兮地想看那张字条的表情，更让我愤怒。

在她睡醒冲口叫出月魄的名字时，我恨不得告诉她，她是已经定了亲的人，不能再想着别的男人，尤其是一个让我觉得神出鬼没、行踪成谜的男人。

端王来信催齐国下聘。

李天佑成了皇帝，端王不想让永夜嫁给他。

我终于明白为什么端王要定这门亲事。

永夜在京都杀了太多安国的官员，一旦东窗事发，她性命堪忧。她嫁到齐国当太子妃，端王可以推得干干净净，这样一来就可以保住永夜的命。

想通这一层，我与燕弟带了聘礼去端王府下聘。

想到永夜快嫁给我了，我心里有种喜悦。

我想见永夜，又有些不好意思，便以燕弟的名义请她赴宴。

佑庆帝下旨封永夜为永安郡主，我很期待看到她换了女装的美丽。可是永夜出现时还是一身男装，我觉得这可能是永夜的风格，但又觉得她不穿女装肯定还有别的想法。

后来听说她宁愿抗旨也不愿意让李天佑看到她穿女装，难道，她的女装真的只为那小子穿？这个推测让我心里很难受。

我不信，她敢男装出嫁。

永夜的一言一行每时每刻都在影响着我。我心里窝了口气，藏住了身份不想告诉她，想等到永夜进了宫出现在她面前，让她也惊慌失措一回。没想到，当她从船上下来从一堆侍女身后露面的时候，我一口血差点儿吐出来。她真的男装出嫁，还穿得理直气壮。

她如此装扮，我看出两点：她心里的人是那小子；她顺从出嫁，只是为了让端王好交代。

永夜不明白，她只要踏上我齐国的土地，她就已经是我齐国的太子妃了。如果她离开、跟人私奔，齐国皇室可丢不起这个脸。

在马车进入圣京的瞬间，我望着她走进驿馆的背影叹气，除非我成全她，让她隐姓埋名，否则，她永远也别想和那小子在一起。

与此同时，我很疑惑，难道我真的比不上那个不能保护她的小子？一时间我很想剃了胡子，换了装去见她。

燕弟见我摸着胡子照镜子，叹气道："女为悦己者容，皇兄居然也有如此烦恼！"

我愣住，放弃了让永夜见我真面目的打算。堂堂男子竟须以貌博她欢心，我不屑为之。

我没对永夜说出实情，在我内心，我盼望她留下，哪怕是为了两国之约而留下。我想成亲之后，她是我的妻子，我会让她喜欢上我。然而，永夜还是走了。

听到这个消息，我的心如同太阳沉入了落日湖，我的眼前一片黑暗，心冰冷冰冷的。

我要看看，看看她与那小子的感情究竟深到什么地步。

她只有一个地方可去，就是平安医馆，竹楼里那张字条上是这样写的。圣京只要出现这个医馆，她就离不开我的视线。

远远瞧见姓月那小子牵了她的手走进医馆，夕阳照在他们身上，一个英俊出尘，一个丽色无双，实在是一双璧人。

我令士兵去搜查，回报说里面是一对恩爱的老年夫妻。

那一夜我酒醉后对燕说："我不会做太子了。"

燕弟沉默良久，对我说："你再瞧瞧，再想想。"

我拍案而起，怒道："我本就不想做太子！若不是永夜……"

"皇兄可曾想过，永夜为何刀下留情？她逃婚不想嫁是事实，可是皇兄忘了，永夜并不知道她要嫁的是你。"燕弟这时反过来劝我。他的话像冷水淋头，让我瞬间酒醒。

永夜并不知道嫁的是我，她才逃婚。这句话让我重新燃起希望。

我多次救她，永夜对我也存了一份情。她是怕我知道她是星魂而杀了她吗？如果永夜知道要嫁的是我，她还会离开吗？

我离开皇宫，伏在平安医馆的对面，远远地看着那座院子。

我远远地看他抱着她、看他们在院子里吃饭说笑，有种被压着喘不过气的感觉。和永夜在一起，互相斗嘴试探，从来没有这样温馨的一刻。

心里矛盾至极。

我是该成全她与那小子，还是抢了她？

我若是对她用强，她占不到半分理。她那时已经以永安公主的身份进了齐都，天下人皆知她是齐国太子妃。

可是永夜的笑容，小院中和谐的氛围，永夜从小在游离谷受的苦，让我狠不下心来。

她与月魄分居东西厢房，她难道不想嫁他？我松了口气，她如果成了他的人，我无论如何都会放手成全。

我继续关注着平安医馆。

十天中发生了很奇怪的事情。我看到了一些奇怪的人，似乎他们也对陋巷中的平安医馆很感兴趣。

我在巷口拦住了三拨人。然而，在我询问他们之前，他们便服毒自杀，没有得到一个人的口供，我知道他们是游离谷的人。

如果永夜和月魄离开圣京，我就难以护她周全。于是我下令封了圣京四门查人，留她在自己的视线中，她更安全。

月魄和永夜终于各自出了巷子。我跟着永夜，见她去当铺当东西。我知道他们的日子过得很清贫，这样清贫的日子永夜却甘之如饴，对此我无话可说。一个女人决定跟着一个男人，愿意为他吃苦，粗茶淡饭也无所谓，那她一定是爱极了他。就算我强要了永夜，也得不到她的心。她不是普通女子，她有思想，她很独立。

我心如死灰，决定在灭了游离谷之后，就放他们走。与其留一个不爱我、满身孤寂萧索的永夜在身边，我宁可放她自由，让她随性地生活。

回去的时候，我和永夜都看到了那两个窥视平安医馆的老年夫妇。永夜跟了上去，我也随后跟着。

那两人死于有毒的紫雾。

永夜观察两人尸体的同时，我看到了月魄从这个院子离开。他的功夫相当高，我没有跟上去。

怎么形容那小子呢？他长得很英俊，剑眉下一双眼睛炯炯有神，从前我觉得他像个斯文的书生。可现在，他让我诧异。

他居然有这么高的武功，身法形同鬼魅。他为什么要杀这两个人？他为什么瞒着永夜他会武功的事实？有这身功力，他怎么会让蔷薇郡主落入游离谷的手中？难道这些窥视平安医馆的人是来找他的？

重重疑虑浮上心头，我却很高兴，像是找到了不把永夜交给他的理由。也许，在我心中，从来也不想让永夜跟着他。

我可以断定，月魄与游离谷的关系并不简单。永夜如此信赖他，他却一直欺骗她，我相当开心，从这一刻起，我决定抢回永夜。

我得承认我的手段很卑鄙。我一步步引永夜入局，我要让她自己看清那小子的真面目。我就是想乘虚而入，感动她、打动她，在她最软弱的时候占据她的心。

情是双刃剑。永夜一点点发现了不对劲、一点点伤心的同时，她的难过又何曾不是在伤害我？

看到自己心爱的女人为别的男人痛苦，没有一个男人不会难受。就算是陪在她身边，自己也心如刀割。

很多时候我都想放弃，不管月魄是什么人，只要永夜喜欢就行了。我想，等散了安家、破了游离谷，让永夜自己做主吧。

我爱她，也很累。

我一直是个很冷静的人。我虽然不想当太子，但我知道自己是齐国的皇子，我有我的责任。

游历江湖的时候，我可以行侠仗义，却也同时关注着安、陈两国的动静，观察安、陈两国的地理、朝政和军事部署。我一直是在用另一种眼光打量一切。

我很少做没有把握的事情。

然而情感和人心最难琢磨。

永夜怀疑月魄的时候，她的情感天平不知不觉地在朝我倾斜。我能感觉到她的矛盾与依恋。有很多时候，她就算不说，我也能感觉到她眼中的情意。

我和她在一起吵过很多次，冷嘲热讽、互不相让。我打过她，她也还过手，不是因为月魄就是因为她太子妃的身份。

她不容易相信人，我又何尝不是。

我不肯相信她心里没有那个人，不肯告诉她真相，我希望她能主动爱上我。

打她落水的那次，我是真的想放弃。

然而她伤好离开陈家时带走了我为她定做的那身紫色衫裙，我又忍不住跟上她。

她对着一张竹席狂怒，那模样很可怕又极伤心。那时我心里泛起一种痛，不管她还爱不爱他，我都不想再放弃了。

她极难过地问我："为什么你也要我嫁给太子……"

我简直不敢置信，她是因为这个原因所以和我争吵？我简直蠢到家了，当日我脱口而出时只想到她该嫁给我，却忘记她并不知道我是齐国太子，她自然以为我对她不是真心的。

永夜在乎我了吗？她这么问，至少就说明在她心中，她是有点儿在乎我的吧？我告诉她无论发生什么，我都会和她一起面对。

她在我怀中，似乎想躲在我怀里。她没有推开我，从这时起，我能感觉到永夜对我的依赖。也许，那小子还没有完全从她心中消失，可这毕竟是个好的开始。

我想，就算是残忍吧，我也要绝了她对那小子的念想。

我没有阻止她进安家。墨玉是安家三公子，就一定能牵出月魄来。不管月魄是游离谷的什么人，我能肯定一点，他是绝不会伤害永夜的，所以，我很放心。

永夜误会我在利用她为齐皇室做事。当时我很想告诉她，如果我要收拾安家难不成就真的没有办法，还需要她去涉险？我这样做最大的目的是想让她死了对月魄的心。我很生气，不过我的做法也的确说不上光彩，这本来也是一箭双雕的事情。

安家散得很顺利，顺利得让我觉得有人在顺水推舟。

永夜画了两张图，一张是月魄，一张是佛堂的佛像。我见了安老夫人，突然明白永夜当天为什么会画月魄。

安家只有两个儿子，与安老夫人长得像的月魄身怀极高的武功，回想在安国的点点滴滴，我怀疑他与游离谷主不是一般的关系。

我接到端王密信，禀请父皇下旨令永夜中秋成亲。

永夜肯定也知道西泊族中秋血祭的事，她一定会去查探。

我想，如果月魄在游离谷的位置真的特殊，那么这个中秋血祭就一定会有名堂。

他的眼神告诉我，他极爱永夜。

血祭是西泊族的事，又是深山异族，朝廷一向不管。我对血祭没有兴趣，我的私心是希望月魄与游离谷的人出现，让永夜看清他的面目，彻底断了对他的感情。

谁也没想到是这样的结局。

可爱的蔷薇郡主死了。

我中毒后用了内力，内腑痛得如刀绞一般，却也不及永夜给我的痛。她大喊着"月魄"的声音从地室里传来，像冰封住了我的心。

她看到我吐蓝血时惶恐的模样让我发怒，她难道真的看不清楚？她对着蔷薇的尸体还看不清那个人的真面目？

姓月那小子果真已经勾走了她所有的魂？

该怎么形容我的心情？我很伤心，恨不得她赶紧去追那小子，从此不要再出现在我眼前。

她抱着蔷薇大哭的模样，让我瞬间明白，其实我这样做，对她实在很残忍。

回到圣京，我告诉父皇我不做太子。我想问永夜一句话，干干脆脆的一句话：愿不愿意和我一起浪迹江湖？不再去管游离谷，永远忘记那小子。

父皇盛怒之下趁我中毒将我关进天牢。他和我打赌，如果永夜不顾及我的性命拒婚，我就必须当太子。

言下之意就是如果永夜肯嫁，我就可以不当太子；但是我不做太子，永夜岂不是真的就嫁给了燕？

父皇的意思是无论如何也要我做这太子。

这是手段也好，是赌注也罢，我没有拒绝。我也很想知道，永夜会不会为了我而嫁，我在她心中有多重。

燕弟去而复返，笑嘻嘻地说："永夜不来看你是心疼你，皇兄，我去找父皇拿钥匙放你出来。"

我忍不住笑。做不做太子已经不重要，重要的是永夜的心，她的心里终于有了我。

但脑子里又在想，月魄会让她平安出嫁吗？

没等我想明白这个问题，我就听到隔壁传来动静。牢房的石壁居然动了！

我屏住呼吸，任来人劫走我。游离谷的老巢终于出现在我眼前，我轻叹，月魄居然是游离谷的谷主，这注定他与永夜没有结果。

这一刻，我希望永夜千万不要来，我想，月魄的身份会让她痛不欲生。

从我使手段拉永夜入局开始，这是第一次，我不愿意她来。

然而，她还是来了，是因为我而来吗？若是以前，我会高兴，而现在，我沉沉地看着她，她有多痛，我就有多心痛。

永夜说她穿的第一身衫裙是我给她定做的那身紫色衫裙，我明知是谎言却配合得极好，心里有些难过，她当着月魄的面这样说，是故意刺激他、故意气他。在她心里，还是有他的。因为，她换女装穿的第一件衣裳是遍绣星月的月白色衫裙。

她就算知道了他的真面目，她还是穿了这身衣裳。我有种无力的挫败感。

她扔下的竹管里是解化功散的血。我握住竹管，她为我流的每一滴血，都值得我用一生还她。不管永夜心里是否还有月魄，我都能谅解。

事情就这样结束，月魄带着游离谷的人避向山林。

永夜第二次在我面前哭得如此伤心，我能给她的只有一个怀抱。她靠着我，像是捞住了一根浮木，我是她的最后一点儿希望。

向来坚强的永夜脆弱得经不起半点风雨。

我想带她远离皇宫，流浪江湖。父皇却说，总要给永夜一个交代，一个坦诚相见的机会。

我同意，况且，我答应了父皇做太子，要担起齐国的重任。我以为永夜心里有了我，她不会在意是否进宫，她会理解，会嫁给我。

然而，当我以太子身份出现在她眼前时，她的眼中只有惶恐与盛怒。

她很生气地歪曲了我所有的心意，说完就走。

我没有留她，这是我的错。不管我守了她多长时间、用了多大的耐心等她爱上我，我终究还是骗了她。

我想，永夜生气，是因为她心里有了我才会这么生气。她只是气我瞒着她，心里过不了这个坎儿。我希望她回去冷静想想，毕竟她骨子里仍然是骄傲的，我很期待有一天永夜会来找我。

三个月后，端王八百里加急送来一封信，差点儿没把我气死。信中说，永夜有意嫁给李天佑。

燕说我的脸黑得像锅底。我只"哼"了声道："李天佑没那个胆，不过是端王李谷信中写得夸张些。"

话虽如此，我还是快马兼程去了安国。

永夜还是那个古灵精怪的永夜，她将计就计让我吞下软骨丸。

我以为她拆穿了后，会一去不回头。没想到她的手段这般恶劣，对我上下其手让我恨得牙痒。

她说："我喜欢你，真的，不是月魄，我对他可没半点儿情欲。瞪着我干吗？你该高兴才对。"

我是该高兴，可是，她却要走了。

她说："皇帝三宫六院，永夜消受不起！"

她走出门，没有回头。

永夜是妖，她诱起了男人最原始的渴望和占有，我什么办法都想过，包括废了她的武功、折了她的羽翼，困住她一生。

我设计让她进宫然后擒住她，她这回变成了迷人的蝶，与我抵死缠绵。我知道她醒了，知道她穿衣打算离开，而我没有动。

这才是我想要的永夜，让她变得和普通女子一样又有什么乐趣。

我看着她消失。我终于明白，她是肯定不会留在皇宫里的。不管她是否爱上了我，她都不会留在宫里。

皇位与永夜，成了我的难题。

我不想做皇帝是一回事，做了皇帝再弃位又是另一回事。永夜的固执像一座山，横在我面前的高山。

"皇帝三宫六院，永夜消受不起……"这句话我反复念过很多遍，我很疑惑。如果她爱我，她为什么不能与我共执江山？我可以不立嫔妃只要她一人。

她可以是我的女人，却不能留在我身边。为什么？

永夜不愿意进宫，她肯定是希望我不当皇帝。可是，这皇帝能是说不当就不当的吗？

"扬儿，一个皇帝不能被女色所惑。"父皇话虽这样说，声音里却并无责备。

我望着天机阁外的景致沉默不语。我不是被女色所迷惑，而是被永夜所迷惑。国事我知道如何处理，没有她，所有的事情就索然无味。

"让父皇操心了，我只是……"

只是什么呢？我心里牵挂着她，只是再无女子能让我心动而已。我笑了笑："做皇帝三宫六院，也不是……非她一人不可。"

说完这句话时，我眼前突然掠过永夜的脸。她离开时的叹息像天机阁旋绕的风，让我的心凉得发酸。

父皇望着我什么也没说，临走时也叹了口气。

天空碧蓝，一朵朵白云被风吹开，圣京在我脚下，齐国在我脚下，我的江山、我的子民在看着我。

闭上眼，我觉得无力至极。

"皇上……"燕弟不知何时出现在天机阁。

我回头的瞬间，他露出一抹笑容："为人臣子，当为君分忧。皇兄心里烦闷，不如在落日湖建一座别院,无事时去散散心也好。"

落日湖……我想起在湖畔的竹楼里救出永夜的情形,她脖子上的木牌在眼前晃荡,我随口应下。

竹楼还是老样子,不过,多了件物什。

床上放着那件紫色衫裙。永夜来过了,她还了这件衫裙,她……不会再出现了。

这个想法竟让我心酸得难以自控,拿起那条衫裙撕成了两半。从绢帛的撕裂声中我听到心被撕裂的声响,喝道:"来人!拆了这竹楼!"

"皇上,听说陈秋水府中有名神秘的少年,容貌之美令陈秋水的姬妾趋之若鹜。皇上不想请陈秋水引见?"燕弟温和地说话。

我盯着他冷笑:"别以为我不知道永夜就住在秋水山庄中,她不愿进宫,难不成要我废了她武功,强迫她进宫?"

燕弟摇摇扇子不置可否:"有何不可?"

我叹道:"你不懂她。回宫吧,这里,我不想再来。"

"是吗?皇兄这半年来,每晚必出宫来此,管得住自己的脚吗?有这竹楼还能遮挡下身影,拆了就只能站在月光下了。"燕弟揶揄地笑。

我怒道:"这是臣子能说的话吗?"

燕弟也会翻白眼,居然回嘴道:"我叫你皇兄,没叫你皇上。关心下自家兄长有什么不对?"

我气结无语,有点儿被窥破心事的恼怒。燕弟都知我夜夜来此,隔了半个湖等她,她却不知道?我难堪地拂袖而去。

燕弟依然在落日湖畔修别院,我没拦他,也没过问。

半年后,燕弟告诉我别院已经建成,我"嗯"了声没有再问。

"皇兄不想四处走走散散心?"

他突然又改了称谓,我心中警觉,上下打量他,燕弟脸上还是温和的笑容,目光中似在鼓励我。

"燕弟,我不是为了一个女人就失魂落魄至极的人,轻重还拎得清。"我淡淡地回答。永夜宁肯在秋水山庄望着竹楼出神也不愿进宫见我,我恼她。

"也许,世间女子都不肯信会有人为她们放弃江山。"

永夜真的如燕弟所说,只是在等我一个态度吗?

"皇兄何不再试试?她若不肯为你委屈半点儿,皇兄死心也罢。"

我沉思片刻问燕弟:"这戏演得时间长了,燕弟不会委屈?"

燕笑了,他的笑容一向斯文温和:"为君分忧,是臣子的福分。"

"劳烦燕弟了。"我知道燕处理政务自有一番心得,毕竟他在太子位上安坐十几年。

没过多久,陈秋水便送来一幅《快意江湖图》。画得极好,淋漓尽致,看着这幅画,我几乎又回到了从前快意江湖的时候,国事扔给了燕弟,我一身轻松。我笑着问送画的内侍:"陈秋水怎么说?"

"他说,有人请皇上十五赴宴。"

我眼睛一亮:"什么地方?"

"陈都泽雅依水居。"

我坐在依水居房顶上等永夜出现。

看到水面起涟漪的瞬间,我的心里突然平静下来。无论如何,我要她跟我走,我实在舍不下她。

出乎我的意料,永夜笑着说,她愿意和我回去,她说有大房子住何必湿淋淋地站在这里吹风。

她肯定是相信陈秋水所说的,我禅位给了燕,所以故意感叹说与后宫女人斗也是件乐事。我也很感叹,与永夜斗,也是件乐事。

我认真地告诉她:"我会让你幸福。"我的意思是不论她是否进宫,我都会让她幸福。她想让我和端王一样,一生只娶她一个,我答应。

她若是不愿进宫,想住在宫外,也行。

可是永夜却说:"我本来……本来是想为你进宫的,打算……嗯,那之前再玩上一年半载。"她说她想我,决定一辈子跟着我。

我长舒一口气,心里的结在这瞬间解开。我也做了决定。

我悠然地逗着她,看她着急,再想到燕弟从此忙活下去,忍不住心怀大敞。

假的就成真的吧。我不会放任齐国不管,这是我的责任,我也不会让永夜失望。虽然,她给了我想要的答案。

所以,我终于告诉她我的选择:"做皇帝哪有那么多时间陪着你?燕心思细密,性情温和,心胸宽广,一定对百姓很好。不过,我答应他,如果齐国有事,我不会袖手旁观。"

其实,就算我带她回宫,继续做我的皇帝,永夜也一定会跟着我。

可是,我真正想要的,和永夜真正想要的,都是快意逍遥一生。我想,燕弟他一定不会怪我。也许,这也是父皇的意思。

永夜的笑容如阳光般灿烂,有很多话我不再问。不知从什么时候起,她的心思我懂了。我知道,她一定想明白了,与心爱的人在一起,让对方快乐,也是自己的幸福。

无论是天堂,还是地狱。

番外篇

月魄

"为什么不让平安学武？"

"让她平安一世吧。"

"别以为我不知道，大哥你还是忘不了……"

竹屋里传来大爹爹和二爹爹的争吵声，我缩在花丛里偷听。谷里的孩子五岁起就要学武，除了我。我也很疑惑为什么大爹爹不让我学武。他甚至连毒也不让我碰，只教我医术。

门"砰"地被打开，二爹爹怒气冲冲摔门离开。

我小心地从花间往竹屋里看，隐约能瞧见大爹爹月白色的身影。他似乎在喝酒，一杯接一杯。

每次大爹爹和二爹爹吵过之后，大爹爹就独自喝酒到深夜，不让任何人打扰他。

春天山里的花很美，竹屋被鲜花环绕也很美。这样美丽的春日里，大爹爹看上去却很孤独。风吹进竹屋，卷起大爹爹的衣袍，宽大的袍袖像春尽最后的蝶，无力地扇动着翅膀。

我蹑手蹑脚地从花田里起身，想悄悄走回自己的房间。

"平安，进来吧。"大爹爹的声音清清淡淡地传来。

我只好低着头走进去。我从没见大爹爹用过武功，可是他灵敏的感觉让我觉得他肯定也是个高手。

大爹爹放下了酒杯，抱我坐在他腿上，温和地问我："平安喜欢学武吗？"

"喜欢！"我眼睛发亮，谷里的小南瓜学了轻功，上回一跃就上了树，帮我掏了两只鸟蛋，我羡慕得紧。

大爹爹好看的脸上闪过一丝忧郁，我赶紧又说："不喜欢。"

我喜欢看大爹爹笑，他笑起来很好看，是谷里最好看的人。他时常看着我很温柔地笑，虽然他的眼睛似穿过我看向另一个地方。

"平安其实是喜欢的，也许……是大爹爹错了。平安，告诉大爹爹，你想学什么武功？"大爹爹目不转睛地瞧着我。

我脸一红，我实在是很想学武功。迟疑半晌，见大爹爹的目光似有鼓励，便冲口而出："轻功、暗器！"

大爹爹的脸色突然变了，所有的表情都似冻在了脸上，而他的眼睛，像极了上回从树上摔下的小鸟，灰蒙蒙的瞬间没有了光彩。

我伸开双手猛地抱住他的脖子连声喊着："大爹爹，平安不想学武，想种花、学医术，以后治病救人！"

大爹爹叹了口气，抱紧了我，轻拍着我的背。

他的怀抱很温暖，我不知道该说什么好，却不愿意离开。大爹爹就一直这样抱着我，我嗅着花香、酒香，竟慢慢地睡着了。

第二日，大爹爹说可以让我学武功。

"平安，你的武功只有保命时才能用。"大爹爹严肃地说。

"上树掏鸟蛋也不能吗？和小南瓜打架算不算保命？"我不知道什么时候才算保命，可是不能用轻功上树掏鸟蛋，实在有些郁闷。

大爹爹似乎被我问住，他盯着我看了良久，才道："算了，随你吧。不过，我要你发誓，你不能去欺骗别人。"

我歪着头，想了想说："二爹爹说遇到坏人打不过的时候就使计谋，骗坏人算不算欺骗？"

大爹爹没有回答，我惴惴不安地看着他，生怕他不要我学武功了，正想一口答应下来时，大爹爹轻声说："不算。我要你永远不要欺骗你喜欢的人。"

我松了口气，笑嘻嘻地回答："平安一辈子都不会欺骗大爹爹、二爹爹。"

"大爹爹是说，以后平安长大了，心里有了喜欢的人，千万不要骗他。"

我似懂非懂，却肯定地点了点头，心里高兴异常，我终于可以学得武功，以后小南瓜再跳到树上，我也不怕捉不到他了。

大爹爹似乎心情不太好，淡淡地说："明日起你就跟着虹衣师父学武吧。大爹爹想静一静。"

我应了声，又蹦又跳地去找小南瓜玩。一口气跑出花田，回头看了看，大爹爹独自站在花田里，像花田里的细茎孤兰，孤零零的。

我有些犹豫，想回去陪着他，可是想到明日起可以和小南瓜一块跟着虹衣师父学武，又忍不住想去告诉小南瓜一声，而且大爹爹说他想独自待着，我犹豫片刻，还是跑下了山。

每次从虹衣师父那里回来，我总忍不住在大爹爹面前表现我学到的东西。可是，他似乎不感兴趣，除了对我的医术问得极详外，对我学的武功只字不问。渐渐地，我就不说了。

我很内疚，大爹爹明显不愿意我学武功，可是我忍不住对武功的渴望。

我知道自己是两岁时被大爹爹和二爹爹捡回山谷的，可是他们都待我如同亲生。我慢慢长大，大爹爹、二爹爹的眼神渐渐地有了变化。

特别是二爹爹，他有时候瞧着我，眼睛里会有种可怕的东西。我怯怯地喊他一声，他便像回过神来似的，拧一下我的脸便离开了。

随着我长大，二爹爹离我似乎越来越远。

十二岁那年，虹衣师父带我去胖爷爷那里选暗器，我一眼就看中一排银色小飞刀，便嚷着要学飞刀。

"平安，你确定？"虹衣师父与胖爷爷都用一种很古怪的眼神看着我。

"这刀看上去很漂亮，而且，握在手里也合适。"

店里的空气似乎有点儿紧张，我正想问为什么的时候，大爹爹的声音淡淡地在外响起："平安，从明日起大爹爹教你使毒的功夫，你用不着暗器。"

我有些激动，学了医术，能和大爹爹学使毒的功夫再好不过。我恋恋不舍地看了眼银色小飞刀，却发现虹衣师父和胖爷爷像都松了口气似的。

改日一定叫小南瓜那鬼精灵缠着胖爷爷说说小飞刀的故事。

"平安！"小南瓜站在花田外喊我。

大爹爹的花田除了二爹爹和我，如果没有经过他同意，别的人进来都会被迷翻，这片花田是有毒的。

我笑嘻嘻地跑出去，拉着小南瓜的手问："什么事？"

他往屋子里瞟了眼，贼兮兮地说："我又发现了一个好地方，有很多好玩的，你去不去？"

小南瓜是胖爷爷的孙子，比我大一岁，他知道的东西很多，常常告诉我一些山谷外好玩的事情。听他这样说，我当然跟了他走。

后山有个小山谷，是我和他的秘密地方。小南瓜有什么好东西都爱来这里和我分享。

躺在草地上，小南瓜神神秘秘的，压低了声音说："从前，山谷里出了个最好的刺客……"

我的好奇心一下子被勾起来了。山谷里的高手很多，似乎人人都是高手，可是我从来没听说过还有一个最好的刺客。我好奇地问道："比虹衣师父还好？"

小南瓜肯定地点点头，声音更低："她的名字叫星魂……我听爷爷醉酒后说，那飞刀就是她的暗器。"

我马上想起一幅画面：一个身手卓绝的人，手一挥，银色小飞刀像流星一样划过天际。"太美了！"

"你用什么谢我？"小南瓜笑嘻嘻地讨赏。

我想了想，拿了个香包送他："佩带这个，不会被花田的花迷倒！"

回到竹屋，研药的时候，我终于忍不住好奇地问大爹爹："大爹爹，你是谷主，咱们山谷中曾经有个最好的刺客叫星魂吗？她去了哪里？长得美不美？"

"咚！"大爹爹手中的药杵重重地落在石钵中："谁告诉你的？"

他厉声问道，平素温和的模样瞬间消失得干干净净。

我吓坏了，口吃地回答："小南瓜……无意中提……提到的。"

大爹爹盯着我，他的脸白得像纸一样，那眼神冷得像冰："平安，这个人，以后不准再提她的名字。否则，你就不要喊我大爹爹！"

我连连点头，提她的名字大爹爹就不认我，我当然绝不再提。

可是这天晚上，小南瓜被胖爷爷用扫帚追着从山谷东头打到山谷西头，打得鬼哭狼嚎。我这才知道，大爹爹对我已极是留情。

大爹爹当晚就出谷了，他说他去给一位过世的朋友上香。

我猜那位朋友会不会就是星魂？原来她死了，大爹爹才会不想听到她的名字吧。

大爹爹走了十天，我天天盼着他回来，我心里很后悔，生怕他再也不回来了。

这晚，我听到山谷西山崖上响了一晚上的笛声。大爹爹回来了，他没有回竹屋，却在西山崖上吹笛。那笛声把我的眼泪都吹出来了。

我不敢去西山崖上找大爹爹，望着西山坐了一整夜，我想等笛声停了，大爹爹就回家了。

第二天，是二爹爹红着眼睛背着大爹爹回来的。他月白色的袍子上全是血迹，我吓得直哭，二爹爹恶狠狠地吼我："他对你这么好，你怎么忍心伤他的心？"

我傻了，跪在地上认错。

回魂爷爷也来了，给大爹爹把了脉说："心病罢了。"

二爹爹很烦，连回魂爷爷也敢吼："大哥他内功精湛，怎么会呕血？"

回魂爷爷只是叹了口气，看了我一眼，对大爹爹说："平安还小。你不希望她平平安安地过吗？"

像是听见了他的话，大爹爹睁开了眼睛，对我笑了笑："大爹爹无事，只是受了凉。平安别哭，大爹爹不会死的。"

我"哇"的一声哭了，扑在大爹爹身上直嚷："你不要扔下平安不管。"

二爹爹狠狠地一跺脚，扭头就走，大爹爹唤住了他："墨玉，你做的安神香给我送点儿来，我很喜欢。"

　　二爹爹脸色稍霁，"嗯"了声，没过多久，便拿了安神香来。

　　回魂爷爷牵着我出去，我隐隐听到二爹爹的哽咽声："你也不能扔下我不管。"

　　这一刻，我觉得二爹爹和我一般年纪似的。

　　大爹爹的病慢慢好了，我很开心。

　　日子又回到了从前，我几乎忘记了那个叫星魂的刺客。

　　我十五岁那年，小南瓜十六岁。

　　生日那天，他穿了身簇新的墨绿袍子，显得很英俊、很精神。我从小都穿裙子，一时贪玩便缠着他给我买了一套。

　　换上浅紫色的袍子，像他一般绾了发，镜子里的自己看上去比小南瓜还精神。我得意地对小南瓜说："如何？好看吗？"

　　小南瓜呆呆地点头。

　　我得意至极，穿着这身男装想给大爹爹一个惊喜。

　　他和二爹爹正在说事，两人脸上都带着笑意。

　　"大爹爹，二爹爹！"我走进花田喊他们。

　　二爹爹看到我时，脸上的笑容僵住了，指着我半晌说不出话来。

　　我不知好歹地靠近，还转了个身学着小南瓜的姿势说："本少爷就喜欢上树掏鸟蛋，如何？"

　　"啪！"二爹爹给了我重重一掌，怒吼道："谁让你穿成这样的？"

　　从小到大，他们都宠我，从来没有打过我。我抚着脸，眼泪直往外冲，委屈地看向大爹爹。

　　我从来没有见过他这般模样，眼中的神情似迷离、似伤痛、似爱怜，我还来不及看出大爹爹眼神的意思，二爹爹已扯了我飞快地奔出花田，拉着我进了二婶的成衣铺子，随便扔了套女装让我换上。

　　我手足无措地站在二爹爹面前，他突然伸手去了我的发簪，让我的头发披散下来，才松了口气。

　　"平安，你十五岁了，该离开这里了。"

　　我吓了一跳，扯住二爹爹哭叫起来："平安犯了错，以后再也不穿男装了，二爹爹别赶我走。"

　　我在山谷里长大，这里就是我的家，叫我往哪里走？我舍不得大爹爹，也舍不得小南瓜，舍不得这里的一切，就连平时对我态度时好时坏的二爹爹我也舍不得。

二爹爹难过地看着我说:"平安,你不走,你大爹爹会再生病的。"

为什么?我坐在二婶铺子的门槛上放声大哭起来。

不知过了多久,大爹爹的声音在我身边响起:"平安,哭累了没?大爹爹背你回家。"

我擦干眼泪可怜巴巴地望着他。

大爹爹脸上没有一丝笑容,他的声音虽然温和,可是他眼中却有着隐忍的痛,像是压抑着什么。

我做错了什么?我觉得自己像是被所有的人讨厌。不过是穿了身男装,我做了什么事让他们这样?我猛地跳起来,拼命地往外跑。

大爹爹只喊了我一声:"你回来,平安!"

我希望他追我,可是他没有。我跑出很远回头看,大爹爹还站在二婶的铺子里,夜色中只有他的月白衫子在晃动。

我想起二爹爹的话,一咬牙冲出了山谷。

渴了喝山溪,饿了摘野果子吃。我在山里整整走了半个月才终于走出大山。

下山不久我进了座小镇,身上没有银子,看着往来的人流,我很后悔,回不回去呢?二爹爹要我离开,大爹爹没有来找我,小南瓜也没有,我从来没有像现在这样觉得孤单。

"小妹妹,你一个人吗?"

我抬头,眼前站了个笑眯眯的大婶。我点点头,目光落在她手中用白布包着的热馒头上。

"我一见你就喜欢,饿坏了吧,大娘带你去圣京可好?"她递馒头给我吃。

我的确饿坏了,大口啃着馒头。我往身后瞧,没有山谷里的人,眼泪啪嗒啪嗒直往下掉。他们都不要我了,去哪儿都一样,跟着这位大娘至少不会挨饿。我啃着馒头跟着她上了辆很漂亮的马车。

大娘一路上问我从哪里来,家里还有什么人。

我只摇头。

山谷里有严令,一律不得对外人透露山谷里的信息。

我很小的时候大爹爹就严肃地告诉我,我们是为了避祸才进了山谷,如果对外人透露一丝山谷的信息,谷里的仇人就会找上门来,把我们全杀了。

我再不孝,也不想有外人破坏我们的家。就算我走了,也不会让任何人伤害他们,那会比杀了我还难过。

圣京城太大了,大娘家里的房子比山谷的好很多,但是东西却不见得有山谷里的好。

"你瞧，这屋里全是来自陈国最上等的丝绸，喜欢吗？"

我摸着滑润的丝绸，谷里也有，熟悉的东西让我觉得亲切，我点点头。

"你叫什么名字？"

"平安。"

"嗯，这名字不错，不用改了。平安，你会弹琴吗？会跳舞吗？会唱歌吗？或者，会书画吗？"大娘连声问道。

"我……会吹笛，别的不会。"大爹爹在星月夜总爱吹笛，我也学会了。离开山谷我很难过，耳旁一直萦绕着大爹爹在西山崖上的笛音。

大娘想了想，道："大娘找师傅来教你吟诗作词、弹琴跳舞可好？很好玩的。"

我对这些不感兴趣，却问了她一句很老实的话："学这些就可以有饭吃了，对吗？"

"对！平安姑娘真聪明！"大娘脸笑得似花开。

我只想有个住的地方，有吃有喝就够了。离开山谷，在哪里都是一样。

大娘给我找来的师傅很好，我也很认真地学。

过了半年，大娘笑逐颜开地对我说："平安十六了吧，明儿有人想听你弹琴，平安一定要穿漂亮一点儿。"

"我吹笛行不行？"

大娘笑道："只要平安打扮得漂亮点儿，吹笛也行啊。"

那一晚，大娘家来了很多客人，我坐在纱帘里吹了大爹爹常吹的一首曲子。半年了，他们真的忘了我、不要我了？

笛声变得悲伤，悲伤得我想落泪。

帘外的宾客似乎不喜欢这样的曲子，有人闹嚷起来。

这时，我面前的纱帘突然被拉开，大厅里一片寂静。我停住，诧异地望着他们，我脸上有花吗？

喧哗声再次响起，我听到不停地有人喊价的声音，从一百两喊到了三千两。他们在做什么？我一脸茫然，这样热闹的场面，在谷中只在过年时酒楼里才有。

过年时，全谷的人都被大爹爹请到酒楼里吃饭，大人、小孩闹成一片，特别热闹、特别开心。

小南瓜总偷偷地拉了我单独去小山谷放焰火，大爹爹和二爹爹会给我压岁钱。

我心里蓦地难过，酸酸胀胀的，站起身，决定走了。他们不来找我，我也要回去。哪怕哭死在二爹爹面前，我也要回去。

一个人突然挡在我面前，伸手拦住我的去路："平安姑娘往哪儿走啊？我家少爷已经出了三千两银子，姑娘不敬我家少爷一杯酒实在说不过去吧？"

他长得像只老鼠，口中喷出浓烈的酒气，让我极其讨厌他。我皱了皱眉，道："你家少爷出银子关我什么事！"

"哈哈！"大厅里的人全哄笑起来。

"我家少爷出的是姑娘初夜的身价银子，姑娘不知道？"

我目瞪口呆，再傻也听明白了他的意思。我不由得大怒："你再胡说，我对你不客气！"

他大笑着伸手来拉我，我想也没想扭身躲过，一耳光扇在他脸上。

厅堂里顿时站起几个人，他口中的少爷冷笑着看着我说："给我拿下。"

这就是大爹爹说的有危险的时候，我可以出手了。我飞身跃起，没几下就打得那个老鼠样的人惨叫，心里的郁闷瞬间发泄出来，痛快了许多。

我跑出楼，很多人在后面追我，我跃上房顶，跑得比兔子还快。小南瓜说我学轻功有天赋，大爹爹也说，打不过跑了就是。所以，轻功是我最擅长的功夫。

追来的人似乎武功很高，一直远远地追着我不放。我发现自己跑到了一个湖边，没有了退路。

来人一点点儿逼近，我最得意的轻功也甩不开他们，我想那么我肯定打不过，望着湖水，我一咬牙便往里跳。

身体还没挨着湖水，一只手揽住了我的腰，没等我挣扎，已抱着我跃离了水面。

"这里岂是你们撒野的地方？"她的声音懒洋洋的，十足傲慢。

她挡在我身前，我只看到她窈窕的身影，一头青丝披散在肩头，穿了件紫色的男式宽袍，仿佛刚睡醒才从床上跳起来似的。

追我的人痴痴地看着她，终于有个人说了句："比那妞儿还美……"

话才说完，她已跃起，我只看到人影一晃，说话的那个人已不知挨了多少巴掌，嘴角被扇出血来。世上有这样的轻功吗？无声无息，形同鬼魅。我瞬间对自己的轻功丧失了信心。

"滚！"她的声音突然变冷。

那几个人却拔出刀来，叫嚷着冲向她。

我看到黑夜里银光闪动，像流星划过天际，奔上前的人手上都被插了柄银色小飞刀，手中兵器掉了一地。

我张大了嘴，喃喃道："星魂……"

她浑身一震，转过身来。

这是怎样的一张脸？我张大了嘴，呆呆地看着她。

我从来没有见过比她更美的女人，我找不到一句合适的话来形容她的美丽，我甚至说不出她的年龄。

"啊，你背后！"我尖叫起来，有人在她背后挥下一刀。

我眼前一花，一个黑色的人影闪过，挥刀那人的手连同他的刀便飞了出去。那人还在往前冲，似乎没有发现自己的手没了，冲了两步，才痛得大叫，然后晕倒。追我的那些人吓得落荒而逃。

来人的剑快得我连他如何出的剑都没瞧清楚，我遇到了什么样的人？

她只怔怔地瞧着我，目中露出了和大爹爹一样的神色，似迷惑、似伤痛，突然低声问我："你叫什么名字？"

黑衣人浓眉皱了皱，那双眼睛竟似鹰一样锐利。我打了个寒战，喃喃回答："平安，我叫平安。"

"永夜！"黑衣人喊了她一声，我看到她的身体晃了晃，依在黑衣人怀里，身体有些发抖。

黑衣人似怒了，伸手来捉我。

"风大侠，别来无恙！"大爹爹的声音淡淡地响起，月白色的身影从黑暗中走来。

风大侠的身体蓦然绷紧，手却紧紧搂住了叫永夜的美丽女子。她望向我身后，比天上星星还亮的眸子里浮起一层悲伤。

大爹爹走到我身边，携了我的手，温和地说道："这是小女平安，给风大侠添麻烦了，在下这就带她回家。"

大爹爹说话时一眼都没瞟那美丽的女人，他将我的手握得很紧，说完拉了我转身就走。

我来不及说什么，心里早被这对武功出神入化的夫妇填满了，心里一个声音在尖叫：她一定是星魂，她一定是！

离开他们的视线，大爹爹突然停住了脚，猛地回头。

他看向远处，我抬头看大爹爹，他的脸苍白如纸，嘴唇紧抿着，我的手几乎被他捏碎了。

"大爹爹？"我摇了摇他的手，这才有机会插嘴，"我们回家吧，平安再也不乱跑了。"

我说完这话，大爹爹却没有动。我奇怪地又摇了摇他的手，他才似回过神来，温柔地说："所有人都很担心你。小南瓜在花田外跪了三天想出谷找你。平安，你在这里待了半年，你要是不想回去，大爹爹不会勉强你。"

我的眼泪冲了出来，抱住他哭道："平安想家了。是二爹爹说，平安再不走，大爹爹又要生病了。"

大爹爹轻叹了口气，抚摸着我的头发喃喃道："大爹爹若不生病，又怎么能在这里找到你呢？"

我不明白他说的话，只抱紧了他道："平安不要待在这里，平安不喜欢圣京。大爹爹，带平安回家，你不会再生病了吧？"

"傻丫头，你再不回去，小南瓜就要生病了。你二爹爹也很想你，他后悔得很。他说，你回去了，他教你做安神香。"

大爹爹说话时，目光仍望向湖边那一大片黑沉沉的屋宇，我低下了头，死死地将"星魂"两个字埋进了心底。

我终于明白，为什么他们不愿意我使银色小飞刀，为什么提一下星魂的名字，大爹爹就会在西山崖吹一夜的笛，还会呕血。

她穿的是紫色的宽袍，我那天也误打误撞地穿了紫色的男式衫袍。

就算我的眉眼有几分像她，可是，我只是有几分相似而已，我永远也不及她的美丽。天底下，也只有她，才配得上我的大爹爹。

这一刻，我觉得大爹爹很可怜。因为，星魂靠在那个风大侠的怀里，他们就像是花田里的双生花，缠绕而生，而大爹爹却是花田里的细茎孤兰，孤零零的一枝独立。

可是，我分明看到星魂眼中的神色。我忍不住对大爹爹说："那个漂亮姑姑看大爹爹的目光好奇怪。"

"哦？"大爹爹牵了我的手终于迈开了脚。

我想了想，道："就像是大爹爹吹的笛，很悲伤，她就像要哭了似的。"

大爹爹握我的手又紧了紧，过了很久才说："是大爹爹骗她，伤了她的心。有风大侠在，她不会再哭的。"

我低下头，心里一酸，眼泪扑簌簌洒了一脸。

大爹爹走得很慢，一步步离那湖越来越远。我跟着他，使劲儿握住他的手，我发誓，一定不再离开山谷一步，一辈子都陪着他。

"大爹爹，小南瓜真的跪了三天啊？"

"嗯。"

"他为什么不进去找你呢？我明明给了他香包嘛。"沉默了很久，我终于忍不住问起小南瓜来。

大爹爹轻车熟路地带着我拐进一条小巷子，推开一间小院子的门，笑了笑，道："天很快就亮了，城门一开我们就离开，回去你自己问他吧。去睡会儿，天亮大爹爹叫你起床。"

我这才发现进了一个小院子。我不放心地看了大爹爹一眼："要记得叫我。"

"大爹爹不会扔下你不管。去吧，大爹爹想静一会儿。"

我进房睡了。迷迷糊糊中，听到大爹爹一声叹息："星魂，你还怪我吗……"

我真的没有再出山谷。

谷里的年轻人有的出去了没回来，有的回来后再也没出去过。

我嫁给了小南瓜，生了小小南瓜。

大爹爹、二爹爹一天天老了，头发全变白了。

二爹爹终于身体不支，病倒了，大爹爹守了他一晚。我送药去的时候听到二爹爹说："哥，我看到她了，她回谷里来了。"

大爹爹只是抱着二爹爹落泪。

二爹爹过世后不久，有个出谷的人带了一个包袱回来给大爹爹，大爹爹突然就病了。

包袱里有件月白色的衫裙，绣满了星星月亮，还有一把银色小飞刀。

那件衫裙挂在屋子里，映得满屋星辉灿烂，月华醉人。我脑中想起那个美丽至极的女人，她穿上这身衣服会是如何的风华绝代。

那把银色小飞刀就一直握在大爹爹手中。大爹爹拿起那把飞刀，就再也没放下过。

小小南瓜悄悄告诉我，他听到送包袱的人说，是什么王爷过世，王妃自尽殉葬，他救之不及，东西是那人临终前给他的。

我的医术已经非常精湛了。我给大爹爹把脉，想起从前回魂爷爷说是心病，我还是给大爹爹开了很多药劝他喝。

大爹爹却望着衣架上那件衫裙出神不语。

我终于忍不住说："她死了，大爹爹！"我希望这一声猛喝能像当头一棒敲醒大爹爹。人死不能复生，大爹爹只要自己想活，活到百岁也没问题。

大爹爹却笑了："平安，你说黄泉路上真的会有血红色的花吗？"

我一怔："不知道。"

"有的，星魂说，只要摘一朵就能记得前世。她出嫁的时候穿了这样的衫裙，她还记得她第一次穿女装要穿给我看的。我死了，我一定要去摘一朵，不，把那些血红色的花全摘了，下一世才会认出她来……"大爹爹眼神里有种疯狂，我似乎看到像火焰似的花儿在他瞳孔里燃烧。

这是我第一次当面从大爹爹口中听到星魂的名字。那天晚上，大爹爹有些神志不清，时而清醒时而迷糊，我从他口中知道了他们的故事，月魄与星魂的故事。

大爹爹一遍遍问我黄泉是否真有那种神奇的花，我一遍遍回答他说有的。

天亮的时候，我打了个盹儿，迷迷糊糊地听到大爹爹说："去了黄泉，我总能和他争一回吧！"

我吓得清醒，睁开眼时，看到大爹爹用那把小飞刀刺进了自己的心脏，嘴角留有一丝笑容。

我把那件衫裙放进了大爹爹的棺材里，和小南瓜还有小小南瓜离开山谷去了圣京，就住在大爹爹带我去过的那条小巷子里。

大爹爹就埋在院子里，我记得他嘴里老念着的这个地方。

我开了间平安医馆，是替大爹爹开的。他说，他会在这里等她来。

番外篇
李天佑

那一年，永夜才九岁。脸上挂着微笑，极有礼地走过来。那一瞬间，我觉得她漂亮得不像话。

因为蔷薇，二弟看她不顺眼，处处针对她。那晚皇宫夜宴，二弟换了两次衣衫，吃了极大的闷亏，我总怀疑是永夜做的手脚，可偏偏又没看出端倪。若真是她，她就太厉害了。

转过年，她挨了端王的板子，我被父皇逐出宫。从那日起，我和天瑞的争斗就开始了。说来也奇怪，七年争斗之中，天瑞和我不论明里暗中，总是半斤八两，以至于我怀疑府中出了内贼。可能天瑞也是这样想吧，他看我的目光也很奇怪。

永夜一天比一天美丽。那时候我不知道她是女孩子，只觉得她生得骨骼纤细，虽肤色不好，却美得让人心惊。

我每次看到永夜，又是疑惑又是忍不住想靠近，加上皇叔的关系，我近乎是宠着她。这让我很烦恼，我很怕自己对她有别的感情。

她是端王府的世子，我就算喜欢上了，也不敢透露半分心思。

直到那一次，她与倚红来了府中，临走时，我突然发现她和倚红的感觉太相似，如果说永夜是女的，我毫不怀疑。

正因为皇叔说永夜是儿子，所以我从来不敢乱猜。

我进宫，父皇找我谈事，我无意中听到真相。

父皇和盘托出，永夜竟为了我的大业牺牲这么大，我心里又是疼惜又是高兴。谁知永夜第二天就要出使陈国，我巴巴地在城门口等了她很久。

我吓到她了，我想永夜肯定不能适应我态度的转变。我越看她越喜欢，之前一直想抱她却又不敢，如今我完全可以，我顾不得她的恼怒，搂了她入怀。她的身体这般柔软，和我想象中一模一样。纵然她离开，我却告诉自己，我喜欢她，我一定会娶到她。

父皇一早为我定下和齐国络羽公主的婚事。别说我登基为帝，哪怕只是个王爷，我立络羽为正妃,也同样可以立四个侧妃。永夜没有正妃名分,我可以多宠她,也是一样的。

皇叔极不愿永夜嫁给我。初时我一直想,皇叔位高权重,如果我登基,他成了国丈,他是忌讳自己权太重,怕我猜忌于他而削权。只要我心诚,皇叔又无谋逆之心,日后他一定不会反对。

永夜所有的一切在我眼中都是可爱的,包括撒娇和发脾气。她持了先帝的圣旨与我对抗,圣旨是死的,人是活的。先帝不过给了她三次机会,而我随口一句话就是圣旨,永夜自以为是的倚仗我根本不放在心上。

我当着她的面杀了李言年和揽翠,这二人活着对皇权总是有威胁。我自然也想让永夜知道,我可以放人,我也可以杀了他们。

永夜称病不接旨,我知道她是装病,也随她去。她有游离谷刺客的身份,还是我的臣子,她能翻过天去?

我去看她,不论她是真的吃醋也好,借机发泄不满也罢,等登基大典一过,我就会宣她进宫。宣一次她可以抗旨,我一天连传十二道旨意,我看她怎么办!

这种与永夜斗气的过程是很有乐趣的,我一点儿也不急。

然而,我万万没有料到,皇叔非常不情愿,他早已为永夜定下了齐国太子这门亲事。

我深感皇叔为了安国皇权所做的牺牲,又觉得这才是一道真正的题。我需要因为永夜和齐国开战吗?这是很难的题,也是很简单的题。

我才娶了齐国公主为后,难不成要抢齐国太子妃为妃?络羽等了我多年,齐国给了我莫大的支持,这题很简单,放弃永夜,换来国泰民安。

难就难在,我舍不得。

明明势在必得的东西,转眼之间变成别人的,那种不甘和恼怒实难以用语言描述。

永夜嗔怒不肯屈居络羽之下,我想并不是她不懂事,而是她爱极我才会想独占我,这让我有些难过。有时候竟想立她为后,让络羽为妃,这样会不会顺了永夜的心?但这也只是异想天开罢了。

所以,我放弃了永夜,赐她公主封号与仪仗,落个眼不见为净。

永夜出嫁后,我常常想念她在月夜下抚琴难过的脸。偶然听到琴声悠扬,寻过去,却是络羽在月下抚琴。

她是我见过的最温柔的女子,如同她的名字,像轻羽一般。络羽很美,她低头抚琴,双目含泪的模样像极了那晚委屈的永夜。我走过去,抱起了她。

络羽的脸上漫起一层害羞的红晕，身体在我怀中轻颤，这是我从来没有在永夜身上见过的。这一晚，我对她极温柔，络羽也极大地满足了我身为男人的感受。

　　渐渐地，我觉得我很喜欢络羽。虽然她没有永夜那种拈酸吃醋让我打不得、骂不得、手足无措的时候，但是她温柔得像水，特别是看到她崇拜我的眼神，我很得意。

　　我时常会想念永夜颐指气使的模样。永夜也会这样思念我吗？

　　齐国传书回来，说永夜会为了我进宫做太子妃，以报皇恩。

　　我心里又开始泛酸，接连几日都没去找络羽。

　　络羽怯生生地做了夜宵端来给我，我见她瘦了些，神情有些憔悴，忍不住心疼地问她："怎么了？"络羽答我："皇上不来，心里总是空的。"

　　我心里一动，问络羽："皇后若喜欢了朕，一日不见，如隔三秋否？"

　　络羽的脸又羞红了，垂下眼帘，良久才轻点了下头。

　　我却极其郁闷。我怎么从来没觉得永夜思念过我？若不是传书去齐国，她连句话也没捎回来过。

　　我下令打探永夜在齐国的行踪，得来的消息极多极乱。

　　一会儿失踪，一会儿又去什么西泊秋祭，与月魄、风扬兮扯不清关系。

　　我猛然回想起当初捉了姓月那小子后永夜的神情，心中大恨：她心里没有我，从来没有我。她居然一直在耍我！憋着这口气闷得我直想杀人。

　　然而又只能埋在心头，不管怎样，她都是齐国的太子妃，心里没有我也很正常。

　　没过几个月，我居然听到消息说永夜回了安国，回了端王府。这真是怪事。

　　永夜若是嫁了太子，她这会儿就应该是齐国皇后。我想，是不是慕容燕与慕容扬兮的太子易位让永夜恼了？毕竟她一直以为是嫁慕容燕。

　　书桌上的两幅画像摆在我面前，我倒吸一口凉气。

　　风扬兮就是慕容扬兮。这可叫我怎么办？

　　这是我第二次能得到永夜的机会，却又眼睁睁看着从指缝间溜走。

　　她进宫来，还是男装。

　　我猜她也是男装，因为她怕进宫。

　　如果她没有嫁，她不能穿齐后的品级服饰；如果穿了，就脱不下来了。穿女装的话，她就也不能绾发，要梳妇人发髻。所以她只能男装，这样才最好。

　　见永夜错愕，我笑了，这是我第一次猜中她的心事吧。我平和地与她说话，我几乎没有去看她的脸。

　　我怕我看了那张美得令人惊心动魄的脸，会做出让安国惹上兵祸的事。风扬兮，现在还得罪不得。

我静静地问她:"其实小夜心里从来没有朕,对吗?"

她的回答很妙,又在糊弄我:"就算有,也不能有。皇上不明白吗?"

我直截了当地告诉她我知道她没有嫁风扬兮,然而永夜却说,没有嫁不等于她不嫁。

这是公然告诉我,我若要她进宫,等于抢走齐国的皇后。

我苦笑,想起当初她糊弄我、牵着我的鼻子走,让我时而伤心时而痛苦的情景。这样的女子我很喜欢,可是我要不起。

我能给她的是一个退路:"如果你没地方去,嫁给我,我也会疼你一辈子。"

这可能是我唯一让永夜感动的事情吧?我听到她静静地吸气,很难过,很想说什么,又最终没有说便离开了。

我没有回头看她。从前的那个永夜只能埋进我心底了。

走进梅林,络羽居然躲在里面,我有些忍俊不禁。这丫头也有吃醋的时候?我微笑着走过去,轻哄着她,似无意地说:"朕对你那位从小没见着面的皇兄很是感兴趣,皇后不介意与朕说说……"

络羽真的很单纯,没费什么功夫我就知道了事情的来龙去脉,听完不由得倒吸一口凉气。

风扬兮在我安国待了这么多年,他对我国的山川地形了如指掌,我该如何应对!看来我的事情还很多,首先要改变的就是安国的军队编制,还有边防部署防御。

心中恼了永夜,本想迁怒到赋闲在家的皇叔身上,此时却不得不求上门去。

皇叔微笑着递给我一卷齐国军事山川地形图,大谈了一番我军的改良举措,听得我心服口服。皇叔真真是只老狐狸,早为自己备好了后路,让我还不得不倚重他。

好在皇叔对权势没有野心,否则,我就留不得他了。

又过了半年,齐国再传消息,风扬兮禅位慕容燕,做他的风王爷去了,两国相安无事。

我问络羽:"你见过你皇兄几回?"

络羽轻笑道:"不多,也就几回罢了。"

"他是什么样的人?"

"永夜喜欢的人。"络羽居然刺了我一句。

我回头,见她瘪嘴微扬下巴,一时之间,又好气又好笑。永夜那会儿的模样又冲进我的心里,也许,永夜要的就是能为她放弃帝位之人。这个人,肯定不会是我。

番外篇
蔷薇郡主

出了散玉关,进入宋国国境。我一路上瞧着月魄都觉得不顺眼至极。

"喂,臭小子,你究竟和永夜哥哥有什么仇,要下蛊毒害他?"进了客栈,为了防他跑了,我只要了一间房。

此时他被我一脚踏在背上动弹不得,如果不是要帮永夜哥哥拿解药,我恨不得现在就杀了他。

"小妖女,要是你再不松脚,再敢对我凶半句,我就催动蛊毒,让你永夜哥哥痛死!"月魄恨恨地冲我吼。

我一惊,我总是控制不住自己的情绪,要真害了永夜哥哥怎么办?我马上松脚,顺手拎他在椅子上。他还没反应过来,我已经端了杯热茶给他:"月哥哥,路上不好玩,蔷薇和你闹着玩呢。你不会这么小气吧?"

他似笑非笑地瞧着我,大大咧咧地接了茶一饮而尽,然后站起身上床躺下:"你睡地上吧。"

"什么?"

他扔给我一床被子,头枕在脑后慢条斯理地说:"郡主怕在下跑了,非要同房,难不成还要同床?"

我脸涨得通红,抱着棉被怒道:"等我拿到解药,我再收拾你!"

我几时睡过地上?地板冰凉,被子一半铺在地上,一半裹在我身上,让我难受至极,迷迷糊糊到天亮实在撑不住才睡过去。

早上醒时,我好端端地睡在床上,一惊跃起,臭小子呢?他千万别跑了。想起永夜哥哥的解药,我急得眼泪直往外冒。

门被推开,月魄端着粥进来:"醒了去洗洗吃饭,还要赶路的。"

我一愣,他怎么没跑?

"看我干什么?我不过是良心发现,觉得和李永夜也无深仇大恨,给她解药两清罢了。"

我赶紧下床梳洗，咦，我的钗呢？我四下里找，永夜哥哥为我扶珠钗的情景我一直难忘。这钗可不能丢了，他从来没有这样和我亲昵过。回想永夜哥哥温柔地为我扶正珠钗的刹那，我的心犹自咚咚跳个不停。

"找什么？"

"我的钗！我的钗不见了。"

月魄喝着粥慢条斯理地说："不过是支镶了珍珠的钗，又不是多值钱的玩意儿。"

"你知道什么？"我没有说下去，沮丧地想，找不到也没有办法。

月魄凑过头来笑："我知道，不过是永夜伸手扶过罢了。她哪会记得住这个？"

我气极："谁说他记不住？永夜哥哥心思最细，他一定记得住！"

"好好好，她记得住就记得住呗。掉了难不成再回散玉关找？你不想要她的解药了？"

是啊，解药才是头等大事。我狠狠地瞪着月魄："你最好老实点儿，你说，这钗是不是你偷了？"

月魄"哼"了声："我偷你的钗干吗？"

我也"哼"了声："我永夜哥哥比你好看十倍，谁知道你对他是不是……啊，我知道了，你一定是爱慕我永夜哥哥，所以嫉妒他和我亲热，所以才把钗偷走了！"

月魄讪讪地笑了笑："我嫉妒你？谁嫉妒谁啊？"

一整天我都不高兴，路上月魄的话也不多。过了宋国，进入齐国边境时，我们进了一座小镇投宿。还是只要一间房，我仍然睡地上。

那晚肯定是月魄抱我上床睡的，他其实心地不坏。我想起永夜哥哥，想起那支钗，想起爹娘，有些睡不着。

这时我听到月魄起身，他难道又想趁我睡着了做好人抱我上床去睡吗？我正想着，他果真走到我面前，他身上一股淡淡的香味传来，我下意识地闭住了呼吸，脸涨得通红。毕竟他是男子，可我心里只有永夜哥哥……怎么能觉得他身上的味道好闻呢？

他抱我上床，我羞得一动不敢动。我以为他会睡地上，没想到他竟走到窗边推开了窗户，我眯着眼看去，窗外的黑夜中闪过一朵烟花。

什么人深夜放烟花？现在又不是过年。

正奇怪的时候，月魄又走到我床前。我闭眼装睡，他看了我一会儿喃喃道："醉梦散应该还好用。"

醉梦散是什么？听名字是像让人睡觉的东西，我什么时候中了醉梦散？是刚才他身上传来的味道吗？我下意识地闭住了呼吸的那会儿？

月魄离开床边，竟跃出了窗子。天哪，他的轻功高出我数十倍！他不是不会武功吗？我忍不住好奇，沿着他走的方向追去。

走了半个时辰，我以为我找不到他了。这时我听到树林里有声音传来："把这支钗给程先生送去，务必将永安侯留在陈国两三个月，最好擒了送进山谷。"

我手脚冰凉，永夜哥哥看到那支钗后就一定会想到我。月魄是要用我去诱捕永夜哥哥吗？他好狠。

我要去告诉永夜哥哥。我悄悄地后退，飞快地跑回客栈，想拿了包裹离开。

才进房间，听到有动静，我赶紧上床假装睡着。

月魄回来得好快，他立在床边看了我一会儿，看得我的心快从嗓子里蹦出来了，后来他睡在了地上。

我焦急万分，明天一定要想办法摆脱他。

"你老老实实地在客栈里待着，听到没有？我要去街上买点儿东西！"我恶狠狠地对他说，一如平常。

他"哼"了声，坐在房中喝茶。

我拿了银两，出了客栈，牵着马上街。这是齐国的一个小镇，我故意闲逛，感觉到没有人跟着我，这才挥鞭往陈国方向奔去。我兴奋地想，那臭小子一定还在客栈里傻等。我要去陈国找到永夜哥哥，告诉他月魄的奸计。

马前蹄突然一软，我惊呼一声，差点儿从马上摔下，一个跃身站好，眼前出现了三个青衣人。

我想也没想，挥剑便上。

他们武功好得很，我打不过。

我知道一定会落到他们手中，可是月魄没有现身，他是否知道我看穿他了呢？我故意往客栈方向跑，边跑边喊："月哥哥，游离谷的人抓你来了，你快跑！"

我背上中了一掌，声音断在喉咙口，我痛得眼前一黑晕倒在地。

我醒的时候已经是在一个陌生的地方———间空荡荡的屋子里。我不知道这是哪里，我浑身没有力气，腿似乎也动不了了。我吓得直哭。

永夜哥哥，他一定会来救我。我只有这一个念头。

门打开，有人进来，是个陌生男人，我一见他就放声尖叫，持续叫了很久，门再次被关上了，我还在尖叫。

我开始装疯，拼命地捶我的腿。一半是我真的怕，一半是想我疯了或许还会有机会逃跑。

我想家，想永夜哥哥，我担心他被月魄捉到。

这个人太阴险了,他居然装作不会武功。他怕是一路上拐我去拿解药时就想好要以我为质诱永夜哥哥上当吧!

过了好几个月,天渐渐热了。

终于有人将我送进一个院子,月魄站在院子里无害地看着我。他笑得越温柔,我心里越怕他。

我的腿动不了,身上无力,我能拿他怎么办?

"永夜哥哥……"我的眼泪疯狂地往外涌。我不知道为什么要将我送来和月魄待在一起,可是我感觉和永夜哥哥有关。

"我是月哥哥,蔷薇,你忘了吗?"他这样说,他的眼睛里有着探询的色彩。

我故意迷茫地看着他,说:"永夜哥哥,我想睡,你抱我!"

他愣了愣,抱我坐在椅子上,试图唤醒我似的:"你忘记了吗?我是月魄,是你的月哥哥。"

他越是这样,我越装作不认识他。我靠在他胸前,轻声说:"月哥哥?月哥哥不见了。永夜哥哥,你不要离开我……我的腿走不了路啦……我想回家。"

他似乎很惊诧,叹了口气不再逼问我,只搂了我说:"永夜哥哥不会离开你的,会带你回家。"

夜色深了,他抱我回房,我闭上眼装睡。这时,我听到隔壁有打斗声,听到永夜哥哥的声音。

我以为自己是在做梦。

月魄似乎无暇顾及我,匆匆出去。

我不敢喊,我怕我是永夜哥哥的累赘。我明白,我没有猜错,送我到这里来,就是为了引永夜哥哥来。

我用发簪在竹席下一点点刺出小洞。我不知道我还能不能活着见到永夜哥哥,我总要留点儿东西给他,提醒他月魄不可信。

没过多久我又被人带走了。

人总要有希望,我一定要撑到见到永夜哥哥的时候。

有一个人走了进来,他相貌清秀,浑身带了股邪劲儿。他蹲在我身前,勾着我的下巴,目不转睛地看着我。

我紧张得要命,他喂了颗丸药给我,我没办法只能吞进去。

脑子"嗡"地炸响。

"李永夜会来救你,和我大哥……"那个人的声音飘飘浮浮,像从极远的地方传来,分明他在我眼前,为什么声音这般遥远?

"我要保证你被李永夜救走的时候说不出你知道的秘密，我可不认为你真的傻了。"他说完就走了。

我眼前出现了幻境，时间对我来说已经不重要，我时而清醒时而迷糊，我记不得吃东西，偶尔觉得有人喂我食物，没人喂我我也不知道。

清醒的时候，我想了很多。月魄和永夜哥哥之间怕不是中蛊毒这么简单，永夜哥哥似乎很关心月魄。他们之间是什么关系？我想不明白。

迷糊的时候，我就像回到了安国侯府。太子哥哥、佑哥哥，眼前的人影晃来晃去，只是清醒的时候越来越少。

我似乎听到永夜哥哥在叫我，我肯定又在迷糊之中。他其实是不喜欢我的，他从来没有把我放在心上。

不论我怎么缠他，他都有办法甩了我离开。

我眼前这个紫衣翻飞、身手俊到极点的人是永夜哥哥吗？他不会武功的，肯定不是他。我有些舍不得闭上眼，就算不是他，可他长得和永夜哥哥一模一样。他打人的姿势真潇洒。他抱着我，我情愿一生都靠在他怀里，就算是梦也好的。

"星魂……"我听到月魄的声音，脑子为之一醒。我看清了眼前的人，他真的是永夜哥哥，为什么月魄要叫他星魂？

月魄、星魂，这两个名字怎么这般亲昵？不能相信月魄，我使劲儿喊永夜的名字。

他真的听到了，他低头看我，眼睛急得通红。他抱住我跃上了石台，把我交到了别人手中，又跃下去了。

我着急得不行，一口气似提不起来。他怎么就走了呢？他怎么能扔下我？

月光很亮，我眼前几乎看不到别的东西，那些声音离我太远太远。

冰凉的水洒在我脸上，下雨了吗？

"蔷薇，你睁开眼！我是永夜！我带你回家！"

我想睁开眼，又舍不得惊破了这个梦。永夜哥哥，这是梦还是你真的在我面前？我分不清了。

"好，我带你回家，回去我就娶你。蔷薇，你撑着别睡啊，我们马上就回安国。我一直喜欢你，我从来没有不喜欢你，听到了吗？蔷薇！"

果然是梦呢，永夜哥哥是绝对不会对我说出这么好听的话的。这一生，对我最好的人除了爹娘和哥哥们，就是太子哥哥了。

我不喜欢他，可是永夜哥哥要是有太子哥哥一半对我好，我就心满意足了。

我不想睁开眼睛，就算是梦，这些话听着也让我开心。

"我比他好,我会比他对你更好!蔷薇,我带你回家,回家我就娶你,我只娶你一个,我让你当母老虎,你说什么我都听你话!"

我忍不住笑了,忍不住睁开了眼睛。

永夜哥哥没有消失,他还是那么美。那张脸,我从六岁时就觉得好看,总是舍不得移开目光。

他身体不好,他冲我发脾气,他不睬我,我还是舍不得不去找他。

眼前哭着看我的人是他吗?永夜哥哥会为我落泪?!狂喜中,我脑子突然清醒了下,我想让他别哭,想问他是不是真的喜欢我,想告诉他月魄要害他。我用尽全身力气想说话,却喷了他满脸的血,心里一松,喉间吐出了一个字。

我想对他说的话太多了,终究只说了那张竹席的"竹"字。只有一个字,永夜哥哥听得明白吗?他握着我的手连声说他看到了,他会为我报仇。

我想笑,我突然觉得很开心,又很是不舍。为什么,要在我将死的时候,才告诉我你一直喜欢我呢?

"蔷薇,不怕……不要怕……你不会有事……我这就带你回家,我们回安国去!我娶你,我陪着你,再也不会把你一个人扔下……"

永夜哥哥从不对我许诺,但是他说过的话,他一定会做到的。我望着明月,从来没有一次中秋月明让我这般喜欢。

眼前模糊得很,我只知道他抱着我,他会一直陪着我。

这时候,我一点儿也不恨月魄,如果不是他,我怎么会知道永夜哥哥的心呢?

我想说话却没力气了,我想摸摸他的脸也没了力气。可是我知道,他一定不会被月魄害了,他不会像我一样,就这样死了。

人临死的时候总能想到很多东西。我很想家,很想爹娘、哥哥们,包括太子哥哥,可是,我真的回不去了。

番外篇
玉袖公主

"公主！河里漂来一个人！"

我随着侍卫手指的方向看去，河面上漂着一个黑衣人，半沉半浮。

"捞上来！"

这是个很怪的人，他的五官很深刻，眉皱着，显出几分坚毅。他中了暗器，有毒，我救了他。

他似乎是个哑巴，我问他话，他什么也不说。

安国京都正要举行佑庆帝的登基大典，没想到却意外地救了个怪人。

昨晚皇城失火，听说东宫被烧成白地，太子谋反被诛。这个人与那件事有关系吗？

我不想多问，不管有没有关系，我的直觉告诉我这个人有用。

登基大典一完，我便要返回陈国。我问他："你愿意跟我走，还是离开？"

他迷茫地看着我，似乎失忆了。

我叹了口气说："那就跟我回国，我叫你小白好了。"

我带了他回陈国。

他应该是会武功的，我练剑的时候，有一招使得不对，他的目光便落在剑招该落的地方。易将军一直忙着训练水军，没人陪我练招。我便拿了柄剑给他，随手一刺，他条件反射地招架，我越来越兴起。他似乎想找回什么记忆，也无声地回应我。

打着打着，我便发现，他只是在挡，从来没有进招。我怒了，吼他："光招架有什么意思？出手！"

说着我极刁钻地使出一剑，刺向他的咽喉。

我看到他眼中光芒一闪，我不知道他是怎么做到的，我的剑被他磕飞，他一剑刺向我的胸。我大惊失色，尖叫出声。

他的剑停在离我喉间一寸的地方，然后扔了剑，什么话也没说，又静静地退在一旁。

真是个怪人。

没过多久，易将军进了宫，他听说我救下这个怪人后，上下打量了他很久，然后说："本将军与你过过招，兴许，你会想起点儿什么来。"

我知道易将军功夫极高，以怪人刺我那剑来看他应该伤不到易将军。我很希望他能恢复记忆。

易将军使出的杀招让我瞧得心惊胆战，小白回招拆接也不赖，仿佛高手过招才更能激发他的潜能。直到五百招后，易将军才赢了他。

他浑身都是剑口子，瞪着易将军满脸的不服气，那种桀骜不驯的神态让我看着很顺眼。易冲天太嚣张，我恨不得有人顶撞他。

"公主，此人虽失忆，但功夫极高且来历不明。我觉得留他在你身边会有危险，不如除去。"

我哪里肯，说："小白不会伤害我。"说着我看他的眼睛，他的目光很坦然，却缓缓地点了点头。

我高兴极了，笑着说："将军去找哥哥议事吧，小白陪我练剑就好。"

我没注意到易将军眼中的阴鸷，他仿佛很讨厌小白似的。

我给小白包扎伤口，用的全是我平日里无聊时绣的汗巾，把他扎得花花绿绿的，我看得哈哈大笑。

小白突然开口："很漂亮。"

我的笑声戛然而止，惊疑地看着他："小白，你会说话了？"

他愣了愣，又沉默下来。

从此我缠着他说话，小白只是听，偶尔说几句话，一见有外人，便住嘴不说，这让我觉得他和我之间有了小秘密。

哥哥病重，他拉着我的手说："太子尚幼，如果传位于他，易冲天就会独霸朝纲。他喜欢你，只有你坐镇朝堂，他才会甘心辅政，居于你之下。玉袖，你无论如何也要撑到太子长大。"

我忍不住落泪。陈国锦绣河山，是绝不能更姓易的。我挺起胸对皇兄发誓："太子成人之后，玉袖便会传位于他。玉袖会保护皇嫂与太子！"

我决定终身不嫁。

皇兄过世后，我登基为帝。

易冲天果然支持，朝中大臣无一敢反对，就此一招，我便觉得皇兄的决定何其英明！

我请了最好的师父教育太子。我特别想请的师父是永夜，只有她的狡诈、她的武功才能教出一个能继承我大陈江山的太子。

易冲天出入皇宫如进无人之地。他望着我说:"玉袖,你若终身不嫁,冲天当辅佐你一生,绝无二心。"

他的深情我懂得,却接受不了。为了大陈江山,我点头:"只要我为帝一天,我绝不嫁人。"

我不会嫁人,不想生孩子。我有了孩子,太子的地位便会不保。

我闷闷地对小白说,他只是听着。有时候我闷得哭,他便会跳起来舞剑,我看到精彩处,忍不住拍手叫好,他回头望我一眼,眼里充满了怜惜。

泽雅诗会,我携了小白便服出席。

席间我看到了永夜,我顾不得别的,朝她奔去。她似想逗我玩,故意踩破了我的裙子,小白突然怒了,拔剑与她斗。

水泊之上,小白与她缠斗,明显她的功夫不如小白,但轻功却好得很,小白被她捉弄得恼了便使出了杀招。

我第一次看到了传说中的小李飞刀。

小白中了她一刀,永夜走了,却大摇大摆地悄悄对我说,她在泽雅接活儿的地方叫依水居,让我不要妨碍她赚银子,她会还我一个人情。

我自然答应,从此她偷偷入宫教太子武艺和一些我不懂的东西。我只知道太子仿佛瞬间开了窍,一天比一天聪明,一天比一天懂事。

我为小白包扎伤口时,不住地埋怨他,很是心疼。

小白突然说:"她是星魂。"

我吓了一跳,问他:"你是什么人?"

小白深深地望着我,沉默一会儿后答:"我不会伤害你。"

他不愿说,我也不问,我只知道,我相信他。

易冲天喝醉了酒,闯入了宫中。他捉着我的手,眼中烧着欲望的火,他的模样很可怕。我拎起茶水冲他浇下去,怒吼道:"将军自重!"

他望着我,冷笑道:"知道为什么我没有杀太子吗?我就等着他继你的位,你不做女帝,我好娶你。"

我吓得手足冰凉。

他伸手将我锁在他怀中,我怒极喊人,殿内外连个应声的人都没有。易冲天的权势已经大得超出我的想象。

"玉袖,就算你不嫁人,也可以跟了我。"他缓缓说道,眼中透出浓浓的占有欲。

我挣不开他,又慌又怕。这时,一道剑光闪过,易冲天抱着我侧身避开。

小白傲然站在我面前，长剑指着易冲天道："易将军武功盖世，然大丈夫不欺凌弱。你除非杀了我，否则，我定不会让皇上受辱。"
　　这是小白说话最多的一次。我望着他，心里泛起异样的感觉。
　　易冲天哈哈大笑："小子，你有种。你连自己的姓名都记不得，你是个白痴！"
　　小白目光闪动，长剑动也不动。
　　易冲天放开我，极温柔地说："玉袖，改日再与你详谈。"
　　他轻蔑地瞟了眼小白，拂袖离开。
　　我从他身上看出了浓重的杀气。
　　"小白，你走吧，何必枉送性命？"我说的是实情，易冲天绝不会放过小白。小白死了，易冲天还是会要我。
　　"三个月，我会回来。你等我。"小白极认真地说完，像只鹰一样掠入了夜色中。
　　三个月后，小白没有回来，却有另一个人来找我。他蒙着面纱，穿了身月白色的袍子，我差点儿以为他是鬼魂。
　　"皇上，你希望如何处置易冲天？"
　　他的声音很温和，听他的意思，根本没把易冲天放在眼里。
　　我有些犹豫，如果易冲天不是心太野，我陈国是极需要他这样的大将军的。
　　"易冲天如果没有武功，只是有他的军事才能，陛下是否觉得安心？"他洞察了我的内心，我瞬间觉得他很可怕。
　　"你是何人？我为何要相信你？"
　　他静静地站在殿内，对我的逼问不置可否。
　　我怒了："你不肯说，我陈国之事便不用你插手。"
　　他轻声笑了："你救了我的人，他愿意用一条命换你一个愿望，你也不珍惜吗？"
　　我的身体颤抖起来，小白沉默的样子、深邃的目光出现在脑中。小白是他的人？小白愿意用命来换取他的帮助？我什么也顾不得了，冲过去问道："你把他怎样了？"
　　我的武功是易冲天教的，也算过得去。可是我扑过去的时候，来人已经轻飘飘地躲开了。即使小白武功很强，但绝非他的对手。
　　我停住手问他："我陈国之事，不用你插手了。你不要杀小白。"
　　他凝望着我，说："他已经把命交给我了，你若不要我插手相助，等于浪费了他的性命，我没意见。"
　　"你要什么？"我不知道为什么会这样问，但是只要小白平安回来，我愿意用我所有的一切去交换。
　　"当年他火烧驿馆，置她性命于不顾，我也是要对付他的。也罢，做个顺水人情。"他说完就要走。

"站住，他……人呢？"听他的意思是会废了易冲天的武功，可是我却关心小白。

"月又会圆了。西方有座山，山形如鹰，叫鹰山。"

我记住了，我一定要找到那座像鹰一样的山。

隔日，便有人来报易将军府出了事，他的武功被废。

听到消息，我竟然没有高兴，只是松了一口气，唤来太子与三大夫，交代禅位事宜。

三日后，我禅位，新皇叫人围了将军府邸。

易冲天会如何已不是我要管的事了，皇帝已经长大了，他自有主张。我收拾行装悄然离宫，我要去找他，我一定要找到他。

马换了数十匹，我一直向西。入了齐国再往西，就是莽莽森林。

我一直往西边走，山中已杳无人迹。我走过一座山头又一座山头，没有看到一座山像鹰。我很疲惫，马已经不行了，我杀了马，吃了一个月马肉，吃得我边吐边哭。

我绝望地对着山崖喊小白，回答我的只有幽幽回声与岩鹰掠过的影子。

进山两个多月了，我想我肯定找不到他了。

月光下的山林很恐怖，我奔到林外崖边也不愿住在里面。若不是有功夫，我不知道已死了多少回。

小白在我心中有这么重要吗？我一点一滴回想着。他总是沉默地站在我身后，总是沉默着。除此之外，我对他没有别的印象。可是，他不在了，我为什么一定要找到他？为什么他的身影在我心中却变得这般清晰？

易冲天说，第一次看到他时，就想杀了他。因为我看小白的目光不同，然而我自己却没有半点儿发现。

我坐在崖边痴痴地望着山林，月影东斜，我无意中望向西方，惊得跳起来。月光下那座山不是正像鹰喙？山势连绵缀成的不正是鹰的头和翅吗？我欢喜得直抹泪。

又走了十天，我终于站在一个巨大的山缝处。两山夹壁一线飞天，抬头望去，脖子都望酸了，也看不到尽头似的。

我走了进去。

一个时辰后，眼前豁然开朗，竟是一大片迷离的花海，层层叠叠望不到边。花海的尽头隐隐有炊烟。

我想也没想就走了进去，然后嗅着花香睡着了。

门口的叫卖声唤醒了我，我睁开眼，这是一间很普通的屋子，一桌一床一柜。身上的被子触手滑软，仔细一瞧，正是我陈国最负盛名的云锦缎。我吓了一跳，这种料子是皇室专用，怎么会出现在这里？

下了床，我又发现桌子是紫檀木的，看似简单，却极贵重。

我推开门，这里原来是家客栈。门外是条街，人们来来往往，像极了一个小镇。令我吃惊的是客栈门口卖山货的大婶手上的那只翡翠玉镯，通体碧绿极为难得，至少也值个十万八万两银子，可是她卖的却是不值钱的山货。

还有店小二，他居然穿的是云锦缎做的衣裳。这身衣裳就算是小二的工服，也要值二十两银子。

眼前这一切很滑稽，简直不可理喻。

一袭月白色闯入眼帘，这是个极英俊的青年，他温和地看着我说："你醒了？"

我听声音便知道那日进宫见我的人是他，可是我没想到他居然这么年轻，还身怀绝世武功。

"怎么了？"

我费力地收回眼神，客栈里、街上往来的人身上都有些值钱的物什，可偏偏又都像是极普通的山民。我望着他深吸一口气道："我来了，他人呢？"

"他不会理你的。"

"我不信。"

那人笑了笑，指了指山坡："他在山上木屋。"

木屋旁，有个人正在练剑。

"小白！"我喊了他一声，忍不住哭了起来，一路上受了这么多罪，我见他一面容易吗？

他停了剑，深深地看了我一眼，扭头就进了屋子，关上了门。

我呆呆地看着他，我离开皇宫，我什么都不要了来找他，他却不愿意理我。

"原来你不是喜欢我。你……你不过是报恩！"我大吼，心痛得难以自抑。

屋子里没有动静。

我坐在木屋前，茫然不知所措。我有我的骄傲，他既然心里没我，只是报恩，我何必要纠缠于他？

可是小白的眼睛、坚毅的面容，他以命相抵换来对我的帮助，却让我难以挪步。我不信，他真的对我无情。

我在屋外坐了三天，他练剑、吃饭、外出，当我不存在。

这比杀了我还让我难过。

第四天晚上，打雷下雨，木屋里有了灯光，我甚至看到他坐在饭桌前悠然地吃着饭。雨淋得我浑身湿透，心也被淋得冰冷了，我摇摇晃晃地站起来对他说："我走了。"

原来你心里真的没有我,我再不会来缠你了。"

我往山下走,小镇上关门闭户,街上一个人也看不到。我孤零零地走在雨里,眼泪忍不住涌出来。我要回皇宫吗?那是我的家。想起和宫里那些嫔妃一样,从此要老死在宫中,我很怕,不愿意再回去。

天下之大,难道没有我可以容身的地方吗?

雨似乎停了,我抬头,他撑着伞面无表情地看着我。

我眼中闪过惊喜,他愿意和我在一起了吗?

他把伞递给我,站在雨里板着一张臭脸。

我怒了,一掌挥开他的伞:"我是你什么人,需要你来管我?走开!"

只走得几步,身体一轻被他抱了起来。我怒极又踢又打哭闹起来。他理也不理,抱着我往山上走,雨水淋过他的脸,他的嘴紧抿着。我的脸贴在他胸口,听到他的心跳得很急。

他抱着我回到木屋,自己却一声不响地在门外坐了一夜。

我要冲出门,他只是挡在我身前,什么话也不说。

"你既然不要我,为什么还要管我?"

他闭上眼,任雨水冲过他的脸。

我安静下来:"好,明天雨停我就离开。"

第二天一早,我走出木屋,他已经不见了。

我走在小镇街上,忍不住回头想看他一眼,看他有没有跟着我。

这里的人当我是个陌生人,没有一个人同我说话。

那个穿月白衫子的青年又出现了:"他不是不想理你,他是把命交给了谷主,他不能理你,否则,你就会死。"

我像捞到了救命稻草,扯住那人的袍袖问道:"要怎样他才会理睬我?要怎样做?"

"你看到那座山崖了吗?只要你能上去就可以。"

那座山崖很高,如刀削一般。我咬着唇问道:"你是何人?"

"我就是这座山谷的谷主。"

"君子一言?"

他朗声笑了:"我绝不食言。"

我从来不知道我有这么大的勇气。我抓紧了削壁上的山缝、藤蔓、杂草,用轻功用指力一点点往上爬。

我不敢往下看,脚下盘旋的鸟儿让我知道摔下去必死无疑。

上面高耸入云，手指痛得钻心。

我好不容易在半山一块突出的山石上站定，忍不住哭了起来。我无论如何也爬不上去了，没有手抓的地方，轻功也跃不上去。

我甚至不知道在这里我还能坚持多久。

手指牢牢地卡在石缝中，我放声大喊："我上不去了！"

没有人理我，我望着身边围绕的雾气脑袋越来越晕，终于手一松，尖叫一声往崖下坠落。

崖顶上传来一声轻笑，一个身影飞下，搂住我的腰，顺着一条绳索跃了上去。

小白站在崖上，拉我上去的是谷主。

我望着他，他眼中只有心痛，眉微蹙，突然他朝谷主跪下，朗声说道："鹰羽甘心受死，请谷主放她出谷。"

他的名字叫鹰羽，很好听哪。

我哼了声，问谷主："你说话是否真的算数？"

"自然。"

"你说，只要我能上崖顶就可以，可没规定不许人拉我上来。总之我上来了，不是吗？"我理直气壮地说道。

谷主愣了愣，眼底浮现一抹笑意："是，你上来了，鹰羽可以理你了。"

我高兴地笑了起来，一把拉起鹰羽："你看，我做到了。我们走吧！"

鹰羽身体一僵，望着我一字字道："你走吧，这里不适合你。"

"明明说过只要我能上来，你就不会不理我的。"我委屈得想哭，手很痛，为了他我像只猴子似的爬山崖，他居然叫我走！

谷主笑了："谷里规矩，要离开，只能闯谷。"

"闯就闯，鹰羽，你怕吗？"我挑衅地看着谷主。

鹰羽转过头来望定我："你怕不怕死？"

我摇摇头。

他什么话也没说，拉着我一扯绳子像只鹰一般飞下山崖。我开心地搂住他，从来没有这样幸福过。

下到山崖，他小心地执起我的手，从怀里抽出一条汗巾替我包伤口。

"你还留着哪？"

他脸上闪过一丝绯色，轻声说："你想离开，就算是死，我也陪着你。"

我心里感动，抱着他哽咽："只要和你在一起，我不怕死。"

他牵着我的手，缓缓走向谷口。

走到谷口花海，那里站了一个人，果然是谷主。我心里紧张，鹰羽放开我的手，拔出了他的剑。

我见过他与易冲天交手五百招，他的剑已经异常凌厉，可是和谷主交手却不到百招。

鹰羽倒在地上望着我，他目光中满满的悲伤，似乎不能再带我走。

那人冲我笑了笑："闯不过，只有死。"

说着一剑朝鹰羽挥下。

我想也没想扑到了鹰羽身上，望着鹰羽的眼睛，这一刻，我觉得死并不是件痛苦的事情。

鹰羽眼中突然露出奇怪的表情，我不知道那一剑为何久久没有落下。回头看时，那个人已经不见了。

我们就这样轻轻松松出了山谷。走到谷口，我停下脚步，笑道："我们回去吧。"

"为何？你不是不愿留在山谷吗？"

我眨了眨眼："这里其实很好，外面也一样，反正我们出来过一次，将来过得不舒服再出去便是。"

他的唇边带出一抹笑容，这是我第一次看他笑，原来他笑起来这么好看。他拥我入怀，叹道："因为你愿意为我死，所以他才放我们离开。"

"为什么？"

"山谷中的秘密太多，你是外人，知道了，便一生不能离开，你可愿意？"

我点点头，和他在一起我很满足，权势、富贵我都有过，都不及他在我身边让我觉得踏实。

鹰羽牵着我的手又回了山谷。

我才知道，这里便是闻名已久的游离谷。

番外篇
安小四

大哥说，母亲已收下聘礼，将我许给了安国三殿下——当时还是大将军的李天祥。

传言，安国三殿下有着端王昔日之风，英武俊气。我忍不住瘪嘴，不过是靠了父荫罢了，就连和端王在散玉关击败陈军那一仗没准儿也是端王照顾这个侄子罢了，用脚指头也能想得到，一个才十八岁的青年能有什么大能耐？

可是传言却让很多闺阁少女对他倾慕，直说我许了个好人家。

我安家虽是大富之家，毕竟是商贾，以他的身份地位，我是高攀了，再用脚指头想也知道，他娶的不过是安家的银子罢了。我心里想着就难受。

听说，他在秦川。我打定主意，拿了些银两，潜过秦河，想亲自看看他是什么样的人。

才进秦川城，我就被士兵围住，我不屑地问："难道安国士兵要当街抢民女吗？"

"小姐此言差矣，我的下属是来保护小姐的。"说话的人很年轻，穿了身绯色锦袍，绣了金龙，身材很高大，气宇轩昂地出现在我面前。

说他一脸正气，可是他的眼珠子却上上下下在我身上打转，看得我恼怒。

"你是何人？怎这般无礼？"

"孤才下了聘，四小姐就迫不及待地送上门来，这么想嫁？"

我的脸唰地一红到底，他原来就是李天祥。我想出城回齐国，那群士兵却拦住我不放。我又气又急道："谁送上门来了？我不过是过来玩玩。你太不要脸了，本小姐决定不嫁你了。"

李天祥只是笑了笑，道："送四小姐去将军府。通知安家一声，免得老夫人和大公子着急。"

什么意思？我跳着脚喊："我要回家，谁要去你的将军府！"

他扭头就走，任由士兵拥着我把我带往将军府。

我一路叫骂，那群士兵始终客客气气，送我进了将军府。来了几个粗使丫头，与其说是请，倒不如说是把我拖进内院。我一进去，院门居然落了锁。

我恨得将房间里的东西全砸得粉碎，骂得嗓子发哑说话都痛。我不明白李天祥为什么要软禁我，也不知道为什么一进城他就知道了，总之我对他的印象恶劣至极。

我赌气不吃饭，有个丫头居然说："将军说了，早知道小姐会用这招，就随小姐的意，等小姐饿得没力气了也可任由他摆布了。"

我吓得汗毛直竖，乖乖地把饭吃了。

晚上我悄悄起床，走到围墙边上，费了九牛二虎之力移了个石缸，端了个凳子放在上面，打算翻墙跑了。

我小心地爬上去，用力一撑，凳子"砰"地倒了。我骑在墙头望着下面不知道怎么下去，看到不远处有棵树，便慢慢挪过去，抱着树想滑下去。

"这么高，不怕吗？"突然出现的声音吓得我的手一松，尖叫一声便往下掉。

没有落地，我定睛一看，居然又回到墙头坐好。李天祥坐在我旁边三尺外的地方笑嘻嘻地瞧着我。

"半夜三更，你干什么？"

他轻松跳下墙，望着我笑："不干什么，看看野猫翻墙，然后回去睡觉。"

他真的就走了，我看着他走远，又慢慢挪到树边，正伸手去抱树，他的声音居然出现在我身后："这树上有只毛毛虫，四小姐没看到？"

我一惊，手一滑，惨叫一声摔了下去。这回是实实在在地摔在了地上，准确地说，是摔在他身上了。他的手揽着我的腰，眸子里满是笑意："投怀送抱？还几次三番？四小姐对天祥真是情深义重。"

我怒极，一巴掌扇了过去，却扇了个空。

他早已站了起来，望着天说："月色怡人，四小姐邀约天祥观月实乃雅人，不愧是大家出身的名门闺秀。"

我气得嘴唇发白，指着他颤声道："你扣我在将军府有何所图？"

"咦？不是四小姐自己要来瞧瞧天祥的吗？怎么变成天祥软禁四小姐了呢？"

我从地上爬起来，拍拍身上的土，高抬着下巴道："你说的，我看过了，不怎么样，本小姐这就要走了。"

我走了几步，他总是拦在我身前，我又打不过他，想起这两日被他强困在府中，忍不住哭了起来。

他瞬间慌了，想给我擦泪又不敢似的，良久才道："城中有变，留住你是怕你出事，莫要哭了。"

我睁大眼睛看着他，不知是真是假。

他牵了我的手送我回内院，我居然没有挣开，进了内院他才说："明日我要请罗将军赴宴，宴后便送你回安家，可好？"

我不太明白，但听到明天宴后便可以离开就点了点头。

"好好休息。"他轻声说道，松开了我的手。

手上还带着他的温度，我疑惑地摸摸滚烫的脸，我不是很讨厌他吗？

将军府热闹异常，丫头很细心地打扮我，给我换的是安国的服饰，用的钗环首饰都异常精巧。

"小姐真美。"

我看着镜子里的自己觉得很怪，我眼皮直跳，总觉得今天有事发生。

没过多久，三殿下来接我。他看了几眼笑着说："不错，再害羞一点儿最好。"

我的脸又红了。

他牵我的手，当着丫头的面，我不好意思，甩开他道："殿下请自重。"

他朗声笑了起来："反正是我的人了，走，去见见罗将军去！"

罗翼宁将军是安国皇后的亲胞兄，一直镇守秦川，听说威猛异常，我倒真想见识见识，便随了三殿下去前厅。

"哈哈，这就是我安国未来的三皇妃？老夫有礼了。"一阵豪爽的笑声入耳。

我大方地纳了个万福。

罗将军年轻时应该是个很俊秀的人，比三殿下还好看吧？虽然上了年纪，依然流露出一代儒将的气质。

三殿下温和地笑了，请罗将军与几位偏将入席，说："四儿明日就回齐国，我也回京都等着娶她，承蒙将军照顾，我在秦川受益匪浅。今日正好四儿在，我与四儿就敬大家一杯酒，权当先请喜酒了。"

说着递给我一壶酒，我呆愣着，他怎么会叫得这么亲热？这群将军却哄笑起来。

"四儿这么胆小吗？爬墙的劲儿跑哪儿去了？"

他在我耳旁低语，眼神中似乎满含挑衅。我的勇气骤然来了，执了壶挨个儿给每个人倒了一杯酒。自己也端了一杯道："奴家敬大家一杯。"我把酒干完，照杯底一亮，又纳了个福道，"奴家不胜酒力，先行告退。"

这本是男人的酒宴，我敬杯酒是给足了他面子，明儿便回齐国去。

走到厅门，我回头望了三殿下一眼，他本是伟岸男儿，也……挺不错的，脸一红便想离开，谁知突觉天旋地转，腿一软坐了下去。

听到厅上一阵喝骂，似有兵器声响，渐渐远去。

等我醒来，已躺在内室床上，三殿下凝神望着我，我一惊起身："你在酒中下了药?"

他笑了笑:"皇后意欲谋反,孤执了皇上旨意夺兵权。正愁没有借口邀他们赴宴,四小姐到来,却也省了些周章。"

心口一痛,他居然利用我。

我怒气冲冲瞪着他,翻身欲下床。

他按住我不让我起身,笑道:"你是我的人,帮帮夫君有何不对?"

我也不知道哪里不对,但就是觉得很不对劲儿,脱口而出道:"你娶我是为了我安家的银子,你如今……如今又利用我,我……"

眼泪冲出眼眶,滴落下来。

他似极看不得我哭,原来的牙尖嘴利瞬间没了,急得不知所措,终于憋出一句话来:"这倒不是……"

我哭得更厉害,他不是,他怎么会不是?

"我……不过顺便而已,倒不全是为了安家的银子。"

他倒说得真坦白,我气极了跳下床就想走。

他抱住我,似乎有些着急不知道说什么好,却也不放我走。

"我会嫁给你,但现在我要回家。"我哭闹着踢他。

他一动不动,等我折腾得累了,他才叹了口气道:"去年清明,你是否在秦河边上放花船?"

我愣住。

他扑哧一笑:"那会儿我就知道你是安家四小姐了。父皇令我向安家提亲,我一听是你便答应得极痛快。"

"若不是我呢?"我有些犯糊涂。

他低声在我耳边说:"谁知道呢?不过刚好就是你呢,天注定罢了……"

他的声音极轻极柔,我心里的怒气瞬间烟消云散。我有些恨他,他何必说得这般坦白。

他似看出我的心思,缓缓道:"你是要与天祥过一生的人,天祥不愿欺瞒。罗将军这次是唯一一次,你稍露破绽,你我的命都会丢在秦川。四儿,嫁入皇家,总有许多风雨,你愿意与我在一起吗?"

我一怔,望着他诚挚的眼神,竟不知道他该瞒着我好还是骗我的好。

他突然笑了,笑容很是愉快:"原来你是个笨妞儿。"

我又被气到了,我怎么会什么情绪都被他掌握!一时间恨得牙痒,一口就咬了下去。

他动也不动,很久才颤声道:"我说错啦。"

以为他要道歉,我有些内疚地看着他手臂沁出的血珠,轻声道:"我气撒完了,你不痛吧?"

他吸了口气,问我:"真的?"

我认真地点点头:"我是直性子,真不气了。"

他才吐出那口气道:"你不仅是笨妞儿,还是只笨兔子,生气就这两招,真好治。"

我怒极,抬腿正中他的要害,看他痛得指着我说不出话来,我嫣然一笑:"傻了点儿、笨了点儿,痛的不还是你?我回家啦!"

离开内院,还能听到三殿下的怒吼:"等我娶了你,你再试试!"

我嘿嘿笑着,嫁他,其实也不错的。